HUGH HOWEY

Vestigios

Obra editada en colaboración con Editorial Planeta – España

Título original: *Dust*

© 2013, Hugh Howey
© 2014, Manuel Mata, de la traducción
© 2014, Editorial Planeta, S.A. – Barcelona, España

Derechos reservados

© 2014, Editorial Planeta Mexicana, S.A. de C.V.
Bajo el sello editorial DESTINO M.R.
Av. Presidente Masarik núm. 111, Piso 2
Colonia Polanco V Sección
Deleg. Miguel Hidalgo
C.P. 11560, México, D.F.
www.planetadelibros.com.mx

Primera edición impresa en España: octubre de 2014
ISBN: 978-84-450-0215-5

Primera edición impresa en México: enero de 2015
ISBN: 978-607-07-2465-7

Impreso en los talleres de Litográfica Ingramex, S.A. de C.V.
Centeno núm. 162-1, colonia Granjas Esmeralda, México, D.F.
Impreso en México - *Printed in Mexico*

Para los supervivientes

Prólogo

—¿Hay alguien ahí?

—¿Hola? Sí. Aquí estoy.

—¡Ah! Lukas. No decías nada. Por un momento pensé… que eras otra persona.

—No, soy yo. Sólo me estaba ajustando los cascos. Ha sido una mañana muy atareada.

—¿Ah, sí?

—Sí. Cosas aburridas. Reuniones del comité. En este momento andamos un poco escasos de personal por aquí. Demasiadas reasignaciones.

—Pero ¿las cosas se han calmado? ¿Hay algún levantamiento del que informar?

—No, no. Todo está volviendo a la normalidad. La gente se levanta por las mañanas y va a trabajar. Al llegar la noche se desploman sobre sus camas. Esta semana hemos tenido una lotería muy grande, lo que ha hecho felices a muchos.

—Eso está bien. Muy bien. ¿Cómo marchan los trabajos con el servidor seis?

—Bien, gracias. Todas las contraseñas funcionan. De momento sólo hemos encontrado más de lo mismo. Aunque no sé por qué es tan importante.

—Sigan buscando. Todo es importante. Si está ahí, tiene que ser por algo.

—Lo mismo dijiste de la información de los libros. Pero a mí la mayoría me parecen disparates. Siempre me pregunto si algo de eso será real, no puedo evitarlo.

—¿Por qué? ¿Qué estás leyendo?

—He llegado hasta el volumen C. Esta mañana era algo sobre un… hongo. Espera un momento. A ver que lo encuentre… Aquí está. El Cordyceps.

—¿Y eso es un hongo? Nunca había oído hablar de él.

—Aquí dice que les hace algo a las hormigas en el cerebro, que lo reprograma como si fuese una máquina y las hace trepar a lo alto de una planta antes de morir…

—¿Una máquina invisible capaz de reprogramar cerebros? Estoy casi seguro de que no es una casualidad que estés leyendo eso.

—¿Ah, sí? ¿Y qué significa, entonces?

—Significa… que no somos libres. Ninguno de nosotros.

—Qué alentador. Ahora entiendo por qué me obliga a realizar estas llamadas.

—¿Su alcaldesa? ¿Por eso…? Lleva algún tiempo sin responder.

—Sí. Está ocupada. Trabajando en algo.

—¿En qué?

—Mejor no te lo digo. No creo que te gustara.

—¿Qué te hace pensar eso?

—Que a mí tampoco me gusta. He intentado disuadirla. Pero a veces puede ser un poco… obstinada.

—Si es algo que va a causar problemas, creo que tendría que estar al corriente. Estoy aquí para ayudar. Puedo distraerlos…

—Lo que pasa es que… ella no se fía de ti. De hecho, ni siquiera cree que seas siempre la misma persona.

—Lo soy. Soy yo. Lo que pasa es que las máquinas le hacen algo a mi voz.

—Sólo te digo lo que ella piensa.

—Ojalá cambiara de opinión. Estoy deseando ayudar, en serio.

—Te creo. Pero pienso que lo mejor que puedes hacer ahora por nosotros es cruzar los dedos.

—¿Y eso por qué?

—Porque tengo la sensación de que todo esto no va a traer nada bueno.

PRIMERA PARTE

La perforación

1

Silo 18

Llovía polvo en las salas de Mecánica; lo liberaba el temblor generado por la violencia de la perforación. En los techos, el cableado se mecía con delicadeza dentro de los arneses. Las tuberías traqueteaban. Y desde la sala del generador, un *staccato* de impactos llenaba el aire y rebotaba en las paredes, haciendo recordar a quienes lo escuchaban un tiempo en el que la maquinaria, desequilibrada, giraba de manera peligrosa.

En medio de este horrible estrépito se encontraba Juliette Nichols, con el overol desabrochado hasta la cintura, las mangas sueltas anudadas alrededor del abdomen y la camiseta manchada de polvo y sudor. Estaba apoyada con todo su peso contra la excavadora y sus brazos fibrosos temblaban cada vez que el pesado pistón metálico de la máquina impactaba contra el muro de hormigón del silo Dieciocho.

Podía sentir la trepidación en la dentadura. Cada hueso y cada articulación de su cuerpo se estremecían y las viejas heridas le recordaban su existencia de manera dolorosa. A un lado, los mineros que normalmente se encargaban de la perforadora observaban la escena con aire de insatisfacción. Juliette apartó la cabeza del hormigón cubierto de polvo y los vio, con los brazos cruzados sobre los pechos fornidos y las mandíbulas apretadas en gesto ceñudo, molestos quizá con ella por haberse apropiado de su máquina. O tal vez por el tabú de excavar donde excavar estaba prohibido.

Se tragó el polvo y la cal que se le estaban acumulando en la boca y se concentró en la pared agrietada. Había otra posibilidad, una posibilidad que no podía por menos que considerar. Por su culpa habían muerto buenos mecánicos y mineros. Había estallado una guerra brutal porque se había negado a limpiar. ¿Cuántos de los hombres y las mujeres que estaban observándola mientras excavaba habrían perdido a algún ser querido, un amigo del alma o un familiar? ¿Cuántos de ellos la culpaban? No podía ser ella la única.

La excavadora corcoveó y se produjo un impacto estruendoso, como si dos cosas de metal hubieran chocado. Juliette dirigió los martillos hidráulicos hacia un lado, donde había aflorado la osamenta de varillas de refuerzo en medio de la blanca carne del hormigón. Ya había logrado excavar un auténtico cráter en la pared exterior del silo. Sobre sus cabezas asomaba una primera hilera de varillas, con los extremos pulidos como velas consumidas por la acción del soplete que les habían aplicado. Después de otros setenta centímetros de hormigón se había encontrado con una segunda hilera. Las paredes del silo eran más gruesas de lo que se había imaginado. Con los miembros entumecidos y los nervios a flor de piel, hizo avanzar la máquina sobre las orugas y el pistón con forma de punta de flecha del martillo neumático comenzó a horadar la piedra que separaba las varas de acero. De no haber visto los planos con sus propios ojos —y de no haber sabido que había otros silos ahí fuera— ya se habría rendido. Era como si estuviese tratando de abrirse paso a través de la mismísima Tierra. Le temblaban tanto los brazos que sus manos estaban casi borrosas. Era la condenada pared del silo lo que estaba atacando, lo que acometía con la intención de atravesarla, de abrirse paso hasta el exterior.

Los mineros se agitaban, incómodos. Juliette dejó de prestarles atención para centrarse en el lugar de la perforación al oír que, con un repicar metálico, el martillo mordía de nuevo el acero. Se concentró en el pliegue de piedra blanca que separaba las varillas. Pisó con fuerza la palanca de avance, apoyó todo su peso sobre la máquina y la excavadora avanzó un par de centímetros más sobre sus oxidadas orugas. Ya hacía algún tiempo que habría tenido que descansar. Tenía tanta cal en la boca que empezaba a asfixiarse; sus brazos necesitaban descanso; el suelo estaba sembrado de escombros entre la base de la excavadora, e incluso entre sus propios pies. Quitó a puntapiés algunos de los más grandes y siguió excavando.

Su temor era no poder convencerlos de que la dejaran continuar si volvía a parar. Por muy alcaldesa —o jefa de turno— que fuese, ya había visto a muchos hombres de cuya intrepidez estaba segura marcharse de la sala del generador con el ceño fruncido. Parecían aterrados por la posibilidad de que perforase uno de los sacrosantos sellos y dejase entrar el nocivo y asesino aire del exterior. Juliette veía cómo la miraban, conscientes de que había estado en el exterior, como si fuese una especie de fantasma. Muchos de ellos se mantenían a distancia, como si estuviera aquejada por alguna enfermedad.

Apretó los dientes haciendo crujir la amarga tierra que se le había metido entre ellos y volvió a accionar el pedal de avance con la bota. Las orugas de la excavadora avanzaron dos centímetros más. Dos centímetros. Juliette maldijo amargamente la máquina y el dolor que sentía en las muñecas. Maldijo la guerra y a sus amigos muertos. Maldijo el recuerdo de Solo y de los niños, aislados y separados de ellos por una eternidad de roca. Y maldijo amargamente aquel disparate de la alcaldía que provocaba que la gente la mirase de repente como si dirigiese todos los turnos en todos los pisos, como si supiera lo que estaban haciendo, como si pensaran que tenían que obedecerla a pesar de lo mucho que le temían…

Con una sacudida, la excavadora volvió a avanzar, esta vez más de dos centímetros y el martillo neumático aulló con un chillido penetrante. A Juliette se le escurrió una de las palancas y el motor de la máquina se revolucionó como si fuese a explotar. Los mineros se sobresaltaron como un enjambre de moscas y las sombras de varios de ellos convergieron a la carrera sobre ella. Juliette apretó el interruptor rojo de emergencia, casi invisible bajo una manto de polvo blanco. La excavadora corcoveó y se estremeció mientras el motor deceleraba conjurando el peligro de descontrol.

—¡Lo has atravesado! ¡Lo has atravesado!

Raph la abrazó por detrás con unos brazos pálidos a los que años de trabajo en las minas habían dotado de gran fuerza y le estrechó los entumecidos hombros. Otros le gritaron que había terminado. Acabado. Pero la excavadora había hecho un ruido raro, como si se le hubiese roto una de las bielas. Juliette había oído el peligroso aullido que profiere un motor potente cuando gira sin fricción, sin nada que le oponga resistencia. Soltó los mandos y se dejó abrazar. Volvía a sentir la desesperación, la idea de que sus amigos estaban enterrados vivos en un silo vacío, sin que ella pudiera alcanzarlos.

—¡Lo has atravesado! ¡Atrás!

Una mano que apestaba a grasa y esfuerzo se cerró como una tenaza sobre su boca para protegerla del aire del otro lado. Juliette no podía respirar. Frente a ella, a medida que se disipaba la nube de cemento, comenzó a aparecer una negra extensión de espacio abierto.

Y allí, detrás de dos varillas de acero, se extendía un vacío oscuro. Un vacío más allá de las dos capas de barrotes que los rodeaban por todas partes, desde Mecánica hasta el último piso.

Lo había atravesado. Atravesado. Ahora podía vislumbrar un atisbo de otro exterior, un exterior diferente.

—El soplete —murmuró Juliette tras quitarse de la boca la mano callosa de Raph y arriesgarse a inhalar una bocanada de aire—. Tráiganme el soplete. Y una linterna.

2

Silo 18

—Este maldito cacharro está totalmente oxidado.

—Eso parecen unos conductos hidráulicos.

—Deben de tener mil años.

Esto último lo susurró Fitz y las palabras del petrolero silbaron al pasar entre los huecos de los dientes que le faltaban. Los mineros y mecánicos que habían guardado las distancias durante los trabajos de perforación se apelotonaban ahora detrás de Juliette, mientras ella apuntaba con la linterna hacia la oscuridad que se extendía detrás de un persistente velo de roca pulverizada. Raph, tan pálido como el polvo que estaba asentándose, se encontraba junto a ella, en el estrecho cráter cónico que habían excavado en los casi dos metros de hormigón. El albino tenía los ojos abiertos de par en par, las traslúcidas mejillas hinchadas y los labios apretados y sin sangre.

—Puedes respirar, Raph —le dijo Juliette—. Sólo es otra sala.

El pálido minero exhaló con un gruñido de alivio y pidió a los que estaban detrás que dejasen de empujar. Juliette le pasó la linterna a Fitz y dio la espalda al agujero que había excavado. Se abrió camino entre la abarrotada multitud, con el pulso acelerado por las máquinas que había vislumbrado al otro lado del muro. Los murmullos de los demás no tardaron en confirmar lo que había visto: puntales, tornillos, tuberías, planchas de metal con la pintura descascarillada y rastros de óxido... Las paredes de una bestia mecánica que se extendía hacia arriba y hacia los lados hasta donde penetraba la luz de su débil linterna.

Alguien le puso una taza de latón llena de agua en la mano temblorosa. Juliette bebió con avidez. Estaba exhausta, pero su mente no podía dejar de pensar. Esperaba con impaciencia el momento de volver a un radio para contárselo a Solo. Y el de contárselo a Lukas. Había desenterrado una pequeña esperanza.

—¿Y ahora? —preguntó Dawson.

El nuevo capataz del tercer turno, que era el que le había dado el agua, la estudió con mirada cauta. Contaba casi cuarenta años, pero el trabajo en el turno de noche, siempre escaso de personal, le había echado años de más a las espaldas. Tenía unas manos grandes y retorcidas, por culpa de su costumbre de hacerse crujir los nudillos y de los dedos que se había roto trabajando y peleando. Juliette le devolvió la taza. Dawson echó un vistazo al interior y apuró el último trago.

—Ahora vamos a abrir un agujero más grande —respondió ella—. Entraremos y veremos si se puede aprovechar esa cosa.

Un movimiento en la parte alta del ruidoso generador principal captó la atención de Juliette. Levantó la mirada justo a tiempo de ver que Shirly la observaba desde allí con el ceño fruncido. Shirly apartó la mirada.

Juliette le apretó el brazo a Dawson.

—Tardaríamos una eternidad en ampliar el agujero que hemos hecho —dijo—. Lo que necesitamos son docenas de agujeros más pequeños que podamos conectar luego. Tenemos que arrancar secciones enteras, una a una. Trae la otra excavadora. Y pon a los hombres a trabajar con los picos. Pero procuremos no levantar mucho polvo, si es posible.

El capataz del tercer turno asintió mientras tamborileaba con los dedos sobre la taza vacía.

—¿Sin explosivos? —preguntó.

—Sin explosivos —respondió ella—. No sé lo que hay ahí dentro, pero no quiero dañarlo.

Dawson asintió y Juliette se marchó dejándolo a cargo de la excavación. Se acercó al generador. Shirly también llevaba el overol suelto desde la cintura, anudado con las mangas, y la camiseta manchada con un triángulo invertido de sudor de color oscuro. Se había subido al generador y, con un trapo en cada mano, estaba quitando tanto la grasa antigua como la película de polvo nuevo que habían levantado los trabajos de excavación de la jornada.

Juliette se desató las mangas del overol e introdujo en ellas los brazos para cubrir las cicatrices. Escaló por un costado de la máquina. Sabía dónde podía agarrarse, qué partes estaban calientes y cuáles meramente templadas.

—¿Te echo una mano? —preguntó al llegar a lo alto, gozando del calor y la trepidación de la máquina en los músculos castigados.

Shirly se secó la cara con el borde de la camiseta. Sacudió la cabeza.

—Estoy bien —dijo.

—Siento lo del polvo.

Juliette tuvo que levantar la voz para hacerse oír por encima del zumbido que hacían los gigantescos pistones al subir y bajar. No hacía tanto, la máquina estaba tan desajustada que de haber estado de pie sobre ella se le habrían salido los dientes de la dentadura.

Shirly se volvió y le tiró los sucios trapos blancos a su sombra, Kali, que al pie de la máquina los dejó caer en un cubo de agua mugrienta. Resultaba raro ver a la nueva jefa de Mecánica ocupada con algo tan banal como limpiar el grupo electrógeno. Juliette trató de imaginarse a Knox allí arriba, haciendo lo mismo. Y entonces, por enésima vez, volvió a recordar que era la alcaldesa y sin embargo allí estaba, perforando paredes y cortando varillas de refuerzo. Kali volvió a tirarle los trapos a Shirly, quien lo roció todo de agua sucia al tomarlos. El silencio con el que su antigua amiga reanudó su trabajo resultó más elocuente que cualquier palabra.

Juliette se volvió y observó al grupo de excavación que había formado, que ya había empezado a limpiar los escombros y agrandar el agujero. A Shirly no le había hecho gracia que le quitaran personal y mucho menos el tabú de romper el sello del silo. La petición de trabajadores había llegado en un momento en que la plantilla ya estaba muy mermada por culpa del levantamiento. En cuanto a si Shirly culpaba a Juliette o no de la muerte de su marido, era un tema irrelevante. La propia Juliette se culpaba por ello, así que las separaba una capa de tensión que era como una pátina de grasa.

Al poco, el martilleo contra la pared se reanudó. Juliette vio a Bobby a los mandos de la excavadora. Sus brazos musculosos se movían tan rápidamente sobre el volante del martillo neumático que parecían borrosos. La aparición de la extraña máquina —una reliquia enterrada detrás de las paredes— había revitalizado a su reacia cuadrilla. El miedo y la duda se habían transformado en determinación. Llegó un porteador con provisiones y Juliette vio que el joven, de brazos y piernas desnudos, observaba los trabajos con mucha atención. Dejó la carga de fruta y comida caliente que había traído y se marchó cargado de rumores.

Juliette, de pie sobre el ruidoso generador, acalló sus propias dudas. «Estaban haciendo lo que debían», se dijo. Había visto con sus propios ojos lo vasto que era el mundo, había estado en lo alto de una loma y había contemplado la Tierra. Ahora, lo único que tenía que hacer era mostrar a los demás lo que había ahí fuera. Entonces empezarían a trabajar con entusiasmo, en lugar de con temor.

3

Silo 18

Abrieron un hueco lo bastante ancho como para pasar y Juliette hizo los honores. Linterna en mano, se arrastró sobre un montón de escombros y entre los doblados dedos de las varillas de acero. Más allá de la sala del generador, el aire estaba tan frío como el de las minas profundas. Tosió cubriéndose la boca con el puño. Le picaban la garganta y la nariz por culpa del polvo levantado por la excavación. Al llegar a la sala que había al otro lado del agujero, se dejó caer sobre el suelo.

—Cuidado —dijo a los que la seguían—. El suelo es irregular.

Parte de esta irregularidad se debía a los fragmentos de hormigón que habían caído dentro. El resto, al suelo en sí. Parecía como si lo hubieran excavado los dedos de un gigante.

Separó el haz de la linterna de sus propias botas y lo levantó hacia el techo en penumbra, que se elevaba hasta gran altura. A continuación, examinó el gigantesco muro de maquinaria que se alzaba frente a ella. A su lado, el generador principal, e incluso las bombas de los pozos petrolíferos, parecían minúsculos. Ellos jamás habrían podido construir un coloso de tales dimensiones y mucho menos repararlo. Sintió que se le hacía un nudo en el estómago. Sus esperanzas de recuperar aquella máquina enterrada disminuyeron.

Raph se reunió con ella en la fría y oscura estancia, acompañado por un traqueteo de los escombros. El albino poseía una apariencia única. Tenía unas cejas y pestañas finas como telarañas y casi invisibles. Su piel era tan pálida como la leche de cerda. Pero cuando estaba en las minas, las sombras que cubrían a los demás como una manto de hollín le confería a su tez una tonalidad saludable. Juliette comprendía perfectamente por qué había abandonado las granjas cuando era niño para trabajar en la oscuridad.

Raph silbó mientras recorría la máquina con la linterna. Al cabo de un momento el silbido regresó, como si desde las sombras lejanas un pájaro se burlara de él.

—Una obra de los dioses —dijo en voz alta, sobrecogido.

Juliette no respondió. Raph nunca le había parecido la clase de persona que daba crédito a las historias de los sacerdotes. Pero era indudable que la máquina era una visión asombrosa. Había visto los libros de Solo y sospechaba que el mismo pueblo ancestral que había construido aquella máquina era el creador de las titánicas torres en ruinas que se alzaban más allá de las colinas. El hecho de que hubieran construido el propio silo la hacía sentir muy pequeña. Estiró el brazo y pasó la mano por un metal que nadie había visto ni rozado en los últimos siglos, maravillada por el poder de sus antepasados. Puede que los sacerdotes no anduviesen tan perdidos, después de todo…

—Por los dioses… —rezongó Dawson tras abrirse paso ruidosamente hasta ellos—. ¿Y qué vamos a hacer con eso?

—Sí, Jules —dijo Raph con un susurro que parecía respetuoso con las profundas sombras y el aún más profundo pasado—. ¿Cómo vamos a sacar esa cosa de aquí?

—No vamos a hacerlo —les dijo ella. Se deslizó de lado entre la pared de hormigón y el muro de maquinaria—. Esta cosa está hecha para abrirse paso a través de la tierra.

—Suponiendo que podamos hacerla funcionar —dijo Dawson.

Los obreros de la sala del generador se agolparon alrededor del agujero y taparon la luz que se colaba por allí. Juliette movió el haz de la linterna por el estrecho hueco que separaba la pared exterior del silo y la enorme máquina, en busca de un camino para rodearla. Se acercó al borde, en la oscuridad, y comenzó a ascender por un suelo ligeramente empinado.

—La haremos funcionar —aseguró a Dawson—. Sólo tenemos que averiguar cómo se maneja.

—Cuidado —le advirtió Raph al ver que una roca desprendida por los pies de Juliette caía rodando hacia él.

Su compañera ya estaba por encima de sus cabezas. Desde allí pudo ver que la cámara no tenía esquinas ni paredes al otro lado. Simplemente se extendía hacia arriba y a su alrededor.

—Es un gran círculo —exclamó con una voz que resonó entre la roca y el metal—. No creo que éste sea el extremo que hace el trabajo.

—Aquí hay una puerta —anunció Dawson.

Juliette bajó por la cuesta para reunirse con Raph y él. Los curiosos que los observaban desde la sala del generador encendieron otra linterna. Su haz se sumó al de ella sobre una puerta de gruesos goznes metálicos. Dawson forcejeó con una palanca que había en la parte trasera de la máquina. Exhaló un gruñido al tirar con todas sus fuerzas y finalmente el metal chirrió y cedió de mala gana.

La máquina reveló sus auténticas dimensiones una vez que traspasaron la puerta. Nada había preparado a Juliette para aquello. Entonces, al recordar los planos que había visto en el escondrijo de Solo, se dio cuenta de que habían dibujado las perforadoras a escala. Los pequeños gusanos que en los planos sobresalían apenas de los pisos inferiores eran en realidad más altos que un piso y dos veces más alargados. Inmensos cilindros de acero, éste en concreto descansaba cómodamente en una caverna circular, casi como si se hubiera enterrado allí por voluntad propia. Juliette les dijo a los suyos que anduvieran con cuidado por su interior. Una docena de obreros, desterrado el tabú por la fuerza de la curiosidad y olvidado el trabajo de momento, se reunió allí con ella y el eco de sus voces se entremezcló en las laberínticas entrañas de la máquina.

—Esto de aquí es para evacuar los residuos —dijo alguien. Los haces de las linternas recorrieron unas cintas transportadoras hechas de placas entrelazadas. Había ruedas y engranajes bajo las placas y más placas al otro lado, solapadas como las escamas de una serpiente. Juliette comprendió al instante cómo funcionaba la cinta transportadora: las placas giraban sobre unas piezas articuladas al llegar al extremo y daban la vuelta para volver al principio. De este modo se podían transportar hacia atrás las rocas y residuos mientras la máquina avanzaba. Las cintas tenían a los lados unas planchas bajas de dos centímetros y medio de grosor para impedir que las rocas cayesen a los lados. La cinta arrastraría la roca arrancada por las fauces de la tuneladora hasta la parte trasera, donde habría que evacuarla con carretillas.

—Está completamente oxidada —murmuró alguien.

—No tanto como debería —respondió Juliette. La máquina llevaba siglos allí, como poco. Lo normal habría sido encontrarse con una gran masa de óxido y poco más, pero el acero seguía brillante en algunas partes—. Creo que la sala era hermética —elucubró en voz alta, al acordarse de cómo había sido succionado el polvo y del soplo de brisa que había sentido en el cuello la primera vez que perforó la pared.

—Es totalmente hidráulica —dijo Bobby.

Había decepción en su tono de voz, como si estuviera descubriendo que también los dioses se lavaban el trasero con agua. Juliette sentía más optimismo. Veía algo que se podía arreglar, siempre que la fuente de alimentación siguiera intacta. Podían hacerla funcionar. Su diseño era muy sencillo, como si los dioses hubieran sabido que quienquiera que la descubriese sería menos sofisticado y capaz que ellos. Había más orugas en la tuneladora, a todo lo largo de la poderosa máquina, con los ejes rebosantes de grasa. Y otras en los costados y en la parte alta, que debían de servir para ejercer presión contra la tierra. Lo que no entendía era cómo se iniciaba la perforación. Después de la cinta transportadora y de todos los sistemas que servían para empujar las rocas y escombros hasta la parte posterior de la máquina, se llegaba a un muro de acero que ascendía más allá de los puntales y pasarelas hasta perderse en la oscuridad.

—No tiene el menor sentido —dijo Raph al llegar al otro extremo—. Mira esas ruedas. ¿En qué sentido se mueve esta cosa?

—No son ruedas —dijo Juliette. Apuntó con la luz—. Esta parte frontal gira, toda ella. El pivote está aquí. —Señaló un eje central tan grande como dos hombres—. Y seguro que esos discos redondos sobresalen por el otro lado y son los que se encargan de perforar.

Bobby exhaló con incredulidad.

—¿A través de roca maciza?

Juliette trató de girar uno de los discos. Apenas se movió. Le haría falta un barril de grasa.

—Creo que tiene razón —dijo Raph. Iluminó una caja tan ancha como una litera doble y apuntó hacia su interior con el haz de la linterna—. Eso es una caja de cambios. Parece un sistema de transmisión.

Juliette se acercó a él. Había allí unos engranajes helicoidales tan anchos como la cintura de un hombre, cubiertos de grasa reseca. Los engranajes se correspondían con los dientes que giraban en la pared. La caja de transmisión era tan grande y sólida como la de su generador principal. O más.

—Malas noticias —dijo Bobby—. Miren dónde va ese eje.

Tres haces de luz convergieron sobre el cigüeñal y lo siguieron hasta donde terminaba, en medio del aire vacío. El espacio interior de la gigantesca máquina, la cámara donde se encontraban en aquel momento, era un hueco que tendría que haber ocupado el corazón de la bestia.

—Así no se va a mover —murmuró Raph.

Juliette se acercó a la parte trasera de la máquina. Allí sobresalían unos gruesos puntales, diseñados para sujetar un generador eléctrico de enormes dimensiones. Tanto ella como los demás mecánicos habían estado preguntándose hasta entonces dónde iría el motor. Y ahora que sabía lo que debía buscar, localizó los anclajes. Había seis en total: unos postes roscados de veinte centímetros de anchura, recubiertos de grasa vieja endurecida. Las tuercas que correspondían a cada uno de ellos colgaban de sendos ganchos, bajo los puntales. Los dioses estaban comunicándose con ella. Hablándole. Los ancestros le habían dejado un mensaje, redactado en la lengua de la gente que conocía las máquinas. Le estaban hablando desde más allá de vastos abismos de tiempo, para decirle: «Aquí va esto. Sigue estos pasos».

Fitz, el petrolero, se arrodilló junto a Juliette y le puso una mano en el brazo.

—Siento lo de tus amigos —dijo.

Se refería a Solo y a los niños, pero Juliette pensó que parecía feliz por todos los demás. Volvió la mirada hacia el fondo de la caverna de metal y vio que había más mineros y mecánicos asomados a la entrada, sin decidirse aún a unirse a ellos. Todos se alegrarían si aquello terminaba allí mismo, si la excavación no progresaba. Pero Juliette sentía algo más que un impulso; comenzaba a experimentar un sentido del propósito. Aquella máquina no estaba escondida. Estaba almacenada en un lugar seguro. Protegida. Guardada. Recubierta de grasa y aislada de la atmósfera por una razón que ella desconocía.

—¿Volvemos a sellarla? —preguntó Dawson.

Hasta el canoso y viejo mecánico parecía deseando dejar de excavar.

—Está esperando algo —dijo Juliette. Tomó una de las grandes tuercas de su gancho y la colocó sobre un poste embadurnado de grasa. El tamaño de la estructura le resultaba familiar. Pensó en el trabajo que había hecho, hacía una eternidad, para realinear el generador principal—. Está hecha para que alguien la abra —dijo—. Sus tripas están hechas para que alguien las abra. Revisen la parte trasera de la máquina, por donde hemos entrado. Apuesto a que se puede abrir para sacar los restos, pero también para meter algo. No es que falte el motor, en absoluto.

Raph estaba junto a ella, con el haz de su linterna posado sobre el pecho de Juliette, para poder estudiar su rostro.

—Ya sé para qué la dejaron aquí —le dijo ella mientras los demás se marchaban para examinar la parte posterior de la máquina—. Sé por qué está junto a la sala del generador.

4

Silo 18

Shirly y Kali seguían limpiando el generador principal cuando Juliette salió de las tripas de la perforadora. Bobby estaba enseñando a los demás cómo se abría la parte trasera de la máquina, qué pernos había que quitar y cómo se retiraban las planchas. Juliette les hizo medir el espacio que separaba los soportes y luego el que había entre las fijaciones del generador de emergencia para verificar lo que ya sabía. La máquina que habían encontrado era un plano viviente. Un auténtico mensaje de tiempos antiguos. Un descubrimiento estaba desencadenando una sucesión de otros muchos.

Al ver que Kali quitaba la tierra a un trapo, antes de meterlo en un segundo cubo de agua ligeramente menos sucia, se le ocurrió algo: un motor se desmoronaría si lo dejaban abandonado mil años. Sólo podía perdurar si se utilizaba, si un grupo de gente consagraba su vida a su cuidado. Uno de los colectores del generador principal que estaba limpiando Shirly, caliente y cubierto de jabón, despedía vapor y la imagen llevó a Juliette a pensar que llevaban años preparándose para aquel momento. Por mucho que su antigua amiga —y actual jefa de Mecánica— detestase su proyecto, le había prestado su apoyo desde el principio. El generador más pequeño, situado al otro lado de la central eléctrica principal, tenía otro propósito, más importante.

—Las fijaciones parecen coincidir —le dijo Raph con una cinta métrica en la mano—. ¿Crees que usaron esa máquina para traer el generador hasta aquí?

Shirly tiró hacia abajo un trapo mugriento y desde abajo le lanzaron uno más limpio. Su sombra y ella trabajaban al compás, con un ritmo que recordaba al zumbido de los pistones.

—Yo creo que el generador de reserva sirve para mover la perforadora —dijo a Raph.

Lo que no entendía era qué sentido tenía desprenderse de su fuente de energía de reserva, aunque fuera por poco tiempo. Dejarían el silo entero a merced de la menor avería. Para eso, lo mismo habría dado que hubiesen encontrado un motor totalmente carcomido por el óxido al otro lado de aquella pared. Costaba pensar que alguien pudiera aceptar el plan que estaba empezando a materializarse en su cabeza.

Un trapo dibujó un arco en el aire y cayó con un chapoteo dentro de un cubo de agua café. Kali no devolvió otro. Tenía la mirada fija en la entrada de la sala del generador. Al seguir la dirección de los ojos de la sombra, Juliette sintió un brusco acaloramiento. Allí, entre los ennegrecidos y sucios hombres y mujeres de Mecánica, se encontraba un joven impoluto, ataviado de brillante plata, pidiendo indicaciones. Uno de los obreros señaló en su dirección y Lukas Kyle, director de Informática y amante de Juliette, echó a andar hacia ella.

—Que revisen a fondo el generador de emergencia —dijo Juliette a Raph, quien se puso visiblemente tenso. Parecía saber cómo iba a terminar aquello—. Quiero montarlo en la perforadora el tiempo justo para saber lo que hace. De todas formas estábamos pensando en sacarlo y limpiar los colectores de escape…

Raph apretó y relajó alternativamente las mandíbulas mientras asentía. Juliette le dio una palmada en la espalda y salió al encuentro de Lukas sin levantar la mirada hacia Shirly.

—¿Qué haces aquí abajo? —preguntó al jefe de Informática. Habían hablado el día antes y no le había dicho que tuviera intención de visitarla. Evidentemente, pretendía arrinconarla.

Lukas se detuvo, frunció el ceño… y Juliette se sintió avergonzada por su tono de voz. No lo había recibido con un abrazo ni con un mero apretón de manos amistoso. Estaba demasiado nerviosa por el descubrimiento que habían hecho, demasiado tensa.

—Lo mismo podría preguntarte yo —respondió él. Su mirada se desvió hacia el cráter excavado en la pared opuesta—. Mientras tú te dedicas a cavar agujeros aquí abajo, el director de Informática tiene que ocuparse del trabajo de la alcaldesa.

—Es decir, como siempre —dijo Juliette con una carcajada, tratando de quitar dramatismo a la situación. Pero Lukas no sonrió. Ella le puso una mano en el brazo y se lo llevó al pasillo, lejos del generador—. Lo siento —añadió—. Lo que pasa es que me ha sorprendido verte. Tendrías que haberme avisado de que venías...

—¿Y mantener esta conversación por radio?

Juliette suspiró.

—Tienes razón. Y, en serio... me alegro de verte. Si necesitas que suba a firmar papeles, será un placer. Si quieres que dé un discurso o bese a un bebé, lo haré. Pero ya te dije la semana pasada que iba a encontrar el modo de sacar a mis amigos de allí. Y dado que has vetado la idea de que regrese a pie por las colinas...

Lukas abrió los ojos de par en par, horrorizado por semejante herejía. Recorrió el pasillo con la mirada para ver si había alguien cerca.

—Jules, te preocupas por un puñado de personas mientras en el resto del silo cunde la inquietud. Hay rumores de disenso por todo el tercio superior. Los ecos del levantamiento que provocaste aún resuenan, sólo que ahora se dirigen contra nosotros.

Juliette sintió un ardor en la piel. Su mano se separó del brazo de Lukas.

—Yo no quise esa guerra. Ni siquiera estaba aquí cuando estalló.

—Pero ahora sí estás.

Los ojos de Lukas parecían tristes, no furiosos, y al verlo Juliette se dio cuenta de que los días eran tan largos para él allí arriba como para ella en las profundidades de Mecánica. En la última semana habían hablado menos que cuando ella estaba en el silo Diecisiete. Estaban más cerca y sin embargo corrían el peligro de separarse.

—¿Qué quieres que haga? —le preguntó.

—Para empezar, que no excaves más. Por favor. Billings me ha presentado una docena de quejas de vecinos que temen lo que pueda pasar. Algunos de ellos dicen que se nos va a venir encima el exterior. Un sacerdote de los pisos intermedios celebra dos servicios cada domingo para advertir a todos sobre el peligro, y dice haber tenido una visión en la que el polvo inunda el silo y la gente muere por millares…

—Sacerdotes… —escupió Juliette.

—Sí, sacerdotes, pero hay gente que acude desde el tercio superior y las profundidades para oír sus sermones. Cuando ese hombre considere que ha llegado la hora de dar tres por semana, habrá un motín.

Juliette se pasó los dedos por el pelo y al hacerlo cayeron al suelo varios trocitos de roca y escombros. Miró con ojos de culpabilidad la nube de fino polvo que había levantado.

—¿Qué cree la gente que me pasó cuando estuve fuera del silo? Cuando me mandaron a limpiar. ¿Qué piensan que pasó?

—A algunos les cuesta creerlo —dijo Lukas—. Parece una invención. Oh, en Informática sabemos lo que pasó, pero algunos se preguntan si realmente te enviaron a limpiar. Incluso corre el rumor de que fue todo un truco electoral.

Juliette maldijo entre dientes.

—¿Y tenemos noticias de los demás silos?

—Llevo años diciéndole a la gente que las estrellas son soles como el nuestro. Hay cosas que son demasiado grandes como para entenderlas. Y no creo que eso cambie, por mucho que rescates a tus amigos. Tendrías las mismas probabilidades de conseguir que la gente te crea si llevases a tu amigo del radio hasta el bazar y dijeses que viene de otro silo.

—¿Walker? —Juliette sacudió la cabeza, pero sabía que tenía razón—. No quiero rescatar a mis amigos para demostrar que lo que me pasó es cierto, Luke. No se trata de mí. Allí viven entre los muertos. Entre fantasmas.

—¿Y nosotros no? ¿Acaso no nos alimentamos de nuestros muertos? Te lo suplico, Jules. Morirán centenares de personas para que tú puedas salvar a unas pocas. Puede que estén mejor allí.

Juliette respiró hondo y contuvo el aliento un instante mientras hacía un esfuerzo por no sucumbir a la rabia.

—No es así, Lukas. El hombre al que quiero salvar se ha vuelto medio loco por todos los años que ha vivido solo. Los niños están teniendo sus propios niños. Necesitan a nuestros médicos y necesitan nuestra ayuda. Además... se lo prometí.

Lukas respondió a este alegato con ojos de tristeza. No servía de nada. ¿Cómo consigues que alguien se preocupe por gente a la que no conoce? Juliette le pedía lo imposible y la culpa era tan suya como de él. ¿Acaso le importaban a ella las personas a las que estaban envenenando en su contra dos veces por domingo? ¿O cualquiera de los desconocidos que la habían elegido para que los dirigiera?

—Yo no quería el puesto —dijo a Lukas.

Pero le costó disimular la culpabilidad de su voz. Eran otros los que habían querido que fuese alcaldesa, no ella. Aunque ya no tantos como antes, al parecer.

—Yo tampoco sabía para qué estaban preparándome como sombra —repuso Lukas.

Hizo ademán de añadir algo, pero se contuvo al ver que un grupo de mineros salía de la sala del generador levantando una nube de polvo con las botas.

—¿Ibas a decir algo más? —preguntó ella.

—Iba a pedirte que si de verdad tienes que perforar, lo hagas en secreto. O deja que lo hagan esos hombres y vuelve a...

Se tragó el resto de la frase.

—Si ibas a decir que vuelva a casa, ésta es mi casa. ¿De verdad no somos mejores que nuestros predecesores? ¿Ya estamos mintiéndole a la gente? ¿Conspirando?

—Puede que seamos aún peores —respondió él—. Lo único que hicieron ellos fue mantenernos con vida.

Juliette se echó a reír al oír esto.

—¿A nosotros? Intentaron mandarnos ahí fuera a morir.

Lukas suspiró.

—Me refiero a todos los demás. Hicieron lo que hicieron para mantener con vida a los demás. —Pero no pudo contenerse y al ver que ella seguía riéndose, sonrió a su pesar. Juliette convirtió las lágrimas de sus mejillas en lodo al tratar de limpiárselas.

—Dame unos cuantos días más aquí abajo —dijo. No era una petición; era una concesión—. Déjame comprobar al menos si tenemos los medios necesarios para perforar. Luego volveré a subir para besar bebés y enterrar cadáveres… aunque no en ese orden, claro.

Lukas frunció el ceño ante la morbosidad de su comentario.

—¿Y pondrás coto a las herejías?

Ella asintió.

—Si perforamos, lo haremos discretamente. —Pero en su interior se preguntó si la máquina que habían encontrado podía perforar sin que se enterasen todos—. De todos modos, estaba pensando en declarar unas pequeñas vacaciones energéticas. No quiero que el generador principal trabaje a plena potencia durante algún tiempo. Por si acaso.

Al ver que Lukas asentía, Juliette comprendió lo fácil que era y lo necesario que parecía ser recurrir a la mentira. Pensó en contarle allí mismo la otra idea que se le había ocurrido, la que había estado contemplando durante semanas, mientras estaba en la consulta del médico, recuperándose de sus quemaduras. Había algo que tenía que hacer en el tercio superior, pero se dio cuenta de que Lukas no estaba de humor para oír más malas noticias. Así que le contó la única parte de su plan con la que sabía que estaría de acuerdo.

—Cuando las cosas estén en marcha aquí abajo, quiero subir y quedarme una temporada —dijo mientras le tomaba la mano—. Volver a casa una temporada.

Lukas sonrió.

—Pero oye —dijo, acuciada por la necesidad de advertirle—. He visto el mundo exterior, Luke. Me paso las noches en vela escuchando el radio de Walk. Hay mucha gente como nosotros ahí fuera, gente que vive asustada, que vive aislada, en la ignorancia. No estoy haciendo esto sólo para salvar a mis amigos. Espero que lo sepas. Quiero llegar al fondo de lo que sucede más allá de estas paredes.

La nuez de Lukas subió y bajó en su garganta. Su sonrisa se desvaneció.

—Apuntas demasiado alto —dijo con tono de resignación.

Juliette sonrió y le apretó la mano a su amante.

—Mira quién habla, el hombre que se dedica a contemplar las estrellas.

5

Silo 17

—¡Solo! ¡Señor Solo!

La débil voz de una niña pequeña se abrió paso hasta el fondo de los pozos de cultivo. Llegó hasta las frías parcelas donde ya no brillaban las luces ni crecía nada. Allí estaba sentado Jimmy Parker, solo, sobre el suelo sin vida y junto al recuerdo de un viejo amigo.

Sus manos recogían distraídamente terrones de arcilla y los convertían en polvo. Si hacía un verdadero esfuerzo, podía imaginarse el pinchazo de las garras a través del overol. Podía oír el ronroneo de la tripita de *Sombra*, como una bomba de agua. Pero el ejercicio de imaginar se hacía más complicado cuanto más se aproximaba la voz joven que lo llamaba por su nombre. La luz de una linterna se abrió paso a través de la última maraña de vegetación que los jóvenes llamaban la Selva.

—¡Estás ahí!

Elise era increíblemente ruidosa para ser tan pequeña. Se dirigió hacia él con prodigiosas zancadas de aquellas botas que le venían grandes. Al verla, Jimmy recordó haber deseado durante mucho tiempo que *Sombra* pudiese hablar. Había soñado mil veces que el gato era un niño de pelo negro y voz tonante. Pero ya no lo hacía. Ahora recordaba con melancolía los años de silencio pasados con su viejo amigo.

Elise se coló entre los postes de la valla y se agarró a su brazo. Al hacerlo, apretó la linterna contra el pecho de Solo y como estaba orientada hacia arriba estuvo a punto de cegarlo.

—Es hora de irse —dijo la niña tirando de él—. Es hora de irse, señor Solo.

Solo parpadeó varias veces, deslumbrado por la luz, y pensó que tenía razón. La pequeña Elise era la menor de todos ellos y siempre resolvía más discusiones de las que provocaba. Jimmy pulverizó otro terrón de arcilla con la mano, esparció la tierra sobre el suelo y se limpió la mano en el muslo. No quería marcharse, pero sabía que no podían quedarse allí. Volvió a decirse que sería algo temporal. Así lo había dicho Juliette. Le había asegurado que podría volver allí y vivir con todos los que quisieran. No habría lotería por algún tiempo. Habría gente de sobra. Harían renacer su viejo silo.

Jimmy se estremeció al pensar en toda esa gente. Elise le tiró del brazo.

—Vamos, vamos —dijo.

Y Jimmy comprendió a qué le tenía miedo. No era a la perspectiva de tener que marcharse, algo que aún estaba muy lejano en el tiempo. No era a establecerse en las profundidades, que las bombas casi habían drenado del todo y ya no lo asustaban. Le tenía miedo a lo que podía encontrarse al regresar. Su hogar se había vuelto más y más seguro a medida que desaparecía la gente; y cuando volvió a aparecer gente, lo atacaron. Una parte de él quería únicamente que lo dejasen en paz, volver a ser Solo.

Se puso de pie y dejó que Elise lo llevase de vuelta al rellano. La niña lo había tomado de la mano grande y callosa y tiraba de él con entusiasmo. Al salir recogió sus cosas, que había dejado junto a los escalones. Rickson y los demás estaban abajo y el eco de sus voces ascendía por el hueco del silencioso hormigón. Una de las luces de emergencia del piso no funcionaba y dejaba un espacio de negrura en medio del verde apagado que dominaba el espacio. Elise se colgó al hombro la mochila donde llevaba su libro de recuerdos y cerró la solapa. Comida y agua, una muda de ropa, pilas, una muñeca descolorida, un cepillo para el pelo… Prácticamente todo lo que poseía. Jimmy sostuvo las correas de los brazos para que pudiera colgársela y a continuación recogió sus propias cosas. Las voces de los demás se alejaron. Las escaleras se estremecieron levemente por la acción de unos pasos que se alejaban hacia abajo, una dirección bastante insólita para un grupo de personas que pretendían salir.

—¿Cuánto falta para que venga Jewel a buscarnos? —preguntó Elise.

Tomó a Jimmy de la mano y comenzaron a bajar juntos por la escalera de caracol.

—No mucho —dijo Jimmy, lo que en su caso equivalía a decir «No lo sé»—. Hace lo que puede. Es un camino muy largo. ¿Sabes cuánto tiempo ha tardado el agua en bajar y desaparecer?

Elise ladeó la cabeza.

—He contado los escalones —respondió.

—Ok. Bueno, pues ahora tienen que excavar a través de la roca maciza para llegar hasta nosotros. No será fácil.

—Hannah dice que cuando venga Jewel habrá decenas de personas.

Jimmy tragó saliva.

—Centenares —dijo con voz seca—. O incluso miles.

Elise le apretó la mano. Recorrieron otra docena de escalones, contados por ambos en silencio. A los dos les costaba contar tanto.

—Rickson dice que no vienen a rescatarnos, sino que quieren apropiarse de nuestro silo.

—Sí, bueno, él siempre piensa mal de las personas —dijo Jimmy—. Todo lo contrario que tú, que siempre piensas bien.

Elise lo miró. Los dos habían perdido la cuenta. Jimmy se preguntó si la niña podría concebir lo que eran miles de personas. Él mismo apenas lo recordaba ya.

—Ojalá pudiera pensar bien de mí —dijo Elise.

Jimmy se detuvo antes de llegar al siguiente rellano. Elise, con la mochila en una mano y la mano de Jimmy en la otra, se detuvo con él. Jimmy se arrodilló para estar a su misma altura. La pequeña estaba haciendo pucheros y eso dejaba a la vista el agujero del diente que le faltaba.

—Hay muchas cosas buenas en todas las personas —dijo Jimmy. Mientras le estrechaba el hombro, se dio cuenta de que se le estaba haciendo un nudo en la garganta—. Pero también malas. Lo más probable es que Rickson acierte más veces de las que se equivoca, al menos con algunos.

Detestaba decirlo. Detestaba llenarle a Elise la cabeza con tales cosas. Pero la quería como si fuera hija suya. Y quería darle las grandes puertas de acero que necesitaría si el silo volvía a llenarse. Por eso la dejaba arrancar las páginas que le gustaban de los grandes libros de las latas y quedárselas. Por eso la ayudaba a elegir cuáles eran las más importantes. Las que la ayudarían a sobrevivir.

—Vas a tener que empezar a ver el mundo con los ojos de Rickson —dijo, a pesar de que se odiaba por hacerlo.

Se levantó y, esta vez, fue él quien tiró de ella escaleras abajo, sin molestarse ya en contar escalones. Se secó los ojos antes de que Elise se diera cuenta de que estaba llorando, antes de que le hiciera una de sus sencillas preguntas para las que no había respuestas sencillas en absoluto.

6

Silo 17

No había sido fácil dejar atrás las luces brillantes y la comodidad de su antiguo hogar, pero Jimmy había accedido a mudarse a las granjas inferiores. Los niños estaban más cómodos allí. No tardaron en volver a trabajar en las parcelas. Y estaba más cerca del nivel de las aguas en retirada. Mientras bajaba los resbaladizos peldaños, moteados de óxido reciente, prestó atención a la melodía de las gotas de agua que caían sobre los charcos y el acero. La inundación se había tragado muchas de las verdes luces de emergencia. Hasta las que funcionaban contenían turbias burbujas, provocadas por el agua que había quedado atrapada en su interior. Jimmy pensó en los peces que antes nadaban en lo que ahora estaba al aire libre. La retirada de las aguas le había permitido ver algunos, a pesar de que creía que los había pescado a todos hacía tiempo. Atrapados en pequeños volúmenes de agua aislada, eran muy fáciles de atrapar. Le había enseñado a Elise a hacerlo, pero a la niña le costaba sacarlos del anzuelo. Las resbaladizas criaturas siempre acababan en el agua otra vez. En broma, Jimmy la acusaba de hacerlo a propósito y Elise admitía que le gustaba más pescarlos que comérselos. La dejó pescar una y otra vez a los últimos, hasta que empezó a sentirse culpable por los pobres animales y decidió terminar con ello. Rickson, Hannah y los gemelos se habían prestado más que gustosos a acabar con las miserias de aquellos desesperados supervivientes, que por su parte habían acabado en su estómago.

Jimmy levantó la mirada hacia la barandilla y el espacio que había más allá, y se imaginó el flotador de la caña en el aire. Se imaginó a *Sombra* observándolo desde allí y dándole pequeños zarpazos, como si Jimmy se hubiera convertido en el pez y estuviese atrapado bajo el agua. Trató de hacer burbujas con la boca, pero no salió nada y sólo sintió el hormigueo de sus bigotes contra la nariz.

Más abajo, al pie de las escaleras, se había formado un charco. Allí el suelo era plano, no inclinado como en los sitios donde había que facilitar el drenaje. Nunca estuvo previsto que el agua llegara tan arriba. Jimmy encendió la linterna y el haz se abrió paso por la lúgubre oscuridad de Mecánica. Un cable eléctrico cruzaba serpenteando el pasillo abierto y pasaba sobre un puesto de seguridad. Un tramo de tubería de plástico discurría paralelamente a él antes de doblarse sobre sí mismo. Tanto el cable como la tubería desembocaban en las bombas; los había dejado Juliette.

Jimmy los siguió con la mirada. En su primera visita al fondo de las escaleras había encontrado el globo de plástico del casco de su amiga. Estaba en medio de una balsa de basura, escombros y fango, toda la porquería que había dejado el agua al desaparecer. Mientras intentaba limpiar aquello, había encontrado las pequeñas arandelas de metal, las que había utilizado para anclar sus viejos paracaídas, como monedas de plata en medio de los detritos. Gran parte de la basura que habían arrastrado las inundaciones seguía allí. Lo único que se había salvado era el globo de plástico.

El cable y la tubería bajaban por un tramo de peldaños cuadrados. Jimmy los siguió con cuidado para no tropezar. A veces, el agua que caía de las conducciones del techo lo alcanzaba en el hombro y la cabeza. Las gotas centelleaban bajo el haz de la linterna. Todo lo demás estaba a oscuras. Trató de imaginarse a sí mismo allí abajo cuando el lugar estaba inundado, pero no pudo. Ya era bastante aterrador incluso ahora que había desaparecido el agua.

Un chorrito de agua le cayó en toda la coronilla y se transformó en un reguero que se perdió en el interior de su barba.

—Casi toda —dijo Jimmy hablándole al techo.

Llegó al fondo de las escaleras. Ya sólo podía guiarse por el cable y no era fácil de ver. Al avanzar por el pasillo se encontró con una fina cortina de agua. Juliette había dicho que era importante que estuviese allí cuando la bomba terminase el trabajo. Alguien tenía que encargarse de encenderla y apagarla. El agua seguiría filtrándose, así que la bomba tenía que seguir en funcionamiento, pero no era conveniente que trabajase en seco. Según le había dicho Juliette, se quemaría algo llamado el «impulsor».

Llegó hasta la bomba. La máquina se estremecía con violencia. Tenía acoplada una gruesa tubería que doblaba el borde de un pozo —Juliette le había advertido que tuviera cuidado de no caerse— y desde las profundidades subía una especie de gorgoteo de succión. Jimmy apuntó con la linterna el fondo del pozo y vio que estaba casi vacío. Apenas quedaban unos treinta centímetros de agua, revuelta por el infructuoso trabajo de la gran tubería.

Jimmy extrajo la cortadora del bolsillo de su pecho y sacó el cable de la fina manta de agua. La bomba gruñía furiosamente, entre un furioso tintineo de piezas metálicas. En el aire flotaba un fuerte olor a electricidad y metal caliente, y la caja cilíndrica que proporcionaba energía a la bomba desprendía vapor. Jimmy separó los dos cables y cortó uno de ellos con la herramienta. La bomba siguió funcionando todavía un momento, pero cada vez con menos fuerza. Juliette le había explicado lo que debía hacer. Peló el revestimiento del cable y retorció el extremo. Cuando el pozo volviera a llenarse, tendría que reactivar el equipo manualmente, tal como había hecho ella muchas semanas atrás. Los chicos y él podían turnarse. Vivirían sobre los pisos arrasados por las inundaciones, se ocuparían de la Selva y mantendrían el silo seco hasta que Juliette acudiera a buscarlos.

7

Silo 18

La discusión con Shirly sobre el generador no había ido bien. Juliette se salió con la suya, pero no con la sensación de salir victoriosa. Al ver cómo se alejaba su amiga a grandes zancadas, intentó ponerse en su lugar. Sólo hacía un par de meses de la muerte de su marido, Marck. Juliette había estado hundida un año entero tras perder a George. Y ahora la alcaldesa estaba diciéndole a la jefa de Mecánica que iban a llevarse el generador de emergencia. A robarlo. A dejar el silo a merced de un fallo mecánico. Como se le rompiese un diente a un simple engranaje, todos los pisos quedarían a oscuras y todas las bombas en silencio hasta que pudieran repararlo.

Juliette no necesitaba que Shirly le explicara los peligros que corrían. Los conocía perfectamente. Y ahora que se había quedado sola en el pasillo en penumbra, mientras los pasos de su amiga iban alejándose hasta quedar en silencio, se preguntaba qué demonios estaba haciendo. Hasta los que la rodeaban estaban perdiendo la fe en ella. ¿Y por qué? ¿Por una promesa? ¿O por mera necedad?

Una de las cicatrices que tenía en el brazo le picaba y mientras se rascaba por encima del overol recordó que había vuelto a hablar con su padre tras pasar casi veinte años evitándolo por pura testarudez. Ninguno de los dos había admitido lo estúpidos que habían sido, pero la idea estaba presente entre ellos, cubriéndolos como una colcha de retazos. Ése era su gran fracaso, la fuente de su necesidad de hacer grandes cosas en la vida y asimismo la causa de la tristeza que solía dejar a su paso, aquel orgullo pernicioso.

Se volvió y regresó a la sala del generador. Un estrépito metálico procedente de la pared contraria le recordó tiempos… más trastornados. El ruido de la perforación no era muy distinto al que emitía el defectuoso generador de su pasado, cuando era más joven, ardiente y peligrosa.

Los trabajos en el generador de reserva ya se habían iniciado. Dawson y su equipo habían desmontado el acoplamiento del escape. Raph trabajaba con una enorme llave inglesa en uno de los grandes pernos del soporte delantero para sacar el generador de su viejo acoplamiento. En aquel momento, Juliette cobró conciencia de que lo estaban haciendo de verdad. Shirly tenía todo el derecho del mundo de estar enfadada.

Cruzó la sala, atravesó uno de los huecos de la pared y al asomar la cabeza por debajo de las varillas de refuerzo se encontró a Bobby detrás de la gran perforadora, rascándose la barba. Bobby era un hombre de complexión maciza. Llevaba el pelo largo y las trenzas apretadas que solían gustar a los mineros y el color carbón de su tez ocultaba los estragos del trabajo en las minas. En todos los aspectos, era la antítesis de su amigo Raph. Hyla, su hija y también su sombra, aguardaba en silencio junto a él.

—¿Cómo vamos? —preguntó Juliette.

—¿Que cómo vamos? ¿O cómo va esta máquina? —Bobby se volvió y la estudió un momento—. Te voy a decir cómo va este montón de hierro oxidado. No está hecha para girar, como tú quieres. Avanza en línea recta, como un cigüeñal. Ni siquiera necesita conductor.

Juliette saludó a Hyla y estudió los progresos que estaban haciendo con la perforadora. La limpieza marchaba bien y la máquina estaba en un estado sorprendentemente bueno. Le puso a Bobby una mano en el brazo.

—Girará —le aseguró—. Colocaremos unas cuñas de hierro en la pared, aquí, a mano derecha. —Señaló hacia allí. La luz de los reflectores de los techos, procedente de las minas, iluminaba la roca oscura—. Cuando la parte posterior se encuentre con ellas, desplazará lateralmente la anterior. —Utilizando una mano para hacer las veces de perforadora, movió la otra a la altura de la muñeca para ilustrar la maniobra.

Bobby expresó su conformidad a regañadientes por medio de un gruñido.

—Avanzará muy despacio, pero podría funcionar. —Desplegó una hoja de fino papel, con un plano de todos los silos, y estudió la trayectoria que había trazado Juliette. El plano lo había sustraído ella misma de la oficina secreta de Lukas y mostraba un arco entre la sala del generador del silo Dieciocho y la del Diecisiete—. Habrá que desviarla también hacia abajo —le dijo Bobby—. Está inclinada, como si se muriese de ganas de ir hacia arriba.

—No pasa nada. ¿Qué se sabe de los refuerzos?

Hyla daba vueltas a un carboncillo con una mano y sujetaba una pizarra con la otra mientras estudiaba a los dos adultos. Bobby desvió un momento la mirada hacia el techo y suspiró.

—A Erik no le hace muy feliz la idea de tener que prestarnos lo que necesitamos. Dice que puede prescindir de vigas suficientes para mil metros. Le dije que le ibas a pedir cinco o diez veces más.

—Pues habrá que sacar algunas de las minas. —Juliette hizo un gesto dirigido a Hyla y su pizarra, para indicarle que lo apuntara.

—Pretendes provocar varias guerras aquí abajo, ¿no? —Bobby se mesó la barba, claramente alterado.

Hyla dejó de apuntar en la pizarra y miró de hito en hito a los dos adultos, sin saber muy bien a qué atenerse.

—Hablaré con Erik —dijo Juliette a Bobby—. Cuando le prometa las vigas de acero que encontraremos en el otro silo, cederá.

Bobby enarcó una ceja.

—Mala elección de palabras.

Soltó una carcajada nerviosa mientras Juliette le hacía un gesto a su hija.

—Necesitaremos treinta y seis vigas y setenta y dos montantes —dijo.

Hyla lanzó una mirada culpable a Bobby antes de anotarlo.

—Este cacharro va a levantar mucho polvo si llega a moverse —dijo Bobby—. Arrastrar los residuos desde aquí hasta la trituradora de las minas será complicado y requerirá tantos hombres como la perforación propiamente dicha.

Pensar en la sala de trituración, donde pulverizaban los residuos para luego expulsarlos por el colector de escape, le provocó a Juliette recuerdos dolorosos. Dirigió la linterna hacia los pies de Bobby y trató de no pensar en el pasado.

—No vamos a expulsar los residuos —le dijo—. El pozo seis está justo debajo de nosotros. Si excavamos en línea recta, nos lo encontraremos.

—¿Pretendes echarlos en el seis? —preguntó Bobby, incrédulo.

—De todos modos está casi agotado. Y nuestras reservas de minerales se multiplicarán por dos en cuanto lleguemos al otro silo.

—A Erik le va a dar un síncope. Ya no queda nadie más, ¿verdad?

Juliette estudió a su viejo amigo.

—¿Nadie más?

—A quien fastidiar, digo.

Juliette ignoró el sarcasmo y se volvió hacia Hyla.

—Escribe una nota para Courtnee. Quiero el generador de reserva totalmente revisado antes de que lo traigan. Cuando esté montado aquí no habrá sitio para sacar los cabezales y comprobar los sellos. El techo es demasiado bajo.

Bobby siguió a Juliette mientras ella continuaba con la inspección de la perforadora.

—Estarás aquí para supervisar todo eso, ¿no? —preguntó—. Cuando vayamos a acoplar el generador a este monstruo.

Juliette sacudió la cabeza.

—Me temo que no. Dawson se encargará. Lukas tiene razón, debo subir para dejarme ver…

—Tonterías —dijo Bobby—. ¿Qué pasa aquí, Jules? Nunca te había visto dejar un proyecto a medias, aunque tuvieras que trabajar tres turnos seguidos.

Juliette se volvió y dirigió a Hyla esa mirada que todos los niños y las sombras conocían bien y que significaba que los mayores tenían que hablar solos. La joven se quedó atrás mientras los dos viejos amigos continuaban.

—Mi presencia aquí está provocando mucho descontento —continuó Juliette con una voz queda que se tragó la inmensidad de la máquina que los rodeaba—. Lukas hizo lo que debía al venir a buscarme. —Lanzó al viejo minero una mirada fría—. Y como se te ocurra decírselo no la cuentas.

Bobby se echó a reír y le enseñó las manos.

—A mí no hace falta que me lo digas. Estoy casado.

Juliette asintió.

—Lo mejor es que ustedes lo atiendan mientras yo estoy lejos de aquí. Ya que voy a ser una distracción, más vale que lo haga bien.

Habían llegado al final de un espacio vacío que pronto estaría ocupado por el generador de reserva. La idea de mantener el delicado motor fuera de allí, en un sitio donde se utilizaría y mantendría en buen estado de funcionamiento, era muy inteligente. El resto de la perforadora era sólo acero y dientes, engranajes embadurnados de grasa.

—Esos amigos tuyos… —dijo Bobby—. ¿Valen todo este esfuerzo?

—Sí. —Juliette estudió a su viejo amigo—. Pero esto no es sólo por ellos. También es por todos nosotros.

Bobby se mordió el pelo de la barba.

—No entiendo —dijo al cabo de un momento.

—Tenemos que demostrar que esto puede funcionar —respondió ella—. No es más que el principio.

Bobby la miró con los ojos entornados.

—Bueno, si no es el principio de una cosa —dijo—, me atrevería a decir que, como mínimo, anuncia el final de otra.

8

Silo 18

Juliette se detuvo frente a la puerta del taller de Walker y llamó antes de entrar. Le habían dicho que había salido de allí durante el levantamiento, pero aquél era un engranaje cuyos dientes se negaban a encajar en el resto de la maquinaria de su cabeza. Para ella era una mera leyenda... Algo similar, suponía, a lo que le pasaba a la mayoría de la gente con su viaje entre silo y silo. Un rumor. Un mito. ¿Quién era esa mecánica que aseguraba haber visto otra tierra? Era el tipo de historias que se desechaban... Salvo que la leyenda lograse arraigar y engendrase religión.

—¡Jules! —Walker levantó la mirada desde la mesa, con un ojo tan grande como un tomate a causa de la lente de aumento. Se la quitó y el ojo volvió a la normalidad—. Bien, bien. Cuánto me alegro de que estés aquí. —La invitó a pasar con un gesto. En la habitación olía a pelo quemado, como si el anciano hubiera estado soldando sin preocuparse por sus largos y canosos bucles.

—Sólo he venido a llamar a Solo —dijo—. Y a avisarte que estaré unos días fuera.

—¿Ah, sí? —Walker frunció el ceño. Guardó unas cuantas herramientas en el delantal de cuero y apretó el soldador contra una esponja mojada. El siseo le recordó a Juliette a un huraño gato que antes vivía en la sala de bombas y solía bufarle desde la oscuridad—. ¿Ese tal Lukas quiere llevarte? —preguntó.

44

Esto recordó a Juliette que, aunque Walker no fuese amigo de espacios abiertos, sí lo era de los porteadores. Y ellos de su dinero.

—En parte es eso, sí —admitió. Tomó un banco, se dejó caer sobre él y se miró las manos, que estaban cubiertas de arañazos y manchadas de grasa—. Pero también es que lo de la perforación va a llevar un tiempo y ya sabes cómo me pongo cuando estoy ociosa. Hay otro proyecto en el que he estado pensando. Y va a gustar aún menos que éste.

Walker la estudió un instante, levantó la mirada hacia el techo y entonces abrió los ojos de par en par. De algún modo, había adivinado exactamente lo que quería hacer Juliette.

—Eres como el chile que prepara Courtnee —susurró—. Causas problemas por ambos lados.

Juliette se echó a reír, pero sintió también una punzada de decepción al saberse tan transparente. Tan predecible.

—Aún no se lo he dicho a Lukas —le advirtió—. Ni a Peter.

Walker arrugó el gesto al oír el segundo nombre.

—Billings —dijo ella—. El nuevo comisario.

—Ah, sí, eso es. —Desenchufó el soldador y volvió a mojarlo en la esponja—. Olvidaba que ése ya no es tu trabajo.

«Nunca lo fue», sintió deseos de decir ella.

—Sólo quiero decirle a Solo que ya casi hemos empezado a excavar. Tengo que asegurarme de que la inundación está controlada allí. —Señaló el radio de Walker, capaz de hacer mucho más que transmitir dentro de un único silo.

Al igual que el equipo que había bajo los servidores de Informática, aquella unidad construida por su amigo era capaz de comunicarse con otros silos.

—Claro. Es una pena que no te quedes un par de días más. Casi he terminado con el portátil. —Le mostró una caja de plástico un poco más grande que los radios que llevaban los ayudantes (y ella antes) a la cadera. Aún tenía unos cables sueltos y una enorme batería externa acoplada a un lado—. Cuando lo termine, podrás cambiar de canal con un simple dial. Aprovecha los repetidores de los dos silos.

Juliette tomó el aparato con cautela, sin entender una sola palabra de lo que decía su amigo. Walker señaló un dial con treinta y dos posiciones numeradas. Eso sí lo comprendió.

—Acabo de conseguir que funcione con las pilas recargables de toda la vida. Ahora iba a ponerme con la regulación del voltaje.

—Eres increíble —susurró Juliette.

Walker esbozó una sonrisa radiante.

—Increíble era la gente que inventó esto. Yo no llego ni a acercarme a lo que sabían hacer hace siglos. La gente no era tan estúpida entonces como podrías pensar.

Juliette sintió deseos de hablarle de los libros que había visto y contarle que la gente de entonces parecía del futuro y no del pasado.

Walker se secó las manos en un trapo viejo.

—He avisado a Bobby y a los demás, y creo que tú también deberías saberlo. Los radios funcionarán peor cuanto más excaven y no volverán a la normalidad hasta que lleguen al otro lado.

Juliette asintió.

—Eso he oído. Courtnee dice que utilizarán mensajeros, como en las minas. La he puesto al mando de la perforación. Ha pensado en todo.

Walker frunció el ceño.

—Oí que quería apuntalar también este lado frente a posibles explosiones, por si topan con una bolsa de gas.

—Eso fue idea de Shirly. Sólo intenta encontrar excusas para no perforar. Pero ya conoces a Courtnee: cuando se empeña en algo, lo consigue.

Walker se rascó la barba.

—Mientras no se olvide de traerme la comida, todo irá bien.

Juliette se echó a reír.

—Seguro que no lo hará.

—Bueno, te deseo suerte allí arriba.

—Gracias —dijo ella. Señaló el voluminoso equipo de radio que tenía Walker sobre la mesa de trabajo—. ¿Puedes pasarme con Solo?

—Claro, claro. Diecisiete. Olvidaba que no habías venido a charlar conmigo. Vamos a llamar a tu viejo amigo. —Sacudió la cabeza—. Ahora que ya he hablado con él, tengo que decirte que es un poco raro.

Juliette sonrió y estudió a su viejo amigo. Esperó un momento para ver si estaba bromeando y cuando vio que lo decía completamente en serio, se echó a reír.

—¿Qué pasa? —preguntó Walker. Encendió el radio y le pasó el receptor—. ¿Qué he dicho?

Las noticias de Solo eran dispares. Los pisos de Mecánica volvían a estar secos, y esto era bueno, pero no habían tardado tanto como ella esperaba. A ellos les costaría semanas o meses llegar hasta allí para ver lo que se podía salvar y el óxido empezaría a hacer su trabajo de inmediato. Decidió sacarse de la cabeza estos problemas lejanos y concentrarse en las cosas con las que podía trabajar de momento.

Todo lo que necesitaba para su visita a los pisos superiores cabía en una pequeña mochila: su overol plateado bueno, que apenas se había desgastado; calcetines y ropa interior, húmedos aún después de lavarlos en el lavadero; la cantimplora de trabajo, cubierta de abolladuras y manchada de grasa; y un juego de encaje y carraca. En el bolsillo llevaba la multiherramienta y veinte cupones, a pesar de que desde que era alcaldesa, casi nadie cobraba ya. Lo único que le hacía falta era un radio decente, pero Walker había desmontado dos unidades funcionales para tratar de construir uno nuevo y aún no había terminado el trabajo.

Con sus modestas posesiones y la sensación de estar abandonando a sus amigos, dejó Mecánica atrás. El estruendo lejano de la perforación la siguió por el pasillo y al salir a la escalera. Atravesar el control de seguridad fue como cruzar una especie de umbral mental. Le recordó a cuando traspasó aquella esclusa, muchas semanas atrás. Algunas cosas eran como la tapa de una válvula, sólo permitían el paso en una dirección. Temía que pudiera pasar mucho tiempo hasta su regreso. Cuando lo pensaba le costaba respirar.

Comenzó a ascender lentamente y a cruzarse con gente en la escalera. Podía sentir cómo la observaban. Las expresiones de hostilidad de personas a las que creía conocer le recordaban al viento que la había azotado en la ladera de la colina. Sus miradas de desconfianza llegaban a rachas... Y con la misma rapidez, desaparecían.

Al poco tiempo empezó a detectar lo que le había mencionado Lukas. Los buenos sentimientos que hubiera podido provocar su regreso, el asombro con el que pudiera mirarla la gente por ser una persona que se había negado a limpiar y había sobrevivido al exterior gigantesco, estaban desmoronándose exactamente igual que el hormigón en las profundidades, bajo las cometidas de sus excavadoras. Si su retorno desde el exterior había engendrado esperanzas, sus planes para excavar un túnel más allá del silo habían traído otra cosa. Pudo verlo en un tendero de mirada huidiza, en el brazo protector con el que una madre rodeaba a su bebé o en los susurros que aparecían y, con la misma rapidez, desaparecían. Estaba sembrando el miedo.

Algunas personas, pocas, sí la saludaban en la escalera al pasar, con un gesto de cabeza y un «Alcaldesa». Un joven porteador al que conocía se detuvo y le estrechó la mano, genuinamente emocionado de verla. Pero cuando hizo una parada para comprar algo de comer en las granjas inferiores del piso ciento veintiséis y cuando volvió a hacerlo tres pisos más arriba para buscar un cuarto de baño, se sintió tan bien recibida como un grasiento en el tercio superior. Y eso que se encontraba aún entre los suyos. Por poca simpatía que le tuviesen, seguía siendo su alcaldesa.

Esta atmósfera la llevó a replantearse la idea de ver a Hank, el ayudante de las profundidades. Hank había luchado en el levantamiento y había visto cómo daban la vida muchos hombres y mujeres buenos. Mientras Juliette entraba en la comisaría del ciento veinte, se preguntó si pasar por allí sería un error, si no sería mejor seguir su camino. Pero quien hablaba era su yo juvenil, el mismo al que le daba miedo ver a su padre y enterraba la cabeza en el trabajo para escapar del mundo. No podía seguir siendo esa persona. Ahora tenía responsabilidades con el silo y sus habitantes. Debía ver a Hank, era lo correcto. Se rascó una cicatriz que tenía en el dorso de la mano y entró con paso decidido en la oficina del ayudante. Se recordó a sí misma que era la alcaldesa, no una prisionera a la que iban a mandar a limpiar.

Hank levantó la mirada de la mesa cuando entró. El ayudante abrió ligeramente los ojos al reconocerla. No habían vuelto a verse ni a cruzar palabra desde el regreso de Juliette. Se levantó de la silla, dio dos pasos hacia ella y se detuvo. Y entonces Juliette, al reconocer la misma mezcla de nervios y emociones que sentía, se dio cuenta de que su miedo era infundado y no tendría que haber postergado tanto su visita. Hank alargó la mano con timidez, como si temiese que ella pudiera negarse a estrechársela. Parecía listo para retirarla si el gesto la ofendía. Al margen de lo que ella hubiera podido hacerle, aún parecía avergonzado por haber cumplido la orden de mandarla a limpiar.

Juliette le estrechó la mano y tiró de él para darle un abrazo.

—Lo siento —susurró Hank con voz quebrada de repente.

—Calla, calla —dijo Juliette. Soltó al agente de la ley, retrocedió un paso y le miró el hombro—. Soy yo la que debería disculparse. ¿Cómo tienes el brazo?

Hank movió el hombro en un círculo.

—Sigue en su sitio —dijo—. Y como se te ocurra disculparte conmigo hago que te detengan.

—Tablas, entonces —le ofreció ella.

Hank sonrió.

—Tablas —respondió—. Pero sí quiero decir…

—Estabas haciendo tu trabajo. Y yo estaba haciendo lo que creía que debía hacer. Así que vamos a dejarlo.

Hank asintió y bajo la mirada hacia sus botas.

—¿Cómo marchan las cosas por aquí? Lukas me ha dicho que hay quejas por lo que estamos haciendo abajo.

—Se han producido algunos actos de vandalismo. Nada muy serio. Creo que la mayoría de la gente está ocupada intentando arreglar las cosas. Pero sí, hay gente que habla. Ya sabes cuántas peticiones de traslado a los pisos intermedios o el tercio superior solemos recibir. Pues últimamente hay diez veces más. Creo que la gente no quiere estar cerca de lo que estás haciendo.

Juliette se mordió el labio.

—Parte del problema es la falta de liderazgo —continuó Hank—. No quiero agobiarte con esto, pero aquí abajo los chicos y yo ya no sabemos muy bien a qué atenernos. Ya no recibimos mensajes de Seguridad, como antes. Y tu oficina…

—Ha estado ociosa —terminó Juliette.

Hank se rascó la nuca.

—Exacto. Y no digo que tú lo hayas estado, ojo. A veces, el escándalo que están organizando se oye desde el rellano.

—Por eso he venido —le dijo ella—. Quiero que sepan que nos preocupan las mismas cosas. Voy a pasar una o dos semanas en mi oficina. De camino allí pasaré por las demás comisarías. Las cosas van a cambiar y mejorar, en muchos aspectos.

Hank frunció el ceño.

—Sabes que me fío de ti y eso, pero por aquí, cuando le dices a la gente que las cosas van a cambiar para ser mejores, lo único que oyen es que van a cambiar. Y para quienes consideran una bendición seguir respirando, eso significa una cosa y sólo una cosa.

Juliette pensó en todas las cosas que tenía planeadas, tanto para el tercio inferior como para las profundidades.

—Mientras haya hombres buenos como tú que confíen en mí, todo irá bien —dijo—. Ahora tengo que pedirte un favor.

—Necesitas un sitio para pasar la noche —aventuró Hank. Señaló la celda con un ademán—. Te he guardado tu antigua habitación. Puedo bajar el camastro…

Juliette se echó a reír. Le alegraba que hubieran llegado al punto en el que podían bromear con algo que sólo un momento antes había sido causa de incomodidad para ambos.

—No —dijo—. Pero gracias. En teoría tengo que estar en las granjas de los pisos intermedios antes de que apaguen las luces. Tengo que plantar la primera cosecha de una nueva parcela que van a entregar. —Hizo un ademán en el aire—. Una cosa de esas.

Hank sonrió y asintió.

—Lo que quería pedirte es que estés pendiente de las escaleras por mí. Lukas ha mencionado que arriba hay gente descontenta. Voy a subir para intentar aplacar los ánimos, pero quiero que estés alerta por si las cosas se pusieran peor. Tenemos muy poco personal allí abajo y la gente anda nerviosa.

—¿Prevés problemas? —preguntó Hank.

Juliette lo pensó un momento.

—Sí —dijo—. Si necesitas contratar una sombra o dos, lo autorizaré.

El ayudante frunció el ceño.

—Normalmente no me importa que me aumenten el presupuesto —dijo—. De modo que, ¿por qué me resulta incómodo que lo hagas?

—Por la misma razón por la que yo estoy encantada de hacerlo —dijo Juliette—. Los dos sabemos que te llevas la peor parte.

9

Silo 18

Tras salir del despacho del ayudante, Juliette continuó su ascenso por pisos en los que los combates habían sido mucho más numerosos y encarnizados, y volvió a ver las cicatrices que había dejado la guerra en el silo. Pasó frente a los recuerdos cada vez más cruentos de batallas que se habían librado en su ausencia, vio las marcas dejadas por la lucha, los trazos de bordes afilados y brillante color plata en la pintura vieja, las quemaduras y agujeros de color negro en el hormigón, las varillas de refuerzo que afloraban como huesos fracturados a través de la piel.

Había dedicado la mayor parte de su vida a mantener aquel silo de una pieza, a asegurarse de que seguía en funcionamiento. El silo le pagaba sus servicios llenando sus pulmones de aire, haciendo crecer sus cosechas y llevándose sus cadáveres. Eran mutuamente responsables. Sin personas que lo habitasen, el silo se transformaría en un lugar como el de Solo: carcomido por el óxido y medio anegado. Sin el silo, ella no sería más que un esqueleto abandonado sobre una colina, que contemplaría el cielo cubierto de nubes con cuencas vacías. Se necesitaban el uno al otro.

Su mano, cubierta de cicatrices, resbalaba por una barandilla rugosa a su vez por las nuevas soldaduras. Durante la mayor parte de su vida, el silo y ella se habían cuidado mutuamente. Hasta el momento en el que estuvieron a punto de destruirse. Y ahora, los pequeños problemas de Mecánica que había esperado llegar a enderezar algún día —el chirrido de las bombas, las filtraciones de las tuberías, las fugas de los tubos de escape— no eran nada frente a los terribles desperfectos que había provocado su marcha. Al igual que en su cuerpo, donde las pequeñas y ocasionales cicatrices de antaño —recuerdos de tropezones juveniles— habían desaparecido por debajo de la carne desfigurada, parecía que un error grande podía enterrar todos los pequeños.

Subió los peldaños de uno en uno hasta llegar hasta el lugar en el que una bomba había excavado un agujero en las escaleras. Sobre los destrozos se extendía un mosaico de metal, una telaraña de barrotes y barandillas extraídos de otros rellanos, que ahora eran más estrechos que antes. Aquí y allá se veían los nombres de los que habían muerto en la explosión, escritos con carbón. Juliette avanzó cuidadosamente a través del metal enmarañado. Más arriba, vio que ya habían remplazado las puertas de Suministros. Allí, la lucha había sido especialmente feroz. Era el precio que había pagado aquella gente de amarillo por alinearse con sus azules.

Los feligreses salían del oficio del domingo cuando Juliette se acercó a la iglesia del noventa y nueve. Una marea humana descendía en espiral hacia el tranquilo bazar por el que acababa de pasar. Tenían los labios fruncidos tras horas de grave reflexión y las articulaciones tan tiesas como los overoles que vestían. Al pasar entre ellos, Juliette se percató de sus miradas de hostilidad.

Cuando llegó al rellano, la multitud había menguado. El pequeño templo estaba encajado entre las antiguas granjas hidropónicas y los pisos de los obreros que antes trabajaban en las profundidades. Aunque había sucedido en una época anterior, Knox le había contado cómo había aparecido allí aquella iglesia. Cuando su propio padre todavía era niño, hubo protestas por los conciertos y representaciones teatrales que se organizaban los domingos. Seguridad se había mantenido de brazos cruzados mientras los manifestantes iban congregándose alrededor del bazar hasta montar un campamento. La gente empezó a dormir en los escalones y su número fue aumentando hasta que resultó imposible pasar. La granja que había un piso más arriba fue saqueada para alimentar a estas masas. Finalmente se apoderaron de la mayor parte del nivel de las granjas hidropónicas. El templo del veintiocho había establecido un satélite en el noventa y nueve, sólo que ahora el satélite era mucho más grande que él.

El padre Wendel estaba en el rellano cuando apareció Juliette. De pie junto a la puerta, estrechaba la mano a los feligreses al salir del servicio dominical y conversaba un momento con ellos. Su túnica blanca parecía emitir una tenue luz. Más o menos igual que su pelado cráneo, que resplandecía a causa del esfuerzo invertido en el sermón. Entre la cabeza y la túnica, Wendel parecía resplandecer, literalmente. Sobre todo a los ojos de Juliette, que acababa de salir de una tierra de mugre y grasa. Sólo con ver un atuendo tan inmaculado, se sentía sucia.

—Gracias, padre —dijo una mujer que llevaba a un niño apoyado sobre la cadera mientras hacía una pequeña reverencia y le estrechaba la mano al sacerdote.

El bebé, con la cabeza sobre el hombro de su madre, estaba sumido en un perfecto letargo. Wendel le puso una mano en la cabeza y dijo unas palabras. La mujer le dio las gracias, se alejó y el padre le estrechó la mano al siguiente feligrés.

Juliette se pegó a la barandilla para no dejarse ver mientras el último puñado de fieles pasaba en fila por delante de ella. Vio que un hombre se detenía un momento y dejaba unos tintineantes cupones en la mano del padre Wendel.

—Gracias, padre —dijo, una despedida que era una especie de salmodia.

Cuando el hombre pasó a su lado y se perdió escaleras arriba, seguramente en dirección a los corrales, Juliette percibió un olor como a cabras. Era el último. El padre Wendel se volvió y dirigió una sonrisa a Juliette para que supiese que era consciente de su presencia.

—Alcaldesa —dijo abriendo las manos—. Nos honra con su presencia. ¿Ha venido al servicio de las once?

Juliette consultó el pequeño reloj que llevaba alrededor de la muñeca.

—¿No era ése? —preguntó. Estaba ascendiendo a muy buen ritmo.

—No, el de las diez. Hemos añadido otro servicio. La gente del tercio superior llega más tarde.

Juliette se preguntó por qué vendrían desde tan lejos los habitantes de los pisos superiores. Había sincronizado su ascenso para no llegar en medio de ningún servicio, pero puede que se hubiera equivocado. Le habría convenido saber qué era lo que se decía allí que tan atrayente resultaba para tanta gente.

—Me temo que sólo puedo hacerle una visita rápida —dijo—. Recuperaré el servicio cuando vuelva a bajar.

Wendel frunció el ceño.

—¿Y cuándo será eso? He oído que va a volver al cargo para el que la escogieron los dioses y su pueblo.

—Dentro de pocas semanas, probablemente. El tiempo suficiente para ponerme al día.

Un acólito salió al rellano con un elegante cuenco de madera. Le mostró a Wendel su contenido y Juliette oyó el ruido de los cupones. El muchacho llevaba un manto de color café y al inclinarse ante Wendel, Juliette pudo ver que tenía la coronilla afeitada. Se volvió para marcharse, pero antes de que lo hiciese Wendel lo agarró de brazo.

—Preséntale tus respetos a la alcaldesa —dijo.

—Señora… —El acólito hizo una reverencia.

Su rostro era totalmente inexpresivo. Unos ojos negros bajo unas cejas tupidas y oscuras y unos labios sin color. Juliette tuvo la sensación de que aquel joven pasaba poco tiempo fuera de la iglesia.

—No me llames «señora» —respondió con todo educado—. Soy Juliette.

Le tendió una mano.

—Remmy —respondió el muchacho.

Una mano salió del interior de su manto. Juliette la estrechó.

—Ordena los bancos —dijo Wendel—. Aún falta otro servicio.

Remmy hizo una reverencia ante ambos y se alejó arrastrando los pies. Juliette sintió un acceso de lástima por él, aunque sin saber por qué. Wendel dirigió la mirada al otro lado del rellano y por un momento pareció concentrado en algo, escuchando por si se acercaba alguien. Sujetó la puerta y, con un gesto del brazo, invitó a Juliette a pasar.

—Entre —dijo—. Rellene la cantimplora. Bendeciré su viaje.

Juliette sacudió la cantimplora y al oír el ruido que hacía se dio cuenta de que estaba casi vacía.

—Gracias —dijo. Lo siguió al interior.

Wendel la llevó por el vestíbulo hasta la capilla inferior, donde ella había asistido a varios servicios dominicales años antes. Remmy andaba atareado entre los bancos y las sillas, cambiando los cojines y colocando sobre ellos notas manuscritas en estrechas tiras de papel barato. Lo sorprendió mirándolo mientras lo hacía.

—Los dioses la echan de menos —dijo el padre Wendel, refiriéndose al tiempo que llevaba sin pasar por allí.

La capilla se había ampliado desde su última visita. Por todas partes se percibía el intenso y carísimo olor del serrín, de la madera remodelada sacada de puertas viejas y otras fuentes antiguas. Juliette apoyó una mano en un banco que debía de valer una fortuna.

—Bueno, los dioses saben dónde encontrarme —respondió al mismo tiempo que quitaba la mano del banco.

Sonrió al decirlo, como si fuese una simple broma, pero vio un destello de decepción en el rostro del sacerdote.

—A veces me pregunto si no estará ocultándose de ellos con todas sus fuerzas —dijo éste. Señaló con un gesto de cabeza la vidriera del altar. La intensidad de las luces que había detrás cubría de coloridos fragmentos el suelo y el techo—. Leo desde el púlpito todos los anuncios que emite con ocasión de nacimientos y muertes, y veo en ellos que reconoce la obra de los dioses en todas las cosas.

Juliette sintió deseos de decirle que aquellos anuncios ni siquiera los escribía ella. Que se encargaban otros.

—Pero al ver la ligereza con la que se toma las leyes de los dioses, a veces me pregunto si de verdad cree en ellos.

—Creo en los dioses —dijo Juliette, un poco alterada por aquella acusación—. Creo en los dioses que crearon este silo. En serio. Y los demás silos…

Wendel se encogió visiblemente.

—Blasfemia —dijo, con los ojos tan abiertos como si creyera que las palabras de Juliette podían fulminarlo.

Lanzó una mirada a Remmy, quien hizo una reverencia y regresó a la sala principal.

—Sí, blasfemia —dijo Juliette—. Pero creo que los dioses levantaron las torres detrás de las colinas y nos dejaron un modo de descubrirlo, un modo de salir de aquí. Hemos descubierto una máquina en las profundidades del silo, padre Wendel. Una máquina excavadora que podría llevarnos a otros sitios. Sé que no lo aprueba, pero creo que esa máquina es un regalo de los dioses y estoy dispuesta a utilizarla.

—Esa máquina excavadora es obra del diablo y yace en sus profundidades —dijo Wendel. Todo rastro de amabilidad había abandonado su rostro. Se secó la frente con un pañuelo cuadrado de fina tela—. No existen dioses como esos de los que habla, sólo demonios.

Juliette comprendió que aquella era la base de su sermón. Estaba oyendo el servicio de las once. La gente acudía desde tan lejos para escuchar esas mismas palabras.

Se adelantó un paso. Estaba tan furiosa que sentía cómo le ardía la piel.

—Puede que haya demonios entre mis dioses —reconoció utilizando la misma lengua del sacerdote—. Los dioses en los que creo… los dioses que venero eran los hombres y mujeres que construyeron este lugar y muchos otros como él. Lo construyeron para protegernos del mundo que habían destruido. Eran dioses y demonios, ambas cosas. Pero nos dejaron margen para la redención. Querían que fuésemos libres, padre, y nos dieron los medios para serlo. —Señaló su propia sien—. Me los dieron aquí. Y nos dejaron una máquina excavadora. Sí. No hay nada de blasfemo en utilizarla. Y yo he visto con mis ojos esos otros silos en los que sigue usted sin creer. He estado en ellos.

Wendel retrocedió otro paso. Acarició la cruz que llevaba al cuello y Juliette sorprendió a Remmy espiando desde detrás de la puerta, con los ojos oscuros cubiertos por las sombras que proyectaban sus oscuras cejas.

—Deberíamos utilizar todas las herramientas que nos han dado los dioses —dijo Juliette—. Salvo la que empuña usted, el poder del miedo.

—¿Yo? —El padre Wendel se llevó una mano al pecho. Señaló a Juliette con la otra—. Es usted la que propaga el miedo. —Con un ademán, abarcó los bancos de la iglesia y, por detrás de ellos, la heterogénea colección de sillas, cajas y cubos que ocupaba la parte posterior de la sala—. La gente se agolpa aquí dentro, tres veces por domingo, para retorcerse las manos pensando en la obra del diablo que está usted haciendo. Los niños no concilian el sueño de noche por miedo a que nos mate a todos.

Juliette abrió la boca, pero las palabras se negaron a acudir. Pensó en los niños de la escalera, en aquella madre que había intentado proteger a su bebé de ella con su propio cuerpo, en la gente a la que conocía y que ya no la saludaba.

—Podría enseñarle unos libros… —dijo en voz baja, pensando en las estanterías que contenían el Legado—. Podría enseñárselos y entonces lo vería.

—Sólo hay un libro que merezca la pena conocer —dijo Wendel.

Sus ojos saltaron hacia un tomo grande y ornamentado, de bordes dorados, que descansaba en un atril junto al púlpito, dentro de una jaula de acero. Juliette recordaba las lecciones de aquel libro. Había visto sus páginas, con aquellas frases crípticas que, de vez en cuando, asomaban en medio de las negras barras de la censura. Se fijó en el torpe trabajo de quien había soldado el atril al suelo de acero. Gruesas protuberancias en soldaduras paranoides. No se podía confiar el cuidado de un simple libro a los mismos dioses que debían velar por los hombres y las mujeres.

—Será mejor que lo deje para que pueda preparar el servicio de las once —dijo, avergonzada por su arrebato.

Wendel abrió los brazos. Juliette se dio cuenta de que ambos habían ido demasiado lejos y lo sabían. Había ido allí con la esperanza de disipar algunas dudas y sólo había conseguido empeorarlas.

—Ojalá pudiera quedarse —dijo Wendel—. Al menos rellene la cantimplora.

Juliette se llevó la mano a la espalda y abrió los enganches de la cantimplora. Remmy reapareció con un frufrú del pesado manto café y la tonsura perlada de sudor.

—Lo haré, padre —dijo Juliette—. Gracias.

Wendel asintió. Hizo un ademán dirigido a Remmy y esperó en silencio mientras su acólito rellenaba la cantimplora en la fuente de la capilla. No pronunció una sola palabra. La promesa de bendecir el viaje de Juliette había caído en el olvido.

10

Silo 18

Juliette participó en una plantación ceremonial en los pisos intermedios, comió tarde y continuó con su lacónico avance silo arriba. Para cuando dejo atrás el piso cuarenta, las luces empezaban a atenuarse y, casi con sorpresa, se dio cuenta de que echaba en falta una cama familiar.

Lukas estaba esperándola en el rellano. La saludó con una sonrisa e insistió en llevarle la mochila, a pesar de que pesaba muy poco.

—No hacía falta que me esperaras —dijo ella. Pero la verdad es que le parecía un gesto muy dulce.

—Acabo de llegar —respondió él—. Una porteadora me avisó de que estabas cerca.

Juliette se acordó de la joven del overol azul que la había adelantado en el cuarenta y tantos. Era fácil olvidar que Lukas tenía ojos y oídos por todas partes. Le abrió la puerta y Juliette entró en un piso abarrotado de recuerdos y sensaciones conflictivos. Allí era donde había muerto Knox. Allí habían envenenado a la alcaldesa Jahns. Allí la habían condenado a limpiar y le habían curado la espalda los médicos.

Al dirigir la mirada hacia la sala de juntas se acordó de cuando le habían dicho que era alcaldesa. En aquel sitio les había sugerido a Peter y a Lukas que le contaran a todos la verdad: que no estaban solos en el mundo. Seguía pensando que era una buena idea, a pesar de lo que decían ellos. Pero puede que fuera mejor mostrarles a todos la verdad, en lugar de revelársela. Se imaginó a familias enteras bajando, tal como en su día habían subido para contemplar la gran pantalla. Viajarían hasta su mundo, miles de personas que nunca habían estado allí, que no tenían ni la menor idea del aspecto que tenían las máquinas que los mantenían con vida. Viajarían hasta Mecánica para luego cruzar un túnel y ver aquel otro silo. De camino allí, se dejarían maravillar por el generador principal que ahora ronroneaba, perfectamente alineado. Contemplarían con asombro ante el agujero que habían excavado sus amigos en el suelo. Y luego experimentarían la arrebatadora emoción de llenar un mundo casi idéntico al suyo, pero vacío, y rehacerlo a su entera voluntad.

El pitido emitido por la compuerta de seguridad cuando Lukas pasó su tarjeta por el escáner sacó a Juliette de sus ensoñaciones. El guardia que había dentro la saludó con el brazo y ella le devolvió el saludo. La mayoría de los trabajadores se había ido a casa a pasar la noche. La ausencia de gente recordó a Juliette el silo Diecisiete. Se imaginó que Solo doblaba la esquina, con media barra de pan en la mano y la barba llena de migas, sonriente de felicidad al verla. Aquella sala era muy parecida a la suya, salvo por la lámpara rota y colgada de sus cables en el silo Diecisiete.

Los dos grupos de recuerdos se entremezclaban en su memoria mientras seguía a Lukas a su residencia privada. Dos mundos con un mismo plano, dos vidas vividas, una en aquél y otra en éste. Tan grande era el vínculo que se creaba entre las personas desesperadas que las semanas que había pasado con Solo le parecían una vida entera. Elise podría haber salido de aquel mismo despacho, que los niños habían escogido como casa, y aferrarse a la pierna de Juliette. Los gemelos estarían discutiendo sobre el botín que habían encontrado al otro lado del recodo. Rickson y Hannah se darían un beso a hurtadillas, en la oscuridad, mientras susurraban sobre otro niño.

—... pero sólo si estás de acuerdo.

Juliette se volvió hacia Lukas.

—¿Qué? Ah, sí. Me parece bien.

—No has oído ni una palabra de lo que te he dicho, ¿verdad? —Al llegar a la puerta, pasó su tarjeta por delante del escáner—. A veces es como si estuvieras en otro mundo.

Había preocupación en su voz, no rabia. Juliette le quitó su mochila de las manos y entró. Lukas encendió las luces y tiró su identificación sobre la cómoda que había junto a la cama.

—¿Te encuentras bien? —preguntó.

—Cansada por la subida, nada más. —Juliette se sentó al borde de la cama y comenzó a desatarse los cordones. Se quitó las botas y las dejó en el sitio de costumbre.

El apartamento de Lukas era como una segunda casa para ella, familiar y acogedor. En cambio el suyo propio, en el piso sexto, era como una tierra extranjera. Había estado allí en dos ocasiones pero nunca había dormido allí. Hacerlo habría supuesto aceptar del todo su condición de alcaldesa.

—Estaba pensando en pedir que nos traigan algo de cenar. —Lukas buscó en el armario y sacó la bata suave que a Juliette le encantaba ponerse después de darse una ducha caliente. La colgó en el gancho de la puerta del baño—. ¿Quieres que te prepare el baño?

Juliette respiró hondo.

—Apesto, ¿no?

Se olió el dorso de la mano y trató de limpiar la grasa con la nariz. Percibió el toque ácido del soplete y el aroma de las llamas del tubo de escape de la perforadora, un perfume tan tatuado en su carne como los cortes que se hacían los petroleros en los brazos para luego llenarlos de tinta. Y todo ello a pesar de que se había duchado antes de salir de Mecánica.

—No. —Lukas pareció dolido por su comentario—. Sólo pensé que te apetecería.

—Por la mañana, quizá. Y creo que voy a saltarme la cena. Llevo todo el día picando. —Alisó las sábanas detrás de sí. Lukas sonrió y se sentó a su lado. Su cara tenía una sonrisa expectante y sus ojos el mismo brillo que siempre veía después de que hacían el amor... Pero la expresión se esfumó al oír sus siguientes palabras—: Tenemos que hablar.

Lukas descompuso el rostro. Encorvó los hombros.

—No vamos a hacerlo público, ¿verdad?

Juliette le tomó la mano.

—No, no es eso. Claro que vamos a hacerlo. Por supuesto. —Apretó la mano de Lukas contra su pecho, mientras recordaba un amor que había mantenido oculto del Pacto una vez y que la había partido en dos. No volvería a cometer el mismo error—. Es por la excavación —dijo.

Lukas aspiró hondo, contuvo la respiración un momento y luego se echó a reír.

—Sólo eso —dijo con una sonrisa—. Aunque te parezca increíble, tu excavación me parece el menor de los males.

—Hay otra cosa que quiero hacer y que no te va a gustar.

Lukas enarcó una ceja.

—Si te refieres a contar lo de los demás silos, a decirle a la gente lo que hay fuera, ya conoces mi postura y la de Peter. No creo que fuera seguro. La gente no te creerá y los que sí lo hagan causarán problemas.

Juliette se acordó del padre Wendel y pensó en que la gente era capaz de dar crédito a cosas increíbles hechas de meras palabras y en que se podían formar creencias a partir de simples libros. Pero tal vez fuera necesario que la gente quisiera creer esas cosas. Y tal vez Lukas tenía razón en que no todo el mundo querría dar crédito a la verdad.

—No voy a contar nada —respondió—. Quiero mostrárselo. Quiero hacer algo en el tercio superior, pero necesito tu ayuda y la de tu departamento. Van a hacerme falta algunos de tus hombres.

Lukas frunció el ceño.

—No me gusta cómo suena eso. —Se rascó el brazo—. ¿Por qué no hablamos de eso mañana? Esta noche sólo quiero disfrutar del hecho de tenerte aquí, conmigo. Para una noche que no estamos trabajando... Puedo fingir que no soy más que un técnico de los servidores y que tú eres... cualquiera menos la alcaldesa.

Juliette le apretó la mano.

63

—Tienes razón. Por supuesto. Será mejor que me meta en la ducha ahora mis…

—No, quédate. —La besó en el cuello—. Hueles a ti. Dúchate por la mañana.

Juliette cedió. Lukas volvió a besarla en el cuello y cuando ella sintió que empezaba a bajarle el cierre del overol le pidió que apagara las luces. Por una vez, al contrario que de costumbre, no protestó por no poder verla. Dejó la luz del baño encendida y la puerta entreabierta para que no entrara más que un poco de luz. Por mucho que a Juliette le gustara estar desnuda con él, prefería que nadie la viera. La tracería de cicatrices que cubría su cuerpo le recordaba a las hendeduras de los pozos en el granito de las minas: una telaraña de roca blanca en medio del resto.

Pero eran tan sensibles al tacto como poco atractivas a la vista. Cada cicatriz era como una terminación nerviosa conectada a su interior. Cuando Lukas las recorría con los dedos —como un electricista que siguiera un diagrama de cables—, allí donde tocaba era como si comunicara los dos contactos de una batería: una corriente eléctrica recorría el cuerpo de Juliette mientras se abrazaban en la oscuridad y él la exploraba con las manos. Sintió que su piel se ponía tibia. No iba a ser una de esas noches en las que se rendían temprano al sueño. Sus peligrosos planes y designios comenzaron a esfumarse bajo la delicada presión del suave roce de Lukas. Sería una noche para viajar de regreso a la juventud, para sentir en lugar de pensar, para volver a épocas más sencillas.

—Qué curioso —dijo Lukas, y dejó lo que estaba haciendo.

Juliette no preguntó qué era lo curioso. Sólo quería que lo olvidara, pero era demasiado orgullosa para decirle que siguiera tocándola así.

—Mi cicatriz preferida ha desaparecido —añadió Lukas mientras le acariciaba el brazo.

La temperatura de Juliette subió como la espuma. Sentía tanto calor que era como si volviese a estar en la esclusa. Una cosa era que él acariciase sus heridas y otra muy distinta que las mencionase. Apartó el brazo de Lukas y se apartó rodando mientras se decía que al final sí iba a ser una noche para dormir.

—No, ven, déjame ver —le pidió él.

—No seas cruel —respondió.

Lukas le acarició la espalda.

—No es eso, te lo juro. ¿Me dejas que te vea la espalda?

Juliette se sentó en la cama y se subió las sábanas hasta la altura de las rodillas. Se rodeó el cuerpo con las manos.

—No me gusta que las menciones —dijo—. Y tampoco que tengas una favorita. —Señaló con un gesto de cabeza el cuarto de baño, por cuya puerta entreabierta se colaba un poco de luz—. ¿Podemos apagar eso, por favor?

—Jules, te lo juro, te amo tal como eres. Nunca te he visto de otro modo.

Pero ella interpretó que nunca la había visto desnuda antes de sus heridas, no que siempre la hubiera encontrado preciosa. Se levantó de la cama y fue a apagar la luz ella misma. Arrastró la sábana detrás de sí y Lukas se quedó solo y desnudo en la cama.

—Estaba en la articulación de tu brazo derecho —dijo—. Tres heridas cruzadas. Formaban una estrellita. La habré besado cien veces.

Juliette apagó la luz y se quedó donde estaba, de pie en la oscuridad. Aún sentía la mirada de Lukas sobre sí. Sentía las miradas de la gente sobre sus cicatrices incluso cuando estaba totalmente vestida. Al imaginar que Lukas la veía así se le hizo un nudo en la garganta.

Lukas se le acercó en la negrura, la rodeó con un brazo y depositó un suave beso sobre su hombro.

—Vuelve a la cama —dijo—. Lo siento. Podemos dejar la luz apagada.

Juliette titubeó.

—No me gusta que las conozcas tan bien —dijo—. No quiero ser una de tus cartas estelares.

—Tranquila —respondió él—. No puedo evitarlo. Forman parte de ti, de la única tú que he conocido. ¿Y si le pidiéramos a tu padre que les echara un vistazo…?

Juliette se apartó de él, pero al hacerlo volvió a accionar el interruptor de la luz. Examinó la articulación de su codo en el espejo, primero la del derecho y luego la del izquierdo, convencida de que estaba equivocado.

—¿Estás seguro de que estaba ahí? —preguntó mientras estudiaba la telaraña de cicatrices en busca de algún espacio desnudo, algún pedazo de cielo abierto.

Lukas la tomó delicadamente por la muñeca y el codo, se llevó su brazo a la boca y lo besó.

—Justo ahí —dijo—. La he besado un centenar de veces.

Juliette se limpió una lágrima del ojo y se echó a reír con esa mezcla de jadeo y suspiro que a veces provocan los accesos repentinos de tristeza. Buscó una protuberancia de la carne especialmente ofensiva, un verdugón que daba la vuelta a su antebrazo derecho, y se lo mostró a Lukas, como gesto de perdón, si no de crédito.

—Pues ahora hazlo con ésta —dijo.

11

Silo 1

Las baterías de silicio-carbono con las volaban los drones eran del tamaño de una tostadora. Según los cálculos de Charlotte, debían de pesar entre quince y veinte kilos. Tras extraérselas a dos de los drones, las había rodeado con unas correas sacadas de uno de los cajones de Suministros. Ahora, con una de ellas agarrada en cada mano, hacía sentadillas mientras daba una lenta vuelta al almacén, con los muslos doloridos y temblorosos y los brazos entumecidos.

Un rastro de sudor marcaba su trayectoria, pero aún le faltaba mucho trecho por recorrer. ¿Cómo había podido abandonarse de aquel modo? Tantas carreras y tanto entrenamiento durante la instrucción, para acabar sentada frente a una consola, manejando un dron, para acabar sentada jugando a juegos de guerra, para acabar sentada en una cafetería, comiendo basura, para acabar sentada leyendo.

Había engordado, ni más ni menos. Y eso no le había preocupado hasta que despertó en aquella pesadilla. Nunca había sentido tanto la necesidad de hacer ejercicio como después de haber pasado varios siglos congelada. Pero ahora quería recuperar el cuerpo que recordaba. Unas piernas que funcionaban. Unos brazos que no acababan doloridos con sólo cepillarse los dientes. Puede que fuese absurdo pensar que podía volver atrás, convertirse de nuevo en la persona que había sido, regresar al mundo que recordaba. O puede que sólo estuviese impaciente por recuperarse. Esas cosas llevaban su tiempo.

Volvió a llegar junto a los drones, lo que quería decir que había dado una vuelta completa. El mero hecho de que pudiera completarla quería decir que estaba progresando. Hacía pocas semanas que su hermano la había despertado y la rutina de comer, entrenar y trabajar con los drones comenzaba a antojársele normal. Empezaba a acostumbrarse al mundo absurdo en el que había despertado. Y esto la aterraba.

Bajó las baterías al suelo y respiró hondo varias veces. Contuvo el aliento. La vida militar se parecía mucho a aquello. La había preparado y esto era lo único que le impedía volverse loca. No era la primera vez que estaba totalmente encerrada. Vivir en medio de un yermo desierto donde era peligroso salir al exterior no era una situación nueva para ella. Ni tampoco estar rodeada de hombres a los que debía temer. Cuando estaba destinada en Irak, durante la segunda guerra iraní, Charlotte se había acostumbrado a estas cosas, a no abandonar la base, a no sentir el deseo de dejar el camastro o el cuarto de baño. Estaba acostumbrada a aquella lucha y la necesitaba para mantenerse cuerda. Necesitaba tanto el ejercicio mental como el físico.

Se aseó en una de las duchas que había cerca del control de drones, se secó con la toalla y, tras oler cada uno de sus tres overoles, decidió que había llegado la hora de convencer a Donny para que volviera a lavar. Se puso el menos ofensivo de los tres, colgó la toalla mojada de una de las literas superiores y luego hizo la cama con la pulcritud propia de las fuerzas aéreas. Donald había vivido una temporada en la sala de juntas que había al final del almacén, pero Charlotte casi había llegado a acostumbrarse a los barracones, con sus fantasmas. Eran como un hogar para ella.

Al otro extremo del pasillo había una sala con los puestos de los pilotos. La mayoría de ellos estaban cubiertos por un plástico. Había una mesa plana a lo largo de la misma pared, con un mosaico de monitores de gran tamaño. Allí era donde estaba montando su aparato de radio. Su hermano había ido recogiendo las piezas, una a una, en los almacenes inferiores. Podían pasar décadas, o incluso siglos, antes de que alguien se percatara de que habían desaparecido.

Encendió la improvisada lámpara que había colocado sobre la mesa y conectó el aparato de radio. Ya podía recibir unas cuantas emisoras. Movió el dial hasta que empezó a captar interferencias y lo dejó allí a la espera de que aparecieran voces. Hasta entonces, fingiría que era el sonido de unas olas rompiendo en la playa. Otras veces era la lluvia sobre un dosel de gruesas hojas. O el murmullo de una multitud en un teatro a oscuras. Hurgó en los cubos de piezas que había reunido Donald, en busca de unos altavoces de mejor calidad. También le faltaba un micrófono o algún otro medio para transmitir. Le habría gustado tener más nociones de electricidad. Lo único que sabía era conectar cosas. Era como montar un fusil o un ordenador: se limitaba a conectar todo lo que encajara y luego encendía el aparato. Sólo había provocado que saliera humo en una ocasión. Lo que requería este trabajo, más que nada, era paciencia, cosa que no le sobraba. Y tiempo, en el que en cambio se estaba ahogando, literalmente.

La llegada de unos pasos por el pasillo anunció la hora del desayuno. Charlotte bajó el volumen e hizo sitio en la mesa mientras entraba Donny con una bandeja.

—Buenos días —dijo a su hermano al tiempo que se levantaba para tomarle la bandeja.

Aún le temblaban las piernas por el entrenamiento. En cuanto su hermano penetró en la esfera de luz proyectada por el foco, vio que tenía gesto de preocupación.

—¿Va todo bien? —preguntó.

Donald sacudió la cabeza.

—Puede que tengamos un problema.

Charlotte dejó la bandeja.

—¿Y eso?

—Me he encontrado con un tipo al que conocí en mi primer turno. Me quedé encerrado en el elevador con él. Uno de Mantenimiento.

—Eso es malo. —Levantó la tapa de metal abollado que cubría uno de los platos. Debajo había un tablero de circuitos y un rollo de cable. Y el pequeño destornillador que había pedido.

—Los huevos están debajo de la otra.

Charlotte dejó la tapa a un lado y tomó el tenedor.

—¿Te reconoció?

—No sabría decir. Mantuve la cabeza gacha hasta que salimos. Pero lo conocí tan bien como a todos los demás. Parece que fue ayer cuando le pedía herramientas o que me arreglara una lámpara. Quién sabe cómo serán las cosas para él. Puede que le parezca que fue ayer mismo o hace diez años. La memoria hace cosas raras en este sitio.

Charlotte tomó un bocado de huevos. Donny les había echado demasiada sal. Se lo imaginó allí arriba, con el salero y la mano temblorosa.

—Aunque te reconociera —dijo entre bocado y bocado—, puede que piense que sigues siendo el de antes y estás en otro turno. ¿Cuánta gente te conoce como Thurman?

Donald sacudió la cabeza.

—Poca. Pero aun así, esto se nos podría venir abajo en cualquier momento. Voy a subir comida desde la despensa, más latas. También fui a cambiar el nivel de autorización de tu placa para que puedas acceder a los elevadores. Y volví a asegurarme de que nadie puede bajar aquí. No quiero que te quedes atrapada si me sucede algo.

Charlotte removió los huevos por el plato.

—Prefiero no pensar en eso —dijo.

—Otro pequeño problema. El jefe del silo termina su turno dentro de una semana, lo que podría complicar un poco las cosas. Doy por hecho que pondrá al día a su sucesor con respecto a mí. Hasta ahora, las cosas han ido demasiado bien.

Charlotte se echó a reír antes de tomar otro bocado de huevos.

—Demasiado bien —dijo sacudiendo la cabeza—. Pues no quiero ni pensar cómo será cuando vayan mal. ¿Cuáles son las últimas noticias sobre tu silo favorito?

—Hoy ha respondido el jefe de Informática. Lukas.

Charlotte tuvo la sensación de que su hermano estaba desilusionado.

—¿Y? —preguntó—. ¿Averiguó algo nuevo?

—Logró descifrar otro servidor. Más de lo mismo, datos sobre los habitantes del silo, una relación con todos los trabajos que han tenido y las personas con las que están emparentados, desde el día de su nacimiento hasta su muerte. No entiendo cómo pasan las máquinas de esa información a la clasificación. A mí me parece sólo un montón de datos sin importancia. Es como si tuviera que haber algo más.

Sacó una hoja de papel doblado, la última actualización de la lista de los silos. Charlotte hizo sitio en la mesa y su hermano desplegó el papel sobre ella.

—¿Lo ves? El orden ha vuelto a cambiar. Pero ¿qué es lo que determina el cambio?

Charlotte estudió la lista mientras comía y Donald tomaba una de las carpetas donde guardaba sus notas. Pasaba mucho tiempo en la sala de juntas, donde podía extender sus cosas por todas partes y pasear arriba y abajo, pero a Charlotte le gustaba más cuando trabajaba en la sala de drones, sentado. A veces se pasaba horas allí, revisando sus notas mientras Charlotte trabajaba en el radio, ambos atentos a cualquier voz que pudiera aparecer en medio de las interferencias.

—El silo Seis vuelve a estar arriba —murmuró.

Aquel galimatías de números era como leer el costado de una caja de cereales en el desayuno. Una de las columnas correspondía a «Instalación», que según Donald era como llamaban a los silos. Al lado de cada silo había un porcentaje, como una enorme dosis diaria de vitaminas: 99.992%, 99.989%, 99.987%, 99.984%... El último silo con porcentaje decía 99.974%. En todos los demás decía «Desconectado» o «No aplicable». Esta última categoría incluía los silos Cuarenta, Doce y Diecisiete, entre otros.

—¿Sigues creyendo que sólo sobrevivirá el primero? —preguntó Charlotte.

—Sí.

—¿Ya se los dijiste a la gente con la que hablas? Porque están más abajo en la lista.

Donald se limitó a mirarla con el ceño fruncido.

—No lo has hecho. Sólo los estás utilizando para tratar de encontrarle sentido a todo esto.

—No estoy utilizándolos. Caramba, si salvé su silo. Y vuelvo a salvarlo cada día que no informo de lo que está pasando allí.

—Está bien —dijo Charlotte. Siguió comiendo.

—Además, probablemente sean ellos los que piensan que me están utilizando. Creo que le sacan más partido a nuestras conversaciones que yo. Ese tal Lukas, el que dirige el departamento de Informática, me hace preguntas sobre el mundo de antes...

—¿Y la alcaldesa? —Charlotte se volvió y estudió a su hermano con detenimiento—. ¿Qué saca ella?

—¿Juliette? —Donald introdujo un dedo en la carpeta—. Ella disfruta amenazándome.

Charlotte se echó a reír.

—Me encantaría oírlo.

—Si consigues que el radio funcione, puede que tengas la ocasión de hacerlo.

—¿Entonces pasarías más tiempo aquí abajo? Estaría bien, ¿sabes? Así habría menos probabilidades de que te reconozcan.

Arañó el plato con el tenedor. No quería reconocer que la verdadera razón por la que quería tenerlo allí abajo era lo solitario que le parecía el lugar cuando no estaba.

—Desde luego. —Su hermano se frotó la cara y Charlotte comprendió lo cansado que estaba. Su mirada volvió a bajar hacia los números.

—Así parece algo arbitrario —especuló en voz alta—. Si esos números significan lo que crees, falta muy poco.

—Dudo que la gente que planeó todo esto lo vea así. Sólo necesitan uno. A ellos les da igual cuál sea. Es como tener un montón de piezas de recambio en una caja. Sacas una y lo único que te importa es que funcionen todas. Nada más. Lo único que quieren es ver una lista con ciento por ciento hasta abajo.

Charlotte no podía creer que fuera así. Pero Donny le había mostrado el Pacto y la cantidad suficiente de sus notas como para convencerla. Todos los silos, salvo uno, serían exterminados. Incluido el suyo.

—¿Cuánto falta para que esté listo el próximo dron? —preguntó.

Charlotte tomó un trago de jugo.

—Un día o dos. Puede que tres. Éste va a ir muy, muy ligero. Ni siquiera estoy segura de que vuele. —Los dos últimos no habían llegado tan lejos como el primero. Empezaba a desesperarse.

—Ok. —Se frotó la cara y las palmas de las manos amortiguaron su voz—. No podemos esperar mucho más para decidir lo que vamos a hacer. Si no hacemos nada, esta pesadilla se prolongará cien o doscientos años más, y ni tú ni yo duraremos tanto. —Hizo además de echarse a reír, pero la carcajada se transformó en un acceso de tos. Metió la mano en el bolsillo del overol para buscar el pañuelo y Charlotte apartó la mirada. Estudió los monitores apagados, mientras su hermano tenía uno de sus ataques.

No quería admitirlo ante él, pero la verdad es que se inclinaba por dejar las cosas tal cual. Tenía la sensación de que el destino de la humanidad estaba en manos de un puñado de máquinas y confiaba mucho más que su hermano en las computadoras. Se había pasado años manejando drones capaces de volar solos, decidir a qué objetivos tenían que atacar y guiar sus misiles con enorme precisión hasta su objetivo. A menudo, más que como un piloto, se sentía como un *jockey*, una persona que montaba un animal capaz de correr por sí solo, que sólo tenía que estar allí de vez en cuando para tomar las riendas o azuzarlo con algún grito de aliento.

Volvió a mirar de reojo los números del informe. Se decidiría quién viviría y quién moriría por centésimas de punto. Y la mayoría moriría. Su hermano y ella estarían dormidos o llevarían mucho tiempo muertos cuando sucediera. Las cifras provocaban que el holocausto que se cernía sobre ellos pareciese tan… arbitrario.

Donald señaló el informe con la carpeta que tenía en la mano.

—¿Viste que el Dieciocho ha bajado dos puestos?

Sí lo había visto.

—No te estarás… apegando demasiado, ¿verdad?

Donald apartó la mirada.

—Hay una historia entre ese silo y yo. Eso es todo.

Charlotte vaciló. No quería seguir insistiendo, pero fue incapaz de contenerse.

—No me refería al silo —dijo—. Cada vez que hablas con ella pareces… diferente.

Donald inhaló profundamente y exhaló despacio.

—La enviaron a limpiar —dijo—. Ha estado fuera.

Durante un instante, Charlotte creyó que eso era todo lo que iba a decir sobre el asunto. Como si fuera suficiente, como si lo explicara todo. Su hermano permaneció callado un momento, mientras sus ojos saltaban de un lado a otro.

—Se supone que no se puede sobrevivir a eso —dijo al fin—. No creo que las computadoras lo hayan tenido en cuenta. No sólo el hecho de que ella haya sobrevivido, sino el de que el Dieciocho siga ahí, aguantando. No debería ser así. Si sobreviven a esto… No puedo sino preguntarme si no será algo esperanzador para nosotros.

—Serás tú —replicó Charlotte. Sacudió el papel en el aire—. No puedes ser más listo que esas computadoras, hermano.

Donald puso cara de tristeza.

—Pero sí más compasivo.

Charlotte tuvo que combatir el impulso de entablar una discusión. Quería señalar que si a su hermano le preocupaba aquel silo era sólo por la relación personal que había trabado con él. Si hubiera conocido a la gente que vivía en los demás silos —si hubiera conocido sus historias—, ¿también habría tomado partido por ellos? Pero habría sido una crueldad sugerirlo, por muy cierto que fuese.

Donald tosió en el trapo. Se dio cuenta de que Charlotte lo observaba, miró de reojo el trapo manchado de sangre y lo guardó.

—Tengo miedo —le dijo.

Donald sacudió la cabeza.

—Yo no. No le tengo miedo a esto. No le tengo miedo a la muerte.

—Ya lo sé. Eso es obvio, porque de lo contrario estarías viendo a alguien. Pero seguro que le tienes miedo a algo.

—Pues claro. A muchas cosas. A estar enterrado en vida. A hacer lo que no debo.

—Pues entonces haz algo —insistió ella. Estuvo a punto de suplicarle que pusiera fin a aquella locura, a su aislamiento. Podrían volver a dormir y dejar todo aquello en manos de las máquinas y de los atroces planes de otros—. No nos quedemos sin hacer nada —le suplicó.

Su hermano se levantó, le apretó el brazo y dio media vuelta para marcharse.

—Eso podría ser lo peor de todo —dijo en voz baja.

12

Silo 1

Aquella noche, Charlotte despertó de una pesadilla en la que volaba. Se incorporó en el camastro, cuyos muelles chirriaron como un nido de pájaros, pero incluso entonces siguió sintiéndose como si estuviera cayendo en picado entre las nubes, con el viento en la cara.

Siempre soñaba que volaba. Que caía. Sueños sin alas, en los que no podía virar, ni podía remontarse. Una bomba en caída libre sobre un hombre y su familia, que se volvía en el último instante para protegerse los ojos del sol de mediodía, un fugaz atisbo de su propio padre y de su madre, de su hermano y ella, antes del impacto y la pérdida de la señal…

El nido de pájaros que tenía debajo guardó silencio. Los puños de Charlotte soltaron las sábanas, que estaban empapadas por todos aquellos sueños arrancados a la carne aterrorizada. La habitación flotaba pesada y lúgubre a su alrededor. Podía sentir las literas vacías por todas partes, lo que le hacía sentir como si hubiesen llamado a sus compañeros pilotos en mitad de la noche y la hubieran dejado a solas. Se levantó y cruzó la sala, descalza, a tientas y sin apenas subir los interruptores para mantener la habitación en penumbra, hasta llegar al cuarto de baño. A veces comprendía por qué había decidido su hermano vivir en la sala de juntas del otro lado del almacén. En aquel lugar acechaban las sombras de gente que ya no estaba. A veces sentía cómo pasaba a través de los fantasmas de los dormidos.

Jaló al agua y se lavó las manos. No pensaba regresar al camastro, porque no habría podido volver a dormirse, al menos después de aquel sueño. Se puso uno de los overoles rojos que le había traído Donny: tres colores distintos, una pizca de variedad para aquella vida de encierro. No recordaba a qué correspondían el azul o el dorado, pero el rojo era el del reactor. Los overoles rojos tenían bolsillos y espacios para guardar herramientas. Se los ponía para trabajar, así que no solían estar muy limpios. Cuando estaban totalmente cargados, podían pesar cerca de diez kilos y al caminar sonaban como una matraca. Se subió el cierre posterior y echó a andar por el pasillo.

Curiosamente, las luces del almacén ya estaban encendidas. Debían de estar en plena noche. Siempre se preocupaba de apagarlas y nadie más tenía acceso a aquel piso. Con la boca seca de repente, rodeada por los susurros que se filtraban desde las sombras, se aproximó pasito a pasito a las lonas que cubrían los drones más próximos.

Más allá de los drones, cerca de las altas estanterías que contenían cajas de piezas de repuesto y provisiones de emergencia, había un hombre arrodillado sobre un cuerpo inmóvil. La figura se volvió al oír el tintineo de sus herramientas.

—¿Donny?

—Sí.

Un torrente de alivio. El cuerpo tirado a los pies de su hermano no era tal. Era un voluminoso traje extendido sobre el suelo, con los brazos y las piernas estirados, una forma vacía y carente de vida.

—¿Qué hora es? —preguntó frotándose los ojos.

—Tarde —respondió él. Se secó la frente con el dorso de la manga—. O pronto, según se mire. ¿Te desperté?

Charlotte se dio cuenta de que su hermano se movía para colocarse entre el traje y ella. Levantó una de las piernas y comenzó a doblarlo. Tenía unas tijeras grandes y un rollo de cinta plateada junto a las rodillas, además de un casco, guantes y una botella que parecía el tanque de un buzo a poca distancia. Y también un par de botas. El tejido susurraba cuando lo movía. Era eso lo que había tomado por voces.

—¿Mm? No, no me despertaste. Me levanté para ir al baño. Me pareció oír algo.

Era mentira. Había ido allí a trabajar en un dron, a ocuparse en cualquier cosa que la mantuviera despierta, centrada en algo. Donald asintió y se sacó un pañuelo del bolsillo del pecho. Tosió sobre él y volvió a guardarlo.

—¿Qué haces despierto? —le preguntó ella.

—Sólo he venido a revisar algunas cosas. —Donny colocó las distintas partes del traje unas sobre otras—. Cosas que necesitan arriba. No quería arriesgarme a mandar a otra persona por ellas. —Miró a su hermana de reojo—. ¿Quieres que te traiga algo caliente para desayunar?

Charlotte se rodeó el cuerpo con los brazos y sacudió la cabeza. Detestaba que le recordaran que estaba atrapada en aquel piso, que necesitaba que él le trajera las cosas.

—Estoy acostumbrándome a las provisiones de los cajones —le dijo—. Les estoy tomando gusto a las barritas de coco de las comidas preparadas. —Se echó a reír—. Recuerdo que en la instrucción las odiaba.

—En serio, no me importa traerte algo —dijo Donny. Obviamente, buscaba una excusa para salir de allí, alguna forma de cambiar de tema—. Y dentro de poco tendré todo lo que nos falta para el radio. Solicité un micrófono, que es lo único que no encuentro por ninguna parte. Hay uno en la sala de comunicaciones que está empezando a fallar. A falta de algo mejor, siempre podría robarlo.

Charlotte asintió. Observó a su hermano mientras volvía a guardar el traje en uno de los grandes contenedores de plástico. Había algo que no le estaba contando. Siempre se daba cuenta cuando le ocultaba alguna cosa. Los hermanos mayores suelen hacerlo.

Se acercó al dron más próximo, levantó la lona y dejó un juego de llaves sobre el ala delantera. Siempre había sido torpe con las herramientas, pero después de semanas trabajando con los drones, a fuerza de persistencia si no de paciencia, estaba empezando a entender cómo estaban montados.

—¿Y para qué necesitan el traje? —preguntó haciendo un esfuerzo por parecer indiferente.

—Creo que es algo que tiene que ver con el reactor. —Donald se frotó la nuca y frunció el ceño.

Charlotte dejó resonar en el aire el eco de la mentira. Quería que su hermano lo oyese.

Mientras levantaba la epidermis del ala del dron, se acordó de cuando volvió a su casa después de la instrucción básica, con músculos nuevos y semanas de ferocidad competitiva forjada entre un pelotón de hombres. Eso había sido antes de que perdiese la cabeza, una vez en su destino. Por aquel entonces era una adolescente fornida y en buena forma, con un hermano en la escuela de posgrado que había pagado su primer comentario burlón sobre su nuevo aspecto en el sofá, con un brazo inmovilizado en la espalda. Cosa que no le había impedido seguir riendo y burlándose de ella.

Al menos, hasta que le tapó la cara con uno de los cojines del sofá. Entonces sí que había chillado, como un cerdo degollado. Las bromas y los juegos se habían transformado de pronto en algo serio y aterrador. El miedo a que enterraran vivo a su hermano había despertado algo primario en él, algo que ella nunca había hecho aflorar y que no quería volver a ver.

Ahora, observó cómo cerraba el cubo, con el traje dentro, y volvía a guardarlo bajo un estante. Sabía que no lo necesitaban en ninguna otra parte del silo. Donald buscó su trapo a tientas y la tos regresó. Charlotte fingió estar concentrada en el dron mientras a su hermano se le pasaba el ataque. Donny no quería hablar sobre el traje ni sobre el problema de sus pulmones y ella no lo culpaba. Estaba muriéndose. Charlotte lo sabía, podía verlo igual que lo veía en sus sueños, volviéndose en el último segundo para protegerse los ojos del sol de mediodía. Lo veía como había visto a otros hombres en los últimos compases de su vida. Era el bello rostro de Donny el que veía en su pantalla, asistiendo a la caída de lo inevitable desde el cielo.

Estaba muriéndose y por eso quería acumular provisiones para ella y asegurarse de que podía marcharse. Por eso quería que tuviese un radio, para que pudiera hablar con alguien. Su hermano estaba muriéndose y no quería estar enterrado, no quería morir allí abajo, en aquel pozo excavado en el suelo donde no podía ni respirar.

Charlotte sabía perfectamente para qué era el traje.

13

Silo 18

Había un traje de limpieza extendido sobre el banco de trabajo, con uno de los brazos sobre el borde y el codo doblado en un ángulo antinatural. El ojo sin párpado que era el visor del casco contemplaba el techo en silencio. Habían retirado la pequeña pantalla de la parte interior para dejar una ventanita de plástico al mundo real. Juliette se inclinó sobre el traje, dejando caer sobre él algunas gotitas de sudor, y apretó los tornillos hexagonales que unían la pieza inferior del cuello con el tejido. Recordaba la última vez que había construido un traje como aquél.

Nelson, el joven técnico de Informática que se encargaba del laboratorio de trajes, trabajaba en un banco idéntico situado al otro lado del taller. Juliette lo había elegido como ayudante para aquel proyecto. Conocía bien los trajes, era joven y no parecía estar en su contra. Y no es que los dos primeros criterios importasen demasiado.

—Lo siguiente que tenemos que discutir es el informe demográfico —dijo.

Marsha. La joven ayudante, una ayudante que Juliette nunca había pedido, hizo malabares con una docena de carpetas hasta dar con la que andaba buscando. El banco contiguo estaba cubierto de papel reciclado, cuya presencia convertía un lugar pensado para fabricar cosas en un escritorio modesto. Juliette levantó la mirada y miró cómo hojeaba el interior de la carpeta. Marsha, una menuda jovencita recién salida de la adolescencia, había sido agraciada con unas mejillas sonrosadas y una cabellera negra de densos bucles. Había sido ayudante de los dos últimos alcaldes durante un breve pero tumultuoso periodo. Al igual que la tarjeta de identificación dorada y el apartamento del piso seis, venía con el puesto.

—Aquí está —dijo.

Se mordió el labio mientras estudiaba el informe y Juliette se fijó en que sólo estaba impreso por una cara. El valor del papel que utilizaba y reciclaba su oficina habría bastado para alimentar a un piso de apartamentos entero durante un año. En una ocasión, Lukas había bromeado diciendo que en realidad lo hacían para que los recicladores tuviesen trabajo. La posibilidad de que tuviese razón había impedido que Juliette se riese.

—¿Puedes acercarme esas juntas? —pidió Juliette mientras señalaba el lado del banco más próximo a Marsha. La joven apuntó con el dedo una lata de arandelas elásticas. Luego, un montón de pasadores. Por último, su mano flotó hasta las juntas. Juliette asintió—. Gracias.

—Bueno, estamos por debajo de cinco mil habitantes por primera vez desde hace treinta años —dijo Marsha volviendo al informe—. Ha habido numerosas… defunciones. —Juliette pudo sentir sobre sí la mirada de reojo de su ayudante mientras ella se concentraba en introducir la junta en la pieza del cuello—. El comité de la lotería solicita un recuento oficial para que podamos saber con exactitud…

—El comité de la lotería realizaría un censo cada semana si pudiera. —Juliette embadurnó de grasa la junta utilizando el dedo antes de colocar el otro lado de la pieza del cuello.

Marsha dejó escapar una risita diplomática.

—Sí, bueno, les gustaría celebrar otro sorteo dentro de poco. Han pedido otros doscientos números.

—Números —rezongó Juliette. A veces le daba por pensar que era lo único para lo que servían las computadoras de Lukas, un puñado de enormes máquinas por cuyos chirriantes traseros se podían sacar números—. ¿Les comentaste mi idea sobre la amnistía? Saben que estamos a punto de multiplicar por dos el espacio disponible, ¿no?

Marsha se agitó, incómoda.

—Se lo he comentado —dijo—. Y también lo del espacio adicional. No creo que lo tomaran demasiado bien.

Al otro lado del taller, Nelson separó los ojos del traje en el que estaba trabajando. Sólo estaban ellos tres en el laboratorio, el mismo donde en su día se equipaba a la gente para salir a morir. Ahora estaban trabajando en otra cosa, una razón distinta para mandar gente al exterior.

—Bueno, ¿y qué ha dicho el comité? —preguntó Juliette—. Saben que cuando lleguemos al otro silo, voy a necesitar que venga gente conmigo para ponerlo otra vez en funcionamiento. Nuestra población se reducirá.

Nelson reanudó el trabajo. Marsha cerró la carpeta con el informe demográfico y se miró los pies.

—¿Qué han dicho sobre mi idea de suspender la lotería?

—Nada —respondió Marsha. Al levantar la mirada, las luces del techo resaltaron la capa de humedad que le cubría los ojos—. No creo que muchos de ellos crean en su otro silo.

Juliette se echó a reír y sacudió la cabeza. Con mano temblorosa por el esfuerzo, apretó el último tornillo al cuello.

—Tampoco importa mucho lo que crea el comité, ¿verdad? —Aunque sabía que se podía decir lo mismo en su caso. Y en los de todos. El mundo exterior era como era, por muchas dudas, esperanza u odio que quisieran insuflarle las personas—. La perforación ya está en marcha. Están avanzando cien metros diarios. Supongo que el comité de la lotería sólo tiene que bajar allí para verlo con sus propios ojos. Díselo. Diles que vayan a verlo.

Marsha frunció el ceño y tomó nota.

—Lo siguiente que hay en la agenda… —Tomó su libro de contabilidad—. Ha habido una serie de quejas con respecto a…

Alguien llamó a la puerta. Juliette se volvió al mismo tiempo que un sonriente Lukas entraba en el laboratorio de trajes. Saludó con la mano a Nelson, quien le devolvió el gesto con una llave inglesa del ⅜. No parecía sorprendido por la presencia de Marsha. Le dio una palmada en el hombro.

—Deberías trasladar aquí abajo ese gran escritorio de madera en el que trabajas —bromeó—. Cuentas con un presupuesto para porteadores.

Marsha sonrió mientras jugueteaba con uno de sus negros rizos. Recorrió el laboratorio con la mirada.

—La verdad es que sí —dijo.

Al ver cómo se ruborizaba su joven ayudante en presencia de Lukas, Juliette se echó a reír para sus adentros. El casco encajó en la pieza del cuello con un nítido chasquido. Juliette probó el mecanismo de desenganche.

—¿Te importa si te robo a la alcaldesa? —preguntó Lukas.

—No, en absoluto —dijo Marsha.

—A mí sí. —Juliette estudió una de las mangas del traje—. Vamos muy retrasados con respecto al calendario previsto.

Lukas frunció el ceño.

—No hay calendario. Tú lo marcas. Además, ¿has pedido permiso para eso? —Se colocó junto a Marsha y cruzó los brazos—. ¿Le has dicho a tu ayudante lo que estás preparando?

Juliette levantó una mirada de culpabilidad.

—Aún no.

—¿Por qué? ¿Qué es lo que hace? —Marsha bajó el libro y estudió los trajes, aparentemente por vez primera.

Juliette hizo caso omiso. Dirigió a Lukas una mirada de hostilidad.

—Voy con retraso porque quiero acabar con esto antes de que se complete la perforación. Están avanzando muy bien. Han debido de dar con terreno blando. Quiero estar ahí cuando lleguen al otro lado.

—Y yo quiero que estés en la reunión de hoy y como no te pongas en camino ya, te la vas a perder.

—No voy a ir —dijo Juliette.

Lukas lanzó una mirada a Nelson, que dejó la llave inglesa, tomó a Marsha y salió discretamente por la puerta. Al verlos salir, Juliette se dio cuenta de que su joven amante tenía más autoridad de la que ella le habría atribuido.

—Es la junta mensual —dijo Lukas—. La primera desde

que te eligieron. Le dije al juez Picken que estarías allí. Jules, si no ejerces como alcaldesa, no lo serás mucho más tiempo…

—Estupendo. —Levantó las manos—. Ya no soy alcaldesa. Lo decreto. —Garabateó en el aire con un destornillador—. Firmado y sellado.

—Nada de estupendo. ¿Qué crees que pensará el próximo alcalde de todo esto? —Señaló los bancos con la mano—. ¿Crees que podrás seguir con estos jueguecitos? Esta sala recuperará su uso original.

Juliette se tragó el deseo de replicar, de decirle que lo que estaba haciendo no era ningún juego, sino algo mucho peor.

Lukas desvió la mirada del trabajo de Juliette. Sus ojos se posaron sobre un montón de libros que descansaba junto al camastro que se había traído. A veces dormía allí, cuando discutían o simplemente necesitaba un sitio para estar sola. Y no es que hubiera dormido mucho en los últimos tiempos. Se frotó los ojos mientras intentaba recordar cuándo había podido dormir cuatro horas seguidas por última vez. Dedicaba las noches a soldar en la esclusa y los días, a trabajar en el laboratorio de trajes o más abajo, detrás del centro de comunicaciones. Lo cierto es que ya no dormía: simplemente, perdía el conocimiento un rato donde podía.

—Eso tendría que estar bajo llave —dijo Lukas mientras señalaba los libros—. Es mejor no sacarlos.

—Nadie creerá lo que dicen, aunque los lea —dijo Juliette.

—Hablo del papel.

Juliette asintió. Tenía razón. Ella veía información. Otros verían dinero.

—Volveré a llevarlos abajo —le prometió, y su enfado desapareció como el aceite filtrado por las grietas de un contenedor. Pensó en Elise, que le había hablado por radio del libro que estaba haciendo, un solo libro con todas sus páginas predilectas. Juliette necesitaba un libro así. Sólo que a diferencia del de Elise, que probablemente estuviese lleno de bonitos peces y brillantes pájaros, el de Juliette catalogaría cosas más siniestras. Cosas que había en los corazones de los hombres.

Lukas dio un paso hacia ella. Apoyó una mano sobre su brazo.

—La reunión…

—Oí que están pensando en repetir las elecciones —lo cortó Juliette. Se quitó de la cara un rizo rebelde y lo escondió detrás de su oreja—. De todos modos, tampoco voy a ser alcaldesa mucho más tiempo. Por eso tengo que hacer esto. Para cuando repitan las elecciones, ya no importará.

—¿Por qué? ¿Porque para entonces serás alcaldesa de otro silo? ¿Ése es tu plan?

Juliette apoyó una mano sobre la bóveda del casco.

—No. Porque para entonces tendré las respuestas que busco. Porque para entonces la gente verá. Creerá en mí.

Lukas cruzó los brazos. Respiró hondo.

—Tengo que bajar a los servidores —dijo—. Si no hay nadie allí para contestar la llamada, las luces empezarán a parpadear en las oficinas y todo el mundo preguntará qué demonios sucede.

Juliette asintió. Lo había visto con sus propios ojos. Además, sabía que a Lukas le gustaban tanto como a ella las largas conversaciones detrás del servidor. Sólo que a él se le daban mejor. Las de ella siempre terminaban en discusiones. Él tenía un don para calmar las cosas y para entenderlas.

—Dime que vas a ir a la reunión, Jules, por favor. Prométemelo.

Juliette examinó el traje que había en la otra mesa para comprobar lo que había avanzado Nelson. Necesitarían un traje más para el segundo miembro del equipo de la segunda esclusa. Si se quedaba trabajando toda la noche y todo el día de mañana…

—Hazlo por mí —suplicó él.

—Iré.

—Gracias. —Lukas miró un instante el viejo reloj de la pared, cuyas manecillas rojas apenas eran visibles tras el plástico mugriento—. ¿Nos vemos en la cena?

—Claro.

Lukas se inclinó y la besó en la mejilla. Mientras se volvía para marcharse, Juliette comenzó a ordenar las herramientas sobre la almohadilla de cuero para más tarde. Tomó un trapo limpio y se lo pasó por las manos.

—Ah, ¿Luke?

—¿Sí? —Se detuvo en la puerta.

—Saluda a ese idiota de mi parte.

14

Silo 18

Lukas salió del laboratorio de trajes y se encaminó a la sala de servidores, al otro lado del piso treinta y cuatro. Pasó junto a una sala de técnicos que estaba vacía. Los hombres y mujeres que antes trabajaban en ella se encontraban ahora en las profundidades y en Suministros, donde habían perdido la vida mecánicos y trabajadores. Gente de Informática enviada a reemplazar a aquellos a los que habían asesinado.

Tras la debacle, habían dejado a la amiga de Juliette, Shirly, al mando de Mecánica. Siempre estaba quejándose en la oficina de Lukas de la escasez de personal en los turnos y luego, cuando Lukas reasignaba a alguien para ayudarla, volvía a quejarse. ¿Qué quería? Gente, suponía él. Sólo que no la que le enviaba.

Un puñado de técnicos y agentes de seguridad que se habían reunido a la entrada de la sala guardó silencio al ver que se acercaba. Los saludó con el brazo y varias manos se alzaron educadamente como respuesta.

—Señor —dijo alguien, lo que hizo que se encogiese de vergüenza.

La charla sólo se reanudó una vez que hubo doblado el recodo y Lukas se acordó de haber estado en situaciones como aquélla cuando su antiguo jefe pasaba por delante.

Bernard. Antes, Lukas creía comprender lo que era estar al mando. Hacías lo que querías. Tomabas decisiones de manera arbitraria. Eras cruel por el gusto de serlo. Pero ahora se encontraba con que a veces tenía que acceder a cosas peores de las que

88

jamás hubiera imaginado. Ahora sabía que existía un mundo de horrores que quizá hombres como él no estuvieran hechos para dirigir. Nunca lo reconocería en voz alta, pero tal vez lo mejor fuera que se repitieran las elecciones. Juliette sería una magnífica técnica de laboratorio en Informática. Allí también soldaban cosas, sólo que a otra escala. Y entonces trató de imaginársela fabricando un traje para que alguien saliera a limpiar, o sentada de brazos cruzados mientras desde otro silo se les informaba sobre el número de nacimientos que se permitían esa semana.

Lo más probable era que la elección de un nuevo alcalde significara pasar más tiempo separados. O que él tuviera que pedir el traslado a Mecánica y aprender a usar una llave inglesa. De jefe de Informática a grasiento de tercera.

Se echó a reír. Mientras introducía el código de acceso a la sala de los servidores, pensó que habría algo romántico en ello, abandonar su trabajo para estar con ella. Puede que más que en subir de noche para buscar estrellas. Tendría que acostumbrarse a recibir órdenes de Juliette, pero tampoco sería un cambio tan grande. Con suficiente desengrasante, la antigua habitación que tenía abajo sería habitable. Mientras avanzaba entre los servidores, se dijo que había vivido en condiciones mucho peores, justo debajo de donde estaba ahora. Lo que importaba era que estuvieran juntos.

Las luces del techo no habían empezado a parpadear aún. Había llegado pronto o el tal Donald llegaba tarde. De camino al otro lado pasó por delante de varios servidores, por cuyos costados abiertos asomaban cables colgando. Con la ayuda de Donald, estaba averiguando cómo obtener pleno acceso a las máquinas para ver lo que contenían. De momento no había encontrado nada emocionante, pero estaba haciendo progresos.

Se detuvo junto al servidor de comunicaciones, su hogar en miniatura en una vida pasada. Ahora, las conversaciones que mantenía detrás de la máquina eran diferentes. Como la persona que había al otro lado de la línea.

Habían subido hasta allí una de las endebles sillas de madera del piso de abajo. Lukas recordaba haber subido por las escaleras, empujándola delante de sí, mientras Juliette le gritaba que sería mejor bajar una cuerda, discutiendo como dos jóvenes porteadores. A un lado de la silla había una especie de mesa hecha con las latas de los libros. Sobre ella descansaba uno de los volúmenes del Legado. Lukas se puso cómodo y lo tomó. Había marcado algunas páginas doblándoles una esquina o dibujando pequeños puntos en los márgenes, allí donde tenía preguntas. Hojeó el libro y estudió su contenido mientras esperaba la llamada.

Lo que en su día lo había aburrido de los libros era lo único que le importaba ahora. Durante su cautiverio —el Rito—, había tenido que leer las partes de la Orden referentes al comportamiento humano. Ahora las estudiaba con detenimiento. Y Donald, la voz que había al otro lado de la línea, casi había conseguido convencerlo de que aquellos chicos de Robbers Cave, aquellos Milgrams y aquellos Skinners no eran simples cuentos. Algunas de aquellas cosas habían sucedido de verdad.

Tras asimilar aquellas historias había descubierto aún más lecciones en los libros del Legado. Era la historia del viejo mundo lo que ahora reclamaba su atención. Levantamientos episódicos sucedidos a lo largo de miles de años. Jules y él discutían sobre la posibilidad de que la violencia cíclica tuviese un fin. Los libros sugerían que tener esperanza en algo así era absurdo. Y entonces Lukas había descubierto un capítulo entero dedicado a los peligros de las épocas posteriores a los levantamientos, precisamente la situación en la que se encontraban ellos. Había leído historias de personas con nombres extraños —Cromwell, Napoleón, Castro, Lenin—, que habían luchado para liberar a la gente y habían terminado encadenándolos a una esclavitud aún peor.

Eran leyendas, insistía Juliette. Mitos. Como los hombres del saco que utilizan los padres para conseguir que sus hijos se porten bien. Para ella, aquellos capítulos demostraban sólo que destruir un mundo era cosa fácil. La naturaleza humana se prestaba a ello voluntariamente. Era la reconstrucción posterior lo que resultaba más complejo. Muy pocos dedicaban su tiempo a pensar en lo que reemplazaría la injusticia. Sólo se preocupaban por desmontar lo que ya había, decía, como si fuese posible volver a levantar algo sobre los escombros y las cenizas.

Lukas discrepaba. Pensaba que, tal como decía Donald, aquellas historias eran ciertas. Sí, las revoluciones eran dolorosas. Siempre habría un periodo en el que las cosas serían peores. Pero al final acabarían mejorando. La gente aprendería de sus errores. Intentó convencerla de ello una noche, después de que una de las llamadas de Donald los mantuviese despiertos hasta altas horas de la madrugada. Jules, claro está, había tenido que decir la última palabra. Lo llevó hasta la cafetería y señaló el resplandor que había más allá del horizonte, las colinas desprovistas de vida, los ocasionales reflejos de los rayos de sol sobre las torres en ruinas.

—Ahí tienes tu mundo mejor —le había dicho—. He ahí lo que el hombre ha aprendido de sus errores.

Siempre la última palabra, pero en este caso Lukas tenía una última cosa que decir.

—Puede que éste sea el momento malo que viene antes de que todo mejore —susurró sobre su taza de café.

Y Juliette fingió no oírlo.

Las páginas que Lukas tenía bajo los dedos empezaron a parpadear con destellos rojos. Levantó los ojos hacia las luces del techo, cuya palpitación anunciaba una llamada. El servidor de comunicaciones emitió un zumbido desde el indicador parpadeante que había encima de la primera ranura. Lukas tomó los cascos, desenredó el cable y lo enchufó en el receptor.

—¿Sí? —dijo.

—Lukas. —La máquina despojó a la voz de toda entonación y toda emoción. Salvo la decepción. El hecho de que no fuese Juliette quien respondía había provocado una reacción que, sin llegar a oírse realmente, se percibía. O puede que sólo estuviese en la cabeza de Lukas.

—Estoy solo yo —respondió.

—Muy bien. Sólo para que lo sepas, tengo asuntos urgentes por aquí. No disponemos de mucho tiempo.

—Muy bien. —Lukas buscó su posición en el libro. Bajó hasta el lugar donde lo habían dejado la última vez. Aquellas conversaciones le recordaban a sus estudios con Bernard, sólo que ahora se había graduado en la Orden y había pasado al Legado. Y Donald era más rápido que Bernard y más abierto con sus respuestas—. Bueno, quería preguntarte algo sobre este tal Rousseau…

—Antes de eso —dijo Donald—, tengo que imploraros de nuevo que detengáis las perforaciones.

Lukas cerró el libro sobre un dedo para marcar la posición. Se alegraba de que Juliette hubiera accedido a asistir a la reunión de la junta. Siempre que salía aquel tema se alteraba. Era como si, debido a una amenaza que había lanzado hacía mucho, Donald creyese que pretendían llegar hasta él con la perforadora y Juliette le había hecho jurar que no lo sacaría de su error. No quería que supiese nada sobre sus amigos del Diecisiete ni sobre sus planes para rescatarlos. A Lukas, esta estratagema lo hacía sentir incómodo. Mientras que Juliette desconfiaba del hombre, que les había advertido a ambos de que podían dejar su hogar sin electricidad por medios misteriosos, Lukas veía a alguien que estaba tratando de ayudarlos sin pensar en las consecuencias para él. Jules creía que Donald temía por su propia vida. Lukas pensaba que temía por ellos.

—Me temo que las perforaciones deben continuar —dijo.

Estuvo a punto de añadir «Ella no se detendrá», pero no lo hizo, contenido por una especie de sentido de la solidaridad.

—Bueno, mi gente está captando las vibraciones. Saben que está pasando algo.

—¿No puedes decirles que estamos teniendo otra vez problemas con el generador? ¿Que vuelve a estar mal alineado?

Hubo un suspiro de desencanto que los ordenadores no lograron disimular.

—No son tan tontos. Lo que he hecho es ordenarles que no pierdan el tiempo investigando el asunto, que es lo máximo que puedo hacer. No saldrá nada bueno de todo esto, te lo aseguro.

—Entonces, ¿por qué nos ayudas? ¿Por qué arriesgas el cuello? Porque es lo que parece que estás haciendo.

—Mi trabajo es procurar que no mueran.

Lukas estudió el interior de la torre de servidores, con sus luces parpadeantes, sus cables y sus tableros eléctricos.

—Sí, pero estas conversaciones, el repaso a los libros que hacemos juntos, las llamadas que haces a diario, puntual como un reloj... ¿Por qué lo haces? O sea... ¿qué es lo que sacas tú de las conversaciones?

Hubo una pausa al otro lado de la línea, una extraña falta de seguridad en la voz calmada de su supuesto benefactor.

—Lo hago porque... puedo ayudarlos a recordar.

—¿Y eso es importante?

—Sí. Lo es. Lo es para mí. Sé lo que se siente al olvidar.

—¿Por eso están aquí estos libros?

Otra pausa. Lukas tuvo la sensación de que estaba acercándose, accidentalmente y a tientas, a alguna verdad. Tendría que recordar bien el contenido de la conversación para contársela luego a Juliette.

—Están ahí para que el que herede el mundo... el que sea elegido... sepa...

—¿Sepa qué? —preguntó Lukas con desesperación.

Temía perderlo en cualquier momento. Donald ya había rondado aquel tema en pasadas conversaciones, pero siempre había terminado conteniéndose.

—Cómo hacer las cosas —dijo Donald—. Mira, se nos acabó el tiempo. Tengo que marcharme.

—¿Qué quisiste decir con eso de heredar el mundo?

—La próxima vez te lo contaré. Tengo que irme. Cuídense.

—Muy bien —dijo Lukas—. Y tú...

Pero el auricular ya se había apagado. El hombre que, de alguna manera, tantas cosas sabía sobre el viejo mundo había cortado la comunicación.

15

Silo 18

Juliette no había estado nunca en una reunión de la junta. Era una de esas cosas que sabía que sucedían, como el hecho de que las cerdas pariesen, pero jamás había sentido el impulso de presenciar el espectáculo. Su primera vez iba a llegar ahora que era alcaldesa, pero confiaba en que fuese la última.

Se reunió con el juez Picken y el comisario Billings en la tarima mientras los residentes entraban desde el pasillo y buscaban asiento. La tarima le recordaba al escenario del bazar y se acordó de que su padre solía comparar aquellas reuniones con obras de teatro. No creía que lo dijera como un cumplido.

—No me sé mis frases —le susurró crípticamente a Peter Billings.

Estaban sentados tan juntos que sus hombros se tocaban.

—Lo hará perfectamente —dijo Peter.

Al ver que sonreía a una joven de la primera fila y ésta le respondía meneando los dedos, Juliette se dio cuenta de que el joven comisario había conocido a alguien. La vida seguía su camino.

Trató de relajarse. Estudió la muchedumbre. Había un montón de rostros desconocidos. Reconoció también a unos pocos. La sala tenía tres puertas al fondo. Delante de dos de ellas se extendían sendos pasillos que separaban las hileras de viejos bancos. Un tercero discurría pegado a la pared. Dividían la sala en tercios, más o menos como otras fronteras, no tan bien definidas, hacían con el silo. Nadie tuvo que explicarle estas cosas a Juliette. La actitud de la gente que entraba en la sala las hacía evidentes.

Los bancos del tercio superior, en el centro de la sala, estaban ya abarrotados y había más gente de pie detrás de los últimos, gente a la que recordaba haber visto en Informática y en la cafetería. Los bancos del tercio central, a un lado, estaban medio llenos. Juliette reparó en que la mayoría de ellos se habían sentado tan pegados como podían al pasillo que los separaba del tercio superior. Granjeros de overol verde. Fontaneros hidropónicos. Gente con sueños. El otro lado de la sala parecía casi desierto. Estaba reservado a las profundidades. En la primera fila de esta sección había una pareja de ancianos tomados de la mano. Juliette reconoció al hombre, un zapatero. Habían hecho un largo viaje. Seguía esperando que aparecieran más residentes de las profundidades, pero era una caminata demasiado larga. Y entonces recordó lo distantes que le parecían aquellas reuniones cuando trabajaba en las profundidades del silo. Muchas veces, sus amigos y ella sólo se enteraban de lo que se estaba debatiendo y de las normas que se aprobaban después de que sucediera todo. No era sólo que fuese una caminata larguísima, sino que la mayoría de ellos estaban demasiado ocupados con la supervivencia del día a día para molestarse en cruzar el silo para hablar del mañana.

Cuando la corriente de residentes se convirtió en un goteo, el juez Picken se puso de pie para dar comienzo a la reunión. Juliette se preparó para perecer de aburrimiento. Un pequeño discurso, una introducción y luego escucharían lo que preocupaba a la gente. Harían promesas. Y luego seguirían haciendo las mismas cosas.

Lo que ella necesitaba era volver al trabajo. Había muchísimas cosas que hacer en la esclusa y en el laboratorio de trajes. Lo último que deseaba era perder el tiempo escuchando pequeñas reivindicaciones, o la petición de que se repitiesen las elecciones, o más quejas por sus perforaciones. Sospechaba que las cosas que tanto preocupaban a otros le parecerían insignificantes a ella. Cuando enviabas a una persona a morir y sobrevivía a un bautismo de fuego al regresar, era inevitable que recluyese en los rincones más profundos de su mente la mayoría de las disputas menores.

Picken dio varios golpes con el martillo mientras pedía orden en la sala. Dio la bienvenida a todos los presentes y procedió con el protocolo de costumbre. Juliette se revolvió en su banco, inquieta. Dirigió la mirada hacia la multitud y comprobó que la mayoría de ellos la estaba mirando a ella y no al juez. Sólo escuchó la última frase del discurso de Picken porque contenía su nombre:

—… oír a su alcaldesa, Juliette Nichols.

Se volvió y la invitó a subir al estrado con un gesto. Peter le dio unas palmaditas de aliento en la rodilla. Al acercarse, reparó en los chasquidos de las planchas de metal del suelo, que no estaban bien atornilladas. Era el único ruido en toda la sala. Alguien tosió entre el público. Y entonces se extendió un sordo crujido entre los bancos al reanudarse de pronto el movimiento de los cuerpos. Juliette se agarró al estrado y contempló con asombro la mezcolanza de colores que tenía delante, los azules, blancos, rojos, cafés y verdes. Vio que la miraban con expresión ceñuda. Gente indignada de todos los ámbitos de la vida. Se aclaró la garganta y en ese momento se dio cuenta de lo mal preparada que estaba para aquello. Tenía pensado decir unas palabras, agradecer a la gente su preocupación, asegurarles que estaba trabajando sin descanso para garantizarles una vida nueva y mejor. Sólo necesitaba que le dieran una oportunidad, sintió deseos de decir.

—Gracias… —comenzó a decir, pero el juez Picken la tomó del brazo y señaló el micrófono del estrado.

Al fondo de la sala, alguien gritó que no se oía. Juliette movió el micrófono para acercárselo y vio que los rostros de los presentes eran como los que había visto en la escalera. Sospechaban de ella. La reverencia, o lo que fuese que sentían antes, se había ido erosionando hasta transformarse en suspicacia.

—Estoy aquí para escuchar sus preguntas. Sus preocupaciones —dijo, con un volumen que la sorprendió a ella misma—. Pero antes, quisiera decir algunas cosas sobre lo que queremos conseguir este año…

—¿Has dejado que entre el veneno? —gritó alguien desde el fondo.

—¿Perdón? —preguntó Juliette. Se aclaró la garganta.

Una señora con un niño en brazos se puso de pie.

—¡Mi hijo tiene fiebre desde que volviste!

—¿De verdad existen los demás silos? —gritó alguien.

—¿Cómo era el exterior?

Un hombre de los bancos correspondientes al tercio intermedio se puso bruscamente de pie, colorado de rabia.

—¿Qué es ese escándalo que tienen ahí abajo?

Otra docena de personas se levantaron y empezaron a vociferar también. Sus preguntas y quejas se fundieron en una única nota, una maquinaria rabiosa. La abarrotada sección central se expandió hacia los lados, impulsada por gente que necesitaba espacio para señalar y pedir atención con los brazos. Juliette vio a su padre, de pie al fondo de la sala, chocante por su actitud tranquila, con el ceño fruncido.

—De uno en uno... —dijo.

Extendió los brazos con las palmas abiertas. La multitud comenzó a avanzar y entonces sonó algo parecido a un disparo.

Juliette se encogió.

Hubo otro estallido a su lado y vio que el martillo ya no estaba ocioso en la mano del juez Picken. El disco de madera del estrado daba brincos y vueltas sobre sí mismo mientras él parecía decidido a inmovilizarlo a base de golpes. Junto a la puerta, el ayudante Hoyle salió del trance en el que estaba sumido y empezó a moverse entre la multitud que inundaba los pasillos instando a todos a volver a sus asientos y permanecer en silencio. Peter Billings se había levantado y también pedía tranquilidad a gritos. Finalmente terminó por hacerse un silencio tenso sobre el gentío. Pero algo resonaba aún en el interior de aquella gente. Era como un motor que no ha arrancado aún pero desea hacerlo, un zumbido eléctrico que apenas aflora a la superficie, subiendo y bajando de intensidad. Juliette escogió con cuidado sus palabras siguientes.

—No puedo decirles cómo es el exterior...

—¿No puedes o no quieres? —preguntó alguien.

Una mirada de hostilidad del ayudante Hoyle, que recorría el pasillo de lado a lado, lo hizo callar. Juliette respiró hondo.

—No puedo decírselos porque no lo sabemos. —Levantó las manos para pedir tranquilidad al público—. Todo lo que nos habían contado sobre el mundo más allá de estos muros es una mentira, un invento...

—¿Cómo sabemos que no eres tú la que miente?

Buscó entre la multitud a quien lo había dicho.

—Porque soy la que está admitiendo ante ustedes que no sabemos nada, caray. Porque soy la que ha venido a decirles que deberíamos salir a verlo por nosotros mismos. Con ojos nuevos. Con curiosidad de verdad. Les propongo que hagamos lo que nunca se ha hecho, es decir, que salgamos a tomar una muestra, a saborear la atmósfera del exterior y ver qué es lo que le pasa al mundo...

El estallido de indignación de la gente se tragó el resto de su frase. Algunos de los presentes volvieron a levantarse de sus asientos, mientras otros alargaban los brazos para sujetarlos. Algunos de ellos sentían curiosidad. Otros, más indignación incluso. El martillo volvió a golpear y Hoyle sacó el tolete y la esgrimió frente a la primera fila. Pero el público no estaba dispuesto a dejarse apaciguar. Peter dio un paso hacia delante, con una mano en la culata del arma.

Juliette retrocedió del estrado. El juez Picken derribó el micrófono con el brazo y al hacerlo provocó un aullido en los altavoces. El disco de madera había desaparecido, así que no le quedó más remedio que seguir aporreando el propio estrado, cubierto, según vio Juliette, por las sonrientes y ceñudas medias lunas dejadas por intentos anteriores de restaurar la calma.

El ayudante Hoyle tuvo que retroceder hacia la tarima, empujado por el avance de la multitud. Muchos de sus miembros aún tenían preguntas y la mayoría era presa de una rabia incontrolable. Había labios temblorosas cubiertos de espuma. Juliette oyó más acusaciones. Vio a la señora que la culpaba por la enfermedad de su hijo. Marsha corrió hasta el fondo del escenario y abrió una puerta metálica camuflada como un panel de madera, y Peter, con un gesto del brazo, indicó a Juliette que entrara de nuevo a la oficina del juez. Ella no quería irse. Quería calmar a aquella gente, explicarles que sólo lo hacía por su bien, que podía arreglar todo aquello si le permitían intentarlo. Pero se la llevaron a rastras por una antesala llena de togas oscuras y luego por una sala alargada en cuyas paredes colgaban torcidos los retratos de pasados jueces, hasta una mesa de metal pintada como la puerta.

Los gritos quedaron bloqueados tras ellos. La puerta se estremeció un momento, golpeada por varios puños, mientras Peter maldecía. Juliette se desplomó sobre un viejo sillón de cuero reparado con cinta aislante y enterró la cara entre las manos. La misma rabia de ellos era la suya. Pudo sentir cómo se dirigía hacia Peter y Lukas, que la habían convertido en alcaldesa. Pudo sentir cómo se dirigía contra Lukas por haberle suplicado que dejara la perforación para subir al tercio superior, por haberla obligado a acudir a aquella reunión. Como si alguien hubiera podido apaciguar a aquella turba.

Un estrépito repentino se filtró desde la sala al abrirse la puerta un instante.

Juliette esperaba que fuera el juez Picken. Para su sorpresa, era su padre.

—Papá.

Se levantó de la vieja silla y cruzó la sala para recibirlo. Su padre la rodeó con los brazos y Juliette buscó consuelo en el mismo lugar del centro de su pecho donde siempre lo había encontrado de niña.

—Me enteré de que tal vez vinieras —susurró su padre.

Juliette no dijo nada. Por muy vieja que se sintiese, los años se disolvían al tenerlo allí, al sentir sus brazos a su alrededor.

—También he oído lo que estás planeando y no quiero que lo hagas.

Juliette retrocedió un paso para estudiar a su padre. Peter se excusó. La puerta volvió a abrirse, pero esta vez el ruido procedente del exterior no fue tan escandaloso, y Juliette se dio cuenta de que el juez Picken, que había dejado pasar a su padre, estaba ahí fuera, tratando de calmar a la muchedumbre. Su padre había visto cómo había reaccionado la gente ante ella y había oído lo que le habían dicho. Tuvo que contener un repentino acceso de llanto.

—No me han dado la ocasión de explicar… —comenzó a decir mientras se secaba los ojos—. Papá, hay otros mundos ahí fuera, como el nuestro. Es absurdo permanecer aquí sentados, luchando entre nosotros, cuando hay otros mundos…

—No me refiero a la perforación —dijo su padre—. He oído lo que estás planeando arriba.

—Has oído… —Volvió a secarse los ojos—. Lukas… —murmuró.

—No fue él. Ese técnico, Nelson, vino a hacerse un chequeo y me preguntó si iba a estar allí, por si salía algo mal. Tuve que fingir que sabía de qué estaba hablando. Supongo que pensabas anunciarlo hace un momento, ¿no? —Dirigió una mirada hacia la sala de las togas.

—Tenemos que saber lo que hay fuera —dijo Juliette—. Papá, no querían arreglar las cosas. No sabemos absolutamente nada…

—Pues que lo vea el próximo que salga a limpiar. Que lo estudie él cuando lo manden ahí fuera. Tú no.

Su hija sacudió la cabeza.

—No habrá más limpiezas, papá. Al menos mientras yo sea alcaldesa. No pienso mandar a nadie ahí fuera.

Su padre le puso una mano en el brazo.

—Y yo no pienso dejar que vaya mi hija.

Juliette se apartó de él.

—Lo siento —dijo—. Tengo que hacerlo. Estoy tomando todas las precauciones necesarias. Te lo prometo.

Su padre endureció el rostro. Volvió la mano y se miró la palma.

—Nos vendría muy bien tu ayuda —dijo tratando de tender un puente sobre cualquier nueva grieta que pudiera estar creando entre ellos—. Nelson tiene razón. Sería estupendo contar con un médico en el equipo.

—No quiero tomar parte en esto —dijo—. Mira lo que te pasó la última vez. —Le miró la garganta, donde el cuello del traje le había dejado una cicatriz de forma curva.

—Eso fue el fuego —le explicó Juliette mientras se ajustaba el overol.

—Y la próxima vez será otra cosa.

Se estudiaron el uno a la otra en silencio, en aquella sala donde se juzgaba a la gente, y Juliette volvió a sentir la familiar tentación de echar a correr para escapar del conflicto. Pero el impulso se vio contrarrestado por el deseo de enterrar la cara en el pecho de su padre y llorar como no se les permite a las mujeres de su edad y nunca se le habría permitido a un mecánico.

—No quiero volver a perderte —dijo a su padre—. Eres la única familia que me queda. Apóyame en esto, por favor.

Le costó mucho decirlo. Fue una demostración de vulnerabilidad y sinceridad. Una parte de Lukas vivía ahora dentro de ella. Aquello era algo que le había transmitido él.

Juliette aguardó la reacción de su padre y vio que su rostro se relajaba. Puede que fuese su imaginación, pero le pareció que se aproximaba un paso a ella, que bajaba la guardia.

—Te harás un chequeo antes y después —dijo.

—Gracias. Ah, hablando de chequeos, hay otra cosa que quería preguntarte. —Se arremangó el overol por todo el antebrazo y estudió las marcas blancas que tenía a lo largo de las muñecas—. ¿Alguna vez has oído hablar de cicatrices que desaparecen con el paso del tiempo? Lukas pensaba que... —Levantó la mirada hacia su padre—. ¿Alguna vez se borran?

Su padre aspiró hondo y contuvo la respiración un momento. Su mirada pasó por encima del hombro de Juliette y se perdió en algún lugar lejano.

—No —dijo—. Las cicatrices no. Ni siquiera con el tiempo.

16

Silo 1

El capitán Brevard casi había llegado al final de su séptimo turno. Sólo le faltaban otros tres. Tres turnos más, sentado detrás de una compuerta de seguridad, leyendo las mismas novelas una vez tras otra hasta que las páginas amarillentas se desprendían y caían. Tres turnos más vapuleando a sus ayudantes —uno nuevo cada turno— al tenis de mesa y diciéndoles que hacía una eternidad que no jugaba. Tres turnos más con la misma comida, las mismas películas viejas y la misma monotonía en absolutamente todo lo demás desde el mismo momento de despertar. Tres más. Podía conseguirlo.

El jefe de Seguridad del silo uno contaba ahora los turnos como en su día contara los años que le restaban hasta la jubilación. Que pasen sin contratiempos, era su mantra. La monotonía era buena. El paso del tiempo sabía a vainilla, a nada. Esto era lo que pensaba, plantado frente a una cápsula criogénica salpicada de sangre seca, sintiendo un regusto repulsivo, muy diferente al de la vainilla, en la boca.

Con una erupción de luz cegadora, el joven ayudante Stevens sacó una nueva foto del interior de la cápsula. Se habían llevado el cuerpo hacía horas. Un técnico sanitario que realizaba operaciones de mantenimiento en una cápsula cercana había visto una mancha de sangre sobre la tapa de ésta. Casi la había limpiado cuando se dio cuenta de su procedencia. Ahora, Brevard estaba estudiando las huellas que había dejado el trapo del técnico al limpiar. Tomó otro trago de amargo café.

La taza ya no humeaba. La culpa era del frío que hacía en aquel almacén de cuerpos. Brevard detestaba estar allí abajo. Detestaba despertar desnudo en aquel lugar, detestaba que volvieran a bajarlo allí para dormir y detestaba lo que le hacía aquella sala a su café. Tomó otro sorbo. Tres turnos más y luego la jubilación, significara lo que significara. Nadie pensaba a tan largo plazo. Sólo hasta el turno siguiente.

Stevens bajó la cámara y señaló la entrada con un gesto de la cabeza.

—Ha vuelto Darcy, señor.

Los dos oficiales observaron cómo cruzaba la sala de las cápsulas criogénicas el guardia del turno de noche, Darcy. Había sido el primero en llegar a la escena del crimen aquella mañana y había despertado al ayudante Stevens, quien a su vez había llamado a su superior. Luego se había negado a irse a dormir, tal como le habían ordenado. En su lugar, había ido con el cuerpo hasta Medicina y se había presentado voluntario para esperar los resultados de la autopsia mientras los demás se dirigían al escenario del crimen. Y ahora sacudía en el aire un documento con cierto exceso de entusiasmo mientras se les acercaba.

—No soporto a ese tipo —susurró Stevens a su jefe.

Brevard tomó un diplomático sorbo de café mientras veía acercarse a su subalterno del turno de noche. Darcy era un hombre joven —veintitantos o treinta y pocos—, con el cabello rubio y una permanente sonrisa de estupidez en la cara. La clase de agente inexperto que a las fuerzas policiales les encanta asignar a los turnos de noche, cuando ocurren todos los delitos. No tenía lógica, pero era la tradición. La experiencia servía para que pudieras estar durmiendo cuando salían los perturbados.

—No vas a creer lo que traigo —dijo Darcy desde veinte pasos de distancia, con un entusiasmo no poco exagerado.

—Una correspondencia —dijo Brevard con tono seco—. La sangre de la tapa se corresponde con la de la cápsula. —Estuvo a punto de añadir que lo que seguro que no traía era una taza de café caliente para Stevens o para él.

—Eso es una parte —dijo Darcy con cara de fastidio—. ¿Cómo lo has sabido? —Inhaló profundamente un par de veces y le entregó el informe.

—Porque las correspondencias son emocionantes —respondió Brevard mientras aceptaba el documento—. Lo sacudes en el aire como si tuvieras algo que decir. Los abogados y los jurados se emocionan cuando aparecen correspondencias.

—Y los novatos, estuvo a punto de añadir. No sabía a qué se dedicaba Darcy antes de la orientación, pero desde luego no al trabajo policial.

Brevard bajó la mirada hacia el informe y vio una correspondencia estándar de ADN, una serie de barras alineadas, unidas por trazos rectos cuando eran idénticas. Y estas dos, el ADN de la tapa y el de la muestra de sangre extraída de la cápsula, lo eran.

—Pues hay más —dijo Darcy. El guardia del turno de noche volvió a respirar hondo. Era evidente que había venido corriendo desde el elevador—. Mucho más.

—Creo que lo tenemos bastante claro —dijo Stevens con confianza. Señaló la cápsula criogénica con un gesto de la cabeza—. Es evidente que aquí ha habido un asesinato. Todo empezó...

—No fue un asesinato —lo interrumpió Darcy.

—Dale una oportunidad al ayudante —dijo Brevard levantando la taza—. Lleva horas examinando la escena.

Darcy hizo ademán de decir algo, pero se contuvo. Se frotó la piel debajo de los ojos, con aspecto exhausto, pero asintió.

—Bien —dijo Stevens. Señaló la cápsula criogénica con la cámara—. La sangre de la tapa significa que la lucha comenzó aquí fuera. El asesino debió de inmovilizar al hombre al que encontramos dentro después de una pelea. Por eso estaba su sangre en la tapa. Y entonces lo arrojó dentro de su propia cápsula. Tenía las manos atadas y supongo que se las ataron a punta de pistola, porque no he encontrado ninguna marca en sus muñecas ni otros indicios de lucha. Recibió un disparo en el pecho.

—Señaló las manchas de sangre que había en el interior de la tapa—. Aquí hay salpicaduras, lo que indica que la víctima estaba sentada. Pero la manera en que se esparció la sangre indica que cerraron la tapa inmediatamente después. Y la coloración nos dice que probablemente sucediera en nuestro turno, y desde luego hace menos de un mes.

Brevard, que no había apartado un solo momento la mirada del rostro de Darcy, había visto cómo se arrugaba en señal de discrepancia. El muchacho creía saber más que el ayudante.

—¿Y qué más? —preguntó a Stevens para invitarlo a seguir adelante.

—Ah, sí. Tras matar a la víctima, nuestro asesino le puso un catéter y una línea IV para que el cuerpo no se descompusiera, así que sabemos que se trata de alguien con conocimientos de medicina. Como es lógico, puede que aún siga en el turno. Razón por la que hemos pensado que era mejor hablar del caso aquí y no delante de todo el equipo médico. Convendría interrogarlos de uno en uno.

Brevard asintió y tomó un sorbo de café. Esperó la reacción del guardia del turno de noche.

—No fue un asesinato —insistió Darcy, exasperado—. ¿Quieren saber qué más tengo, chicos? Para empezar, la sangre de la tapa se corresponde con la que figura en la base de datos para el ocupante de la cápsula, como has dicho, pero no con la de la víctima. El tipo de dentro es otra persona.

Brevard estuvo a punto de escupir el café. Se limpió el bigote con la mano.

—¿Cómo? —preguntó, temiendo no haber oído bien.

—La sangre del exterior estaba mezclada con saliva. Era de una segunda persona. Según el médico, probablemente fuera fruto de una expectoración, o puede que de una herida en el pecho. Así que es probable que nuestro asesino esté herido también.

—Espera. Entonces, ¿quién es el tipo que encontramos en la cápsula? —preguntó Stevens.

—No están seguros. Han analizado su sangre, pero parece que alguien ha manipulado su expediente. El tipo al que pertenece la cápsula ni siquiera debería estar en la zona ejecutiva. Tendría que estar en congelación profunda. Y la sangre del interior de la cápsula se corresponde con un expediente parcial de los archivos ejecutivos, lo que lo sitúa por aquí, en alguna parte…

—¿Expediente parcial? —preguntó Brevard.

Darcy se encogió de hombros.

—Han manipulado a fondo los archivos, según el doctor Whitmore.

—Ah —dijo el ayudante Stevens mientras chasqueaba los dedos—. Ya lo tengo. Sé lo que ha pasado aquí. —Señaló la cápsula con su cámara—. Se produce una pelea ahí, ¿de acuerdo? Un tipo que no quiere dormir. Logra liberarse y sabe cómo piratear el…

—Espera —dijo Brevard alzando una mano. Veía en la cara de Darcy que eso no era todo—. ¿Por qué insistes tanto en que no se trata de un asesinato? Tenemos una herida de bala, salpicaduras de sangre por todas partes, una tapa cerrada, ningún arma a la vista, un hombre con las manos atadas y sangre en la tapa de la cápsula, sea quien sea su propietario. Todo apunta claramente a un asesinato.

—Eso es lo que estaba intentando decirles —respondió Darcy—. No fue un asesinato porque el tipo estaba conectado. Estaba conectado desde el principio, incluso antes de que le dispararan. El tal Troy… o comoquiera que se llame el hombre al que hemos sacado de ahí… sigue vivo.

17

Silo 1

Los tres hombres dejaron atrás la cápsula y se dirigieron al ala médica y al quirófano. La mente de Brevard daba vueltas y vueltas. No necesitaba algo así en uno de sus turnos. Aquello no era normal. Se imaginaba los informes que tendría que redactar y lo divertido que sería poner en antecedentes al próximo capitán.

—¿Cree que deberíamos informar al Pastor? —preguntó Stevens. Se refería al director ejecutivo del ala de Administración, un hombre muy reservado.

Brevard resopló. Introdujo el código de la compuerta de la zona de congelación profunda y salió al pasillo por delante de los otros dos.

—Creo que esto es algo de muy poca monta para él, ¿tú no? El Pastor tiene que preocuparse de silos enteros. Su trabajo lo desgasta y eso se nota. Siempre está recluido. Este tipo de casos son cosa nuestra. Aunque sean de asesinato.

—Tiene razón —dijo Stevens.

Darcy, aún sin aliento, tenía dificultades para seguirlos.

Subieron dos pisos en el elevador. Brevard pensaba en la sensación que le había transmitido el cuerpo con la herida de bala al inspeccionarlo. El hombre estaba frío como un fiambre del depósito, pero ¿acaso no lo estaban todos cuando despertaban por primera vez? Pensó en los daños que provocaban la congelación y la descongelación y en las máquinas que, teóricamente, mantenían sus cuerpos en buen estado, reparándolos célula a célula. ¿Y si aquellos dispositivos minúsculos podían hacer lo mismo con una herida de bala?

El elevador abrió las puertas en el piso sesenta y ocho. Brevard oyó voces procedentes del quirófano. No era fácil desprenderse de las teorías que Stevens y él habían estado elaborando durante la última hora. No era fácil desecharlas y adaptarse a todo lo que les había contado Darcy. La idea de que alguien hubiera manipulado los archivos complicaba el problema sobremanera. Sólo le faltaban tres turnos y ahora esto. Pero si la víctima seguía con vida, atrapar al responsable estaba prácticamente garantizado. Si podía hablar, podría identificar a quien le había disparado.

El médico y uno de sus ayudantes estaban en la sala de espera que había junto al normalmente ocioso quirófano. No llevaban los guantes y el médico tenía revuelta y despeinada la cabellera cana, como si se hubiera estado pasando los dedos por ella. Los dos parecían exhaustos. Brevard miró por el ventanal de observación y vio al hombre que habían sacado de la cápsula. Estaba tumbado, aparentemente dormido, y su color había cambiado por completo. Llevaba un camisón de color azul pálido, en el que entraban una serie de tubos y cables como si fueran serpientes.

—Oí que hemos tenido una verdadera resurrección —dijo Brevard.

Se acercó al fregadero, vació la taza de café y buscó otra cafetera, aunque en vano. En aquel momento habría aceptado un turno más a cambio de una taza de café caliente, un par de cigarrillos y el permiso para fumárselos.

El médico dio unas palmadas en el brazo a su ayudante y le transmitió una serie de instrucciones. El joven asintió y sacó de su bolsillo un par de guantes antes de marcharse por la puerta del quirófano. Brevard vio que comprobaba los equipos conectados al paciente.

—¿Puede hablar? —preguntó.

—Oh, sí —dijo el doctor Whitmore. Se rascó la barba canosa—. Menuda escena que armó al despertar. El paciente es mucho más fuerte de lo que parece.

108

—Y está mucho menos muerto de lo que parecía —dijo Stevens.

Nadie se rió.

—Estaba muy alterado —continuó el doctor Whitmore—. Insistía en que no se llama Troy. Eso fue antes de que le hiciera las pruebas. —Señaló con la cabeza el papel que ahora llevaba Brevard.

Éste miró a Darcy en busca de confirmación.

—Estaba en el baño —admitió Darcy con timidez—. No me encontraba aquí cuando despertó.

—Le dimos un sedante. Y le tomé una muestra de sangre para identificarlo.

—¿Qué averiguó? —preguntó Brevard.

El doctor Whitmore sacudió la cabeza.

—Borraron su expediente. O al menos eso pensé yo. —Sacó un vaso de plástico de uno de sus armarios, lo llenó con un poco de agua del grifo y tomó un sorbo—. Sólo pude ver informes parciales porque no tengo acceso a lo demás. Rango y nivel criogénico, únicamente. Me acordé de que había visto algo parecido en mi primer turno. Otro tipo del ala ejecutiva. Entonces recordé dónde habían encontrado a este caballero.

—En el ala ejecutiva —dijo Brevard—. Pero aquélla no era su cápsula, ¿verdad? —Recordaba lo que le había dicho Darcy—. La sangre de la tapa se corresponde con la cápsula, pero no es la del hombre que había dentro. ¿No sugiere eso que alguien ha utilizado su propia cápsula para ocultar un cuerpo?

—Si no me falla el instinto, es peor aún. —El doctor Whitmore tomó otro sorbo de agua y se pasó los dedos por el pelo—. El nombre de la cápsula ejecutiva, «Troy», se corresponde con la muestra que tomé en la tapa, pero ese hombre debería estar en congelación profunda ahora mismo. Lo durmieron hace más de un siglo y no ha despertado desde entonces.

—Pero su sangre estaba en la tapa —dijo Stevens.

—Lo que significa que ha estado despierto desde entonces —señaló Darcy.

Brevard miró de soslayo a su agente del turno de noche y comprendió que lo había medido mal. Era lo peor de trabajar en los malditos turnos, con gente distinta cada vez. Nunca llegabas a conocer a nadie y no podías saber su auténtica valía.

—Así que lo primero que hice fue consultar los archivos médicos para ver si había alguna actividad insólita en la congelación profunda. Quería ver si habían despertado a alguien.

Brevard se sintió incómodo. El médico estaba haciéndole todo el trabajo.

—¿Encontró algo? —preguntó.

El doctor Whitmore asintió. Hizo un gesto hacia el terminal que había sobre la mesa de la sala de espera.

—Ha habido actividad en la zona de congelación profunda, autorizada por esta oficina. En mi turno no, ojo. Pero en dos ocasiones ya, han despertado a gente en coordenadas que corresponden a congelación profunda. La primera, en medio de la antigua cámara, aquel almacén de antes de la orientación.

El médico hizo una pausa para dejar que asimilaran la idea.

Brevard tardó un momento. El agente del turno de noche, a pesar de la falta de sueño, fue un poquito más rápido.

—¿Una mujer? —preguntó Darcy.

El doctor Whitmore frunció el ceño.

—No es fácil de decir, pero es lo que sospecho. Por alguna razón, no tengo acceso al expediente de la persona. He enviado a Michael abajo para comprobarlo, para que vea quién hay allí.

—Podría tratarse de un crimen pasional —dijo Stevens.

Brevard expresó su conformidad con un gruñido. Pensaba lo mismo.

—Digamos que hay un hombre que no puede soportar la soledad. Ha estado despertando a su esposa en secreto. Para tener acceso tendría que ser administrador. Alguien lo descubre, alguien que no pertenece al personal ejecutivo, así que tiene que matarlo. Pero… es él quien termina muerto… —Brevard sacudió la cabeza. Estaba volviéndose demasiado complicado. Necesitaba más cafeína para hacer frente a algo así.

—Pues no se pierdan esto —dijo el doctor Whitmore.

Brevard exhaló un gemido de impaciencia. Ya lamentaba haber tirado el café frío. Pidió la noticia con un gesto.

—Hay otro caso de un tipo al que sacaron de la congelación profunda, sólo que en ese sí tengo acceso al expediente. —El doctor Whitmore estudió a los tres agentes de seguridad—. ¿Por qué no intentan adivinar su nombre?

—Se llamaba Troy —dijo Darcy.

El doctor chasqueó los dedos, con los ojos abiertos de par en par en un gesto de sorpresa.

—Bingo.

Brevard se volvió hacia el agente del turno de noche.

—¿Y cómo demonios lo has sabido?

Darcy se encogió de hombros.

—A todo el mundo le encantan las correspondencias.

—Vamos a ver si lo entiendo —dijo Brevard—. Tenemos a un asesino salido de congelación profunda que acaba con un administrador, lo suplanta, seguramente se hace con sus códigos, y se dedica a despertar mujeres.

Se volvió hacia Stevens.

—De acuerdo, creo que tienes razón. Es hora de hablar con el Pastor. Esto sí parece a su altura.

Stevens asintió y se volvió hacia la puerta. Pero antes de que pudiera marcharse llegó desde el pasillo el ruido de unas botas que corrían. Michael, uno de los asistentes médicos que los habían ayudado a sacar el cuerpo de la cápsula, dobló la esquina a la carrera, casi sin aliento. Apoyó las manos en las rodillas y respiró hondo varias veces con la mirada clavada en su jefe.

—Te dije que te dieras prisa —dijo el doctor Whitmore—. No que fueras corriendo.

—Sí, señor —respondió Michael con la respiración entrecortada—. Señores, tenemos un problema—. El asistente médico miró a los agentes de seguridad y arrugó el gesto.

—¿Qué sucede? —preguntó Brevard.

—Era una mujer —dijo Michael asintiendo—. En efecto. Pero las lecturas de su cápsula estaban parpadeando, así que realicé una comprobación rápida. —Estudió sus caras con expresión alterada y, al verlo, Brevard lo supo. Lo supo, pero alguien se le adelantó.

—Está muerta —dijo Darcy.

El asistente, con las manos aún en las rodillas, asintió vigorosamente.

—Anna —murmuró—. Se llamaba Anna.

En la camilla del quirófano, el hombre sin nombre se debatió contra las correas tensando los músculos de sus viejos y fibrosos brazos. El doctor Whitmore suplicó a los caballeros que no se movieran. El capitán Brevard se colocó al otro lado de la camilla. Percibía el olor de un hombre que acaba de despertar, un hombre al que habían dado por muerto. Unos ojos desorbitados lo buscaron entre los presentes. El hombre al que habían disparado parecía haberse dado cuenta de que era Brevard quien estaba al mando.

—Suélteme —dijo el anciano.

—No, hasta que no sepamos lo que ha pasado —respondió Brevard—. Hasta que se encuentre mejor.

Las correas de cuero que tenía el anciano alrededor de las muñecas chirriaron, puestas a prueba por él.

—Me encontraré mejor cuando pueda levantarme de esta condenada cama.

—Le dispararon —dijo el doctor Whitmore. Le puso una mano en el hombro para calmarlo.

El anciano apoyó la cabeza en la almohada, mientras sus ojos saltaban del médico al agente de seguridad y viceversa.

—Ya lo sé —dijo.

—¿Recuerda quién lo hizo? —preguntó Brevard.

El hombre asintió.

—Se llama Donald —dijo apretando alternativamente la mandíbula.

—¿No Troy? —preguntó Brevard.

—Eso quería decir. Es el mismo.

Brevard vio que el anciano cerraba los puños y volvía a abrirlos.

—Miren, soy uno de los directores de este silo. Exijo que me suelten. Comprueben mi expediente...

—Lo solucionaremos, no se... —comenzó a decir Brevard. Las correas crujieron.

—Que comprueben los malditos expedientes —repitió el anciano.

—Alguien los ha manipulado —dijo Brevard—. ¿Puede usted decirnos su nombre?

El hombre permaneció inmóvil un momento mientras sus músculos se relajaban. Tenía la mirada clavada en el techo.

—¿Cuál de ellos? —preguntó—. Me llamo Paul. La mayoría de la gente me conoce por mi apellido, Thurman. Antes era senador...

—El Pastor —dijo el capitán Brevard—. Paul Thurman es el hombre al que llaman el Pastor.

El anciano entornó los ojos.

—No, de eso nada —dijo—. Me han llamado muchas cosas a lo largo de mi vida, pero jamás eso.

18

Silo 17

La tierra temblaba. Más allá de las paredes del silo, la tierra temblaba y el ruido crecía y crecía sin descanso. Había empezado pocos días atrás, como un tamborileo lejano que sonaba como cuando una bomba hidropónica se activa al otro extremo de una tubería larga, con una vibración que se podía sentir entre las yemas de los dedos de los pies y el resbaladizo suelo de metal. Y entonces, el día antes, se había transformado en un terremoto constante que a Jimmy se le subía por las rodillas y por los huesos hasta hacerle traquetear la dentadura. Sobre su cabeza, la trepidación desprendía gotas de agua de las tuberías, una pequeña llovizna que caía sobre los charcos dejados por las aguas de los pisos anegados al retirarse, que aún no habían terminado de evaporarse.

Elise chilló y se dio unas palmaditas en la cúspide del cráneo al sentirse alcanzada por una de las gotas. Levantó la mirada con una sonrisa sembrada de huecos y esperó así a que continuara el bombardeo.

—Qué estruendo más espantoso —dijo Rickson.

Recorrió con el haz de la linterna la pared opuesta de la antigua sala del generador, donde parecía originarse el ruido.

Hannah dio una palmada y dijo a los gemelos que se apartaran de la pared. Miles —o al menos el que Jimmy creía que era Miles; apenas era capaz de distinguir a los gemelos— tenía la oreja pegada al hormigón, los ojos cerrados y la boca entreabierta en gesto de concentración. Su hermano Marcus, con el rostro iluminado por el entusiasmo, tiró de él para llevarlo con los demás.

—Pónganse detrás de mí —dijo Jimmy.

Notaba un hormigueo en los pies, provocado por las vibraciones. Podía sentir en el pecho el ruido que hacía alguna máquina invisible al pulverizar la roca maciza para abrirse paso por ella.

—¿Cuánto falta? —preguntó Elise.

Jimmy le revolvió el pelo y disfrutó del contacto de sus aterrados brazos alrededor de la cintura.

—Poco —le dijo.

Pero lo cierto es que no lo sabía. Llevaban las dos últimas semanas vigilando la bomba, para asegurarse de que Mecánica no volvía a inundarse. Aquella mañana, cuando despertaron, el ruido de la perforación era intolerable. Y había empeorado aún más a lo largo del día, a pesar de lo cual el muro seguía ante ellos, incólume, y continuaba cayendo la llovizna de las húmedas y temblorosas tuberías. Inexplicablemente, el niño dormía apaciblemente en brazos de Hannah. Llevaban horas así, oyendo cómo crecía el estruendo, esperando a que sucediera algo.

El final de su dilatada espera vino precedido por una serie de ruidos mecánicos entremezclados con el estrépito de la roca pulverizada. Con el chirrido de unas articulaciones de metal y el tintineo de unos dientes pavorosos, de repente la magnitud y el alcance del ruido crecieron hasta transformarse en un fragor confuso. Era como si saliera de todas partes al mismo tiempo, desde el suelo hasta el techo, pasando por todas las paredes. Los charcos temblaban violentamente. El agua saltaba en el suelo y caía desde el techo. Jimmy estuvo a punto de perder el equilibrio.

—Atrás —gritó en medio del estruendo.

Paso a paso, comenzó a alejarse de la pared, con Elise prendida de las caderas, mientras los demás obedecían la orden con los ojos muy abiertos y los brazos extendidos para no perder el equilibrio.

Una sección de hormigón, un trozo liso del tamaño de un hombre, se desprendió de la pared y se hizo pedazos al chocar contra el suelo. El aire se llenó de polvo. Era como si emanase de la misma pared, como si el hormigón hubiera empezado a soltar polvo en una enorme exhalación.

Jimmy retrocedió unos pasos y los niños lo siguieron, preocupados ahora en lugar de emocionados. Ya no sonaba como si se les estuviera acercando una máquina: parecían centenares. Estaban por todas partes. Estaban en sus pechos.

El estruendo alcanzó un furibundo cenit mientras el hormigón seguía cayendo. El metal chillaba como si lo estuvieran golpeando, entre ruidos metálicos que parecían campanadas y chorros de chispas, y entonces llegó la enorme perforadora. Apareció una grieta y luego una hendidura en un arco circular, como si una sombra cruzara corriendo la pared.

El tamaño de la perforación puso el ruido en perspectiva. Los dientes irrumpieron a través del techo, se hundieron bajo el suelo y luego volvieron a alzarse al otro lado. Las varillas de hierro sobresalían donde las acababan de cercenar. Olía a metal y cal carbonizados. La perforadora llegaba a través de la pared del piso ciento cuarenta y dos, engullendo una parte importante del hormigón por arriba y por debajo. El agujero que estaba excavando era más grande que un piso entero de su silo.

Los gemelos empezaron a lanzar gritos. Elise apretó a Jimmy con tanta fuerza que éste empezó a tener dificultades para respirar. El niño despertó en brazos de Hannah, pero su llanto apenas era audible en medio de aquel tumulto. Con una vuelta más, otra circunvolución del techo al suelo, los grandes dientes se dejaron ver: eran discos, docenas de discos que giraban dentro de un disco más grande. Una enorme roca cayó desde el techo y rebotó por el suelo en dirección al generador principal. Jimmy tuvo la sensación de que el silo iba a desplomarse sobre sus cabezas.

La trepidación hizo mil pedazos una de las bombillas del techo y un reluciente polvillo de cristal se unió al goteo de las atrapadas aguas de la inundación.

—¡Atrás! —gritó Jimmy.

Se encontraban al otro lado de la gran sala del generador, pero aun así parecían demasiado cerca de la perforadora. El suelo temblaba de tal modo que era difícil mantenerse de pie. De repente, Jimmy sintió miedo. Aquella cosa iba a seguir acercándose. Atravesaría el silo de parte a parte y seguiría su camino. Estaba fuera de control…

El disco triturador penetró en la sala. Sus afiladas ruedas chillaban y giraban en el aire y, a su alrededor, la roca salía despedida, en trozos grandes hacia un lado y pulverizada hacia el otro. El gemido de las articulaciones metálicas perdió parte de su ensordecedora fuerza. Hannah arrullaba a su bebé, meciéndolo adelante y atrás, sin apartar una mirada acongojada de aquella intrusión en su hogar.

De alguna parte salieron unos gritos. Se filtraron a través de la roca que caía. El disco giratorio fue ralentizando su avance hasta detenerse. Entonces pudieron ver que sus bordes estaban tan relucientes como si fueran nuevos en los sitios donde habían entablado su batalla con la tierra. Uno de ellos tenía enroscado un tramo de varilla de refuerzo de acero, como si fuera un cordón.

Poco a poco se fue haciendo el silencio. El niño volvió a dejar de llorar. Lo único que se oía era una lejana mezcla de traqueteo y zumbido, procedente quizá de las atronadoras tripas de la perforadora.

—¿Hola? —gritó alguien desde el otro lado de la perforadora.

—Sí, hemos pasado —exclamó otra voz. Una voz de mujer.

Jimmy tomó en brazos a Elise, que se agarró de su cuello y entrelazó sus tobillos alrededor de su cintura. Echó a correr hacia el muro de acero tachonado que había aparecido frente a ellos.

—¡Eh! —le gritó Rickson mientras corría tras él.

Los gemelos también los siguieron.

Jimmy no podía respirar. Esta vez no era porque Elise estuviera estrujándolo. Era la idea de los visitantes. De gente a la que no había que temer. De correr hacia otras personas y no en dirección contraria.

Todos lo sentían. Corrieron sonriendo hacia las fauces de la perforadora.

Entre el agujero de la pared y el disco, ya parado, apareció un brazo, luego lo siguió un hombre y por fin, una mujer salió trepando del túnel que había excavado la perforadora en el suelo.

La mujer escaló hasta ponerse de rodillas, luego se incorporó y se retiró el pelo de la cara.

Jimmy se acercó. El grupo se detuvo a diez pasos. Una mujer. Una desconocida. Estaba allí, en su silo, sonriendo, cubierta de polvo y porquería.

—¿Solo? —preguntó.

Sus dientes resplandecieron. Era bonita, incluso estando cubierta de polvo. Se acercó al grupo y sacó un par de gruesos guantes al mismo tiempo que salía alguien más de detrás de los dientes de la perforadora. Una mano tendida. El llanto del niño. Jimmy estrechó la mano, hipnotizado por su sonrisa.

—Soy Courtnee —dijo la mujer. Al recorrer el grupo de niños con la mirada, su sonrisa fue ensanchándose—. Tú debes de ser Elise. —Dio un pequeño apretón a la niña en el hombro, lo que provocó que las manos que aferraban a Jimmy del cuello lo apretasen con más fuerza.

Un hombre, pálido como el papel nuevo y con el pelo igualmente blanco, apareció detrás de la perforadora y se volvió para examinar el muro de dientes trituradores.

—¿Dónde está Juliette? —preguntó Jimmy al tiempo que agarraba a Elise y la levantaba para apoyársela en la cadera.

Courtnee frunció el ceño.

—¿No te lo ha dicho? Ha salido al exterior.

SEGUNDA PARTE

Fuera

19

Silo 18

Juliette esperaba inmóvil en la esclusa mientras se llenaba de gas. El traje de limpieza, adherido a su piel, formaba arrugas sobre ella. No sentía el mismo miedo de la última vez que la habían enviado al exterior, pero tampoco la insensata esperanza que empujaba a muchos al exilio. En algún punto situado entre unos sueños absurdos y un miedo sin esperanza se encontraba un deseo de conocer el mundo. Y si era posible, hacer de él un lugar mejor.

La presión fue aumentando en el interior de la esclusa y los pliegues del traje encontraron hasta la última cicatriz protuberante de su cuerpo. Era como recibir un millón de pinchazos con un millón de minúsculas agujas, como si todas las partes sensibles de su cuerpo recibiesen caricias al mismo tiempo, como si aquella esclusa recordara, como si la conociera.

Habían colgado de las paredes unos plásticos transparentes. En aquel momento comenzaron al tensarse alrededor de las tuberías y del banco en el que acababa de vestirse y se cubrieron de arrugas. Ya no quedaba mucho. Si acaso, sentía emoción. Alivio. Un dilatado proyecto que tocaba a su fin.

Tomó uno de los contenedores de muestras que llevaba colgado del pecho y entreabrió la tapa para recoger un poco de argón inerte a modo de referencia. Mientras volvía a cerrarlo, oyó un ruido sordo y familiar procedente de las entrañas de la gran compuerta exterior. El silo se abrió y el gas presurizado formó una voluta de niebla al abrirse paso hacia fuera para impedir que penetrase el aire del exterior.

La neblina se dilató a su alrededor, arremolinada. Juliette sintió su empuje en la espalda, como si quisiera apremiarla. Levantó un pie, traspasó la gruesa compuerta exterior del silo Dieciocho y volvió a encontrarse en el exterior.

La rampa seguía siendo como la recordaba: un plano de hormigón que ascendía a través del primer piso de su subterráneo hogar hasta llegar a la superficie de la tierra. Sobre ella, la tierra atrapada formaba montículos de duros contornos y las paredes estaban manchadas de salpicaduras de lodo. Con un estruendo, las pesadas compuertas volvieron a cerrarse y una nubecilla en proceso de dispersión se elevó hacia las nubes. Juliette inició el ascenso por la poco pronunciada cuesta.

—¿Estás bien?

La suave voz de Lukas llenó su casco. Juliette sonrió. Era agradable tenerlo con ella. Juntó el índice y el pulgar, gesto que activaba el micrófono del casco.

—Nadie ha muerto nunca en la rampa, Lukas. Va todo bien.

Lukas susurró una disculpa y la sonrisa de Juliette se hizo aún más grande. Salir al exterior contando con su apoyo era una experiencia completamente diferente. Muy diferente a marchar al exilio ante la vergüenza de todos, rehuída por sus miradas.

Al llegar al final de la rampa sintió que la embargaba una sensación de rectitud. Sin el miedo ni las mentiras digitales generadas por una pantalla electrónica, sintió lo que sospechaba que los humanos estaban hechos para sentir: un embriagador acceso de vértigo ante la desaparición de las paredes y la aparición de un paisaje abierto extendido en todas direcciones, kilómetros y más kilómetros de espacio abierto y nubes a ras de suelo. Sintió en las carnes el hormigueo de todos los exploradores. Ya había estado allí dos veces, pero esto era algo totalmente distinto. Esta vez tenía un propósito.

—Voy a tomar mi primera muestra —dijo tras juntar los dedos.

Sacó del traje otro de los pequeños recipientes. Todo estaba numerado, como sucedía en la limpieza, sólo que esta vez los pasos habían cambiado. Semanas de planificación y fabricación habían desembocado en aquello, aquel frenesí de actividad en la superficie, paralelo a la perforación de sus amigos bajo tierra. Entreabrió la tapa del recipiente, lo sostuvo en alto mientras contaba hasta diez y luego volvió a cerrarlo. La parte superior era transparente. En su interior había un par de juntas de sellado y tenía dos tiras de cinta térmica adheridas a la parte inferior. Juliette cubrió el borde de la tapa con una masilla impermeabilizante y la apretó hasta asegurarse de que lo cubría por completo. La muestra, numerada, se reunió con la de la esclusa en uno de los bolsillos de su muslo.

La voz de Lukas volvió a sonar por el radio, distorsionada por las interferencias:

—Hemos esterilizado térmicamente la esclusa. Nelson esperará a que se enfríe antes de salir.

Juliette se volvió hacia la torre de los sensores. Combatió el impulso de levantar la mano para saludar a las docenas de personas que estaban observándola en la pantalla de la pared de la cafetería. Bajó la mirada y trató de aclararse los pensamientos, de recordar lo que tenía que hacer a continuación.

Una muestra del suelo. Se alejó de la rampa y de la torre a paso lento, en dirección a un montón de tierra que tal vez llevara siglos sin recibir pisadas. Se arrodilló —y al hacerlo se pellizcó la parte trasera de la rodilla con el traje interior— y empezó a recoger tierra utilizando un recipiente poco profundo. El suelo era muy compacto y costaba desprenderlo, así que lo que hizo fue reunir tierra suelta de la superficie hasta llenarlo.

—Muestra de la superficie completa —dijo juntando los dedos.

Cerró la tapa cuidadosamente y volvió a cubrirla con un círculo de masilla antes de guardarse el recipiente en uno de los bolsillos del otro muslo.

—Vamos bien —dijo Lukas.

Seguramente pretendía animarla. Pero lo único que ella percibió fue su enorme preocupación.

—Ahora voy por la muestra profunda.

Tomó la herramienta con las dos manos. Había fabricado la gran «T» de la parte superior con los aparatosos guantes del traje puestos, para asegurarse de que podía sujetarla bien. Con el extremo en forma de sacacorchos pegado a la tierra, comenzó a dar vueltas al mango apoyando encima todo el peso de su cuerpo, para que las estrías de la espiral perforaran la densa tierra.

Su frente empezó a cubrirse de sudor. Una gota de transpiración se estrelló sobre su visor y, desplazada por las sacudidas de sus brazos, se transformó en un minúsculo charco. Una cáustica brisa azotaba con fuerza el traje desde un costado. Una vez que la herramienta hubo penetrado hasta la marca que le había hecho en el asa con cinta aislante, Juliette se levantó y tiró de la «T» apoyándose en las piernas.

El cabezal salió del suelo, seguido por una avalancha de tierra que resbaló por sus costados y cayó desmoronándose sobre el agujero que había quedado. Juliette colocó la carcasa sobre el cabezal y la acopló en posición. Todas las piezas exhibían el acabado más perfecto que podían conseguir los mejores expertos de Suministros. Volvió a guardar la herramienta en su bolsa, se la colgó a la espalda y aspiró hondo.

—¿Estás bien? —preguntó Lukas.

Juliette saludó con la mano en dirección a la torre.

—Estoy bien. Me faltan dos muestras. ¿Falta mucho para la esclusa?

—Deja que lo compruebe.

Mientras Lukas averiguaba cómo marchaban los preparativos de su regreso, Juliette echó a andar a paso lento hacia la loma más próxima. Las lloviznas habían borrado sus antiguas huellas, pero recordaba bien el camino. Aquel buzamiento de la colina era como una escalera, una rampa en la que se acurrucaban dos formas.

Se detuvo al llegar a la base y sacó otro recipiente con juntas de sellado y cinta térmica. La tapa se abrió sin dificultades. Lo levantó al viento para dejar que lo que arrastraba, fuera lo que fuese, quedase atrapado en su interior. Que ellos supiesen, era la primera vez que alguien intentaba tomar muestras de la atmósfera exterior. Las montañas de informes fraudulentos procedentes de limpiezas anteriores no habían sido otra cosa que la excusa que se utilizaba para alimentar y justificar el miedo. Una charada de progreso, un falso esfuerzo por mejorar el mundo, cuando lo único que les había importado siempre era convencer a todos de la realidad de su triste estado.

Lo único que sorprendía más a Juliette que la magnitud de la conspiración era la velocidad a la que se habían desintegrado sus mecanismos en el seno de Informática. Los hombres y las mujeres del piso treinta y cuatro le recordaban a los niños del silo Diecisiete: aterrados, con los ojos abiertos de par en par, desesperados por encontrar un adulto al que poder aferrarse y en el que depositar su fe. En todo el resto del silo habían recibido con suspicacia y miedo la idea de salir al exterior para estudiar la atmósfera, pero en Informática, donde llevaban generaciones fingiendo hacerlo, muchos habían abrazado con salvaje abandono la posibilidad de investigar de verdad.

«¡Maldición!»

Cerró bruscamente la tapa del recipiente. Había estado divagando. Se había olvidado de contar hasta diez y seguramente hubiese dejado pasar dos veces más tiempo.

—Eh... ¿Jules?

Juntó los dedos.

—¿Sí?

Separó los dedos, terminó de cerrar la tapa y, tras asegurarse de que ponía «2» sobre ella, selló el borde. Mientras guardaba el recipiente junto con el otro, volvió a reprenderse por su despiste.

—La descontaminación térmica de la esclusa está terminada. Nelson ha entrado para prepararte las cosas, pero dicen que tardarán un rato en volver a cargar el argón. ¿Estás segura de que te sientes bien?

Juliette dedicó un momento a analizarse a sí misma para poder responder con sinceridad. Respiró hondo varias veces. Meneó las articulaciones. Levantó la mirada hacia las nubes oscuras para asegurarse de que su visión y su equilibrio seguían siendo normales.

—Sí. Me siento perfectamente.

—De acuerdo. Y una cosa, van a volver a utilizar el fuego cuando regreses. Creen que podría ser necesario. Recibimos algunas lecturas extrañas en la esclusa antes de que salieses. Por si acaso, Nelson está restregando a fondo la compuerta interior ahora mismo. Lo tendremos todo preparado lo antes posible.

A Juliette no le gustó cómo sonaba aquello. Su periplo por el silo Diecisiete había sido aterrador, pero no había tenido consecuencias irreparables. Le había bastado con embadurnarse de sopa para sobrevivir. La hipótesis que manejaban era que las condiciones del exterior no eran tan malas como les habían hecho creer y que las llamas, más que una necesidad para purificar el aire, eran un medio disuasorio frente a cualquiera que pensase en atravesar la esclusa. El gran reto de esta nueva misión era volver a entrar sin que tuviese que pasar otra vez por las llamas ni por el hospital. Pero tampoco podía poner el silo entero en peligro.

Mientras volvía a juntar los dedos, pensó de repente en todo lo que estaba en juego.

—¿Sigue habiendo una multitud ahí arriba, observándome? —preguntó a Lukas.

—Sí. Reina una atmósfera de gran agitación. La gente no puede creer que esté pasando esto de verdad.

—Quiero que los saques de ahí —dijo Juliette.

Separó el pulgar. No hubo respuesta.

—¿Lukas? ¿Me recibes? Quiero que todo el mundo se retire hasta el piso cuatro, como mínimo. Que se vaya todo el que no esté trabajando en el proyecto, ¿de acuerdo?

Esperó.

—Bien —dijo Lukas. Había mucho ruido de fondo—. Estamos en ello ahora mismo. Pero no queremos que cunda el pánico.

—Diles que se trata de una mera precaución. Por las lecturas de la esclusa.

—En ello estoy.

Parecía alborotado. Juliette esperaba no estar sembrando el pánico sin razón.

—Voy por la última muestra —dijo para centrarse en el trabajo que había ido a hacer.

Simplemente, estaban preparándose para lo peor. Pero no pasaría nada. Daba gracias a los rudimentarios sensores que habían colocado en la esclusa. Esperaba poder instalar un equipo permanente en la torre en su próxima salida. Pero tampoco quería adelantarse demasiado. Se acercó a uno de los limpiadores que había en la base de la loma.

El cuerpo que habían escogido era el de Jack Brent. Hacía ya nueve años que lo habían mandado a limpiar, cuando enloqueció tras el segundo aborto de su mujer. Juliette sabía muy poco sobre él. Y éste había sido el principal criterio que le había llevado a seleccionarlo para la última muestra.

Se acercó a lo que quedaba del cuerpo. Hacía ya tiempo que el viejo traje se había teñido de un gris apagado, muy parecido al del suelo. El revestimiento metálico se había desprendido copo a copo, como una capa de pintura vieja. Las botas estaban prácticamente carcomidas y el visor descascarillado. Jack yacía con los brazos cruzados sobre el pecho y las piernas estiradas en paralelo, casi como si hubiera decidido echarse una siesta y nunca hubiese despertado. Aunque lo más probable era que se hubiese tumbado para contemplar el cielo azul y despejado que le mostraba su visor.

Juliette sacó el último recipiente, identificado con un «3», y se arrodilló junto al muerto limpiador. Daba escalofríos pensar que aquél habría sido su destino de no ser por Scottie, Walker y toda la gente de Suministros que se había arriesgado por ella. Sacó la afilada cuchilla de la caja de muestras y cortó un recuadro del tejido del traje. Tras dejar la hoja sobre el pecho del limpiador, recogió la muestra y la introdujo en el recipiente. Sin atreverse a respirar y con cuidado de no perforar su propio traje, recogió la cuchilla y cortó el tejido medio descompuesto del traje interior en un punto donde aún era visible, a la altura del vientre.

Para extraer la última muestra tuvo que hacer palanca con la hoja. No habría podido decir si quedaba carne dentro y la había recogido con la herramienta. Por suerte, no se veía nada por debajo de la vieja y deshilachada prenda. Pero allí dentro no parecía haber otra cosa que tierra, arrastrada por la brisa entre los huesos resecos.

Guardó la muestra en el recipiente y, puesto que ya no necesitaba la hoja y no quería correr el riesgo de seguir manipulándola con los voluminosos guantes, la dejó junto al limpiador. Se puso de pie y se volvió hacia la torre.

—¿Estás bien?

La voz de Lukas sonaba distinta. Como amortiguada. Juliette exhaló, pero al hacerlo le sobrevino un leve mareo provocado por la falta de oxígeno.

—Perfectamente.

—Ya casi estamos. Yo que tú iría volviendo.

Juliette asintió con la cabeza, a pesar de que, por mucho que las dimensiones de la pantalla magnificasen el mundo, lo más probable era que no pudiese verla desde tan lejos.

—Oye, ¿sabes lo que hemos olvidado?

Juliette se detuvo y clavó la mirada en la torre.

—¿Qué? —preguntó—. ¿Olvidado?

Un reguero de sudor resbalaba por su mejilla. Su contacto le provocó un hormigueo en la piel. Podía notar el encaje de cicatrices que había dejado en su nuca el último traje al fundirse sobre su cuerpo.

—Meterte uno o dos estropajos —dijo Lukas—. El polvo está empezando a acumularse de manera visible en varios sitios. Y, en fin, ya que estás ahí…

Juliette dirigió una mirada de hostilidad hacia la torre.

—Sólo es una idea —dijo Lukas—. Quizá podrías… ya sabes, limpiar un poco…

20

Silo 18

Juliette aguardaba al pie de la rampa. Recordaba la última vez que había hecho aquello, esperar en aquel mismo sitio, envuelta en una manta de cinta térmica confeccionada por Solo, preguntándose si se le agotaría el aire antes de que se abrieran las puertas, preguntándose si sobreviviría a lo que la esperaba dentro. Recordaba haber creído que era Lukas el que estaba allí y haberse encontrado con Bernard en su lugar.

Intentó sacarse estos recuerdos de la cabeza. Bajó la mirada hacia los bolsillos y se aseguró de que las solapas de todos estuviesen perfectamente selladas. Cada uno de los pasos del proceso de descontaminación que se avecinaba daba vueltas y vueltas por su cabeza. Confiaba en que todo saliera bien.

—Allá vamos —le dijo Lukas por el radio. Una vez más, su voz sonaba vacía y distante.

Al momento, los engranajes de la esclusa emitieron un chirrido y una columna de argón presurizado escapó por la rendija. Juliette la atravesó y penetró en la esclusa con una intensa sensación de alivio.

—Entro, entro —dijo.

Las puertas se cerraron con estruendo tras ella. Echó un vistazo a la compuerta interior y vio un casco al otro lado de la portilla de cristal, alguien que estaba allí, observándola. Se acercó al banco donde se preparaban los limpiadores antes de salir y abrió la caja hermética que Nelson había colocado en su ausencia. Tenía que darse prisa. Los sistemas de inyección de gas y descontaminación por llamas estaban automatizados.

Separó de un tirón las bolsas selladas de sus muslos y las metió en la caja. Se descolgó del hombro el taladro, con su correspondiente muestra, y lo guardó también, hecho lo cual cerró la tapa y activó los cierres herméticos. Los ensayos no habían caído en saco roto. Se sentía cómoda moviéndose con aquel traje. Había pasado noches enteras en la cama, repasando cada paso, hasta lograr que se convirtiesen en hábitos.

Cruzó la pequeña esclusa arrastrando los pies y se agarró al borde de la enorme bañera de metal que había soldado al otro lado. Seguía caliente por las últimas llamaradas, pero el agua con la que la había llenado Nelson había absorbido buena parte de calor. Tras tomar aire (en un acto tan reflejo como innecesario), se metió en ella.

Al ver cómo subía el agua por el casco, sintió un primer acceso de miedo. Se le aceleró la respiración. Estar en el exterior no era nada comparado con sentirse sumergida otra vez. Volvió a sentir el agua en la boca, el ahogo del aire absorbido a pequeñas bocanadas, el sabor a acero y óxido de los escalones, y olvidó lo que estaba haciendo allí.

Entonces reparó en una de las asas que la bañera tenía al fondo. Alargó el brazo hacia ella y la utilizó para sumergirse del todo. Buscó con los pies la barra que había soldado al otro extremo de la bañera e introdujo las botas por debajo, una a una. Y se pegó todo lo que pudo al fondo, con la esperanza de que también su espalda estuviera bajo el agua. Comenzaron a dolerle los brazos por el esfuerzo de contrarrestar la tendencia del traje a emerger. Y a pesar de que llevaba el casco y estaba sumergida en el agua, pudo oír cómo se salía el fluido desplazado por su cuerpo y se derramaba sobre el suelo de la esclusa. Y entonces se activó el sistema de descontaminación térmica y las llamas, con un rugido, comenzaron a lamer la bañera.

—Tres, cuatro, cinco… —contó Lukas, y mientras lo hacía, por un instante, en la mente de Juliette apareció un recuerdo doloroso, las débiles luces verdes de emergencia, la sensación de pánico en el pecho…—, seis, siete, ocho…

Casi podía sentir el sabor del aceite y el combustible en aquella última bocanada de aire cuando emergió, viva, de las anegadas profundidades.

—Nueve y diez. Descontaminación completa —dijo Lukas.

Juliette soltó las asas, sacudió los pies para sacarlos de debajo de la barra y dejó que su cuerpo ascendiese por sí mismo hasta la hirviente superficie. Sentía el calor del agua a través del traje. Haciendo un esfuerzo, se puso en cuclillas. Su movimiento lo salpicó todo de agua humeante. Temía que si se retrasaba mucho, podía pegársele más aire y así contaminar la segunda esclusa.

Sus botas estuvieron a punto de resbalar varias veces al correr hacia la puerta. La rueda del mecanismo de apertura ya había comenzado a girar.

«Corre, corre», se dijo.

Se abrió una rendija en la compuerta. Juliette trató de precipitarse por ella, pero tropezó y se golpeó dolorosamente contra el marco. Varias manos enguantadas la agarraron mientras ella intentaba entrar a gatas y dos técnicos con sendos trajes la introdujeron antes de cerrar de nuevo la compuerta.

Nelson y Sophia —dos antiguos técnicos de trajes— tenían ya unos cepillos preparados. Los sumergieron en un agente neutralizador de color azul y comenzaron a restregar a Juliette de arriba abajo. A continuación, repitieron la operación el uno con el otro.

Juliette se dio la vuelta para asegurarse de que le frotaban también la espalda. Se acercó al cubo, sacó el tercer cepillo y comenzó a frotar el traje de Sophia. Y entonces se dio cuenta de que quien estaba dentro no era Sophia.

Pulsó el botón del micrófono del guante.

—¿Qué se supone que estás haciendo, Luke?

Lukas se encogió de hombros, con una mueca de culpa en la cara. Juliette supuso que no habría podido soportar la idea de que otra persona arriesgara la vida por ellos. O puede que simplemente quisiera estar ahí, junto a la puerta de la esclusa, por si salía algo mal. No podía culparlo. Ella habría hecho lo mismo.

Restregaron la segunda esclusa mientras Peter Billings y unos pocos más los observaban desde la oficina del comisario. El aire estaba lleno de burbujas de detergente, que flotaron hacia los respiraderos cuando las bombas empezaron a descargar el aire de la segunda esclusa hacia la primera. Nelson estaba limpiando el techo, que deliberadamente habían construido bajo. Menos aire. Menos volumen. Más accesible. Juliette escudriñó el rostro de Nelson tratando de saber si había detectado algún problema en la esclusa interior, pero maldijo al ver que estaba colorado y cubierto de sudor por culpa de su vigorosa labor de limpieza.

—Se ha hecho el vacío —dijo Peter desde el radio de su despacho.

Juliette hizo un gesto a los demás, se pasó una mano por el cuello y cerró el puño. Los otros dos asintieron y siguieron limpiando. Mientras la cámara se llenaba con aire fresco procedente de la cafetería, volvieron a limpiarse mutuamente una vez más y entonces, por fin, Juliette tuvo un momento para deleitarse por el hecho de que volvía a estar allí. Dentro. Lo habían conseguido. Sin quemaduras, sin hospitales y sin contaminación. Y ahora, si tenían suerte, aprenderían algo.

La voz de Peter volvió a sonar en el interior de su casco:

—No queríamos decirte nada mientras estabas preparándote para salir, pero la perforadora llegó al otro lado hace cosa de hora y media.

Juliette sintió un torrente de euforia y culpabilidad al mismo tiempo. Tendría que haber estado allí abajo. No podría haber elegido peor momento para su excursión, pero la había asaltado la sensación de que se le estaba agotando el tiempo allí arriba. Así que se resignó a alegrarse por Solo y los chicos, aliviada por el final de su larga y terrible soledad.

La segunda esclusa —con su puerta de cristal hermética, fabricada a partir de la mampara de una ducha— comenzó a abrirse. Tras ella se encendió una luz brillante en el interior de la esclusa antigua y la pequeña portilla se tiñó de rojo brillante. Una segunda descarga de furiosas llamaradas inundó la pequeña cámara: hasta el mismo aire se consumió al instante y el agua que Juliette había derramado desapareció mientras la bañera se convertía en un caldero de hirviente vapor.

Con un gesto del brazo, Juliette indicó a los otros que salieran de la nueva esclusa mientras ella contemplaba la antigua con expresión contenida y recordaba. Recordaba haber estado allí dentro. Lukas se acercó y tiró de ella, la obligó a traspasar la puerta y a entrar en la antigua celda, donde se quitaron toda la ropa menos el traje interior para darse una nueva ducha. Mientras se iba desprendiendo de capa tras capa de ropa empapada, Juliette sólo podía pensar en una cosa: la caja hermética e ignífuga que había dejado sobre el banco. Confiaba en que hubiera merecido la pena correr el riesgo y que en su interior, protegidas y a salvo, estuvieran las respuestas a un montón de terribles preguntas.

21

Silo 17

La gran máquina excavadora estaba inmóvil y en silencio. Desde la zona del techo que había triturado caía una lluvia de polvo y tanto los grandes dientes de acero como los discos giratorios estaban relucientes tras su travesía a través de la roca maciza. Entre los discos, el frontal de la perforadora estaba incrustado de tierra, escombros, barras de refuerzo deformadas y rocas enormes. En el extremo de la máquina, donde había asomado la cabeza en pleno corazón del silo Diecisiete, había una grieta negra que conectaba dos mundos sumamente diferentes.

Jimmy vio salir a unos desconocidos de uno de aquellos mundos para entrar en el suyo. Hombres fornidos, de barba negra y sonrisas amarillas, con las manos ennegrecidas por la grasa. Cruzaron la grieta y observaron con mirada entornada las oxidadas tuberías del techo, los charcos del suelo, los silenciosos órganos de un silo que mucho tiempo atrás tronaban pero ahora yacían en mortal silencio.

Le estrecharon la mano a Jimmy, lo llamaron Solo y abrazaron a los aterrados niños. Les dijeron que Jules les mandaba saludos. Y luego ajustaron las linternas de sus cascos y, precedidos por sus dorados haces de luz, se adentraron chapoteando en el hogar de Jimmy.

Elise se aferró a la pierna de Jimmy mientras por delante de ellos pasaba otro grupo de mineros y mecánicos. Dos perros que los acompañaban se detuvieron un momento para olisquear los charcos, y luego a la temblorosa Elise, antes de seguir a sus dueños. Courtnee —la amiga de Juliette— terminó de repartir instrucciones a un grupo y luego volvió con Jimmy y los niños. Jimmy la seguía con la mirada. Tenía el pelo más claro que Juliette y facciones más angulosas. No era tan alta, pero poseía su misma fiereza. Se preguntó si toda la gente de aquel otro mundo sería igual: hombres barbudos y cubiertos de hollín y mujeres indómitas y llenas de recursos.

Rickson reunió a los gemelos mientras Hannah mecía a su lloroso bebé e intentaba conseguir que volviera a dormirse. Courtnee ofreció a Jimmy una linterna.

—No tengo luces suficientes para todos ustedes —dijo—, así que es mejor que permanezcan juntos. —Levantó una mano sobre su cabeza—. El túnel es bastante alto, pero cuidado con las columnas de sustentación. Y el suelo es irregular, así que vayan con cuidado y péguense al centro.

—¿Por qué no podemos quedarnos aquí y que venga el médico a vernos? —preguntó Rickson.

Hannah le lanzó una mirada, sin dejar de mecer delicadamente al niño sobre su cadera.

—El sitio al que los llevamos es mucho más seguro —dijo Courtnee mientras observaba las paredes resbaladizas y corroídas que la rodeaban.

Su manera de mirar el hogar de Jimmy hizo que éste se sintiera a la defensiva. Se las habían arreglado muy bien solos durante mucho tiempo.

Rickson miró a Jimmy un momento, como diciéndole que tenía sus dudas sobre aquello de que estarían más seguros al otro lado. Jimmy sabía a qué le tenía miedo. Había oído hablar a los gemelos y los gemelos habían oído cuchichear a los mayores. A Hannah le pondrían un implante en las caderas, como a su madre. Y a Rickson le asignarían un color y un trabajo que ya no sería el de alimentar a su familia. Simplemente, la joven pareja recelaba tanto como Jimmy de aquellos adultos.

A pesar de sus temores, se pusieron los cascos que les ofrecieron los invasores de su hogar y, pegados unos a otros, se introdujeron por la abertura. Más allá de los dientes de la perforadora se extendía un oscuro túnel que era como la Selva cuando apagaban todas las luces. Pero en la Selva no hacía tanto frío ni resonaba de aquel modo el eco de sus voces. Jimmy procuró seguir a Courtnee sin rezagarse y los niños hicieron lo propio con él, y fue como si se los tragara la tierra.

Tras cruzar una puerta de metal, penetraron en la alargada perforadora, donde hacía más calor. Al cabo de un pasillo estrecho, donde tuvieron que arrimarse a las paredes para dejar pasar a gente que venía en sentido contrario, llegaron finalmente a otra compuerta, que daba de nuevo a la oscuridad y al frío del túnel. Había hombres y mujeres que hablaban a gritos, con cascos cuyas luces bailaban por todas partes mientras ellos luchaban contra montones de escombros que ascendían hasta perderse de vista. Las piedras se desplazaban y rodaban traqueteando. Estaban amontonadas a ambos lados de la perforadora, dejando una precaria vía de paso en el centro por la que venían en fila india obreros que olían a barro y a sudor. Había una roca más grande que Jimmy, que todo el que pasaba por allí tenía que rodear.

Caminar en línea recta de aquel modo, en una misma dirección, les resultaba raro. Caminaban y caminaban sin encontrarse con paredes o esquinas. Era algo antinatural. Aquel espacio vacío y sin bifurcaciones era más aterrador que la oscuridad salpicada de luces. Daba más miedo que el velo de polvo que caía flotando desde el techo o las rocas que, de vez en cuando, bajaban rodando desde los montones laterales. Era peor que los desconocidos que los empujaban para pasar en la oscuridad, o las vigas de acero que aparecían de pronto en el centro del pasillo, como salidas de las arremolinadas sombras. Era la sobrecogedora sensación de que no había nada que pudiese detenerlos. Caminar, caminar y caminar en una dirección, sin final alguno.

Jimmy estaba acostumbrado a la expansión vertical de la escalera de caracol. Aquello era normal. Esto no. Y sin embargo siguió avanzando, dando traspiés en el irregular suelo de roca excavada, entre hombres y mujeres que se comunicaban a voces en medio de aquella oscuridad surcada de luces, entre la tierra amontonada que jalonaba el estrecho paso central. Adelantaron a hombres y mujeres que transportaban piezas de maquinaria y planchas de acero extraídas de su silo y al verlos, Jimmy sintió deseos de decirles algo. Elise sorbió ruidosamente por la nariz y susurró que tenía miedo. Jimmy la tomó en brazos y dejó que le echase los brazos al cuello.

El túnel seguía y seguía. Incluso cuando aparecía una luz al otro extremo, tardaba incontables pasos en crecer. Jimmy pensó en Juliette, atravesando semejantes distancias en el exterior. Parecía imposible que hubiera sobrevivido. Tuvo que recordarse que había oído su voz decenas de veces desde entonces, que lo había conseguido, que había ido a buscar ayuda y había mantenido su promesa de acudir a buscarlo. Sus dos mundos se habían convertido en uno.

Sorteó otra de las columnas de acero que había en el centro del túnel. Al levantar la linterna, pudo ver las vigas que lo sustentaban. Las rocas sueltas que se desprendían del techo le dieron un nuevo motivo de alarma y, casi sin darse cuenta, se encontró siguiendo a Courtnee con menos renuencia. Apretó el paso hacia la promesa de la luz que los esperaba más adelante y olvidó tanto el sitio del que había salido como el lugar al que se dirigía, sin pensar más que en salir de debajo de aquella mole de tierra milagrosamente contenida.

Muy lejos, por detrás de ellos, sonó un fuerte crujido, seguido por el retumbar de un derrumbamiento y por los gritos de alarma de los obreros. Hannah adelantó a Jimmy. Éste dejó en el suelo a Elise, que echó a correr junto con los gemelos entre la oscuridad y el haz de la linterna de Courtnee. Un torrente de personas con linternas en los cascos pasó en fila de a uno por delante de ellos, en dirección al hogar de Jimmy. En un acto reflejo, éste se llevó una mano al pecho y buscó a tientas la vieja llave que se había colgado al cuello antes de salir de la sala de los servidores. Su silo estaba indefenso. Pero por alguna razón, el miedo que percibía en los niños lo hacía más fuerte. No estaba tan aterrado como ellos. Su deber era ser fuerte.

Venturosamente, el túnel llegó a su fin. Los gemelos fueron los primeros en salir, todavía corriendo. Su aparición sobresaltó a un grupo de hombres y mujeres de mirada poco amigable, vestidos con overol azul, con las rodillas manchadas de grasa y un arsenal de herramientas en los mandiles de cuero. Unos rostros teñidos de blanco por la cal y de negro por el hollín abrieron los ojos de par en par. Jimmy se detuvo en la boca del túnel y dejó que Rickson y Hannah saliesen primero. Todos los trabajos se interrumpieron cuando los presentes vieron el fardo que traía Hannah en brazos. Una de las mujeres se adelantó y estiró un brazo como si pretendiese tocar al niño, pero Courtnee la detuvo con un gesto y dijo a los demás que siguieran trabajando. Jimmy recorrió el grupo con los ojos en busca de Juliette, a pesar de que le habían dicho que estaba arriba. Elise le suplicó que volviese a tomarla en brazos, con sus minúsculas manos levantadas. Jimmy se acomodó la mochila y la complació, haciendo caso omiso del dolor de su cadera. El portafolios que llevaba la niña al cuello, con su grueso libro, lo golpeó en las costillas.

Junto con él, la procesión de pequeños circuló entre las paredes que formaban los cuerpos de obreros paralizados, obreros que se rascaban la barba o la cabeza y lo miraban como si fuese un hombre llegado de una tierra de leyenda. Y en ese momento Jimmy comprendió, en el fondo de su ser, que aquello era un grave error. Habían unido dos mundos, pero los dos mundos no se parecían en nada. Allí les sobraba la electricidad. Las luces brillaban sin parpadear y había hombres y mujeres por todas partes. Olía de otro modo. Las máquinas rugían en lugar de guardar silencio. Y las largas décadas de envejecimiento se desprendieron de sus hombros y cayeron al suelo mientras Jimmy, presa de un pánico repentino, corría para alcanzar a los demás, como uno más de aquellos jóvenes aterrados que habían llegado a un nuevo, luminoso y abarrotado hogar desde las tinieblas y el silencio.

22

Silo 18

Habían preparado una pequeña habitación con literas para los niños y un aposento al final del mismo pasillo para Jimmy. Elise, que no estaba nada contenta con aquel arreglo, lo tomó de la mano con las dos suyas. Courtnee les dijo que iban a bajarles algo de comer y que podían ducharse. Sobre una de las literas había un montoncito de overoles limpios, una pastilla de jabón y varios libros infantiles de aspecto antiguo. Pero antes de irse los presentó a un hombre alto, con el overol rojizo más limpio que Jimmy recordara haber visto.

—Soy el doctor Nichols —dijo mientras le estrechaba la mano a Jimmy—. Creo que conoce usted a mi hija.

Jimmy no comprendía. Pero entonces se acordó de que el apellido de Juliette era Nichols. Intentó fingir valentía mientras aquel hombre alto y bien afeitado le examinaba los ojos y la boca, le pegaba al pecho un instrumento de metal frío y escuchaba con atención a través de unos tubos. Todo le resultaba familiar. Era algo procedente de su pasado lejano.

Respiró hondo cuando se lo dijeron. Los niños lo miraban con recelo y al verlo se dio cuenta de que para ellos era un modelo, un modelo de normalidad, de coraje. Estuvo a punto de echarse a reír, pero se suponía que tenía que respirar con normalidad para el médico.

Elise se presentó voluntaria para ser la siguiente. El doctor Nichols se puso de rodillas y revisó el hueco que había dejado el diente que se le había caído. Le preguntó algo sobre unas hadas y cuando la niña sacudió la cabeza y dijo que nunca había oído hablar de tal cosa, sacó una pequeña moneda y se la regaló. Los gemelos se adelantaron y pidieron que los examinara a ellos.

—¿Son de verdad las hadas? —preguntó Miles—. En la granja donde nos criamos se oían ruidos.

Marcus se metió por delante de su hermano.

—Yo una vez vi un hada —dijo—. Y cuando era pequeño se me cayeron veinte dientes.

—¿Ah, sí? —preguntó el doctor Nichols—. ¿Podrías sonreír para mí? Excelente. Ahora abre la boca. Veinte dientes, ¿no?

—Ajá —dijo Marcus. Se limpió la boca—. Y me volvieron a salir todos, menos el que me arrancó Miles.

—Fue un accidente —protestó Miles.

Se levantó la camisa y le preguntó al médico si quería oír cómo respiraba. Jimmy vio que Rickson y Hannah se acurrucaban alrededor de su pequeño mientras observaban lo que hacía el médico. También se fijó en que el doctor Nichols, incluso mientras estaba examinando a los dos gemelos, lanzaba de vez en cuando miradas de reojo al niño que llevaba Hannah en brazos.

Cada uno de los gemelos recibió una moneda después de su revisión.

—Estas monedas traen buena suerte —les dijo el doctor Nichols—. Los padres ponen dos de ellas bajo la almohada con la esperanza de tener unos hijos tan saludables como ustedes.

Los gemelos esbozaron sendas sonrisas radiantes y estudiaron a fondo las monedas en busca de rostros desgastados o fragmentos de palabras que mostraran que eran reales.

—Rickson también tenía un gemelo —dijo Miles.

—¿Ah, sí? —El doctor Nichols dirigió su atención a los mayores, que se habían sentado juntos en la litera inferior.

—No quiero que me pongan el implante —dijo Hannah con voz fría—. Mi madre lo tenía, pero la cortaron para sacárselo. Yo no quiero que me corten.

Rickson la rodeó con el brazo y la estrechó. Al ver la mirada entornada que dirigía al espigado doctor, Jimmy sintió un momento de nerviosismo.

—No tienes por qué ponerte el implante —susurró el doctor Nichols, pero Jimmy se fijó en que miraba de reojo a Courtnee—. ¿Te importa si escucho el corazón de tu hijo? Sólo quiero asegurarme de que está fuerte y sano…

—¿Y por qué no iba a estarlo? —preguntó Rickson echando los hombros hacia atrás.

El doctor Nichols lo estudió un momento.

—Has conocido a mi hija, ¿verdad? A Juliette.

El muchacho asintió.

—Pero poco —dijo—. Se marchó al poco tiempo de conocernos.

—Bueno, pues me ha pedido que baje porque se preocupa por su salud. Soy médico. Mi especialidad son los niños, sobre todo los más pequeños. Creo que el suyo parece muy fuerte y sano. Sólo quiero asegurarme. —Levantó el disco de metal que había al otro extremo de los tubos con los que oía y se lo puso en la palma de la mano—. Así. Para que esté calentito y sea más agradable. El niño ni siquiera se enterará.

Jimmy se rascó el pecho en el sitio donde le habían puesto el aparato y se preguntó por qué no se lo habría calentado a él el médico.

—¿Por una moneda? —preguntó Rickson.

El doctor Nichols sonrió.

—¿No prefieres unos cuantos cupones?

—¿Qué es un cupón? —preguntó Rickson, pero Hannah ya había cambiado de posición en la litera de manera que el doctor pudiera examinarla.

Courtnee le puso una mano en el hombro a Jimmy mientras continuaban las revisiones. Jimmy se volvió hacia ella.

—Juliette me pidió que la llamara en cuanto estuvieran todos aquí. Vendré dentro de poco a ver cómo están…

—Espera —dijo Jimmy—. Me gustaría ir contigo. Quiero hablar con ella.

—Y yo —dijo Elise arrimándose a su pierna.

Courtnee frunció el ceño.

—De acuerdo —dijo—. Pero tenemos que darnos prisa, porque tienen que comer y asearse.

—¿Asearnos? —preguntó Elise.

—Sí, si van a subir a ver su nueva casa.

—¿Nueva casa? —preguntó Jimmy.

Pero Courtnee ya se había dado la vuelta para irse.

Jimmy corrió a la puerta y salió al pasillo tras ella. Elise, tras tomar el portafolios que contenía el pesado libro, fue en su busca.

—¿Qué quiso decir con eso de una nueva casa? —preguntó—. ¿Cuándo vamos a volver a nuestra casa de verdad?

Jimmy se rascó la barba mientras, en su interior, libraba una batalla con la verdad y las mentiras. «Puede que nunca volvamos —sentía deseos de decir—. Acabemos donde acabemos, puede que nunca más nos parezca nuestra casa.»

—Creo que ésta va a ser nuestra nueva casa —respondió haciendo un esfuerzo para que no se le quebrara la voz. Alargó el brazo y, al apoyar su arrugada mano sobre el flaco hombro de la niña, sintió lo frágil que era aquella carne. Tanto, que hasta las palabras podían quebrarla—. Al menos por algún tiempo. Hasta que arreglen nuestra casa. —Dirigió la mirada hacia Courtnee, que marchaba por delante y no se volvió.

Elise se detuvo en mitad del pasillo y giró la cabeza. Cuando se volvió, las luces de Mecánica se reflejaban en la humedad de sus ojos. Jimmy se disponía a decirle que no llorara, pero entonces Courtnee se arrodilló y llamó a Elise. La niña la ignoró.

—¿Quieres venir con nosotros para llamar a Juliette y hablar con ella por radio? —le preguntó Courtnee.

Elise asintió mientras se mordía el dedo. Una lágrima resbaló por su mejilla. Se aferraba al portafolios donde guardaba el libro y Jimmy, al verla, se acordó de los niños que, en una vida anterior, se aferraban a sus muñecas del mismo modo.

—Después de que llamemos y se hayan aseado; iré a traerles un poco de pudín de arroz de la despensa. ¿Quieres?

Elise se encogió de hombros. Jimmy sintió el deseo de decirle que ninguno de los niños había probado nunca el pudín de arroz. De hecho, él mismo nunca había oído hablar de tal cosa. Pero ahora quería probarlo.

—Vamos a llamar a Juliette juntos —dijo Courtnee.

Elise sorbió por la nariz y asintió. Tomó a Jimmy de la mano y levantó la mirada hacia él.

—¿Qué es pudín de arroz? —preguntó.

—Será una sorpresa —dijo Jimmy. Y en realidad, así era.

Courtnee los llevó hasta el final de un pasillo y dobló la esquina. Al cabo de un momento, los recodos y vueltas empezaron a recordar a Jimmy el lugar lúgubre y húmedo que habían dejado atrás. Más allá de la pintura fresca y el zumbido de las luces, más allá de los cables pulcramente ordenados y el olor a grasa fresca, aquél era un laberinto idéntico al oxidado territorio que había estado explorando durante las dos últimas semanas. Casi le parecía oír el chapoteo de los charcos bajo sus pies, o los ruidos que emitía la desvencijada bomba de la que había estado cuidando al succionar el fondo de un depósito vacío… pero entonces oyó un ruido real a sus pies. Un fuerte gañido.

Elise gritó y, en un primer instante, Jimmy pensó que la había pisado. Pero entonces vio que allí, a sus pies, había una gran rata de color café y cola gigantesca que lloriqueaba y corría en círculos a su alrededor.

Jimmy sintió que el corazón le daba un vuelco. Elise no paraba de gritar, pero al cabo de un momento se dio cuenta de que era su propia voz la que estaba oyendo. Los brazos de Elise le atenazaban la pierna, lo que le impedía dar media vuelta y echar a correr. Y mientras tanto, Courtnee estaba doblada de risa. Jimmy creyó que iba a perder el conocimiento al ver que recogía la rata gigante del suelo. Pero entonces la rata le lamió la barbilla y se dio cuenta de que no era una rata, sino un perro. Un perro pequeño. De niño había visto perros adultos en los pisos intermedios del silo, pero nunca un cachorro. Elise lo soltó al comprender que el animal no pretendía hacerles daño.

—¡Es un gato! —exclamó.

—Un gato no —dijo Jimmy. Él conocía a los gatos.

Courtnee seguía riéndose de él cuando un joven, atraído sin duda por los gritos de espanto de Jimmy, apareció corriendo en el recodo.

—Aquí estás —dijo mientras le quitaba el animal a Courtnee. El cachorro le arañó el hombro e intentó morderle el lóbulo de la oreja—. Maldito bicho... —Le apartó la cara con la mano. Lo agarró por el pellejo del cuello y lo sostuvo así mientras el animal sacudía las zarpas en el aire.

—¿Hay más? —preguntó Courtnee.

—Es la misma camada —respondió el hombre.

—Pero si Conner tenía que haberse ocupado hace semanas...

El hombre se encogió de hombros.

—Conner ha estado muy ocupado trabajando en ese condenado túnel. Pero se lo recordaré. —Se despidió de Courtnee con un cabeceo y se marchó por donde había venido, con el animal aún agarrado del pellejo.

—Qué susto te ha dado —dijo Courtnee mirando a Jimmy con una sonrisa.

—Creía que era una rata —respondió Jimmy.

Aún recordaba que centenares de ellas se habían apoderado de las granjas inferiores.

—Hemos tenido problemas con los perros desde que se refugiaron aquí los de Suministros —dijo Courtnee. Echó a andar en la misma dirección por la que había desaparecido el hombre. Esta vez, Elise correteaba por delante de ella—. Desde entonces se han dedicado a multiplicarse. Yo misma encontré una camada entera bajo los intercambiadores de calor. Hace pocas semanas apareció otra en el depósito de herramientas. Dentro de poco nos encontraremos a los malditos bichos en nuestras camas. Lo único que hacen es comer y ensuciarlo todo.

Jimmy pensó en su juventud en la sala de servidores, comiendo judías crudas directamente de las latas y defecando sobre las rejillas del suelo. No se podía odiar a una criatura viviente por... vivir, ¿verdad?

El pasillo terminaba más adelante, pero Elise había empezado a investigar una bifurcación que se abría a la izquierda, como si estuviera buscando algo.

—El taller de Walker está por ahí —dijo Courtnee.

Elise volvió la mirada. En alguna parte sonó un ladrido y la niña se volvió y siguió buscando.

—Elise… —dijo Jimmy.

La pequeña metió la cabeza por una puerta abierta antes de desaparecer en su interior. Courtnee y Jimmy corrieron tras ella.

Al entrar, se la encontraron sobre un cajón de piezas en el que el hombre del pasillo estaba metiendo algo. Elise se agarró al borde del cajón y se inclinó hacia delante. Del interior del contenedor de plástico salían ladridos agudos y ruidos de arañazos.

—Cuidado, niña —dijo Courtnee mientras se apresuraba a acercársele—. Que muerden.

Elise se volvió hacia Jimmy. Tenía en los brazos una de las temblorosas criaturas, con la rosada lengua fuera.

—Déjala en su sitio —dijo Jimmy.

Courtnee alargó el brazo hacia el animal, pero el hombre que los estaba metiendo en el cajón lo tenía ya tomado del cuello. Volvió a dejarlo con los demás y dio una patada a la tapa, que se cerró con un fuerte ruido metálico.

—Lo siento, jefa. —Apartó la caja con el pie mientras Elise emitía ruidos quejumbrosos.

—¿Les estás dando de comer? —preguntó Courtnee. Señaló un montón de sobras que había sobre un plato viejo.

—Es Conner. Te lo juro. Son de ese perro que tomó. Ya sabes cómo es con eso. Le dije lo que habías dicho, pero no hace más que retrasarlo.

—Ya hablaremos de eso luego —dijo Courtnee mirando de reojo a la pequeña Elise. Jimmy se dio cuenta de que no quería hablar de aquello delante de ella—. Vámonos. —Acompañó a Jimmy a la puerta y de vuelta al pasillo. Tras él, y cogida de su mano, venía protestando una niña pequeña.

23

Silo 18

Un olor tan desagradable como conocido los esperaba al llegar a su destino. Era el olor de la electricidad caliente, el mismo que emitían los servidores encendidos, y el de los hombres que no se lavaban. Para Jimmy, fue como si las fosas nasales se le llenaran de repente con los recuerdos de su viejo yo y su vieja casa. Y los oídos. Allí estaba el siseo de la estática, un susurro familiar y espectral como el que hacían sus radios. Siguió a Courtnee hasta una sala llena de bancos y restos de incontables proyectos cuyo estado de progreso o abandono costaba precisar.

Junto a la puerta, sobre un mostrador, había varias piezas de computadora desordenadas, y al verlas Jimmy pensó que si su padre las hubiera visto en aquel estado le habría echado un buen sermón al responsable. Un hombre vestido con una bata de cuero, sentado en uno de los bancos del otro lado de la sala, se volvió hacia ellos. Llevaba un soldador humeante en la mano y herramientas por todas partes, en el pecho y en un centenar de bolsillos. Tenía la barba descuidada y una expresión huraña. Jimmy no había visto en su vida un hombre igual.

—Courtnee —dijo. Tomó un trozo de cable plateado que sujetaba con los dientes, bajó el soldador y agitó la mano para dispersar el humo de su cara—. ¿Está ya la cena?

—Aún no está ni el almuerzo —respondió ella—. Quiero que conozcas a dos de los amigos de Juliette. Vienen del otro silo.

—El otro silo. —Walker se ajustó las lentes sobre el ojo y observó a las visitas con mirada entornada. Se levantó lentamente—. Contigo he hablado —dijo. Se limpió la palma de la mano en las posaderas y la extendió—. Solo, ¿verdad?

Jimmy se adelantó un pasó y le estrechó la mano. Los dos hombres se estudiaron por un momento mientras se mordisqueaban la barba.

—Me gusta más Jimmy —dijo al fin.

Walker asintió.

—Sí, sí. Está bien.

—Y yo soy Elise. —Lo saludó con la mano—. Hannah me llama Lily, pero a mí no me gusta que me llamen Lily. Me gusta Elise.

—Es un buen nombre —reconoció Walker. Se tiró de la barba mientras la estudiaba con el cuerpo inclinado hacia atrás.

—Quieren ponerse en contacto con Jules —dijo Courtnee—. Y se suponía que yo tenía que avisarle que están aquí. ¿Está...? ¿Ha ido todo bien?

Walker pareció salir de un trance.

—¿Qué? Oh. Ah, sí. —Dio una palmada—. Todo ha salido bien, según parece. Está dentro otra vez.

—¿Para qué había salido? —preguntó Jimmy.

Sabía que Juliette había estado trabajando en algún proyecto, pero ignoraba cuál. Algún proyecto del que nunca quería hablar por el radio porque no sabía quién podía estar escuchando.

—Según parece, para ver lo que hay ahí fuera —dijo Walker.

Añadió algo más con un gruñido ininteligible y miró la puerta abierta de su taller con la nariz arrugada. Al parecer, no creía que existiera ninguna razón válida para ir a ninguna parte. Después de una incómoda pausa, bajó la mirada hasta la mesa. Sus viejas manos levantaron con destreza un radio de aspecto extraño, erizada de botones y diales.

—A ver si puedo llamarla —dijo.

La encendió y preguntó por Juliette, pero le respondió otra persona. Le dijeron que esperase un momento. Walker le tendió el aparato a Jimmy, quien lo aceptó, familiarizado con su funcionamiento. Una voz sembrada de interferencias sonó en el aire:

—¿Sí? ¿Hola…?

Era la voz de Juliette. Jimmy pulsó el botón.

—¿Jules? —Levantó la mirada hacia el techo y se dio cuenta de que, por primera vez, ella estaba por encima, en alguna parte, y volvían a estar bajo un mismo techo—. ¿Estás ahí?

—¡Solo! —Y él no la corrigió—. Estás con Walker. ¿Está Courtnee ahí?

—Sí.

—Maravilloso. Es maravilloso. Siento mucho no haber estado allí. Bajaré en cuanto pueda. Están preparando un sitio para los niños cerca de las granjas. Les recordará más a su casa. Sólo tengo que terminar… un pequeño proyecto antes. Serán sólo unos días.

—No pasa nada —dijo Jimmy. Sonrió a Courtnee con nerviosismo y, de repente, se sintió muy joven. A decir verdad, unos días le parecían un tiempo muy largo. Quería ver a Jules o volver a su casa. O ambas cosas—. Quiero verte pronto —reconoció—. No tardes demasiado.

El radio escupió un torrente de interferencias. El ruido del pensamiento de las ondas.

—No lo haré. Te lo prometo. ¿Vieron a mi padre? Es médico. Lo envié abajo para que viese cómo están los niños y tú.

—Lo vimos. Está aquí. —Miró de reojo a Elise, quien tiraba de él en dirección a la puerta, seguramente pensando en el pudín de arroz.

—Bien. Me dijiste que Courtnee estaba ahí. ¿Puedes pasármela?

Al entregarle el radio, Jimmy vio que su mano temblaba. Courtnee tomó el aparato. Juliette le dijo algo sobre la gran escalera y ella la puso al corriente sobre lo sucedido con la perforación. Hablaron de subir el radio para que la tuviese Jules y discutieron brevemente por qué su padre no estaba arriba para asegurarse de que tanto ella como un hombre llamado Nelson se encontraban bien. Jimmy no entendía nada de todo aquello. Trató de seguir la conversación, pero su mente divagaba. Y entonces se dio cuenta de que Elise no estaba por ninguna parte.

—¿Adónde ha ido esa niña? —preguntó.

Se agachó y miró bajo el banco de herramientas, donde no vio nada más que un montón de piezas y máquinas rotas. Se levantó y miró detrás de uno de los altos mostradores. No era un buen momento para jugar al escondite. Una vez revisado hasta el último rincón de la sala, sintió cómo le subía por la garganta un frío regusto de pánico. En su propio silo, Elise se perdía con frecuencia. Era una niña propensa a la distracción y podía extraviarse sin darse cuenta, atraída por cualquier cosa brillante o por el más sutil atisbo de olor a fruta. Pero allí... con tantos desconocidos y sitios que no conocía... Jimmy atravesó pesadamente la habitación y la buscó detrás de bancos y estanterías abarrotadas, consciente de que a cada segundo que pasaba aumentaba la fuerza de sus latidos en sus propios oídos.

—Sólo estaba... —comenzó a decir Walker.

—Estoy aquí —exclamó Elise. Estaba en el pasillo, al otro lado de la puerta. Lo saludó desde allí con el brazo—. ¿Podemos volver con Rickson? Tengo hambre.

—Y te he prometido un pudín de arroz —dijo Courtnee con una sonrisa. Su conversación con Juliette había terminado. Parecía totalmente ajena al par de minutos de pánico total que había vivido Jimmy—. Jules quiere que te lleves esto.

Jimmy aceptó el aparato con cautela.

—Dice que serán sólo un día o dos, pero que los verá en su nueva casa, junto a las granjas inferiores.

—Tengo mucha hambre —exclamó Elise con impaciencia.

Jimmy se echó a reír y le dijo que no fuese maleducada, pero lo cierto cs que también su estómago estaba gruñendo. Se reunió con ella en el pasillo y vio que había sacado el gran libro de recuerdos de la bolsa. Lo sujetaba con fuerza contra su propio pecho. Las coloridas páginas que aún no había cosido al lomo sobresalían por los lados en diversos ángulos.

—Sígueme —dijo Courtnee mientras echaba a andar por el pasillo por delante de ellos—. Te va a encantar el pudín de arroz de Mamá Jean.

Jimmy tenía la certeza de que sería así. Corrió detrás de Courtnee, impaciente por comer y luego ver a Jules. La pequeña Elise lo siguió a su propio paso. Sujetaba el libro con ambas manos, canturreando en voz baja porque no sabía silbar, mientras su mochila se debatía, se retorcía y emitía pequeños ruiditos.

24

Silo 18

Juliette entró en la esclusa para recuperar las muestras. Aún se notaba el calor de la descontaminación anterior, aunque también era posible que fuese producto de su imaginación. Puede que el traje le diese calor. O el hecho de ver el contenedor sellado sobre el banco, con la tapa descolorida por la acción de las llamas.

Palpó el contenedor con la parte plana del guante. El tejido de la palma de la mano no se deformó ni se adhirió al metal. Parecía frío. Después de una hora restregando, cambiando de traje y limpiando las dos esclusas, ahora, al fin, tenía ante sí la caja de pistas. Una caja con aire, tierra y otras muestras del exterior. Indicios, quizá, sobre lo que le pasaba al mundo.

La recogió y regresó con los demás al otro lado de la segunda esclusa. Un gran baúl forrado de plomo, con las junturas selladas y el interior acolchado, la esperaba allí. Depositaron cuidadosamente la caja de muestras en su interior. Después de sellar la tapa, Nelson la cubrió con un círculo de masilla impermeabilizante mientras Lukas ayudaba a Juliette con el casco. Sólo después de quitárselo se dio cuenta de que tenía muchas dificultades para respirar. El traje estaba empezando a pasarle factura.

Se lo quitó mientras Peter Billings sellaba las dos esclusas. Su oficina, adyacente a la cafetería, se había transformado en taller durante la última semana y Juliette era consciente de que se alegraría cuando se marchasen. Le había prometido retirar la esclusa interior lo antes posible, pero lo más probable era que antes hubiese más visitas al exterior.

Como mínimo, primero quería estudiar las muestras de aire que había introducido en el silo. Y había un viaje muy largo hasta el laboratorio de trajes del piso treinta y cuatro.

Nelson y Sophia se les adelantaron para despejar la escalera. Juliette y Lukas los siguieron, con una mano cada uno a cada costado del baúl, como un tándem de porteadores. «Otra violación del Pacto —pensó Juliette—. Gente de overol plateado haciendo las veces de porteadores. ¿Cuántas leyes podía quebrantar ahora que estaba en posición de defenderlas? ¿Qué iba a hacer cuando llegara la hora de defender sus actos?»

Poco a poco, sus pensamientos se fueron alejando de sus numerosas incoherencias para centrarse en la perforación, en la noticia de que Courtnee había logrado llegar al otro lado y tanto Solo como los niños estaban a salvo. Detestaba no poder estar con ellos, pero al menos les había enviado a su padre. Si en un primer momento no había querido saber nada de su excursión al exterior, después se había resistido a separarse de su lado para ir a ver a los niños. Pero Juliette había logrado convencerlo de que habían tomado precauciones suficientes y no les haría falta una revisión médica.

El baúl se bamboleó hacia un lado y chocó contra la barandilla con un redoble metálico y discordante, y Juliette trató de concentrarse en la labor.

—¿Vas bien por ahí? —le preguntó Lukas.

—¿Cómo pueden hacer esto los porteadores? —preguntó ella mientras cambiaba de mano.

El contenedor forrado de plomo estaba en la trayectoria de sus piernas y su peso la empujaba hacia abajo. Lukas, que iba por delante, podía caminar por el centro de la escalera con el brazo estirado a un costado, y parecía mucho más cómodo. Pero desde donde estaba ella era imposible llevarlo así. Al llegar al siguiente rellano, hizo parar a Lukas para quitarse el cinturón del overol, enrollarlo al asa y colgárselo del hombro, como había visto hacer a un porteador. Esto le permitió colocarse a un lado del cajón y apoyar todo su peso en la cadera, que era como los porteadores cargaban con el peso de las bolsas negras donde transportaban los cadáveres. Después de un piso se volvió casi cómodo y Juliette comenzó a entender el atractivo de aquella profesión. Te daba tiempo para pensar. La mente descansaba mientras el cuerpo se movía. Pero entonces, al pensar en las bolsas negras y de lo que Lukas y ella estaban transportando, su mente encontró una sombra oscura en la que perderse.

—¿Qué tal vas? —preguntó a Lukas después de dos vueltas en completo silencio.

—Bien —dijo él—. Sólo estaba pensando en lo que estamos transportando, ¿sabes? En lo que contiene la caja.

Su mente había encontrado una sombra similar, al parecer.

—¿Crees que ha sido mala idea? —preguntó ella.

Lukas no respondió más que con un movimiento del cuerpo. Si para encoger los hombros o para ajustar la carga, habría sido difícil decirlo.

Atravesaron otro rellano. Nelson y Sophia habían cubierto las puertas con cinta aislante, pero había rostros que los observaban desde detrás de cristales sucios. Juliette vio a una anciana con una reluciente cruz pegada a la ventana. Cuando se volvió, la mujer frotó y besó la cruz, y al verlo Juliette pensó en el padre Wendel y en la idea de que lo que estaba llevando al silo era miedo y no esperanza. Esperanza era lo que ofrecían la iglesia y él, un lugar para seguir existiendo después de la muerte. El miedo nacía de la posibilidad de empeorar el mundo al tratar de cambiarlo para mejorar.

Esperó a que el rellano quedara atrás.

—Oye, Luke.

—¿Sí?

—¿Alguna vez piensas en lo que pasa después de la muerte?

—Sé lo que nos pasa a nosotros —respondió él—. Nos untan de mantequilla y se nos zampan en el maíz de las mazorcas.

Se rió de su propio chiste.

—Hablo en serio. ¿Crees que nuestras almas se unen a las nubes y llegan a un lugar mejor?

La risa de Lukas se interrumpió.

—No —dijo después de una pausa prolongada—. Creo que, simplemente, dejamos de existir.

Completaron otra vuelta completa y pasaron por delante de otro rellano, otra puerta cubierta de cinta aislante y sellada como medida de precaución. Juliette se dio cuenta de que sus voces subían y bajaban por una escalera vacía y en silencio.

—No me inquieta la idea de dejar este lugar algún día —continuó al cabo de un momento—. La idea de que no estaré aquí dentro de cien años no me causa desazón. Creo que la muerte será algo muy parecido a esto. Dentro de cien años, mi vida será más o menos como era hace cien años.

Una vez más volvió a hacer aquel gesto imposible de interpretar.

—Te diré algo que sí dura para siempre. —Volvió la cabeza para asegurarse de que ella podía oírlo y Juliette se preparó para alguna sensiblería como «el amor», o algún chiste sin gracia como «tus guisos».

—¿Qué dura para siempre? —se prestó al sentir que Lukas esperaba que se lo preguntase, a pesar de saber que iba a lamentarlo.

—Nuestras decisiones —fue la respuesta.

—¿Podemos parar un momento? —preguntó Juliette.

Tenía una quemadura en el punto de contacto entre el cinturón y el cuello. Apoyó su lado del baúl en un peldaño y Lukas bajó el suyo para que siguiese nivelado. Tras revisar el nudo, Juliette se cambió de lado para dar descanso al hombro.

—Perdona… ¿Nuestras decisiones? —Se había perdido.

Lukas se volvió hacia ella.

—Sí. Nuestros actos, ¿sabes? Duran para siempre. Hagamos lo que hagamos, siempre será lo que hicimos. No hay forma de deshacerlo.

No era la respuesta que esperaba. Había tristeza en su voz cuando dijo aquellas cosas, con la caja apoyada sobre la rodilla, y la sencilla simplicidad de su respuesta conmovió a Juliette. Sintió que despertaba algo en su interior, pero no supo lo que era.

—Cuéntame más —dijo.

Se enrolló el cinturón al otro hombro y se preparó para cargar de nuevo con el contenedor. Lukas, sujeto a la barandilla con una mano, pareció aprovechar el momento para descansar un momento más.

—A ver, el mundo gira alrededor del Sol, ¿no?

—Según tú —respondió ella con una carcajada.

—Lo hace. Tanto el Legado como el hombre del silo Uno lo confirman.

Juliette resopló, como queriendo decir que ninguna de aquellas dos fuentes eran fiables. Lukas la ignoró y continuó:

—Eso quiere decir que no existimos en un mismo sitio. Más bien, todo lo que hacemos queda… como un rastro, como un gran círculo de decisiones. Cada decisión que tomamos…

—Y cada error que cometemos.

Lukas asintió y se secó la frente con la manga.

—Y cada error que cometemos. Pero también nuestras buenas acciones. Todas y cada una de las huellas que dejamos atrás son inmortales. Aunque nadie las vea ni las recuerde, no importa. El rastro será siempre lo que pasó, lo que hicimos, cada decisión que tomamos. El pasado sigue existiendo para siempre. Es imposible cambiarlo.

—Visto así, dan ganas de no meter la pata —dijo Juliette mientras pensaba en todos los errores que había cometido y se preguntaba si la cajita que transportaban allí dentro no sería uno más. Vio imágenes de sí misma en un gran bucle espacial: peleando con su padre, perdiendo a un amante, saliendo a limpiar… una gran espiral de penurias, como un viaje escaleras abajo con una hemorragia en el pie.

Y las consecuencias no se borrarían nunca. Eso era lo que estaba diciendo Lukas. El daño que le había hecho a su padre estaría siempre ahí. ¿Cómo se decía? «Siempre habré.» Era el futuro inmortal. Una nueva norma gramatical. Siempre habré hecho que mataran a mis amigos. Siempre habré tenido un hermano muerto y una madre que se quitó la vida. Siempre habré aceptado ese maldito trabajo como comisaria.

No había forma de retroceder. Las disculpas no eran soldaduras. Sólo el reconocimiento de que algo se había roto. Muchas veces entre dos personas.

—¿Estás bien? —preguntó Lukas—. ¿Lista para seguir?

Pero ella sabía que no le estaba preguntando sólo si tenía el brazo cansado. Lukas poseía la capacidad de detectar sus preocupaciones más íntimas. Tenía una vista penetrante que le permitía vislumbrar hasta el más pequeño de sus accesos de tristeza.

—Estoy bien —mintió.

Y buscó en su pasado alguna acción noble, algún rastro irreprochable, algún acto suyo que hubiera hecho del mundo un lugar mejor. Pero cuando la enviaron a limpiar, se negó. Siempre se había negado. Dio media vuelta y se alejó y ya no había forma de volver atrás y hacer las cosas de otro modo.

Nelson los esperaba en el laboratorio de trajes. Ya estaba preparado con su segundo traje, aunque sin el casco. El que había llevado Juliette en el exterior y los dos que habían utilizado para limpiarla se habían quedado en la esclusa. Sólo habían extraído las radios del cuello. Eran tan valiosas como la gente, había bromeado Juliette. Nelson y Sophia las habían instalado en el segundo par de trajes. Lukas tendría una tercera en la sala.

Dejaron el baúl sobre el suelo, junto a un banco de trabajo despejado. Juliette y Lukas sacudieron los brazos para recuperar la sensibilidad y reanudar el riego sanguíneo.

—¿Te encargas de la puerta? —preguntó a Lukas.

Lukas asintió y lanzó una última mirada de preocupación al baúl. Juliette era consciente de que habría preferido quedarse a ayudar. Le estrechó el brazo y le dio un beso en la mejilla antes de traspasar la puerta y cerrarla. Se sentó en la litera y comenzó a ponerse el traje mientras Sophia y él tapaban la puerta con cinta aislante. Los respiradores ya estaban cubiertos por una capa doble. Según los cálculos de Juliette, había menos aire en el contenedor del que había dejado entrar en el silo Diecisiete —algo a lo que había sobrevivido—, pero aun así estaban decididos a tomar todas las precauciones. Actuaban como si cada uno de aquellos recipientes contuviese veneno suficiente para acabar con todos los habitantes del silo. Era una condición en la que había insistido la propia Juliette.

Nelson le subió la cremallera de la espalda y cerró el velcro que la sellaba. Juliette se puso los guantes. Los cascos de ambos, con un chasquido, encajaron en su sitio. Para asegurarse de que disponían de tiempo y aire de sobra, había tomado una de las botellas de oxígeno de un soplete oxiacetilénico. La entrada de aire se controlaba con un pequeño interruptor y los gases de la exhalación salían por un equipo de doble válvula. Durante las pruebas del equipo, Juliette había comprobado que podían sobrevivir durante días con el aire de un solo tanque.

—¿Todo bien? —preguntó a Nelson para comprobar el volumen del radio.

—Sí —respondió él—. Listo.

Juliette apreciaba la coordinación que habían desarrollado, un ritmo similar al de dos mecánicos del mismo turno que trabajan noche tras noche en el mismo proyecto. La mayoría de sus conversaciones giraba en torno al proyecto, a los retos que tenían que superar y a las herramientas que compartían. Pero también se había enterado de que la madre de Nelson había trabajado con su padre como enfermera antes de trasladarse a las profundidades para convertirse en doctora. O que era Nelson quien había construidos los dos últimos trajes de limpieza y quien había ayudado a Holston a prepararse antes de salir a limpiar. De hecho, había estado a punto de hacer lo mismo con ella. Juliette se había dado cuenta de que aquel proyecto significaba la absolución para él en la misma medida que para ella. Lo había visto dedicarle más horas de las que se le hubieran podido exigir a nadie. Ambos querían enderezar las cosas.

Escogió uno de los destornilladores planos del panel de las herramientas y comenzó a rascar el sellador del borde de la tapa. Nelson tomó otro y la ayudó por el otro lado. Cuando se encontraron, le hizo un gesto y levantaron la tapa: dentro se encontraba el contenedor de metal que había dejado en el banco de la esclusa. Lo sacaron y lo depositaron sobre la superficie de trabajo despejada. Juliette vaciló. Desde las paredes los observaba una docena de trajes de limpieza con silenciosa desaprobación.

Pero habían tomado todas las precauciones necesarias. Incluso algunas absurdas. Habían quitado a los trajes todo el acolchado sobrante para que fuese más fácil trabajar con ellos. Y lo mismo con los guantes. Le había concedido a Lukas todas las cosas que había pedido. Había sido como lo de Shirly con el generador de reserva y la perforadora: había tenido que prestarse a reducir la potencia del generador principal e incluso a minar el túnel con cargas explosivas para atajar cualquier posible contaminación, y habría hecho cualquier otra cosa con tal de que el proyecto pudiera avanzar.

Regresó al presente al darse cuenta de que Nelson estaba esperándola. Tomó la tapa, la abrió y extrajo los recipientes. Había dos muestras de aire del exterior, una de control que contenía sólo argón de la esclusa, una de tierra superficial, otra de suelo profundo y una última de restos humanos desecados. Las colocaron sobre el banco de trabajo antes de apartar a un lado el contenedor de metal.

—¿Por dónde quieres empezar? —preguntó Nelson.

Tomó un pequeño tramo de tubería de acero con un trozo de tiza pegado en un lado, un útil de escritura pensado para usarse con las manos enguantadas. Sobre el banco descansaba una pizarra, lista para tomar notas.

—Empecemos por las muestras de aire —respondió.

Ya habían tardado varias horas en llevar las muestras al laboratorio. Su temor, que no había compartido con nadie, era que no quedase nada de las juntas, nada que observar. Comprobó las etiquetas de los recipientes hasta encontrar la que ponía «2». La había tomado cerca de las colinas.

—Hay algo irónico en esto —dijo Nelson.

Juliette le quitó el recipiente y miró a través de la tapa de plástico transparente.

—¿A qué te refieres?

—Pues a que… —Se volvió, consultó la hora en el reloj de la pared, la apuntó en la pizarra y lanzó a Juliette una mirada de soslayo cargada de culpabilidad—. Poder estar aquí, ver lo que hay fuera, incluso hablar de ello… Es decir, yo preparé tu traje. Era el jefe del equipo técnico que preparó el del comisario. —Frunció el ceño en el inferior de la transparente cúpula de su casco. Juliette pudo ver que le brillaba la frente—. Recuerdo que lo ayudé a vestirse.

Era la tercera o cuarta vez que hacía un torpe intento de disculparse y se lo agradecía.

—Sólo estabas haciendo tu trabajo —le aseguró.

Y entonces comprendió lo poderoso que era aquel sentimiento, hasta dónde podía llegar una persona por aquel sucio camino, dejándose llevar, simplemente haciendo su trabajo.

—Lo irónico es que esta sala… —Hizo un gesto con una mano enguantada en dirección a los trajes que los contemplaban desde las paredes—. Hasta mi madre pensaba que estaba aquí para ayudar a la gente, para ayudar a los limpiadores a sobrevivir todo lo posible, a explorar ese mundo exterior del que, supuestamente, nadie debía hablar. Y ahora estamos aquí. Haciendo algo más que hablar sobre ello.

Juliette no dijo nada, pero sabía que tenía razón. Era una sala de esperanza y de miedo a la vez.

—Lo que queremos averiguar y lo que hay ahí fuera son dos cosas diferentes —dijo al cabo de un rato—. No nos desconcentremos.

Nelson asintió y preparó la tiza. Juliette sacudió el primer contenedor de muestras hasta que las dos juntas que contenía se separaron. La buena, la de Suministros, estaba en perfecto estado. Las marcas amarillas del borde seguían allí. La otra estaba mucho peor. Las marcas rojas habían desaparecido ya, devoradas por el aire que contenía el recipiente. Y se podía decir lo mismo de las dos muestras de cinta aislante adheridas al fondo. La cuadrada de Suministros estaba intacta. La de Informática, que habían cortado en forma de triángulo para poder distinguirlas, tenía ya un pequeño agujero.

—Yo diría que la junta de la muestra dos ha perdido una octava parte —dijo Juliette—. La cinta aislante tiene un agujero de unos tres milímetros de diámetro. En ambos casos, el material de Suministros parece en buen estado.

Nelson anotó sus observaciones. Así era como habían decidido medir la toxicidad del aire, usando los sellos y la cinta diseñados para descomponerse en el exterior y comparándolos con otros de fiabilidad garantizada. Le pasó el recipiente para que pudiera verificar sus comentarios y al hacerlo se dio cuenta de que eran los primeros datos fiables que obtenían. Aquella confirmación era tan importante como su supervivencia en el exterior. El equipo que salía de los almacenes de los trajes de limpieza estaba hecho para fallar. Juliette sintió un escalofrío ante la naturaleza trascendental de aquel primer experimento. Su mente ya estaba dando vueltas a todo lo que vendría después. Y eso que aún no habían abierto los recipientes para comprobar cómo era el aire que contenían.

—Confirmo un desgaste de la octava parte en la junta —dijo Nelson con la mirada prendida del interior del recipiente—. En cuanto a la cinta, yo diría que dos milímetros y medio.

—Anota dos milímetros y medio —dijo ella. La próxima vez, cada uno de ellos llevaría su propia pizarra. Sus observaciones podían afectar a las de él y viceversa. Había tanto por descubrir… Tomó la siguiente muestra mientras Nelson anotaba los datos—. Muestra uno —dijo—. Ésta se tomó en la rampa. —Al mirar en su interior, vio una junta entera, seguramente la de Suministros. La otra estaba medio desgastada. En una zona había desaparecido casi del todo. Tras dar la vuelta al recipiente y sacudirlo un par de veces, consiguió que la junta quedase apoyada sobre la tapa transparente.

—Tiene que haber un error —dijo—. A ver esa lámpara.

Nelson le pasó el brazo flexible de la lámpara. Juliette la dirigió hacia arriba, se apoyó en el banco y retorció el cuerpo y la cabeza de forma incómoda para examinar la brillante cinta aislante que había detrás, más allá de la junta.

—Yo diría… Yo diría que la junta está desgastada en un 50 por ciento. En la cinta hay agujeros de cinco… no, seis milímetros de diámetro. Necesito que veas esto.

Nelson anotó los números antes de tomar la muestra. Devolvió la lámpara a su lado de la mesa.

Juliette no esperaba encontrar grandes diferencias entre las dos muestras, pero si había una en peor estado, tenía que ser la de las colinas, no la de la rampa. No la del sitio donde acababan de bombear aire puro del interior.

—Puede que las guardara en el orden que no era —dijo.

Tomó la muestra siguiente, la de control. Creía haber tenido mucho cuidado en el exterior, pero también recordaba que no pensaba con toda claridad. En un momento determinado había perdido la noción del tiempo y había tenido abierta una de las latas durante demasiado tiempo. Eso era lo que pasaba.

—Lo confirmo —dijo Nelson—. Las piezas están mucho más desgastadas. ¿Estás segura de que ésta es la de la rampa?

—Creo que metí la pata. Una de ellas la tuve abierta demasiado tiempo. ¡Maldita sea! Puede que tengamos que descartar estos datos, al menos como elemento de comparación.

—Por eso tomamos más de una muestra —dijo Nelson. Tosió dentro del casco, lo que provocó que se le empañara el cristal delante de la cara. Se aclaró la garganta—. No te flageles.

La conocía bien. Juliette maldijo entre dientes mientras tomaba la muestra de control. Se preguntó lo que estaría pensando Lukas, que lo oía todo por radio desde la sala.

—La última —dijo mientras agitaba el recipiente.

Nelson esperó, con la tiza lista sobre la pizarra.

—Adelante.

—No... —Apuntó la luz hacia el interior. Volvió a sacudir el recipiente. El sudor resbalaba por su mandíbula y caía gota a gota desde su barbilla—. Creía que ésta era la de control —dijo.

Dejó la muestra y tomó el siguiente recipiente, pero estaba lleno de tierra. Su corazón latía violentamente y la cabeza le daba vueltas. Aquello no tenía el menor sentido. Salvo que hubiera tomado todas las muestras en el orden erróneo. ¿Podía haberse equivocado con todas?

—Sí, es la de control —dijo Nelson. Dio unos golpecitos con su tubería al recipiente que acababa de comprobar Juliette—. Aquí lo dice.

—Dame un momento —dijo ella.

Respiró hondo varias veces. Volvió a mirar dentro de la muestra de control, recogida dentro de la esclusa. En teoría, no contenía otra cosa que argón. Le entregó el recipiente a Nelson.

—Sí, hay un error —dijo éste. Sacudió el recipiente—. Aquí falla algo.

Juliette apenas podía oír sus palabras. Su mente trabajaba a toda velocidad. Nelson miró el interior de la muestra de control.

—Creo… —vaciló—. Tal vez la junta se cayese cuando abriste la tapa. Tampoco sería tan raro. Estas cosas pasan. O puede que…

—Imposible —respondió ella.

Había tenido cuidado. Recordaba haberlas visto allí dentro. Nelson se aclaró la garganta y dejó la muestra sobre el banco de trabajo. Colocó el haz de la lámpara justo encima. Los dos inclinaron la cabeza sobre ella. No se había caído nada, Juliette estaba segura. Pero claro, había cometido errores. Cualquiera podía hacerlo…

—Aquí sólo hay una junta —dijo Nelson—. En serio, creo que la otra debió de caerse…

—La cinta aislante —dijo Juliette. Movió la lámpara. Hubo un reflejo en el fondo del recipiente, donde había un trozo de cinta pegado. El otro había desaparecido—. ¿Me estás diciendo que también se me cayó uno de los trozos de cinta adhesiva?

—Pues en ese caso los recipientes no están en orden —dijo Nelson—. Los tenemos al revés. Si es así tendría todo el sentido del mundo. Porque el de la colina está menos desgastado que el de la rampa. Lo que pasa es eso.

Juliette también lo había pensado, pero era un intento por comparar lo que creía saber con lo que estaba viendo. La razón de salir al exterior era precisamente confirmar sus sospechas. Si

se encontraban con algo totalmente diferente a lo que esperaban, ¿qué significaba eso?

Y entonces la idea la golpeó como una llave inglesa en el
cráneo. La golpeó como una gigantesca traición. La traición
de una máquina que siempre se había portado bien con ella,
como una bomba fiable que de repente, sin razón aparente, comenzara a funcionar en sentido contrario. La golpeó como un
amante que le hubiera dado la espalda cuando estaba a punto
de caer, como un gran vínculo cuya existencia, en lugar de des-
gastarse, se hubiera revelado falsa de repente.

—Luke —dijo, con la esperanza de que estuviera escuchando, de que tuviese el radio encendido. Esperó. Nelson volvió
a toser.

—Aquí estoy —respondió él con voz débil y distante—.
Lo he oído todo.

—El argón —dijo Juliette mirando a Nelson a través de sus
respectivos cascos—. ¿Qué sabemos sobre él?

Nelson parpadeó para quitarse el sudor de los ojos.

—¿Saber qué? —preguntó Lukas—. Hay una tabla perió-
dica ahí dentro, en alguna parte. En uno de los armarios, creo.

—No —dijo Juliette alzando la voz para asegurarse de que
la oía—. Lo que quiero decir es, ¿sabemos de dónde sale? ¿Sabemos siquiera lo que es?

25

Silo 1

Hubo una sacudida en el pecho de Donald, un aleteo de conexiones sueltas, una alarma interna que le informaba que su estado estaba deteriorándose, que estaba empeorando. Se obligó a toser, a pesar de lo mucho que lo detestaba, a pesar de que tenía el diafragma entumecido por el esfuerzo, a pesar de que le ardía la garganta y le dolían los músculos. Se inclinó hacia delante en la silla y tosió y tosió hasta que algo se desprendió en su garganta, resbaló sobre su lengua y cayó regurgitado sobre el cuadrado de fétida tela de su pañuelo.

Donald lo dobló sin mirar lo que contenía y se desplomó de nuevo sobre la silla, sudoroso y exhausto. Aspiró hondo otra vez, ya con menos dificultades. Y otra. Un puñado de frías inhalaciones que no lo torturaron. ¿Alguna vez había existido algo tan maravilloso como respirar sin sufrir una agonía?

Mientras, todavía aturdido, recorría la habitación con la mirada, absorbió todos los detalles en los que no solía fijarse: restos de varias comidas, una baraja de cartas, una novela de bolsillo con las páginas descoloridas y el lomo estriado, indicios de turnos soportados pero no padecidos. Él padecía. Padecía la espera antes de que llegara la respuesta del silo Dieciocho. Estudiaba los planos de todos los demás silos, que consumían sus pensamientos. No veía otra cosa que mundos muertos. Todos morirían, salvo uno. Sintió un hormigueo en la garganta y supo, más allá de toda duda, que también él estaría muerto antes de que hubiera podido decidir nada, antes de encontrar algún modo de ayudarlos o desviar el proyecto de su suicida trayectoria. Era el único que lo sabía, el único al que le importaba… y tanto este conocimiento como esta compasión se los llevaría a la tumba.

¿Y qué se creía, además? ¿Que podía arreglar las cosas? ¿Que podía enderezar un mundo que había contribuido a destruir? Hacía mucho que el mundo era imposible de arreglar. Un solo atisbo de campos verdes y cielos azules desde un dron había bastado para hacerle perder prácticamente la cabeza. Pero hacía tanto tiempo de aquello que empezaba a dudarlo. Sabía muy bien cómo funcionaban las limpiezas. No era tan necio como para dar crédito a la imagen que le había mostrado una máquina.

Pero una estúpida esperanza lo mantenía allí, en aquella sala de comunicaciones, intentando comunicarse con el exterior. Una estúpida esperanza lo hacía soñar con algún modo de acabar con todo aquello, algún modo de permitir que aquellos silos repletos de gente vivieran sus propias vidas, libres de sus interferencias. Y también la curiosidad, el deseo de saber lo que estaba pasando en aquellos servidores, el último gran misterio, un misterio que sólo podría desvelar con la ayuda de aquel jefe de Informática al que había reclutado. Sencillamente, Donald quería respuestas. Anhelaba la verdad y una muerte indolora para sí mismo y para Charlotte. El final de los turnos y los sueños. Un lugar para descansar eternamente, quizá, en lo alto de aquella colina, con vistas a la tumba de Helen. No era mucho pedir, pensaba.

Consultó el reloj de la pared. Tardaban en responder. Quince minutos ya. Había sucedido algo. Al ver cómo daba vueltas la segunda manecilla, paso a paso, le dio por pensar que la operación entera, todos aquellos silos, eran como un reloj gigantesco. Todo funcionaba en modo automático. Eran un mecanismo de relojería.

Unas máquinas invisibles recorrían el planeta a lomos de sus vientos, destruyendo la obra del hombre, devolviendo el mundo a un estado de virginal salvajismo. Los seres humanos que vivían sepultados bajo tierra eran semillas latentes que tendrían que esperar otros doscientos años antes de germinar. Doscientos años. Donald volvió a sentir el hormigueo en la garganta y se preguntó si a él le quedarían siquiera dos días.

De momento sólo tenía quince minutos. Quince minutos hasta que los operadores regresaran a sus puestos. Aquellas sesiones se habían convertido en algo habitual. Mandar que los operarios de la sala se marcharan para mantener una conversación confidencial no tenía nada de raro, pero hacerlo todos los días, exactamente a la misma hora, empezaba a resultar sospechoso. Se había dado cuenta de cómo se miraban los operadores cuando tomaban sus tazas y salían de la sala en fila india. Probablemente pensaran que se trataba de una aventura. Muchas veces, el propio Donald se sentía como si estuviese viviendo una aventura. Una aventura de tiempos antiguos y verdad.

Pero le estaban dando calabazas, al parecer. Ya había desperdiciado la mitad de la sesión oyendo interferencias sin que nadie le respondiera. Al otro lado pasaba algo. Algo malo. O puede que estuviera nervioso porque había aparecido un cadáver en su propio silo, un asesinato que estaba investigando el personal de Seguridad. Lo raro era que, en realidad, apenas pensaba en ello. Le preocupaban más los otros silos. Había perdido toda empatía por el suyo.

Sonó un clic en los auriculares y el tono de la llamada se interrumpió.

—¿Sí? —preguntó con voz cansada y débil.

Contaba con que las máquinas lo hicieran parecer más fuerte. No hubo más respuesta que el sonido de una respiración, pero para él fue presentación suficiente. Lukas nunca dejaba de saludar.

—Alcaldesa... —dijo.

—Ya sabe que no me gusta que me llame eso —dijo ella. Parecía sin aliento, como si hubiera estado corriendo.

—¿Prefiere que la llame Juliette?

Silencio. Donald se preguntó por qué prefería hablar con ella. A Lukas le tenía cariño. Había estado allí cuando el joven se sometió a su Rito y admiraba la curiosidad con la que devoraba el Legado. Hablar con Lukas sobre el mundo de antaño lo llenaba de nostalgia. Era una especie de terapia. Y además era Lukas quien lo estaba ayudando a arrancar el velo que cubría a aquellos servidores para estudiar su contenido.

El atractivo de su relación con Juliette era de otra naturaleza. Estaba en las acusaciones e insultos que le lanzaba ella y que sabía totalmente merecidos. Estaba en sus duros silencios y en sus amenazas. Había una parte de Donald que quería que ella acudiera para acabar con él antes de que lo hiciese aquella tos. Humillación y ejecución: era su vía a la exoneración.

—Sé cómo lo están haciendo —dijo Juliette al fin, con fuego en la voz. Con veneno—. Ya lo comprendí. Lo deduje.

Donald se quitó uno de los auriculares y se secó un reguero de sudor.

—¿Qué es lo que comprendió? —preguntó.

Tal vez Lukas hubiera descubierto algo en uno de los servidores, algo que hubiera hecho enfurecer a Juliette.

—Las limpiezas —replicó ella con voz seca.

Donald consultó el reloj. Los quince minutos iban a pasar en un santiamén. La persona que estaba leyendo la novela volvería pronto, al igual que los técnicos que habían dejado allí los naipes.

—Me alegra poder hablar de las limpiezas…

—Estuve en el exterior —dijo Juliette.

Donald tapó el micrófono para toser.

—¿En el exterior? ¿Dónde? —Pensó en el túnel que ella decía estar excavando y en las vibraciones que llegaban desde su silo y últimamente habían cesado. Supuso que se referiría a que había estado más allá de las fronteras de su silo.

—Ahí fuera. En las colinas. En el mundo que dejaron nuestros antepasados. Tomé muestras.

Donald se inclinó hacia delante. Juliette pretendía amenazarlo, pero lo único que él oía era una promesa. Quería torturarlo, pero él sólo sentía emoción. El exterior. Para tomar muestras. Soñaba con algo así. Soñaba con descubrir qué era lo que había respirado allí fuera, con saber lo que le habían hecho al mundo y si estaba empeorando. Juliette debía de pensar que él escondía las respuestas, cuando lo único que tenía eran preguntas.

—¿Y qué descubrió? —susurró.

Y maldijo a las máquinas que le hacían parecer desinteresado, como si conociese ya la contestación. ¿Por qué no podía decirle simplemente que no tenía ni la menor idea de lo que le estaba pasando al mundo y a él y que, por favor, por favor, por favor, lo ayudara? Que se ayudaran mutuamente.

—No nos envían a nosotros a limpiar ahí fuera. Envían otra cosa. Le diré lo que descubrí…

Para Donald, la voz de Juliette era el universo entero. El peso de toda la tierra que había sobre su cabeza se desvaneció, al igual que la solidez del suelo bajo sus pies. Desapareció todo salvo él, dentro de una burbuja, y aquella voz.

—… Tomamos dos muestras, además de la de la esclusa, que tendría que haber sido de gas inerte. Una en la rampa y otra en las colinas.

De pronto era él quien se había quedado en silencio. Sentía el overol pegado al cuerpo.

Esperó y esperó, pero ella esperó más. Quería que suplicara por ello. Puede que supiera lo desesperado que estaba.

—¿Y qué descubrió? —volvió a preguntar.

—Que es usted un montón de mierda de rata. Que cada vez que nos dijo algo, cada vez que nos fiamos de usted, nos tomó por idiotas. Que aceptamos las cosas que nos enseña, las cosas que nos dice, y no hay una sola verdad en todo ello. Puede que tampoco existieran los antepasados. ¿Sabe todos esos libros que tenemos aquí?, voy a quemarlos. Y dejó que Lukas creyera toda esta basura…

—Los libros dicen la verdad —respondió Donald.

—Y una mierda. ¿Como el argón? ¿El argón también es de verdad? ¿Qué demonios es lo que bombean desde las esclusas cuando salimos a limpiar?

Donald repitió la pregunta en su cabeza.

— ¿Qué quiere decir? —preguntó.

—Basta de juegos. Sé lo que está pasando aquí. Cuando nos mandan fuera, llenan las esclusas con algo que nos devora. Se come los sellos y las juntas, y luego nuestros cuerpos. Lo han convertido en una ciencia, ¿no? Bueno, pues encontré las cámaras que habían ocultado. Corté la conexión hace semanas. Sí, fui yo. Y vi los cables. Las tuberías. El gas circula por las tuberías, ¿no?

—Juliette, escúcheme…

—No diga mi nombre como si me conociera. No me conoce. Todas esas conversaciones en las que me contaba cómo se construyó mi silo, como si lo hubiera hecho usted mismo, en las que le hablaba a Lukas sobre el mundo del pasado, como si lo hubiera visto con sus propios ojos… ¿Quería ganarse nuestra simpatía? ¿Que pensáramos que era nuestro amigo? ¿Por eso decía que lo era?

Donald observó cómo desgranaba el reloj los segundos. Los técnicos volverían pronto. Tendría que ordenarles que se marcharan otra vez. No podía dejar la conversación así.

—No nos llame más —dijo Juliette—. Los zumbidos y las luces parpadeantes nos provocan dolor de cabeza. Si sigue haciéndolo todos los días, voy a empezar a destruir cosas, y ya tengo mucha mierda por la que preocuparme.

—Escuche… Por favor…

—No, escúcheme usted. No queremos saber nada de usted. No queremos sus cámaras, su electricidad ni su gas. Voy a cortarlo todo. Y nadie volverá a limpiar desde aquí. Se acabó la mierda del argón. La próxima vez que salga ahí fuera, será con aire limpio. Y ahora váyase a la mierda y déjenos en paz de una vez.

—Juliette…

Pero la comunicación se había cortado.

Donald se quitó los cascos y los tiró sobre la mesa. Los naipes se desperdigaron y el libro, cuyo lector lo había dejado abierto en una página concreta, cayó al suelo y se cerró.

¿Argón? ¿A qué demonios venía eso? La última vez que la había visto tan furiosa fue cuando le dijo que había encontrado una máquina, no sabía cuál, y había amenazado con ir por él. Pero esto era algo distinto. Argón. Bombeado al exterior junto con los limpiadores. No tenía ni la menor idea de lo que quería decir. Bombeado al exterior junto con los limpiadores…

Un mareo momentáneo se apoderó de él y tuvo que recostarse en su silla. Tenía el overol empapado de sudor. Mientras tomaba su pañuelo manchado de sangre se acordó de una esclusa inundada de niebla. Recordó haber bajado por una rampa en medio de una multitud y haber llamado a Helen a gritos, con la imagen de un bombardeo grabada aún en las retinas, arrastrado por Anna y Charlotte mientras una nube blanca se expandía a su alrededor.

El gas. Sabía cómo funcionaban las limpiezas. Utilizaban gas para presurizar la esclusa. Para compensar la presión del aire exterior. Y al hacerlo, salía fuera.

—El polvo está en el aire —dijo.

Se apoyó en la mesa, con las rodillas temblorosas. Los nanos que devoraban la humanidad se liberaban con cada limpieza, en pequeñas bocanadas que eran como el paso de unas manecillas, un tictac que acompañaba a cada exiliado.

Los auriculares seguían sobre la mesa, en silencio.

—Soy uno de los antepasados —dijo Donald utilizando las mismas palabras de Juliette. Tomó los auriculares y repitió la misma frase ante el micrófono, alzando la voz—. ¡Soy uno de los antepasados! ¡Fui yo el que hizo esto!

Volvió a quedarse sin fuerzas y tuvo que agarrarse a la mesa para no caer al suelo.

—Perdón —murmuró—. Perdón. Perdón. —Y más fuerte, a voz en grito, repitió—: ¡Perdón!

Pero nadie lo escuchaba.

26

Silo 1

Charlotte estaba trabajando en el alerón del ala izquierda del dron. Los cables del sistema de guiado aún tenían cierta holgura. Tomó un trapo que colgaba de la cola del aparato y se secó la nuca con ella. Metió la mano en la bolsa donde guardaba las herramientas y sacó un destornillador de tamaño medio. Bajo el dron, el suelo estaba sembrado de piezas, todas las que había encontrado dentro del vehículo y no eran estrictamente necesarias: el ordenador de bombardeo, los soportes de municiones de las alas, los servomecanismos de lanzamiento... Había quitado todas las cámaras salvo una e incluso había retirado los puntales de refuerzo que ayudaban al dron a ascender cuando volaba a varias G. Sería un vuelo en vertical y las alas no sufrirían. Esta vez irían a baja altura y a toda velocidad, sin preocuparse de que alguien pudiera ver el aparato. Lo fundamental era llegar más lejos, asegurarse, verificar. Charlotte llevaba una semana trabajando en el maldito aparato y sólo podía pensar en lo rápido que se habían averiado los dos últimos y la suerte que, al parecer, habían tenido en su primer vuelo.

Se tumbó boca arriba y, utilizando los hombros y las caderas para avanzar, se introdujo bajo la cola del dron. El panel de acceso ya estaba abierto y los cables a la vista. Cada panel recibiría una fina capa de impermeabilizante antes de que volviera a montarlo, para proteger el vehículo frente al polvo. «Funcionará», se dijo mientras ajustaba el servobrazo que protegía el cable. Tenía que funcionar. Cuando miraba a su hermano y comprobaba en qué estado se encontraba se daba cuenta de que no soportaría más vuelos. Tenía que ser esta vez. No sólo por sus ataques de tos. Ahora, además, parecía que estaba perdiendo la cabeza.

Al volver de su última llamada se había olvidado de traerle la cena. Y también la pieza del radio que le había prometido, la única que le faltaba. En aquel momento apareció detrás del dron, murmurando para sí mientras ella trabajaba. Cruzó la habitación hasta la sala de conferencias y empezó a rebuscar entre sus notas. Luego volvió hacia el dron a grandes zancadas, tosiendo y sumido en una conversación de la que su hermana no se sentía partícipe.

—… su miedo, ¿no lo ves? Lo hacemos con su miedo.

Charlotte asomó la cabeza por debajo del dron y vio que su hermano agitaba las manos en el aire. Estaba muy pálido. Tenía manchitas de sangre en el overol. Sintió la tentación de tirar la toalla, meterse en el elevador y entregarse junto con él. Al menos así vería a alguien.

Donald la sorprendió mirándolo.

—Su miedo no sólo tiñe el mundo que ven —dijo—. Es que emponzoñan el mismo mundo con él. Ese miedo es una toxina. ¡Envían a los suyos al exterior a limpiar y así envenenan el mundo!

Charlotte no supo qué responder. Volvió a meterse bajo el alerón para seguir trabajando y mientras lo hacía pensó que avanzarían mucho más de prisa si trabajaran los dos. Pensó en pedirle ayuda a su hermano, pero si no parecía capaz ni de mantenerse de pie, difícilmente podría sostener una llave inglesa.

—Y eso me ha hecho pensar en el gas. Es decir, tenía que haberme dado cuenta antes, ¿verdad? Lo bombeamos en sus hogares cuando terminamos con ellos. Así es como los aniquilamos. Y es el mismo gas. Yo mismo lo hice. —Se clavó un dedo en el pecho repetidas veces mientras caminaba en círculos. Entonces le sobrevino un ataque de tos y tuvo que taparse la boca con el brazo—. Bien sabe Dios que lo hice. Pero ¡no es sólo eso!

Charlotte suspiró y volvió a introducir el destornillador. La tuerca seguía un poco suelta.

—Podrían revertirlo, ¿sabes? —Regresó hacia la sala de juntas—. Desactivaron sus cámaras. Y hubo un silo que logró desactivar las cargas de demolición. Tal vez ellos puedan hacer lo mismo con el gas…

Su voz se alejó con él. Charlotte dirigió la vista hacia el pasillo que había al final del almacén. La luz que se colaba desde la sala de juntas bailaba con la sombra que proyectaba su hermano al caminar en círculos entre sus notas y gráficas. Los dos caminaban en círculos. Lo oyó maldecir. Su errático comportamiento le recordó a su abuela, que no había abandonado este mundo con demasiada elegancia. Así es como lo recordaría ella cuando se fuera: como un chiflado que tosía sangre. Nunca volvería a ser el congresista Keene, de traje perfectamente planchado, ni su competente hermano mayor.

Pero si su hermano se consumía pensando lo que iba a hacer, Charlotte también tenía sus propias ideas. ¿Y si despertaban a todos, como había hecho Donald con ella? En un momento dado de cualquier turno sólo había una docena de personas despiertas. Los dormidos eran millares. Muchos millares. Charlotte pensó en el ejército que podían llegar a reclutar. Pero se preguntaba si Donny tendría razón, si se negarían a luchar contra sus padres, sus maridos y sus hermanos. Se necesitaba una forma de valor muy poco común para hacer algo así.

La luz que llegaba desde el pasillo volvió a llenarse de sombras. Su hermano caminaba arriba y abajo, arriba y abajo. Charlotte aspiró hondo y siguió trabajando en el alerón. Pensó en la otra idea de Donald, purificar el aire y liberar a los cautivos. O al menos ofrecerles una oportunidad. La misma para todos. En el mundo de antaño siempre le había gustado eliminar fronteras. Tenía un dicho sobre aquellos que pretendían conservar las ventajas de que disfrutaban, aquellos que levantaban las escaleras después de haber subido por ellas. «Hay que bajar las escaleras» le había oído decir en más de una ocasión. Que no decidieran las máquinas. Que lo hiciera la gente.

Charlotte seguía sin saber cómo hacerlo. Y evidentemente, su hermano tampoco. Mientras volvía a meterse debajo del dron, trató de imaginarse un tiempo en el que la gente nacía con un trabajo asignado, sin alternativas. Los primogénitos hacían lo mismo que sus padres. Los segundones iban al ejército, a la marina o a la Iglesia. Los siguientes quedaban abandonados a sus propios recursos. Las hijas se casaban con los hijos de los demás.

La llave inglesa resbaló sobre el sujetacables y Charlotte se dio en los nudillos con el fuselaje. Maldijo y se miró la mano: estaba sangrando. Mientras se chupaba la herida recordó otra injusticia que en su día le había dado que pensar. Durante una de las misiones en Irak, se había dado cuenta de la suerte que tenía por haber nacido en Estados Unidos y no allí. Una simple decisión del azar. Fronteras invisibles trazadas sobre mapas, pero tan reales como los muros de los silos. Gente atrapada por las circunstancias. La vida que vivías era fruto de los designios de tu gente, de tus líderes, como si unas computadoras decidieran tu destino.

Volvió a salir de debajo del aparato y comprobó el ala. La holgura de los cables había desaparecido. El dron estaba en condiciones inmejorables, teniendo en cuenta la habilidad de Charlotte. Recogió las llaves que ya no iba a necesitar y, cuando estaba guardándolas en la bolsa, sonó un timbre más allá de la zona de almacenaje, procedente de los elevadores.

Charlotte se quedó helada. Lo primero que apareció en su cabeza fue la comida. El timbre significaba que Donny le traía la comida. Pero la sombra de su hermano se veía aún al final del pasillo.

Oyó que se abrían las puertas de un elevador. Alguien echó a correr. Más de una persona. Sus botas resonaron como truenos y Charlotte se arriesgó a gritar el nombre de Donald. Lo gritó una vez en dirección al otro lado del pasillo, antes de rodear el dron y tomar la lona. La extendió sobre las amplias alas y las piezas y herramientas del suelo como si fuese la red de un pescador. Tenía que ocultarse. Ocultar su trabajo y luego ocultarse ella. Donny la había oído. Se ocultaría también.

La lona descendió flotando sobre un cojín de aire, que hizo que se hinchara antes de posarse del todo. Charlotte se volvió hacia el pasillo, decidida a correr en busca de su hermano, pero en ese momento apareció un torrente de hombres al otro lado de los altos estantes. Al momento se dejó caer al suelo, convencida de que la habían visto. Las botas pasaron con estrépito por delante. Agarró el borde de la lona, la levantó lentamente y pegó las rodillas al cuerpo. Utilizando el hombro y las caderas, se introdujo bajo la lona y se acurrucó junto al dron. Donny había oído su grito. Oiría el ruido de las botas y se ocultaría en el cuarto de baño de la sala de juntas, en la ducha. Donde fuese. No podían saber que estaban allí. ¿Cómo había entrado aquella gente? Su hermano decía que sólo él tenía el máximo nivel de acceso.

El ruido de las botas se alejó. Se dirigieron hacia el fondo del almacén, como si supieran que estaba allí. Unas voces sonaron más cerca. Varios hombres. Sus pisadas pasaron por delante del dron. Charlotte creyó oír los gritos de Donny al ser descubierto. Tumbada boca abajo, se arrastró bajo el dron hasta el otro lado de la lona. Las voces remitían al tiempo que se alejaban los pasos. Su hermano se había metido en un buen atolladero. Se preguntó si lo habrían reconocido en el elevador, recordando una conversación que habían mantenido el día anterior. Un trabajador lo había visto. La oscuridad que reinaba bajo la lona pareció acogotarla cuando pensó que iba a quedarse allí sola, que iban a llevarse a su hermano. Dependía de él. Con él allí, estaba volviéndose loca en el almacén. Sin él… No necesitaba ni imaginarlo.

Apoyó la barbilla sobre las frías planchas de acero, deslizó los brazos hacia delante y levantó la lona con el dorso de las manos. Una fina sección del mundo apareció ante sus ojos. Había unas botas peligrosamente cerca. La cubierta olía a aceite. Por delante de ella se veía a un hombre que parecía tener dificultades para caminar y que avanzaba arrastrando los pies ayudado por otro, de overol plateado, como si ambos estuvieran bajo el control de una sola mente.

Por delante de ellos, uno de los pasillos se iluminó de repente; todas las luces que Donny prefería dejar apagadas se encendieron. Charlotte contuvo el aliento al ver que sacaban a rastras a su hermano de la sala de juntas. Uno de los hombres de overol plateado le asestó un puñetazo en las costillas. Su hermano profirió un gruñido y Charlotte sintió el impacto en su propio costado. Soltó la lona con una de las manos y se tapó la boca, horrorizada. La otra mano, temblando, volvió a levantarla, no por curiosidad sino por necesidad. Su hermano recibió otro golpe, pero el hombre que tenía dificultades para caminar hizo un ademán. Charlotte pudo oír una voz débil que ordenaba a los guardias que se detuvieran.

Los dos hombres de overol plateado hicieron lo que se les ordenaba, aunque inmovilizaron a su hermano contra el suelo. Charlotte se olvidó de respirar al ver que el hombre penetraba en el pasillo iluminado arrastrando los pies, como si no tuviera fuerzas. Su pelo blanco era tan brillante como las bombillas del techo. Avanzó con dificultades, apoyado en el joven que lo acompañaba y que a su vez le rodeaba la espalda con el brazo. Al llegar junto a su hermano se detuvo.

Charlotte veía los ojos de Donny. Se encontraba a cincuenta metros de él, pero aun así podía verlos, abiertos de par en par. Su hermano tenía la mirada clavada en aquel débil anciano y no la apartó ni siquiera cuando le asaltó un fuerte ataque de tos provocado por el golpe en las costillas, que se tragó las palabras del otro.

Su hermano trató de decir algo. Repitió la misma cosa una vez tras otra, pero Charlotte no alcanzó a oírlo. El hombre flaco del pelo blanco, a pesar de que apenas era capaz de tenerse de pie, sí podía mover las piernas. Con la ayuda del joven, y ante la atónita y aterrada mirada de Charlotte, echó una de ellas hacia atrás y la descargó sobre Donald con la violencia de un latigazo. Una pesada bota alcanzó a su hermano con poderosa ferocidad y Donny contrajo el cuerpo para protegerse y se agarró de las espinillas, mientras los dos hombres lo inmovilizaban para que no pudiera escapar a la lluvia de brutales patadas.

27

Silo 18

—¿Estás segura de que es aquí donde tendrías que estar buscando? —preguntó Lukas.

—No muevas la luz —dijo Juliette—. Sólo falta una.

—Pero ¿no deberíamos hablar sobre esto?

—Sólo estoy mirando, Luke. Aunque ahora mismo no veo un pimiento.

Lukas movió la linterna y Juliette avanzó arrastrándose. Era la segunda vez que exploraba bajo las rejillas del suelo, al pie de la escalerilla de la sala de servidores. Algo más de un mes antes, poco después de que Lukas la hiciese alcaldesa, había seguido hasta allí el rastro de la señal de las cámaras. Cuando él le enseñó que podía ver cualquier rincón del silo desde allí, Juliette le preguntó quién más podía hacerlo. Lukas había insistido en que nadie, pero ella había descubierto que la señal con las imágenes salía del silo a través de un puerto escondido, situado en la pared exterior. Recordaba haber visto más cables junto con aquél. Ahora quería asegurarse.

Sacó el último tornillo de la tapa. Al retirarla aparecieron las docenas de cables que había cortado en su momento, cubiertos por centenares de filamentos tan diminutos como plateados cabellos. En paralelo a éstos discurrían otros cables más gruesos, que le recordaron a los que transportaban la corriente desde los generadores de Mecánica. Además, había dos tuberías de cobre.

—¿Has visto suficiente? —preguntó Lukas.

Se arrodilló junto a ella en el sitio donde habían levantado la plancha del suelo y apuntó con la linterna por encima del hombro de Juliette.

—En el otro silo, este piso sigue teniendo electricidad. Todo el piso treinta y cuatro entero, a pesar de que no tienen generador. —Tocó los gruesos cables con el destornillador—. Sus servidores siguen encendidos. Y algunos de los supervivientes lograron aprovechar esa electricidad para accionar bombas y otras máquinas por todo el silo. Creo que todo viene de aquí.

—¿Por qué? —preguntó Lukas. Pasó la luz por encima del manojo de cables, más interesado de pronto.

—Porque necesitaban la electricidad para las bombas y las luces de crecimiento —dijo Juliette, sorprendida por tener que explicárselo.

—No, que por qué suministran esta electricidad a todos los silos.

—Puede que no se fíen de nuestra capacidad de mantener todos los sistemas en funcionamiento. O que los servidores requieran más energía de la que podemos generar solos. No lo sé. —Se inclinó hacia un lado y miró a Lukas—. Lo que me gustaría saber es por qué no cortaron la conexión después de haber tratado de matar a todo el mundo—. ¿Por qué no desconectarían este piso junto con todo lo demás?

—Puede que lo hicieran. Puede que tu amigo encontrara estos mismos cables y volviera a conectar la electricidad.

Juliette se echó a reír.

—No. Solo no…

Una voz llegó desde el pasillo. Lukas volvió la linterna hacia allí y en el hueco de mantenimiento se hizo la oscuridad. No tenía que haber nadie más allí abajo.

—Es el radio —dijo—. Deja que vaya a ver quién es.

—La linterna… —le pidió Juliette, pero ya se había ido. El ruido de sus botas se alejó por el pasillo.

Juliette estiró los brazos y buscó las tuberías de cobre a tientas. Tenían el tamaño justo. Nelson le había enseñado el sitio donde se almacenaban los tanques de argón. Había un mecanismo con una bomba y un filtro que, supuestamente, extraía un suministro constante de argón del interior de la tierra mediante un sistema similar al de los climatizadores. Pero Juliette se había dado cuenta ya de que no podía fiarse de nada. Al sacar los paneles del suelo y los de la pared que había detrás de los tanques, había descubierto dos tuberías conectadas a éstos, distintas a las del sistema de suministro. Un sistema de suministro que, sospechaba ahora, no hacía absolutamente nada. Como les había pasado con las juntas y la cinta aislante, el sistema de suministro eléctrico paralelo o el visor y sus mentiras, allí todo tenía dos caras. Y la verdad yacía enterrada por abajo.

Lukas regresó a su lado. Volvió a arrodillarse e iluminó de nuevo el hueco de mantenimiento.

—Jules, tenemos que sacarte de aquí.

—Déjame la linterna, por favor —respondió ella—. No veo nada. —Se preparó para una nueva discusión, igual que cuando cortó los cables de las cámaras. Como si fuera a cortar aquellas tuberías sin saber lo que transportaban...

—Hay que sacarte de aquí. Es... Por favor.

Lo captó en su voz. Pasaba algo. Juliette se volvió y se encontró con la luz de la linterna.

—Un segundo —dijo. Retrocedió impulsándose con las manos y los pies hasta llegar al panel de acceso levantado. Dejó atrás la multiherramienta—. ¿Que sucede? —Se incorporó y estiró la espalda. Se soltó el pelo, recogió los bucles sueltos y comenzó a anudárselo otra vez—. ¿Quién era?

—Tu padre... —comenzó Lukas.

—¿Le pasó algo?

Lukas sacudió la cabeza.

—No, era él quien llamaba. Es que... Ha desaparecido uno de los niños.

—¿Desaparecido? —Pero se dio cuenta de que no era eso lo que quería decir—. Lukas, ¿qué pasó? —Se incorporó, se quitó el polvo del pecho y las rodillas y se encaminó al radio.

—Iban de camino a las granjas. En la escalera se encontraron con una multitud que bajaba. Uno de los niños se subió al barandal…

—¿Se cayó?

—Veinte pisos —dijo Lukas.

Juliette no daba crédito a sus oídos. Tomó el radio y apoyó una mano en la pared, mareada de repente.

—¿Cuál?

—No me dijo.

Antes de pulsar el botón de transmisión vio que el equipo seguía en el canal diecisiete desde su última conversación con Jimmy. Su padre debía de estar usando la nueva portátil de Walker.

—¿Papá? ¿Me oyes?

Esperó. Lukas le ofreció la cantimplora, pero la rechazó con un gesto.

—¿Jules? ¿Te importa que te llame luego? Ha pasado otra cosa.

Su padre parecía alterado. Había muchas interferencias en la línea.

—Necesito saber lo que está pasando.

—Un momento. Elise…

Juliette se tapó la boca.

—… se ha perdido. Jimmy fue a buscarla. Cariño, tuvimos un problema al subir. Había una multitud en la escalera. Una multitud furiosa. Sabía quién venía conmigo. Y Marcus se cayó por al barandal. Lo siento.

Juliette sintió la mano de Lukas en el hombro. Se secó los ojos.

—¿Está…?

—Aún no he podido bajar para comprobarlo. Hubo una pelea y Rickson resultó herido. Me estoy ocupando de él. Hannah, Miles y el niño se encuentran bien. Estamos en Suministros. Mira, tengo que irme, en serio. No encontramos a Elise y Jimmy fue a buscarla. Alguien dice haberlos visto subiendo. No quiero que hagas nada, pero pensé que querrías saber lo del muchacho.

Juliette pulsó el botón con mano temblorosa.

—Voy a bajar. ¿Están en el ciento diez, en Suministros?

Hubo una larga pausa. Sabía que su padre estaba decidiendo si debía tratar de disuadirla. El radio transmitió su rendición:

—Piso ciento diez, sí. Voy a bajar a ver cómo está el niño. Dejaré a Rickson y a los demás aquí. Le dije a Jimmy que trajera a Elise cuando la encuentre.

—No los dejes ahí —respondió Juliette. No sabía en quién podía confiar ni dónde podían estar a salvo—. Papá, llévatelos contigo. Llévalos a Mecánica. Llévalos a casa.

Se secó la frente. Era un error. Llevarlos hasta allí había sido un error.

—¿Estás segura? —preguntó su padre—. La multitud con la que tropezamos… Creo que se dirigían hacia allí.

28

Silo 18

Elise se había perdido en un sitio llamado «bazar». Había oído aquella palabra en boca de alguien, pero no sabía lo que significaba. Sólo sabía que era un lugar de multitudes tan grandes que resultaban inimaginables, un lugar tan desbocadamente extraño que era como haber entrado de pronto en un mundo nuevo.

Su llegada hasta allí estaba aún un poco confusa en su cabeza. Su perrito había desaparecido en medio de una gran confrontación con desconocidos —más gente de la que ella hubiera pensando que podía coexistir en un mismo sitio— y Elise se había lanzado escalones arriba en su busca. Una persona tras otra le habían indicado que siguiese hacia arriba. Una mujer de amarillo le dijo que había visto a un hombre con un perro dirigiéndose hacia el bazar. Elise tuvo que subir diez pisos más hasta llegar al rellano del cien.

En el rellano se había encontrado con dos hombres que echaban humo por la nariz. Le dijeron que acababa de pasar alguien con un perro. La invitaron a pasar con un gesto.

En su hogar, el piso cien era un aterrador yermo de pasillos estrechos y salas vacías, sembradas de basura, escombros y ratas. Aquí era igual, sólo que además estaba lleno de gente y animales, y todo el mundo vociferaba y cantaba. Era un lugar de colores brillantes y olores horribles, donde la gente sostenía entre los dedos tubos de humo que mantenían encendido con pequeñas chispas de fuego y que se llevaban a la boca para exhalarlo. Había hombres con la cara pintada. Una mujer vestida totalmente de rojo, con una cola y cuernos, la invitó a entrar en una tienda, pero Elise dio media vuelta y echó a correr.

Huyó de susto en susto hasta estar completamente perdida. Por todas partes había rodillas en su camino. Ya no estaba buscando a *Perrito*, sino sólo la salida. Se arrastró hasta detrás de un mostrador abarrotado de gente y allí se echó a llorar, pero aquello no le sirvió de nada, salvo para ver desde muy cerca a un animal rollizo y sin pelo que emitía unos sonidos similares a los ronquidos de Rickson. Pasó por delante de ella con una cuerda atada alrededor del cuello. Elise se secó los ojos, sacó su libro y pasó sus páginas hasta encontrar el nombre de la criatura: «cerdo». Ponerles nombres a las cosas siempre ayudaba. Cuanto tenían nombre ya no daban tanto miedo.

Fue Rickson quien consiguió que volviera a moverse, a pesar de que no estaba allí. Elise recordó su voz atronadora en medio de la Selva, diciéndole que no había nada qué temer. Los gemelos y él solían mandarla a hacer recados en la oscuridad desde que tuvo edad suficiente caminar. Cuando aún había gente la enviaban a buscar moras, ciruelas y otras golosinas cerca de las escaleras.

—Los más pequeños son los que menos peligro corren —acostumbraba decirle Rickson. Eso había sido años atrás. Ya no era tan pequeña.

Guardó el libro y decidió que la oscura Selva, con aquellos dedos vegetales que le rozaban el cuello, el chasqueo de las bombas y el castañeteo de los engranajes, era peor que aquel sitio de gente pintarrajeada que expulsaba humo por la nariz. Con el rostro cubierto por el agrietado sedimento de las lágrimas, salió de debajo del mostrador y se abrió paso a empujones entre las rodillas. Utilizando el mismo truco que empleaba en la Selva para orientarse en la oscuridad —esto es, girar siempre hacia la derecha— llegó a un pasillo lleno de humo, del que salían fuertes siseos y un olor como a rata cocida.

—Eh, niña, ¿te perdiste?

Un muchacho de pelo muy corto, con ojos verdes y brillantes, la estudiaba desde el borde de un tenderete. Era mayor que ella, pero no mucho. Como los gemelos. Elise sacudió la cabeza. Pero entonces lo pensó mejor y asintió.

El niño se echó a reír.

—¿Cómo te llamas?

—Elise —dijo ella.

—Es un nombre distinto.

Elise se encogió de hombros, sin saber qué decir. El niño se percató de que estaba mirando a un hombre que tenía detrás, que levantaba grandes tiras de humeante carne con un tenedor de gran tamaño.

—¿Tienes hambre? —le preguntó.

Elise volvió a asentir. Siempre tenía hambre. Sobre todo cuando estaba asustada. Pero puede que eso fuera porque se asustaba cuando tenía que salir a buscar comida y siempre salía a buscar comida cuando tenía hambre. No era fácil recordar qué iba primero. El niño desapareció detrás del mostrador. Al regresar, llevaba un grueso trozo de carne en la mano.

—¿Es rata? —preguntó Elise.

El niño se echó a reír.

—Cerdo.

Elise arrugó la cara al recordar el animal que le había gruñido antes.

—¿Sabe como la rata? —preguntó esperanzada.

—Como digas eso en voz alta mi papá te arranca el pellejo. ¿Quieres un poco o no? —Le ofreció la tira de carne—. Apuesto a que no llevas ni dos cupones.

Elise aceptó la carne sin decir esta boca es mía. Le dio un mordisquito y al instante sintió una sucesión de pequeñas explosiones de felicidad en la boca. Sabía mucho mejor que la rata. El niño la observó con detenimiento.

—Eres de los pisos intermedios, ¿no?

Elise sacudió la cabeza y tomó otro bocado.

—Soy del silo Diecisiete —dijo mientras masticaba.

Tenía la boca llena de saliva. Desvió los ojos hacia el hombre que estaba cocinando las tiras de carne. Marcus y Miles tendrían que haber estado allí para probar un poco.

—Te refieres al piso diecisiete, ¿no? —El niño frunció el ceño—. No pareces del tercio de arriba. No, estás demasiado sucia para ser del tercio de arriba.

—Soy del otro silo —respondió Elise—. Al oeste.

—¿Qué es un aloeste? —preguntó el niño.

—El oeste. Donde se pone el sol.

El niño la miró con expresión de perplejidad.

—El sol. Sale al este y se pone al oeste. Por eso los mapas miran siempre hacia arriba. Apuntan al norte. —Pensó en sacar el libro y mostrarle los mapas del mundo para explicarle cómo se movía el Sol a su alrededor, pero tenía las manos llenas de grasa y, de todos modos, el niño tampoco parecía muy interesado—. Excavaron la tierra y nos rescataron —le explicó.

Al oír esto, el niño abrió los ojos de par en par.

—La excavación. Vienes del otro silo. ¿O sea que es verdad?

Elise se terminó el cerdo y se chupó los dedos. Asintió.

El niño le tendió una mano. Elise se limpió la suya en la cadera y se la estrechó.

—Me llamo Shaw —dijo—. ¿Quieres más cerdo? Ven bajo el mostrador. Te presentaré a mi padre. Oye, papá, quiero que conozcas a alguien.

—No puedo. Estoy buscando a *Perrito*.

Shaw arrugó el rostro.

—¿Perrito? El siguiente pasillo. —Le indicó la dirección con la cabeza—. Pero en serio, el cerdo es mucho mejor. El perro es tan correoso como la rata y la carne de cachorro es mucho más cara, pero sabe igual.

Elise se quedó helada. Puede que el cerdo que había pasado antes por delante de ella, con una cuerda alrededor del cuello, fuese una mascota. A lo mejor se comían a sus mascotas, como Marcus y Miles, que siempre estaban empeñados en adoptar una rata a pesar de que estaban famélicos.

—¿La gente se come a los perritos? —preguntó al niño.

—Si tienen cupones sí, desde luego. —Shaw la tomó de la mano—. Ven a la barbacoa conmigo. Quiero que conozcas a mi padre. Dice que no existen de verdad.

Elise se zafó y se apartó de él.

—Tengo que encontrar a mi cachorro. —Se volvió y corrió entre la multitud en la dirección que había señalado el muchacho.

—¿Cómo que tu cachorro…? —gritó él desde atrás.

Detrás de una fila de tenderetes, Elise encontró otro pasillo lleno de humo. También allí olía como a carne de rata y había trozos clavados en pinchos sobre un fuego. Una anciana pugnaba con un pájaro, que agitaba violentamente las alas entre sus dedos. Elise piso un montón de excrementos y estuvo a punto de caerse. La rareza de todo aquello se fundió con el recuerdo de su perdido cachorro. Oyó que alguien gritaba algo sobre un perro y buscó la voz. Un muchacho algo mayor, más o menos de la edad de Rickson, tenía en las manos una pieza de carne, un trozo gigantesco con unas franjas de color blanco que parecían huesos. Cerca de él había una jaula de madera, con varios carteles con números. El gentío se paraba para mirar en su interior. Algunas personas señalaban y hacían preguntas.

Elise luchó para abrirse paso entre ellos, atraída por el sonido de unos ladridos.

La jaula contenía perros vivos. Podía ver entre los tablones y si se ponía de puntillas, casi asomaba por encima. Un animal enorme, tan grande como un cerdo, se abalanzó gruñendo hacia ella y la jaula se estremeció entera. Era un perro, pero tenía una cuerda atada alrededor de las fauces que le impedía abrirlas. Elise pudo sentir el aliento cálido que le salía por las fosas nasales. Correteó entre la gente y rodeó la jaula por un lado.

En la parte de atrás había otra jaula, más pequeña. Elise pasó junto al mostrador en dirección a una barbacoa de la que cuidaban dos jóvenes. Estaban de espaldas. Una mujer les dio algo y ellos, a cambio, le entregaron un paquete. Elise se agarró a la parte superior de la jaula, más pequeña que la otra, y miró en su interior. Había un perro tumbado de lado, al que estaban devorando cinco… no, seis animalillos. Al principio pensó que eran ratas, pero entonces se dio cuenta de que eran unos cachorros diminutos. A su lado, *Perrito* parecería casi un adulto. Y no estaban devorando al perro grande, sino mamando, como hacía el niño de Hannah con sus pechos.

Estaba tan absorta observando las minúsculas criaturillas que no reparó en el animal que había en la base de la cerca hasta que casi fue demasiado tarde. Un hocico negro y una lengua rosada saltaron hacia ella y la alcanzaron en la mandíbula. Bajó la mirada hacia allí y vio que *Perrito* volvía a saltar hacia ella.

Elise soltó un grito. Metió las manos en la jaula pero, cuando ya tenía al animal, alguien la agarró por detrás.

—No creo que puedas permitirte a ese —dijo uno de los hombres de detrás del mostrador.

Elise se retorció entre sus manos y trató de impedir que le quitaran a *Perrito*.

—Calma —dijo el hombre—. Suéltalo.

—¡Déjame! —chilló Elise.

Perrito se le escurrió entre los dedos y ella se zafó del hombre metiendo la cabeza bajo el asa de su cartera. Cayó a sus pies y, al volver a levantarse, alargó de nuevo las manos hacia *Perrito*.

—Pero bueno… —oyó decir al hombre.

Volvió a meter los brazos en la jaula para tomar a su cachorro. Las patas de *Perrito* arañaron los tablones tratando de ayudarla. Sintió sus zarpas delanteras sobre el hombro y su húmeda lengua en la oreja. Entonces, al volverse, se encontró con un hombre gigantesco, que la miraba desde arriba con un ensangrentado trozo de tela blanca atado sobre el pecho y su libro de recuerdos en las manos.

—¿Qué es esto? —preguntó mientras hojeaba las páginas.

Algunas de las que estaban sueltas se salieron y el hombre agitó frenéticamente las manos para recogerlas.

—Es mi libro —respondió Elise—. Devuélvemelo.

El hombre la miró desde arriba. *Perrito* le lamió la cara a Elise.

—Te lo cambio por ese —dijo el hombre señalando a *Perrito*.

—Son míos los dos —insistió ella.

—Nanay, a ese canijo lo he pagado. Pero con esto basta. —Sopesó el libro un momento y luego estiró los brazos y, de un empujón, sacó a Elise del tenderete.

Elise alargó las manos hacia su libro. Su cartera se había quedado atrás. *Perrito* le dio un pequeño mordisco en la mano y estuvo a punto de escurrírsele entre los dedos. Entre lágrimas, le chilló al hombre que le devolviera sus cosas. Pero el hombre le enseñó los dientes y la agarró por el pelo. Parecía furioso.

—¡Roy! Ven por esta mocosa.

Elise gritó. El niño que había fuera del tenderete, el que gritaba «perro» a todo el que pasaba por delante, se dirigió hacia ella. *Perrito* casi había logrado escapar. En cualquier momento se escabulliría y encima el hombre le iba a arrancar el pelo.

Perrito escapó. Elise lanzó un chillido al sentir que el hombre la levantaba del suelo. Entonces hubo un movimiento repentino, como si un perro hubiera dado un salto, pero lo que pasó como una centella no fue un pelaje café sino un overol café y el hombre soltó un gruñido y cayó al suelo. Elise se fue detrás.

El hombre le soltó el pelo. Elise vio su cartera. Y el libro. Los recogió junto con un puñado de páginas sueltas. Shaw, el niño que le había dado el cerdo, estaba allí. Recogió a *Perrito* y le regaló a Elise una sonrisa.

—Corre —dijo con un centelleo de la dentadura.

Elise corrió. Sorteó al muchacho del pasillo y rebotó contra varias personas de la multitud. Al volver la cabeza vio que Shaw corría tras ella, con *Perrito* pegado al pecho. El animal iba boca abajo y con las patas en el aire. El gentío se estremeció y se abrió para dejar paso a los hombres del tenderete, que se habían lanzado en su persecución.

—¡Por aquí! —gritó Shaw con una carcajada mientras adelantaba a Elise y doblaba una esquina.

Elise tenía los ojos llenos de lágrimas pero también estaba riéndose. Estaba exultante y aterrorizada y feliz de tener su libro y su perro y de escapar y de estar con aquel niño que era más amable que los gemelos. Se colaron por debajo de otro de los mostradores —que olía a fruta fresca—, y alguien lanzó un grito a su paso. Shaw atravesó una habitación a oscuras, llena de camas sin hacer y una cocina en la que preparaba algo una mujer, antes de salir a otro tenderete. Un hombre alto y de piel oscura los amenazó con una espátula, pero ellos ya habían escapado entre las multitudes, riendo, corriendo y esquivando...

Y entonces alguien, en medio del gentío, atrapó al niño. Unas manos grandes y fuertes lo levantaron en vilo. Elise dio un traspié. Shaw se defendía del hombre con gritos y puntapiés, pero Elise levantó la mirada y vio que era Solo quien lo sujetaba. Al verla, sonrió por debajo de la tupida barba.

—¡Solo! —trinó la niña.

Se abrazó a su pierna y apretó con fuerza.

—¿Te ha robado algo este niño? —preguntó él.

—No, es un amigo. Bájalo. —Se volvió hacia la multitud en busca de sus perseguidores—. Deberíamos irnos —dijo a Solo. Volvió a estrecharle la pierna—. Quiero irme a casa.

Solo le acarició la cabeza.

—Y eso es precisamente lo que vamos a hacer.

29

Silo 18

Elise dejó que Solo llevara la cartera y el libro mientras ella llevaba a *Perrito* en brazos. Se abrieron paso entre la gente para salir del bazar y regresar a las escaleras. Shaw los seguía, a pesar de que Solo le había dicho que volviera con su familia. Ya en las escaleras, de camino a reunirse con los demás, cada vez que Elise volvía la mirada lo veía allí, con su overol café, asomado por detrás del poste central o mirándolos desde el barandal, en un rellano más alto. Pensó en decirle a Solo que seguía allí, pero no lo hizo.

Algunos pisos por debajo del bazar, un porteador los alcanzó y les entregó un mensaje. Jewel estaba bajando a buscarlos. Tenía a la mitad de los porteadores buscando a Elise, pero la niña acababa de enterarse de que se había perdido.

Al llegar al rellano siguiente, Solo la obligó a beber de su cantimplora mientras esperaban. Luego, ella vertió un poco de agua en las viejas y arrugadas manos de su amigo para que *Perrito* pudiera beber con largos y agradecidos lametones. Jewel tardó una eternidad en llegar, o al menos así les pareció a ellos, pero cuando al fin lo hizo vino precedida por un tronar de botas apresuradas que hizo estremecer el rellano. Jewel estaba empapada en sudor y sin aliento, pero a Solo no pareció importarle. Se abrazaron durante tanto tiempo que Elise empezó a preguntarse si se separarían alguna vez. La gente que cruzaba el rellano les lanzaba miradas de curiosidad al pasar. Cuando finalmente se separaron, Jewel sonreía y lloraba a la vez. Le dijo algo a Solo y entonces fue él quien se echó a llorar. Los dos miraron a Elise y la niña se dio cuenta de que le ocultaban un secreto o alguna mala noticia. Jewel la tomó entonces, la besó en la mejilla y la abrazó hasta que empezó a tener dificultades para respirar.

—Todo va a salir bien —le dijo.

Pero Elise no sabía qué era lo que iba mal.

—He recuperado a *Perrito* —dijo.

Pero entonces se acordó de que Jewel no sabía nada de su nueva mascota. Bajó la mirada y vio que *Perrito* estaba haciéndose pis en la bota de Jewel, lo que debía de ser su manera de decir hola.

—Un perro —dijo Jewel. Le apretó el hombro a Elise—. No puedes quedártelo. Los perros son peligrosos.

—¡Él no!

Perrito había empezado a mordisquearle la mano. Elise la apartó y le acarició la cabeza.

—¿Lo has encontrado en el bazar? ¿Ahí es donde estabas? —Jewell desvió la mirada hacia Solo, que asintió. Jewel aspiró hondo—. No puedes tomar cosas que no te pertenecen. Si se lo quitaste a un vendedor, tendrás que devolvérselo.

—Viene de abajo —dijo Elise. Se inclinó y rodeó al perro con los brazos—. De Mecánica. Podemos llevarlo allí. Pero al bazar no. Siento haberlo tomado. —Mientras abrazaba a *Perrito*, se acordó del hombre con la carne roja y las costillas blancas. Jewel volvió a mirar a Solo.

—No es del bazar —le confirmó él—. Lo sacó de una caja, en Mecánica.

—Bien. Ya lo arreglaremos luego. Tenemos que reunirnos con los demás.

Elise era consciente de que estaban todos cansados, incluidos *Perrito* y ella, pero aun así se pusieron en camino. Los adultos parecían impacientes por llegar abajo y ella, después de haber visto el bazar, sentía lo mismo. Le dijo a Jewel que quería irse a casa y Jewel respondió que era allí adonde se dirigían.

—Quiero que volvamos a estar como antes —les dijo Elise a ambos.

Por alguna razón, esto hizo reír a Jewel.

—Eres demasiado joven para sentir nostalgia.

Elise le preguntó lo que significaba «nostalgia» y Jewel respondió:

—Es cuando piensas que el pasado era mejor de lo que fue en realidad porque el presente es una porquería.

—Pues yo tengo mucha nostalgia —declaró Elise.

Y Jewel y Solo se rieron al oírla. Pero después, a los dos se les puso cara de pena. Elise los sorprendió varias veces mirándose así y se dio cuenta de que Jewel estaba todo el rato secándose los ojos. Por fin, Elise les preguntó qué pasaba.

Se detuvieron en medio de la escalera y se lo contaron. Le hablaron de Marcus, que se había caído por el barandal cuando aquella multitud enloquecida la tiró al suelo y *Perrito* se escapó. Marcus se había caído y había muerto. Elise miró el barandal, sin comprender cómo podía caerse desde un sitio tan alto. No entendía cómo había pasado, pero sabía que había sido como cuando sus padres se marcharon para no volver. Igual. Marcus no volvería a cruzar la Selva lanzando carcajadas. Se limpió la cara y sintió muchísima pena por Miles, que ya no era un gemelo.

—¿Por eso nos vamos a casa? —preguntó.

—Es una de las razones —respondió Jewel—. No tendría que haberos traído aquí.

Elise asintió. Eso era indiscutible. Aunque ahora tenía a *Perrito* y *Perrito* venía de este nuevo silo. Y dijera lo que dijera Jewel, no pensaba devolverlo.

Juliette dejó que la niña abriera el camino. Tenía las piernas entumecidas por la carrera hasta abajo. Había estado a punto de caerse en más de una ocasión. Ahora no quería más que ver a los niños juntos y en su casa y era incapaz de dejar de culparse por lo que le había pasado a Marcus. Los pisos fueron pasando, preñados de lamentos, hasta que de pronto alguien llamó por radio.

—Jules, ¿estás ahí?

Era Shirly y parecía alterada. Juliette descolgó el radio del cinturón. Shirly debía de estar con Walker, usando una de las suyas.

—Adelante —dijo.

Con una mano apoyada en el barandal, siguió a Elise y a Solo. Se cruzaron con un porteador y una pareja de jóvenes que marchaban en sentido opuesto.

—¿Qué demonios está pasando? —preguntó Shirly—. Acaba de pasar por aquí una turba. Han atropellado a Frankie en las puertas. Está en la enfermería. Y hay veinte o treinta personas más en ese condenado túnel tuyo. Nadie me dijo que podía pasar algo así.

Juliette supuso que era el mismo grupo que había provocado el accidente de Marcus. Jimmy se volvió hacia el radio y sus noticias. Juliette bajó el volumen para que Elise no pudiera oír.

—¿Qué quieres decir veinte o treinta personas más? ¿Quién más hay ahí? —preguntó Juliette.

—Pues para empezar, tu equipo de perforación. Algunos mecánicos del tercer turno que deberían estar durmiendo pero querían ver lo que hay al otro lado. Y el comité de planificación que enviaste.

—¿Comité de planificación? —Juliette aminoró el paso.

—Sí. Dijeron que tú los mandaste. Que tenían permiso para explorar el túnel. Traían una nota de tu oficina.

Juliette recordó que Marsha había mencionado algo al respecto antes de la reunión de la junta. Pero estaba demasiado ocupada con los trajes.

—¿No los mandaste tú? —preguntó Shirly.

—Puede que sí —admitió Juliette—. Pero ese otro grupo, esa turba… Tuvieron un encontronazo con mi padre de camino abajo. Alguien se cayó y murió.

Hubo un silencio al otro lado de la línea.

—Algo había oído —respondió Shirly al cabo de un momento—. No sabía que estuviera relacionado con ustedes. Escucha una cosa, estoy muy tentada a ordenar a todo el mundo que vuelva a casa para terminar con esto de una vez. Las cosas se nos están yendo de las manos, Jules.

«Sí», pensó Juliette. Pero no lo transmitió, ni lo dijo en voz alta.

—Llegaré en seguida. Voy para allá.

Shirly no respondió. Juliette volvió a colgarse el radio del cinturón y se maldijo. Jimmy se retrasó unos pasos para hablar con ella, dejando que Elise siguiera por delante.

—Siento todo esto —le dijo Juliette.

Caminaron en silencio durante una vuelta entera de la escalera.

—La gente del túnel... Los vi llevarse cosas que no eran suyas. —dijo Jimmy—. Estaba muy oscuro cuando nos trajeron, pero había gente que venía cargada con tuberías y maquinaria de mi silo. Como si ese fuera el plan desde el principio. Pero tú nos dijiste que iban a reconstruir nuestra casa. No a saquearla.

—Sí. Y lo repito. Quiero reconstruirla. En cuanto lleguemos allí, hablaré con ellos. No van a saquearla.

—Entonces, ¿no les dijiste que podían hacerlo?

—No. Puede... puede que les dijera que valdría la pena ir a por ustedes, que un silo adicional significaría... redundancias...

—Como piezas de repuesto.

—Hablaré con ellos. Te lo prometo. Al final, todo se arreglará.

Caminaron en silencio un rato más.

—Sí —dijo Solo al fin—. Siempre repites lo mismo.

30

Silo 1

Charlotte despertó en la oscuridad, empapada en sudor. Tenía frío. El suelo de metal estaba frío. Llevaba tanto tiempo sobre el acero que la cara se le había entumecido. Logró sacar un brazo medio insensible de debajo del cuerpo y, al frotarse la cara, sintió sobre la piel las marcas de las protuberancias romboidales de las planchas.

De repente, la imagen del ataque sobre Donny reapareció en su cabeza, como un sueño apenas recordado. Se había hecho un ovillo y había esperado. De algún modo, había logrado contener las lágrimas. Y aunque estaba agotada por el esfuerzo y demasiado aterrada hasta para moverse, finalmente había sucumbido al sueño.

Antes de atreverse a levantar la lona, aguzó el oído y buscó ruidos de pasos o voces. Al otro lado, la oscuridad era completa. Tan completa como debajo del dron. Igual que un pollito en el nido, salió arrastrándose de debajo del ave de metal, con las articulaciones rígidas, un gran peso en el pecho y una terrible soledad a su alrededor.

Su linterna estaba en alguna parte, bajo la lona. Destapó el dron y buscó a tientas. Sus manos tropezaron con algunas herramientas y, sin querer, esparció ruidosamente las piezas de un destornillador de carraca. Entonces, al acordarse del foco del dron, introdujo la mano en un panel de acceso abierto, localizó el interruptor y lo pulsó. Una alfombra dorada se extendió frente al pico del ave. Con ella pudo encontrar su linterna.

La recogió y se la guardó, junto con una llave inglesa de buen tamaño. Ya no estaba a salvo. Un obús de mortero había caído sobre el campamento, había volado una tienda de campaña y se había llevado por delante a un camarada. En cualquier momento podía llegar otro.

Apuntó hacia los elevadores con la linterna, temiendo que pudiera salir cualquier cosa de allí sin previo aviso. Había tanto silencio que podía oír hasta los latidos de su propio corazón. Se volvió y echó a andar hacia la sala de juntas, el último sitio en el que había visto a su hermano.

No había indicios de lucha en el suelo. Dentro de la sala, la mesa seguía llena de notas. Aunque puede que no tantas como antes. Y los diversos contenedores que había entre las sillas habían desaparecido. Alguien había hecho una limpieza a medias. Y volvería.

Apagó la luz y se marchó. Esta vez, al pasar por el sitio donde habían atacado a su hermano, vio unas manchas de sangre en la pared. Sintió que los sollozos que había logrado contener antes de quedarse dormida volvían a subirle por la garganta y se la constreñían mientras se preguntaba si seguiría vivo. Aún podía ver al hombre de pelo blanco, allí de pie, dándole patadas y más patadas, poseído por una rabia de mil demonios. Se había quedado sola. Atravesó a paso vivo el almacén a oscuras, en dirección al dron iluminado. La habían despertado para mostrarle un mundo aterrador y ahora se había quedado sola.

La luz del morro del dron cubría el suelo e iluminaba una puerta.

No del todo sola.

Recobró la compostura. Volvió a meter la mano en el panel de control y apagó el foco. Colocó cuidadosamente la lona en su sitio. Ya no podía permitirse el lujo de dejar cosas fuera de su sitio. Debía asumir que podía tener visitas en cualquier momento. Con el bamboleante haz de su linterna como única iluminación, se dirigió a la puerta, pero al llegar allí se detuvo y volvió por su bolsa de herramientas. El dron había pasado a convertirse en una prioridad muy secundaria. Armada con las herramientas y la linterna, cruzó por delante de los barracones hasta llegar al otro lado de la sala y entró en la sala de vuelo. Sobre el banco de trabajo de la pared opuesta descansaba el radio que había estado montando durante las últimas semanas. Funcionaba. Su hermano y ella lo habían utilizado para espiar las conversaciones de mundos lejanos. Tal vez hubiera alguna forma de conseguir que transmitiera. Rebuscó entre las piezas que le había traído Donald. En el peor de los casos, podía utilizarlo para escuchar. Tal vez así podría averiguar lo que le habían hecho. Tal vez así tuviera noticias suyas… o pudiera comunicarse con cualquier otra persona.

31

Silo 1

Con cada ataque de tos, era como si un millar de esquirlas estallase dentro de las costillas de Donald. La metralla le atravesaba los pulmones y el corazón, además de provocar un maremoto que le subía por la columna vertebral. Estaba convencido de que no se lo imaginaba, de que realmente estaban estallando bombas de huesos y nervios, en el interior de su cuerpo. Ya echaba de menos la sencilla tortura de los pulmones ardientes y la garganta en carne viva. Sus costillas magulladas y fracturadas se mofaban ahora de sus viejos tormentos. La miseria de ayer se había transformado en un recuerdo nostálgico.

Estaba tendido en el camastro, cubierto de heridas y magulladuras. Ya había renunciado a la idea de escapar. La puerta era infranqueable y el espacio que había sobre los paneles del techo no llevaba a ninguna parte. No creía que siguiera en la zona de Administración. Puede que estuviera en Seguridad. O en un área residencial. O en algún otro sitio que no conocía. En el pasillo exterior reinaba un silencio espeluznante. Tal vez fuera de noche. Cuando golpeaba la puerta sentía un dolor espantoso en las costillas y cuando gritaba le ardía la garganta. Pero la peor agonía de todas era pensar en lo que le había hecho a su hermana y en lo que iba a ser de ella. Cuando volvieran los guardias de Thurman les diría que estaba allí abajo y les suplicaría que fueran clementes. Había sido como una hija para Thurman y el único culpable de que estuviera despierta era Donald. Thurman lo comprendería. Volvería a llevarla abajo, donde podría dormir hasta que les llegara el final a todos. Sería lo mejor.

Pasaron las horas. Horas soportando las magulladuras y sintiendo palpitaciones en una docena de sitios distintos de la garganta. No podía dejar de moverse en la cama. En aquella cripta subterránea, el día y la noche se confundían más que nunca. Un sudor febril, fruto de los remordimientos y el miedo más que de la infección, se apoderó de él. Tuvo pesadillas en las que veía arder cápsulas de congelación, pesadillas de fuego, hielo y polvo, de carne fundida y huesos reducidos a polvo.

Luego, interrumpido a ratos por intervalos de vigilia, tuvo otro sueño. Un sueño sobre una noche fría en medio de un gran océano, sobre un barco que se hundía bajo sus pies con la cubierta sacudida por el salvajismo del mar. Tenía las manos pegadas al timón de la nave y su aliento era una neblina de mentiras. Las olas lamían la borda mientras la embarcación se iba hundiendo cada vez más. Y a su alrededor, por todas partes, el mar estaba cubierto de botes salvavidas envueltos en llamas. Las mujeres y los niños ardían en ellos, entre gritos, atrapados en embarcaciones con forma de cápsulas criogénicas que nunca estuvieron destinadas a tocar tierra.

Donald lo comprendía ahora. Lo comprendía al despertar —sudoroso, jadeante, aquejado por la tos— y lo comprendía igualmente en sus sueños. Recordaba haber pensado una vez que habían dejado fuera a las mujeres para quitar a los hombres razones para pelearse. Pero lo contrario también era cierto. Estaban allí para darles algo por lo que luchar. Alguien a quien salvar. Por ellas trabajaban en aquellos turnos siniestros y dormían durante aquellas noches oscuras, soñando con algo que nunca llegaría a suceder.

Se tapó la boca, rodó sobre sí mismo en la cama y tosió sangre. Alguien a quien salvar. La necedad del hombre —la necedad de aquellos silos que había contribuido a construir—, la asunción de que las cosas necesitaban un salvador. Tendrían que haberlos dejado en paz, a ellos y al planeta. La humanidad tenía derecho a extinguirse. Eso es lo que hacía la vida: extinguirse. Pero los hombres, como individuos, se rebelaban a menudo contra el orden natural. Habían clonado ilegalmente a sus hijos, y habían inventado sus nanotratamientos, sus piezas de recambio y sus cápsulas criogénicas. Hombres, individuos, como los que habían hecho aquello.

El ruido de unas botas que se acercaban anunció que era la hora de una comida, el fin a la interminable pesadilla de dormir con pensamientos enloquecidos y velar con el cuerpo dolorido. Debía de ser el desayuno, porque estaba hambriento. Eso significaba que había pasado en vela la mayor parte de la noche. Pensaba que sería el mismo guardia que le había traído la última comida, pero cuando se abrió puerta vio que se trataba de Thurman. Había un hombre con el overol plateado de Seguridad tras él, con cara de pocos amigos. Thurman entró solo y cerró la puerta, convencido de que Donald no representaba ya una amenaza. Parecía encontrarse en mejor estado que el día anterior. Habría pasado más tiempo despierto, quizá. O tal vez fuera obra de un nuevo ejército de doctores, liberado en su torrente sanguíneo.

—¿Cuánto tiempo van a tenerme aquí? —preguntó Donald mientras se incorporaba. Su voz sonaba áspera y distante, como el ruido de la hojarasca otoño.

—No mucho —dijo Thurman. El anciano apartó el baúl del pie de la cama y se sentó sobre él. Estudió detenidamente a Donald—. Sólo te quedan unos días de vida.

—¿Eso es un diagnóstico? ¿O una sentencia?

Thurman enarcó una ceja.

—Ambos. Si te mantenemos aquí, sin tratamiento, morirás por culpa del aire que respiraste. Así que vamos a trasladarte abajo.

—No quiera Dios que terminen mis miserias…

Thurman pareció pensar en sus palabras un momento.

—He pensado en dejarte morir aquí. Sé lo mucho que estás sufriendo. Podría curarte o dejar que concluyese el proceso, pero no tengo estómago para ninguna de las dos cosas.

Donald trató de reírse, pero le dolía demasiado. Alargó el brazo hacia el vaso de agua que había sobre la bandeja y tomó un sorbo. Cuando volvió a dejarlo, una espiral rosada de sangre bailaba sobre la superficie.

—Has estado muy ocupado este último turno —dijo Thurman—. Faltan drones y bombas. Tuvimos que despertar a gente que había entrado en congelación hace poco para evaluar los daños. ¿Tienes la menor idea de lo que pusiste en peligro?

Había algo peor que enfado en la voz de Thurman. Al principio, Donald fue incapaz de interpretarlo. No era decepción. Tampoco cólera, ninguna de sus formas. La cólera había desertado de su cuerpo. Era algo más contenido. Algo parecido al miedo.

—¿Lo que he puesto en peligro? —preguntó Donald—. He estado arreglando el desastre que han provocado. —Agitó el vaso en un gesto de saludo dirigido a su antiguo mentor—. Los silos dañados. Aquel que cortó la conexión hace tantos años. Seguía allí...

—El silo Cuarenta. Lo sé.

—Y el Diecisiete. —Donald se aclaró la garganta. Tomó el currusco del pan de la bandeja y tomó un bocado seco, lo masticó hasta que le dolieron las mandíbulas y se ayudó a tragarlo con un poco de agua teñida de sangre. Sabía tantas cosas que Thurman ignoraba... Esto fue lo que pensó en aquel momento. Todas las conversaciones con los habitantes del silo Dieciocho, el tiempo que había pasado reflexionando delante de diagramas y notas, las semanas dedicadas a encajar las piezas del rompecabezas, al mando de todo... Sabía que en su estado no era rival para Thurman, pero aun así seguía sintiéndose más fuerte que él. Y la razón era lo mucho que sabía—. El Diecisiete no estaba muerto —dijo antes de tomar otro bocado de pan.

—Eso he oído.

Donald masticó.

—Voy a apagar el Dieciocho hoy mismo —dijo Thurman en voz baja—. Lo que nos ha costado esa instalación... —Sacudió la cabeza y, al verlo, Donald se preguntó si estaría pensando en Victor, el jefe de jefes, que se había volado la cabeza por culpa de un levantamiento que se había producido allí. Al momento siguiente se dio cuenta de que toda aquella gente en la que había depositado sus esperanzas iba a desaparecer también. Todo el tiempo que había pasado robando piezas para Charlotte, soñando con acabar con los silos y con un futuro de esperanza bajo un cielo azul, habrían sido para nada. El pan le supo rancio al tragarlo.

—¿Por qué? —preguntó.

—Ya lo sabes. Has estado hablando con ellos, ¿no? ¿Qué creías que les iba a pasar? ¿En qué estabas pensando? —Un primer atisbo de furia se insinuó en la voz de Thurman—. ¿Creías que iban a salvarte? ¿Que alguno de nosotros podía salvarse? ¿En qué demonios estabas pensando?

Donald no quería responder, pero la respuesta acudió por sí sola, en un acto reflejo tan involuntario como una tos:

—Pensaba que merecían algo mejor que esto. Que se merecían una oportunidad…

—¿Una oportunidad para qué? —Thurman sacudió la cabeza—. No importa. No importa. Estaba todo previsto. —Esto último lo dijo con voz queda, casi para sí mismo—. La pena es que tenga que dormir, que no pueda estar aquí para encargarme de todo. Es como mandar drones cuando tendrías que estar tú ahí, con la mano en la palanca. —Cerró el puño en el aire. Observó a Donald durante un rato—. Mañana vuelves abajo a primera hora. Aunque no es lo que te mereces, ni de lejos. Pero antes de que me libre de ti quiero que me expliques cómo terminaste aquí arriba, con mi nombre. No puedo permitir que suceda de nuevo.

—Conque ahora soy una amenaza. —Donald tomó otro trago de agua para ahogar el hormigueo que sentía en la garganta. Intentó respirar hondo, pero el dolor del pecho hizo que se retorciese sobre sí mismo.

—No, pero el próximo que lo intente podría serlo. Hemos tratado de tener todas las posibilidades en cuenta, pero siempre hemos sabido que nuestra mayor debilidad, la mayor debilidad de cualquier sistema, era una revuelta desde arriba.

—Como en el silo Doce —respondió Donald. En sus recuerdos, la caída de aquel silo adoptaba la forma de una sombra que salía de la sala de los servidores. Lo había presenciado con sus propios ojos, había destruido el silo y había escrito un informe—. ¿Cómo pudiste pensar que no iba a suceder aquí? —preguntó.

—Sabíamos que sucedería. Pero estaba todo previsto. Por eso tenemos reemplazos. Por eso tenemos el Rito, la oportunidad de poner a prueba el alma de un hombre, una caja para meter nuestras bombas de relojería. Eres demasiado joven para comprender esto, pero la tarea más complicada que ha tenido que dominar el ser humano, y que nunca ha logrado dominar del todo, es la de transmitir el poder supremo. —Abrió los brazos. Sus viejos ojos despedían chispas, como si el político que llevaba dentro hubiera despertado otra vez—. Hasta ahora. Ahora lo hemos resuelto, gracias a las cámaras criogénicas y los turnos. El poder es temporal y nunca abandona unas pocas manos. No hace falta transmitirlo.

—Felicidades —respondió Donald con desprecio.

Y entonces se acordó de que una vez le había sugerido a Thurman que podía ser presidente y Thurman le había insinuado que eso sería un descenso de categoría. Ahora lo comprendía.

—Sí. Era un buen sistema. Hasta que lograste subvertirlo.

—Te contaré cómo lo hice si antes me contestas una pregunta. —Donald se tapó la boca para toser.

Thurman frunció el ceño y esperó a que terminara.

—Te estás muriendo —dijo—. Vamos a meterte en una caja para que puedas pasar soñando lo poco que te queda. ¿Qué podrías querer que te cuente?

—La verdad. La conozco casi entera, pero aún faltan algunos huecos. Y me duelen más que los agujeros de los pulmones.

—Lo dudo —respondió Thurman. Pero pareció considerar la oferta—. ¿Qué quieres saber?

—Los servidores. Sé lo que hay en ellos. Todos los datos sobre las vidas de los habitantes de los silos. Dónde trabajan, lo que hacen, cuánto viven, cuántos hijos tienen, lo que comen, adónde van, todo… Quiero saber para qué sirve.

Thurman lo estudió, pero no dijo palabra.

—He encontrado los porcentajes. La lista con los servidores. Son las probabilidades de que sobreviva esa gente cuando los liberen, ¿no? Pero ¿cómo lo sabe el sistema?

—Lo sabe —dijo Thurman—. ¿Crees que los silos son para eso?

—Creo que se está librando una guerra, sí. Una guerra entre todos los silos, que sólo tendrá un ganador.

—Entonces, ¿qué quieres de mí?

—Creo que hay algo más. Si me lo dices, te diré cómo te suplanté. —Se incorporó y se agarró las espinillas mientras un nuevo ataque de tos hacía estragos en su garganta y sus costillas. Thurman esperó a que pasara.

—Los servidores hacen lo que has dicho. Someten todas esas vidas a un seguimiento constante y las analizan. Además, controlan los sorteos de la lotería, lo que significa que tenemos la capacidad de influir en su existencia de manera muy directa. Controlamos las probabilidades y nos encargamos de que sólo se reproduzcan los mejores. Por eso, los porcentajes suben más cuanto más se prolonga el proyecto.

—Claro. —Donald se sintió estúpido.

Tendría que haberlo sabido. Había oído decir una y mil veces a Thurman que ellos no dejaban nada al azar. ¿Y no era una lotería precisamente eso?

Entonces reparó en la expresión de Thurman.

—Te toca —dijo—. ¿Cómo lo hiciste?

Donald apoyó la espalda en la pared. Se llevó el puño a la boca para toser mientras Thurman lo observaba, en silencio y con los ojos muy abiertos.

—Fue Anna —dijo—. Descubrió tus planes. Ibas a dormirla de nuevo cuando hubiera terminado de ayudarte y temía no volver a despertar. Le habías dado acceso a los sistemas para que pudiera ayudarte a resolver el problema del silo Cuarenta. Lo preparó todo para que yo pudiera reemplazarte. Y dejó una nota en la que me pedía ayuda, la dejó en tu bandeja de entrada. Creo que quería destruirte. Acabar con esto.

—No —dijo Thurman.

—Oh, sí. Cuando desperté, no comprendí lo que quería de mí. Lo averigüé demasiado tarde. Y mientras tanto, los problemas con el silo Cuarenta continuaban. Cuando desperté y comencé este turno, el Cuarenta…

—Ya se habían ocupado de él —dijo Thurman.

Donald apoyó la cabeza en la pared y miró hacia el techo.

—Eso les hicieron creer. Pero lo que yo creo es esto: creo que el silo Cuarenta logró piratear el sistema. Eso descubrió Anna. Piratearon la señal de las cámaras para que no supiéramos lo que estaba sucediendo. Fue el jefe de Informática, un traidor, una revuelta desde arriba, exactamente como tú dijiste. Desconectaron las cámaras y quedaron en silencio. Pero antes sabotearon también las conducciones de gas para que no pudiéramos acabar con ellos. E incluso antes de eso, las bombas que debían destruir el silo si se llegaba a una situación así. Trabajaron en sentido inverso a ustedes. Y cuando por fin decidieron cortar la comunicación, eran ellos los que tenían el control. Como yo. Como lo que hizo Anna conmigo.

—¿Cómo pudieron…?

—Puede que ella los ayudara, no lo sé. Me ayudó a mí. Y de algún modo, otros se enteraron. O puede que cuando terminara de salvarte el cuello, se diera cuenta de que eran ellos los que tenían razón y no tú. Puede que decidiera dejar en paz al silo Cuarenta para que hicieran lo que quisieran. Creo que pensaba que tal vez podrían salvarnos a todos.

Volvió a toser y, mientras lo hacía, pensó en todas las sagas heroicas de antaño, en los hombres y las mujeres que luchaban por la justicia, siempre con final feliz, siempre contra fuerzas infinitamente superiores. Bobadas y más bobadas. No era que los héroes ganaran. Era que los que terminaban ganando se convertían en héroes. Contaban la historia a su manera, sin que los muertos dijeran palabra. Bobadas y nada más que bobadas.

—Ordené el bombardeo del silo Cuarenta antes de comprender lo que estaba pasando —dijo Donald. Miró el techo y sintió sobre sí el peso de todos aquellos pisos, de la tierra y del denso cielo—. Los bombardeé porque necesitaba una distracción, porque no me importaban. Y maté a Anna porque me había traído aquí, porque me salvó la vida. En ambos casos te hice el trabajo, ¿no? Sofoqué dos rebeliones que no habías visto venir…

—No. —Thurman se levantó. Se plantó frente a Donald.

—Sí —respondió éste.

Parpadeó para combatir las lágrimas. Sentía un agujero en el corazón, en el mismo sitio donde había estado en su día el odio por Anna. Ahora no había allí más que culpa y remordimientos. Había matado a la persona que más lo había querido, la persona que más había luchado por lo que era correcto. Nunca se había parado a preguntar, a pensar, a hablar.

—Tú iniciaste este levantamiento al quebrantar tus propias normas —le dijo a Thurman—. Al despertarla. Fuiste débil. Lo pusiste todo en peligro y yo lo solucioné. Y que Dios te condene al Infierno por haberla escuchado. Por haberme traído aquí. ¡Por convertirme en esto!

Donald cerró los ojos. Sintió el cosquilleo de las lágrimas que se desbordaban en sus ojos y resbalaban por sus sienes. La luz que atravesaba sus párpados se estremeció, interrumpida por la sombra de Thurman. Se preparó para recibir un golpe. Echó la cabeza hacia atrás, levantó la barbilla y esperó. Pensó en Helen. Pensó en Anna. Pensó en Charlotte. Y entonces, al acordarse, se dispuso a contarle a Thurman lo de su hermana y a decirle dónde se ocultaba antes de que comenzaran a caer los golpes, antes de que recibiera su merecido por haber ayudado a aquellos monstruos, por haber sido su marioneta. Se dispuso a hablarle a Thurman de su hermana, pero entonces la sombra se retiró de sus párpados, se alejó de él y salió del cuarto dando un violento portazo.

32

Silo 18

Lukas notó que pasaba algo malo antes de conectar la clavija de los cascos. Las luces rojas parpadeaban sobre los servidores, pero no era la hora habitual. Las llamadas del silo Uno siempre se producían con la puntualidad de un reloj. Ésta, en cambio, había llegado en mitad de la cena. El zumbido y el parpadeo de las luces habían llegado hasta su oficina y luego habían salido al pasillo. Sims, el antiguo jefe de Seguridad, fue a buscarlo en la sala de descanso para decirle que alguien llamaba y en un primer momento Lukas pensó que su misterioso benefactor iba a avisarles de algo. O puede que llamara para darles las gracias por haber interrumpido la perforación.

Los auriculares anunciaron con un chasquido que se había establecido la conexión. El infernal parpadeo de las luces del techo cesó.

—¿Hola? —preguntó Lukas conteniendo el aliento.

—¿Quién es?

Era otro. La voz era la misma, pero las palabras no eran las correctas. ¿Por qué le iba a preguntar aquella persona quién era?

—Lukas. Lukas Kyle. ¿Quién es?

—Quiero hablar con el jefe de ese silo.

Lukas enderezó la espalda.

—Soy yo. Silo Dieciocho de la operación Cincuenta del Orden Mundial. ¿Con quién hablo?

—Habla con la persona que concibió ese Orden Mundial.

Y ahora páseme con su jefe. Según pone aquí, un tal Bernard… Holland.

Lukas estuvo a punto de replicar que Bernard estaba muerto. Todos lo sabían. Era un hecho conocido. Él había visto cómo se quemaba vivo en lugar de salir a limpiar, cómo se quemaba vivo en lugar de dejarse salvar. Pero aquel hombre no lo sabía. Y las complejidades de la realidad al otro extremo de aquella línea, aquella línea infalible, provocaron que la habitación comenzara a dar vueltas a su alrededor. Los dioses no eran omnipotentes. O no comían todos en la misma mesa. O el que se hacía llamar Donald era un dios rebelde, más de lo que Lukas había creído posible. O —tal como habría dicho Juliette de haber estado allí— aquella gente estaba jugando con él.

—Bernard está… eh, indispuesto en este momento.

Hubo una pausa. Lukas sintió que empezaba a sudar en la frente y el cuello, tanto por culpa del calor que desprendían los servidores como por la conversación.

—¿Cuánto tardará en volver?

—No estoy seguro. Puedo… eh, ¿ir a buscarlo? —Su voz se levantó al final de lo que no tendría que haber sido una pregunta.

—Quince minutos —respondió la voz—. Pasado ese tiempo las cosas se pondrán muy feas para ustedes, para todos. Muy feas. Quince minutos.

La comunicación se cortó antes de que Lukas pudiera discutir o pedir más tiempo. Quince minutos. La habitación seguía dando vueltas. Necesitaba a Jules. Necesitaba a alguien que se hiciese pasar por Bernard… Tal vez Nelson. ¿Y qué había querido decir el hombre con lo de que era él quien había concebido el Orden Mundial? Eso era imposible.

Corrió a la escalerilla y descendió precipitadamente. Tomó el radio portátil del cargador y volvió a subir. Llamaría a Juliette mientras buscaba a Nelson. Una voz distinta les proporcionaría un poco más de tiempo mientras averiguaba lo que estaba pasando. En cierta manera, siempre había esperado que alguien llamara para saber qué demonios estaba pasando en su silo, pero ahora que la llamada se había producido al fin, lo había tomado por sorpresa.

—¿Jules? —Al llegar al final de la escalerilla probó el radio.

¿Y si ella no respondía? Quince minutos. ¿Y luego? ¿Hasta qué punto se podían poner las cosas feas? La otra voz, la de Donald, había dejado caer veladas aunque ominosas amenazas de vez en cuando. Pero esto parecía diferente. Volvió a llamar a Juliette. El corazón no tendría que latirle con tanta fuerza. Abrió la puerta de la sala de los servidores y echó a correr por el pasillo.

De pronto, la voz de Jules sonó por el radio, distorsionada por las interferencias:

—¿Puedo llamarte luego? —preguntó—. Esto es una pesadilla. ¿En cinco minutos?

Lukas estaba sin aliento. Estuvo a punto de chocar con Sims en el pasillo. El antiguo jefe de Seguridad se volvió y lo siguió con la mirada. Nelson estaría en el laboratorio de trajes. Donald pulsó el botón de transmisión.

—La verdad es que necesito ayuda ahora mismo. ¿Vas hacia abajo?

—No, estoy aquí. Acabo de dejar a los niños con mi padre. Voy a ver a Walker para pedirle una batería. ¿Estás corriendo? No estarás bajando, ¿verdad?

—No —respondió Lukas casi sin aliento—. Estoy buscando a Nelson. Llamó alguien. Dice que quiere hablar con Bernard y que si no lo consigue habrá problemas. Jules... tengo un mal presentimiento.

Al doblar la esquina vio que la puerta del laboratorio de trajes estaba abierta. Varias tiras de cinta aislante colgaban de la marco.

—Cálmate —le dijo Juliette—. Tranquilidad. ¿Quién dices que llamó? ¿Y por qué estás buscando a Nelson?

—Quiero que hable con ese hombre, que se haga pasar por Bernard, al menos para ganar un poco de tiempo. No sé quién llamó. Parecía el mismo de siempre, pero no lo era.

—¿Qué dijo?

—Que fuera a buscar a Bernard. Y que fue él quien concibió la operación Cincuenta. Maldita sea, Nelson no está.

Lukas buscó entre los bancos de trabajo y los armarios de piezas. Entonces recordó que se había cruzado con Sims. El antiguo jefe de Seguridad tenía autorización para entrar en la sala de los servidores. Abandonó el laboratorio de trajes y regresó corriendo.

—Lukas, lo que estás diciendo no tiene sentido.

—Lo sé, lo sé. Oye, te llamo ahora. Tengo que alcanzar a Sims…

Cruzó el pasillo a la carrera. Los despachos pasaban volando por delante, vacíos en su mayor parte. A sus antiguos ocupantes los habían trasladado a otros departamentos o estaban cenando. Localizó a Sims cuando estaba doblando la esquina en dirección al puesto de seguridad.

—¡Sims!

El jefe de Seguridad asomó la cabeza por la esquina, salió al pasillo y esperó a su superior. Lukas se preguntaba cuántos minutos habrían pasado y hasta qué punto pensaría cumplir su amenaza la voz.

—Necesito tu ayuda —le dijo.

Señaló la puerta de la sala de los servidores, situada en la confluencia de los dos pasillos. Sims se volvió y la miró.

—¿Sí?

Lukas introdujo su código y abrió la puerta. En el interior volvían a parpadear las luces rojas. No podían haber pasado ya los quince minutos.

—Necesito que me hagas un inmenso favor —dijo a Sims—. Mira, es… complicado, pero tienes que hablar con alguien por mí. Tienes que fingir que eres Bernard. Lo conocías bastante bien, ¿no?

Sims se quedó helado.

—¿Que finja ser quién?

Lukas se volvió, tomó al otro del brazo y tiró de él.

—No tengo tiempo para explicaciones. Sólo necesito que respondas a las preguntas de ese tipo. Es como un ejercicio.

Finge ser Bernard. Repítete a ti mismo que eres Bernard. Simula estar enfadado o algo. Y corta la llamada lo antes posible. Es más, di lo mínimo indispensable.

—¿Con quién voy a hablar?

—Ya te lo explicaré luego. Sólo necesito que hagas lo que te pido. Engaña a ese tipo. —Llevó a Sims hasta el servidor con la tapa abierta y le tendió los audífonos. Sims los miró como si fuera la primera vez que veía algo parecido—. Ponte esto en las orejas —añadió Lukas—. Voy a pasarte la comunicación. Recuerda, eres Bernard. Intenta hablar como él. Sé él, ¿de acuerdo?

Sims asintió. Tenía las mejillas coloradas y le caía una gota de sudor por la frente. Parecía diez años más joven e infinitamente nervioso.

—Allá vamos.

Mientras Lukas enchufaba la clavija en el conector, pensó que probablemente Sims estuviera más capacitado que Nelson para conseguirlo. Así ganarían un poco de tiempo hasta que pudiera averiguar qué estaba pasando. Vio que Sims se encogía. Debía de haber oído una voz en los auriculares.

—¿Sí? —preguntó el antiguo jefe de Seguridad.

—Con más confianza —siseó Lukas.

En el radio que llevaba en la mano comenzó a sonar la voz de Juliette y bajó el volumen. No quería arriesgarse a que la oyeran desde el otro lado. Luego le devolvería la llamada.

—Sí, soy Bernard. —La voz de Sims sonaba nasal, aguda y tensa. Más que una imitación creíble del antiguo jefe del silo, parecía la voz de un hombre que tratara de hacerse pasar una mujer—. Aquí Bernard —repitió, esta vez con más convicción. Se volvió hacia Lukas con mirada suplicante y aire de absoluta impotencia. Lukas hizo un pequeño círculo con la mano. Sims asintió como si estuviera escuchando algo y luego se quitó los auriculares.

—¿Todo bien? —siseó Lukas.

Sims le tendió los audífonos.

—Quiere hablar con usted. Lo siento. Sabe que no soy él.

Lukas soltó un gemido. Sujetó con la axila el radio, donde sonaba aún la voz de Juliette, diminuta y distante, y se puso los audífonos. Estaban manchados de sudor.

—¿Sí?

—No debería haber hecho eso.

—Bernard está… No pude localizarlo.

—Está muerto. ¿Fue un accidente o lo asesinaron? ¿Qué está pasando ahí? ¿Quién está al mando? No recibimos imágenes.

—Yo estoy al mando —dijo Lukas. Era dolorosamente consciente de que Sims lo observaba—. Por aquí todo marcha bien. Puedo hacer que Bernard lo llame…

—Han estado hablando con otra persona.

Lukas no respondió.

—¿Qué les ha contado?

Lukas desvió la mirada hacia la silla de madera y el montón de libros que había sobre ella. Sims siguió la dirección de sus ojos y al ver tanto papel se quedó boquiabierto.

—Estuvimos hablando de informes demográficos —dijo Lukas—. Hubo un levantamiento. Sí, Bernard resultó herido en la lucha…

—Tengo una máquina que me dice cuándo miente.

Lukas sintió que se mareaba. Parecía imposible, pero por alguna razón lo creía. Se volvió y se desplomó sobre la silla. Sims lo observaba con cautela. El antiguo jefe de Seguridad estaba dándose cuenta de que algo no andaba bien.

—Lo estamos haciendo lo mejor que podemos —dijo Lukas—. Por aquí todo está en orden. Soy la sombra de Bernard. Pasé el Rito…

—Lo sé. Pero también sé que lo han contaminado. Lo siento mucho, hijo, pero esto es algo que debería haber hecho hace mucho. Es por el bien común. Lo siento de veras. —Y entonces, críptica, en un susurro, casi como si estuviese hablando con otra persona, la voz pronunció una sola palabra—: Apáguenlos.

—Espere —dijo Lukas. Se volvió a Sims y se miraron el uno al otro con impotencia—. Déjeme que…

Antes de que pudiera terminar, sonó un siseo sobre su cabeza. Lukas levantó la mirada y vio que salía una nube blanca de los respiraderos. Una nube que se expandía. Y recordó algo similar, mucho tiempo antes, cuando estaba encerrado en la sala de los servidores y la gente de Mecánica intentó desviar los gases para matarlo. Recordó haber sentido que iba a asfixiarse dentro de aquella sala. Pero esta neblina era distinta. Era más densa y siniestra.

Se tapó la boca con la camisa y le gritó a Sims que lo siguiera. Cruzaron corriendo la sala de los servidores, sorteando las enormes máquinas negras y evitando la nube en la medida de lo posible. Llegaron a la puerta que daba a Informática, que suponía hermética. La luz roja del panel parpadeaba alegremente. Lukas no recordaba haber cerrado. Contuvo el aliento, introdujo el código y esperó a que la luz se volviese verde. No lo hizo. Volvió a intentarlo, tratando de concentrarse, mareado por la falta de aire, pero el panel emitió un zumbido y volvió a guiñarle su rojizo y solitario ojo.

Se volvió hacia Sims para decir algo y vio que el hombretón se miraba las palmas de las manos. Tenía las manos cubiertas de sangre. Y sangraba por la nariz.

33

Silo 18

Juliette maldijo el radio y finalmente dejó que lo intentara Walker. Courtnee los observaba a ambos con preocupación. La voz de Lukas había llegado hasta ellos un par de veces, pero lo único que habían oído era el ruido de sus botas y el siseo de su respiración o una especie de interferencias.

Walker examinó el radio portátil. El aparato se había vuelto innecesariamente complejo con todos los diales y botones que le había añadido. Tocó algo y se encogió de hombros.

—A mí me parece que está bien —dijo mientras se mesaba la barba—. El problema debe de estar al otro lado.

Una de las otras radios que había sobre el banco empezó a sonar con violencia. Era la grande que había construido él mismo, la que tenía un cable colgado del techo. Una voz conocida habló por ella, seguida por un estallido de interferencias:

—¿Hola? ¿Hay alguien? Aquí abajo tenemos un problema.

Juliette rodeó el banco y tomó el micrófono antes de que pudieran hacerlo Walker o Courtnee. Conocía aquella voz.

—Hank, soy Juliette. ¿Qué sucede?

—Nos están llegando... eh, informes sobre una especie de fugas de vapor desde los pisos intermedios. ¿Sigues en la zona?

—No, estoy abajo, en Mecánica. ¿Qué clase de fuga de vapor? ¿Y de dónde viene?

—De la escalera, creo. Ahora mismo estoy en el rellano y no veo nada, pero hay mucho alboroto por encima. Parece que es gente en movimiento, mucha gente. No sabría decir si suben o bajan. Pero no es una alarma de incendios.

—Corten. Corten —dijo de pronto otra voz. Juliette la reconoció. Era Peter y les pedía paso.

—Adelante, Peter.

—Jules, aquí arriba también hay una especie de fuga. En la esclusa.

Juliette miró a Courtnee, que se encogió de hombros.

—Confírmame que hay humo en la esclusa —dijo.

—No creo que sea humo. Y está en la esclusa que construiste, en la nueva. Espera. No… Qué raro.

Juliette se dio cuenta de que había empezado a caminar entre los bancos de Walker.

—¿Qué es lo raro? Descríbeme qué es lo que estás viendo.

—Se imaginaba una fuga de gases, algo relacionado con el generador principal. Tendrían que desconectarlo y habían desmontado el de reserva. «Maldición.» Su peor pesadilla. Courtnee la miraba con el ceño fruncido, probablemente pensando lo mismo. «Maldición, maldición.»

—Jules, la compuerta amarilla está abierta. Repito, la compuerta de la esclusa interior está abierta de par en par. Y no la he abierto yo. Hace nada estaba cerrada.

—¿Y el humo? —preguntó Juliette—. ¿Está empeorando? Baja la cabeza y tápate la cara. Busca una tela húmeda o algo así…

—No es humo. Y está dentro de la nueva compuerta que soldaste tú. Ésa sigue cerrada. Estoy mirando por la escotilla ahora mismo. El humo, o lo que sea, está por dentro. Y… puedo ver lo que hay detrás de la puerta amarilla. Está totalmente abierta. Está… Mierda…

Juliette sintió que se le aceleraba el corazón al oír el tono de su voz. No recordaba que Peter hubiera pronunciado una palabra malsonante desde que ella lo conocía y en ese tiempo había pasado por cosas muy complicadas.

—¿Peter?

—Jules, la compuerta exterior está abierta. Repito, la compuerta de la esclusa exterior está abierta de par en par. Puedo ver lo que hay al otro lado… Parece una rampa. Creo que estoy viendo el exterior. Dioses. Juliette, estoy viendo el exterior…

—Necesito que salgas de ahí —dijo Juliette—. Deja todo como está y sal. Cierra la puerta de la cafetería detrás de ti. Séllala con algo. Cinta aislante, o masilla impermeabilizante o lo que haya en la cocina. ¿Me recibes?

—Sí. Sí. —Parecía tener dificultades para hablar.

Juliette recordó que Lukas le había dicho que estaba a punto de pasar algo malo. Miró a Walker, que aún tenía el nuevo radio portátil en la mano. No tendría que haber dejado que lo modificara.

—Necesito que me pongas con Luke —le dijo.

Walker se encogió de hombros en un gesto de impotencia.

—Lo estoy intentando —dijo.

—Jules, aquí Peter otra vez. Hay gente subiendo por las escaleras. Los oigo. A juzgar por el ruido, es medio silo. No sé por qué vienen hacia aquí.

Juliette recordó que también Hank le había dicho que había oído gente en la escalera. En teoría, cuando estallaba un incendio, la gente debía tomar una manguera o ponerse a salvo en otro piso para esperar a que llegase ayuda. ¿Por qué huían hacia arriba?

—Peter, que no se acerquen a la oficina. Ni tampoco a la esclusa. No dejes que pasen.

Su mente daba vueltas sin parar. ¿Qué haría ella si estuviera allí arriba? Ponerse un traje y cerrar las compuertas. Pero para eso tendría que abrir la compuerta de la nueva esclusa. ¡La compuerta de la nueva esclusa! No tendría que estar allí. Al diablo el humo, el aire del exterior estaba penetrando en el silo. El aire del exterior…

—¿Peter?

—Jules. No… No puedo quedarme aquí. Están todos como locos. Han entrado en la oficina, Jules. No… no quiero dispararle a nadie. No puedo.

—Escúchame. El vapor… Es el argón, ¿no?

—Es… Puede ser. Sí. Lo parecía. Sólo lo vi en la esclusa una vez, cuando saliste. Pero sí…

Juliette sintió que se le encogía el corazón y la cabeza empezaba a darle vueltas. Era como si sus botas ya no tocaran el suelo, como si estuviera flotando, vacía por dentro, entumecida y medio muerta. El gas. El veneno. El sello desaparecido del recipiente de muestras. El maldito del silo Uno y sus amenazas. Lo había hecho. Los estaba matando a todos. Mil planes y estratagemas inútiles revolotearon por la mente de Juliette, todos ellos imposibles ya. Era tarde. Demasiado tarde.

—¿Jules?

Pulsó de nuevo el micrófono para responder a Peter y entonces se dio cuenta de que la voz procedía de las manos de Walker. Del radio portátil.

—Lukas —dijo con voz entrecortada. Con la visión empañada, alargó la mano hacia el otro radio.

34

Silo 18

—¿Jules? Maldita sea. Había bajado el volumen. ¿Me oyes?

—Te oigo, Lukas. ¿Qué demonios está pasando?

—Mierda. Mierda.

Juliette oyó unos golpes.

—Estoy bien. Estoy bien. Mierda… ¿Eso es sangre? Espera, tengo que llegar a la cámara de emergencia. ¿Sigues ahí?

Juliette se dio cuenta de que había dejado de respirar.

—¿Me hablas a mí? ¿Qué sangre?

—Sí, te hablo a ti. Me caí por la escalerilla. Sims murió. Lo están haciendo. Nos están desconectando. Maldita nariz… Voy a la cámara de emergencia. —Las interferencias se tragaron su voz.

—¿Lukas? ¡Lukas! —se volvió hacia Walker y Courtnee, que la miraban con ojos empañados.

—… mal. *Do tedgo bueda* cobertura aquí. —La voz de Lukas sonaba distorsionada, como si estuviera tapándose la nariz o a punto de estornudar—. *Cadiño, tiedes que ocultadte ed ud* sitio hermético. Mi *nadiz do* deja de *sadgrar*…

El pánico se apoderó de Juliette. Desconectarlos. La amenaza de acabar con ellos con sólo apretar un botón. Acabar con ellos. Como en el silo de Solo. Puede que transcurriera un segundo, tal vez dos, y en aquel breve lapso se acordó de las historias que le había contado Solo sobre la caída de su silo, la huida en masa hacia la salida, la salida al exterior, los cuerpos apilados entre los que ella había tenido que abrirse paso años más tarde.

En un mero instante se vio transportada adelante y atrás en el tiempo. Aquel era el pasado del silo Diecisiete. Estaba contemplando su caída en su propia casa. Y había visto su siniestro futuro, había visto lo que le esperaba a su mundo. Sabía cómo terminaba aquello. Sabía que Lukas ya estaba muerto.

—Olvídate del radio —le dijo—. Lukas, quiero que te olvides del radio y te escondas en la cámara de emergencia. Voy a intentar salvar a todos los que pueda.

Tomó el otro radio, el que utilizaba para transmitir a su propio silo.

—Hank, ¿me recibes?

—Sí… —Juliette notó que respiraba con dificultades—. ¿Hola?

—Que todo el mundo baje a Mecánica. Todos los que puedas reunir y lo antes posible. Ya.

—¿No habría que subir? —dijo Hank—. Están todos subiendo.

—¡No! —gritó Juliette al radio. Su voz sobresaltó a Walker, que soltó el micrófono del otro aparato—. Escúchame, Hank. Todos los que puedas. Bajen aquí. ¡Ya!

Sin soltar el radio, recorrió la habitación con la mirada para ver qué más tenía que tomar.

—¿Vamos a sellar Mecánica? —preguntó Courtnee—. ¿Como antes?

Debía de estar pensando en las planchas de acero que habían soldado a las compuertas de seguridad durante el sitio. Las cicatrices de aquella operación aún eran visibles, a pesar de todo el tiempo que había transcurrido desde la retirada de las planchas.

—No hay tiempo para eso —dijo Juliette.

No añadió que, además, podía ser que no sirviese para nada. El aire podía estar contaminado ya. No había forma de saber cuánto iba a tardar. Una parte de su mente quería centrarse en lo que había sobre ella, en todas las personas y las cosas que ya no podía salvar. Todo cuanto de bueno y necesario había en el mundo, fuera de su alcance.

—Tomen todo lo indispensable y vámonos. —Los miró a ambos—. Tenemos que irnos. Courtnee, ve a buscar a los niños y llévalos a su silo…

—Pero dijiste… Esa turba…

—Eso da igual. Ve. Y llévate a Walk contigo. Encárgate de que llegue al túnel. Nos veremos allí.

—¿Adónde vas tú? —preguntó Courtnee.

—A reunir toda la gente que pueda.

Los pasillos de Mecánica eran extrañamente ajenos al pánico.

Juliette se cruzó con escenas de cotidianidad, gente que iba y venía del trabajo, carritos de piezas de recambio y gruesas bombas, una lluvia de chispas provocada por alguien que estaba soldando, una linterna cuya luz parpadeaba y cuyo propietario le daba golpes con el puño. El radio le había transmitido la noticia antes que a los demás. Nadie más lo sabía.

—¡Al túnel! —gritó a todas las personas con las que se encontraba—. Es una orden. Ya. Ya. Vamos.

La respuesta tardó en materializarse. Hubo preguntas. Excusas. Gente que le explicaba adónde se dirigía o le decía que estaban ocupados, que no tenían tiempo en ese momento.

Juliette vio a la mujer de Dawson, Raina. Seguramente estaría saliendo de su turno en aquel momento. La tomó de los hombros. Raina abrió los ojos de par en par y se puso muy tensa, sorprendida por su actitud.

—Ve a las aulas —le dijo Juliette—. Coge a tus hijos y a todos los niños y llévatelos por el túnel. Vamos.

—¿Qué demonios está pasando? —gritó alguien.

Algunas personas se abrieron paso a codazos por el estrecho pasillo. Uno de los antiguos compañeros de Juliette, de cuando trabajaba en el primer turno, se encontraba allí. Estaba empezando a formarse una multitud.

—¡Váyanse todos al maldito túnel! —gritó Juliette—. Hay que evacuar esto. Lleven a todo el que puedan, a sus hijos y cualquier cosa que necesiten. No es un simulacro. ¡Vamos, vamos!

Dio varias palmadas. Raina fue la primera en dar media vuelta y echar a correr por el abarrotado pasillo. Los que más la conocían entraron en acción poco después, llevándose a otros consigo. Juliette corrió hacia la escalera y de camino allí le gritó a todo el que veía que había que llegar al otro silo. Saltó sobre el control de seguridad y el guardia que estaba allí, sobresaltado, levantó la mirada y le gritó, «¡Oiga!». Detrás de ella, alguien empezó a gritar que la siguieran, que había que ponerse en marcha. Por delante, la escalera temblaba. Se oía el chirrido de las soldaduras y el traqueteo de los puntales sueltos. Y por encima de todo esto, el ruido atronador de muchas botas que corrían.

Se detuvo al pie de la escalera y levantó la mirada por el amplio hueco que separaba las escaleras y el muro de hormigón. Más arriba sobresalían varios rellanos, anchas franjas de acero que se convertían en serpentinas estrechas más arriba. El hueco se perdía en la oscuridad. Y entonces, más arriba, vio unas nubes blancas de algo que parecía humo. Debía de estar a la altura de los pisos intermedios.

Encendió el radio.

—¿Hank?

No hubo respuesta.

—Hank, responde.

Las escaleras silbaban con los armónicos generados por un tráfico denso pero lejano. Juliette se acercó y apoyó la mano en el barandal. La vibración le insensibilizó los dedos. El ruido de las botas era cada vez más fuerte. Levantó la mirada y alcanzó a ver varias manos que se deslizaban por el barandal, bajando hacia ella, entre gritos de aliento y confusión.

Un puñado de gente de entre ciento treinta y ciento cuarenta llegó al pie de la escalera con cara de confusión, sin saber qué hacer. Su aspecto asustado evidenciaba que nunca habían pensado que las escaleras terminaran, que había un piso de hormigón por debajo de sus hogares. Juliette les ordenó que entraran. Se volvió hacia el interior de Mecánica y gritó que alguien los ayudara a cruzar el control de seguridad y se los llevara dentro.

Pasaron por delante de ella dando traspiés, la mayoría con las manos vacías, con uno o dos con niños pegados al pecho o tomados de la mano, o cargados con fardos. Hablaban de fuego y humo. Un hombre que avanzaba arrastrando los pies se cubría la nariz ensangrentada con la mano. Insistía en que tenían que subir, tenían que subir todos.

—Tú —dijo Juliette mientras lo tomaba del brazo. Observó su cara y el líquido carmesí que goteaban sus nudillos—. ¿De dónde vienes? ¿Qué sucedió? —Señaló su nariz.

—Me caí —respondió el hombre tras quitarse la mano de la cara para poder hablar—. Estaba en el trabajo…

—Está bien. Sigue a los demás. —Le indicó por dónde.

En su radio sonó una voz. Gritos. Un revuelo de mil demonios. Juliette se apartó de la escalera, se tapó una oreja y se pegó el radio a la otra. La voz recordaba vagamente a la de Peter.

Esperó a que terminara de hablar.

—¡Apenas te oigo! —gritó—. ¿Qué está pasando?

Volvió a taparse la oreja y aguzó el oído tratando de entender las palabras.

—… pasando. Al exterior. Están saliendo.

La espalda de Juliette tropezó con el hormigón de la escalera. Resbaló hacia abajo hasta ponerse en cuclillas. Varias docenas de personas llegaron correteando por las escaleras. Unos cuantos rezagados, con el overol amarillo de Suministros y algunas pertenencias en las manos, venían con ellos. Finalmente apareció Hank y comenzó a organizar a la gente. Algunos parecían dispuestos a dar media vuelta, a volver por donde habían venido, y tuvo que gritar para impedírselos. Un puñado de trabajadores de Mecánica acudió a ayudarlo. Juliette se concentró en la voz de Peter.

—… no puedo respirar —dijo éste—. La nube está entrando. Estoy en la cocina. La gente sube en tropel. Todos. Están como locos. Se desploman. Ha muerto todo el mundo. El exterior…

Intercalaba jadeos y resuellos entre palabra y palabra. El radio se apagó. Juliette le gritó varias veces, pero no obtuvo respuesta. Al levantar la mirada hacia la escalera, volvió a ver la neblina. Daba la impresión de que el humo que había salido al rellano estaba haciéndose más pesado. Ante la mirada de espanto de Juliette, la nube parecía volverse cada vez más densa.

Y entonces lo atravesó algo oscuro, una sombra en medio del blanco. Creció. Sonó un grito, un repicar lanzado por la sombra en su caída, rellano a rellano, por delante de la escalera. Y al fin, con una sacudida estremecedora, un cuerpo humano se estrelló contra el suelo. Juliette sintió la fuerza del impacto en las botas.

Más gritos. Esta vez procedentes de las personas más cercanas, las docenas que descendían en espiral por la escalera, los pocos que lo habían conseguido. Echaron a correr, atropellándose unos a otros en su afán por llegar hasta Mecánica. Y mientras tanto, el humo blanco seguía bajando por la escalera como un martillo.

35

Silo 18

Juliette siguió a los demás al interior de Mecánica y entró al último. La multitud había doblado hacia atrás los brazos de uno de los tornos del control de seguridad. Algunos escalaban sobre los demás para pasar mientras otros, de lado y dando saltitos, pasaban por el hueco. El guardia que, en otras circunstancias, tendría que haberlo impedido, los ayudaba a bajar al otro lado y luego les indicaba por dónde debían seguir.

Juliette atravesó el control y se abrió paso corriendo en dirección al cuarto donde habían alojado a los niños. Al pasar por delante de la sala de descanso vio que había alguien dentro, correteando de un lado a otro. Con un poco de suerte estaría llevándose cosas indispensables. Nunca había considerado el saqueo una circunstancia afortunada. El mundo se había vuelto loco de repente.

El dormitorio estaba vacío. Supuso que Courtnee habría llegado antes. De todos modos, nadie podía salir de Mecánica. Y probablemente ya fuera demasiado tarde. Juliette volvió por donde había venido y se dirigió a la escalera que se adentraba en las entrañas de Mecánica. Llegó a la sala del generador y el túnel abierto por la perforadora en medio de una multitud atropellada.

Había residuos amontonados entre escombros de hormigón sembrados de varillas de acero alrededor de la plataforma petrolífera, que seguía subiendo y bajando su cabeza como si conociese la triste verdad del mundo, como si estuviese deprimida y resignada a lo que estaba sucediendo, como si quisiera decir con aquello «Cómo no. Cómo no».

Dentro de la sala del generador había más restos de la excavación, todo lo que no habían arrojado aún por el pozo de la mina seis. Había gente allí, pero no tanta como Juliette esperaba. Lo más probable era que la mayoría hubiera muerto. Y entonces la asaltó un pensamiento fugaz, el impulso de echarse a reír y sentirse ridícula, la idea de que el humo no era nada en realidad, de que la esclusa había aguantado, de que todo estaba bien y pronto aparecerían sus amigos para calmar aquel pánico que había provocado.

Pero esta esperanza se esfumó tan rápidamente como había aparecido. Nada podía borrar el terror metálico que sentía en la lengua, el sonido de la voz de Peter cuando le dijo que la esclusa estaba abierta de par en par y la gente estaba desplomándose, o la de Lukas al contarle que Sims estaba muerto.

Se abrió paso entre la multitud, que entraba a raudales en el túnel, y llamó a los niños a gritos. Entonces vio a Courtnee y a Walker. Walker tenía los ojos muy abiertos y la mandíbula floja. Al ver la expresión con la que observaba a la multitud, comprendió la carga que había dejado sobre los hombros de Courtnee, la obligación de arrastrar una vez más a aquel ermitaño fuera de su madriguera.

—¿Has visto a los niños? —gritó para hacerse oír por encima de la gente.

—¡Entraron ya! —respondió Courtnee, también a gritos—. ¡Con tu padre!

Juliette le apretó el brazo y se alejó corriendo en la oscuridad. Había algunas luces por delante —los pocos que tenían una linterna a pilas o un gorro de minero—, pero entre los haces de luz la negrura era completa. Avanzó a empujones entre personas invisibles que se materializaban de repente en medio de la oscuridad. A ambos lados se oía el sonido de las piedras que caían rodando desde los montones de escombros. El techo desprendía polvo y pequeñas rocas, que al caer provocaban los chillidos y maldiciones de la gente. El espacio disponible entre las hileras de restos era muy escaso. El túnel estaba pensado para que lo atravesara un puñado de personas, no más. La mayor parte de la enorme cavidad estaba ocupada por las deyecciones de la perforación.

Cuando el torrente humano quedaba atascado en algún tramo, algunos intentaban trepar a estos montones y avanzar sobre ellos. Pero lo único que conseguían era provocar avalanchas de polvo y rocas sobre los que marchaban por el centro, que respondían con gritos y maldiciones. Juliette, tras ayudar a levantarse a uno de estos últimos, pidió a todos que permanecieran en el centro, que no se empujaran, pero mientras lo hacía, alguien se le estaba subiendo prácticamente por la espalda.

Otros intentaban dar media vuelta, asustados, confusos, recelosos de aquella larga marcha en línea recta en la oscuridad. Juliette y algunos más les gritaron que siguieran adelante. Era una pesadilla de cuerpos que chocaban con los pilares de sustentación erigidos precipitadamente en el centro del túnel y de gente que se arrastraba a cuatro patas sobre los restos de derrumbes parciales. En alguna parte, un niño lloraba desconsoladamente. Los adultos se controlaban mejor, pero Juliette pasó por delante de decenas de personas que sollozaban en voz baja. Era como un viaje interminable, como si fueran a pasar en aquel túnel, arrastrándose y avanzando a trompicones, todo el tiempo que les quedaba, hasta que el aire ponzoñoso los alcanzara desde atrás.

Por delante había un atasco de cuerpos, gente amontonada que intentaba empujar a los que marchaban por delante y haces de linterna que recorrían la pared de acero de la perforadora. El final del túnel. La compuerta de acceso de la parte trasera estaba abierta. Juliette vio a Raph junto a la puerta. Llevaba una de las linternas y su pálido rostro resplandecía en la oscuridad. Tenía los ojos blancos abiertos de par en par.

—¡Jules!

A duras penas alcanzó a oírlo entre el eco de las voces que resonaban en el oscuro túnel. Se acercó a él y le preguntó quién había pasado ya.

—¡Está demasiado oscuro! —respondió Raph—. Sólo pueden pasar de uno en uno. ¿Qué demonios está pasando? ¿Por qué está aquí toda esta gente? Creíamos que habías dicho que...

—Luego —replicó ella.

Si es que había un luego, cosa que dudaba. Lo más probable es que el único luego que los esperase fuese un túnel sembrado de cuerpos en sus dos extremos. Ésa sería la gran diferencia entre el silo Diecisiete y el Dieciocho. El suyo tendría cuerpos arriba y cuerpos abajo.

—¿Y los niños? —preguntó.

Y nada más hacerlo se preguntó por qué, con tantos muertos y tanta gente a punto de morir, se preocupaba por unos pocos. La madre que nunca había sido, quizá. El impulso primario de proteger a su progenie a pesar de que hubiera mucho más en peligro.

—Sí, han pasado algunos.

Se detuvo y le gritó unas instrucciones a una pareja que no quería traspasar la puerta de metal de la perforadora. Juliette no podía culparlos. Ni siquiera eran de Mecánica. ¿Qué pensaría aquella gente que estaba sucediendo? Se limitaban a seguir los gritos aterrorizados de los demás. Posiblemente pensaran que estaban perdidos en las minas. Era una experiencia estremecedora hasta para Juliette, que había escalado colinas y había visto el exterior con sus propios ojos.

—¿Y Shirly? —preguntó.

Raph apuntó hacia el interior con la linterna.

—La vi, seguro. Creo que está en la perforadora. Ayudando a la gente.

Juliette le apretó el brazo y volvió la mirada hacia la temblorosa negrura de formas indefinidas que había tras ella.

—No te rezagues —le dijo y el rostro blanquecino expresó su conformidad con un gesto de asentimiento.

Juliette se incorporó a la fila y penetró en la espalda de la excavadora. Las exclamaciones y los chillidos que resonaban por su interior sonaban como cuando los niños jugaban a lanzar gritos en el interior de una lata de sopa vacía. Shirly estaba al final de la sala del motor, tratando de canalizar aquella masa de penoso avance hacia una grieta en la negrura tan estrecha que había que ponerse de lado para pasar. Las bombillas que habían instalado dentro de la perforadora para sacar los residuos estaban apagadas y el generador de reserva, ocioso, pero Juliette notó el calor residual que demostraba que había estado funcionando hasta hacía poco. Incluso se oían los chasquidos que emitía el metal al enfriarse. Se preguntó si Shirly lo habría encendido con el fin de devolver la máquina y su motor al silo Dieciocho. Courtnee y ella habían estado discutiendo a cuál de los dos pertenecía realmente el generador.

—¿Qué demonios pasa? —preguntó Shirly al verla.

Juliette se sentía a punto de romper a llorar. ¿Cómo explicarle lo que temía, que aquello fuera el fin de todo lo que conocían? Sacudió la cabeza y se mordió el labio.

—Estamos perdiendo el silo —logró decir al fin—. Hay una fuga desde el exterior.

—¿Y por qué los han enviado aquí? —Shirly tuvo que gritar para hacerse oír en medio del clamor de las voces.

Tomó a Juliette del brazo y se la llevó al otro lado del generador, lejos de los gritos.

—El aire está bajando por la escalera —dijo Juliette—. No hay forma de pararlo. Voy a cegar el túnel.

Shirly pensó un momento.

—¿Tirando los puntales?

—No exactamente. Las cargas de demolición que querías…

Shirly endureció el gesto.

—Las cargas las colocamos desde el otro lado. Están pensadas para sellar ese lado, este silo, para protegernos del aire de aquí.

—Bueno, pues ahora sólo tenemos el aire de aquí.

Le pasó el radio, que era lo único que se había traído de casa. Shirly lo tomó con tanta delicadeza como si fuera un niño. Lo apoyó sobre la linterna, que iluminó el pecho de Juliette. Su luz le permitió ver la máscara de confusión que había cubierto el rostro de su pobre amiga.

—Cuida de todos —le dijo—. De Solo y de los niños. —Miró el generador—. Las granjas del silo son aprovechables. Y la atmósfera…

—No estarás pensando en… —comenzó a decir Shirly.

—Me aseguraré de que pasan los últimos. Aún venían varias docenas de personas detrás de mí. Puede que un centenar.

Tomó a su vieja amiga del brazo. Se preguntó si aún lo seguiría siendo. Se preguntó si seguiría existiendo aquel vínculo entre ambas. Se volvió para irse.

—No.

Shirly la agarró por el brazo. El radio se le cayó y rebotó varias veces sobre el suelo. Juliette intentó zafarse.

—Ni por error —gritó Shirly. Obligó a Juliette a volverse—. Ni por error me vas a dejar así, al mando de esto. Ni por error…

Alguien gritó en otra parte, un niño o un adulto, era imposible de saber. Sólo se oía una cacofonía de voces confusas y aterradas cuyos ecos resonaban en los abarrotados confines de la enorme máquina de acero. Y en la oscuridad, Juliette no vio venir el golpe, no vio el puño de Shirly. Lo sintió en la mandíbula y entonces, asombrada por el estallido de un destello de luz en medio de aquella negrura completa, perdió el conocimiento.

Volvió en sí momentos o minutos más tarde, no había forma de saberlo. Permaneció inmóvil, hecha un ovillo sobre la cubierta de acero de la perforadora, entre voces que parecían amortiguadas y lejanas, sintiendo una palpitación por toda la cara.

Había menos gente. Los últimos en llegar, que estaban atravesando las entrañas de la excavadora. Debía de llevar un minuto o dos sin conocimiento. O puede que más. Mucho más. Alguien la llamaba por su nombre, alguien la buscaba en la negrura, pero ella era invisible, acurrucada como estaba al otro extremo del generador, en la sombra de las sombras. Alguien decía su nombre.

Y entonces sonó una enorme explosión en la distancia. Fue como si una plancha de ocho centímetros de acero cayera junto a su cabeza. Un enorme temblor de tierra, una trepidación que se pudo sentir por toda la perforadora. Y Juliette lo supo. Shirly había ido a la sala de control en su lugar. Había activado las cargas que habían colocado para proteger su antiguo hogar del nuevo. Se había condenado junto con los demás.

Se echó a llorar. Alguien decía su nombre y Juliette se dio cuenta de que la voz procedía del radio que había cerca de su cabeza. La buscó, sumida en un estado próximo al aturdimiento, apenas dueña de sus sentidos. Era Lukas.

—Luke —susurró mientras apretaba el botón de transmisión. Su voz significaba que estaba fuera de la cámara de acero, la sala hermética y repleta de comida. Pensó en Solo, que había sobrevivido durante décadas con aquellas latas. Si alguien podía hacerlo, era Lukas—. Entra ahí —dijo entre sollozos—. Enciérrate. —Se abrazó a el radio con las dos manos, aún acurrucada sobre la cubierta.

—No puedo —dijo Lukas. Sonó una tos, un resoplido agonizante—. Tenía que… tenía que oír tu voz. Una última vez. —Volvió a sufrir un ataque de tos, que Juliette pudo sentir en su propio pecho, al borde del llanto—. Esto se acabó, Jules. Estoy acabado…

—No. —Lo dijo llorando, para sí, antes de pulsar el botón del micrófono—. Lukas, métete en la cámara de emergencia. Enciérrate y aguanta. Tú aguanta…

Lo oyó toser y tratar de reunir fuerzas para responder. Cuando lo hizo, su voz era apenas un estertor.

—No puedo. Se acabó. Se acabó. Te quiero, Jules. Te quiero…

Esto último fue un susurro, apenas discernible entre las interferencias. Juliette, deshecha en llanto, golpeó el suelo con las manos y le gritó. Lo maldijo. Y a sí misma. Y entonces, impulsada por una bocanada de aire frío, una nube de polvo entró por la compuerta de la perforadora y Juliette pudo sentirla en la lengua y en los labios. Era el reseco sedimento de la roca pulverizada, los restos de la detonación activada por Shirly desde el otro lado del túnel, el sabor de todo cuanto había conocido nunca… muerto.

TERCERA PARTE

Hogar

36

SILO 1

Charlotte se apartó del radio, aturdida. Se quedó mirando el altavoz, escuchó el siseo de las interferencias y reprodujo la escena en su cabeza una vez tras otra. Una puerta abierta, la entrada del aire tóxico, una estampida, un silo desaparecido. Un silo que su hermano y ella habían intentado salvar había desaparecido.

Sus manos temblaban cuando las alargó hacia el dial. Fue saltando de canal en canal y oyó otras voces procedentes de otros silos, pequeños fragmentos de conversación y silencio sin contexto, pruebas de que en otras partes, la vida seguía su camino:

—... segunda vez que pasa en este mes. Dile a Carol que...

—... si esperas hasta que llegue, te lo agradeceré, en...

—...

—... recibido. Ahora mismo está bajo custodia...

Las ráfagas de estática que a veces sucedían entre conversación y conversación correspondían a los silos llenos de aire contaminados. Silos llenos de cadáveres.

Charlotte volvió al Dieciocho. Los repetidores aún funcionaban por todo el silo. Así lo indicaba el siseo. Esperó a que regresase aquella voz, la que le decía a todo el mundo que se dirigiese a los pisos inferiores. Charlotte había oído a alguien pronunciar su nombre. Era extraño pensar que había oído la voz de la mujer con la que estaba obsesionado su hermano, aquella alcaldesa inconformista, como la llamaba él, aquella limpiadora que había vuelto a casa.

Puede que fuera otra persona, pero Charlotte no lo creía. Aquéllas eran las órdenes de alguien que tenía autoridad. Al imaginarse a otra mujer refugiada en las profundidades de un silo lejano, algún lugar sombrío y solitario, sintió una repentina afinidad. Qué no habría dado ella por ser capaz de transmitir, en lugar de escuchar tan sólo, por tener algún modo de comunicarse.

Volvió a inclinarse hacia delante y acarició el costado del radio, donde iría conectado el micrófono de haber tenido uno. Era raro que su hermano hubiera dejado precisamente aquello para el final. Casi como si no se fiara de ella, como si creyera que iba a hablar con alguien. Como si sólo quisiera que escuchara. O puede que fuera de sí mismo de quien no se fiara. Puede que no se fiara de lo que haría si pudiera transmitir sus pensamientos por el aire. Esta vez no eran los jefes de los silos los que escuchaban, sino cualquiera que tuviera un radio.

Charlotte se palpó el pecho y buscó la tarjeta de identificación que le había dado, y mientras lo hacía, las imágenes de una bota que subía y bajaba, de una pared y un suelo manchados de sangre, volvieron a aparecer por un momento en su cabeza. No le habían dado una sola oportunidad. Pero tenía que hacer algo. No podía quedarse allí eternamente, oyendo interferencias, oyendo morir a gente. Donny le había dicho que su tarjeta de identificación podía activar los elevadores. El deseo de actuar era abrumador.

Apagó el radio y lo cubrió con el plástico. Dejó la silla de tal manera que pareciera que nadie se había sentado en ella y buscó cualquier indicio de uso en la sala de control de los drones. De vuelta en su litera, abrió el petate y observó los overoles. Escogió el rojo, el del reactor. Le quedaba más holgado que los demás. Lo sacó y miró la plaquita con el nombre. «Stan». Podía ser Stan.

Se vistió y fue al almacén. Había grasa de sobra, procedente del dron desmontado. Recogió un poco con la mano y luego buscó una gorra en una de las cajas de suministros y fue al baño. El baño de los hombres. Antes le gustaba maquillarse.

Parecían los recuerdos de una vida distinta y de una persona distinta. Recordaba cómo había pasado de jugar videojuegos a preocuparse por estar bonita, a maquillarse los pómulos para que no parecieran tan rollizos. Eso había sido antes de que la instrucción básica la volviese esbelta y musculosa durante un breve tiempo. Antes de que dos periodos de servicio le devolvieran su físico natural y la ayudaran a acostumbrarse a ese físico, a aceptarlo e incluso a amarlo.

Utilizó la grasa para disimular los pómulos. Una fina capa en las cejas las hizo parecer más tupidas. Con un toque de sabor detestable en los labios disimuló parcialmente su rojo natural. Era el inverso de cualquier trabajo de maquillaje que hubiera hecho nunca. Se recogió el pelo dentro de la gorra, bajó la visera todo lo posible y luego se ajustó el overol hasta conseguir que los senos parecieran simples pliegues del tejido.

Era un disfraz lamentable. A ella no la habría engañado ni por un instante. Pero claro, ella lo sabía. En un mundo donde no podía haber mujeres, ¿sospecharía alguien? No estaba segura. No podía saberlo. Habría dado cualquier cosa por tener a Donny allí, para poder preguntarle. Se imaginó que se reía de ella y al hacerlo estuvo a punto de echarse a llorar.

—No llores —se dijo ante el espejo mientras se secaba los ojos.

Temía que las lágrimas le estropearan el maquillaje. Pero aun así aparecieron. Aparecieron y no estropearon nada. Sólo fueron gotas de agua que resbalaban sobre la grasa.

Había un plano por alguna parte. Charlotte registró la carpeta de notas que tenía Donny junto al radio y no la encontró. Probó en la sala de juntas, donde su hermano había pasado buena parte de su tiempo hurgando en los archivos. El lugar estaba en completo desorden. Se habían llevado la mayoría de sus notas. Lo más lógico era que volvieran por el resto, posiblemente por la mañana. O podían aparecer en cualquier momento y entonces tendría que explicarles lo que estaba haciendo allí.

—Me han mandado a recoger el... eh... —Su voz impostada sonaba ridícula. Después de buscar entre las carpetas abiertas y las páginas sueltas volvió a intentarlo, esta vez con su voz natural sólo que con menos entonación—. Me han dicho que lleve esto a reciclar —explicó en medio de la sala vacía—. ¿Eh? ¿Y en qué piso está reciclaje? —se preguntó a sí misma—. No tengo ni idea —admitió—. Por eso estoy buscando un mapa.

Encontró un mapa, sólo que no era el correcto, sino una cuadrícula con círculos y líneas rojas que convergían sobre un solo punto. Sólo supo que era un mapa porque reconoció el sistema de coordenadas, con letras en el costado y números en la parte superior. En el pasado, las fuerzas aéreas le asignaban objetivos a diario utilizando coordenadas como aquéllas. Habría ido a la cocina por un bollo y un café y luego un hombre y su familia morirían en D-4, consumidos por un torbellino flamígero. Y despés una pausa para comer. Jamón y queso con pan de centeno.

Reconoció los círculos esparcidos sobre el plano. Eran los silos. Había sobrevolado tres cuencas similares con los drones. Las líneas rojas, en cambio, eran más misteriosas. Trazó una de ellas con el dedo. Le recordaban a líneas de vuelo. Salía una de cada silo, salvo el que estaba cerca del centro, que supuso sería el suyo. Donald le había mostrado aquel plano una vez en la mesa grande, la que yacía ahora enterrada bajo un montón de hojas sueltas. Plegó el mapa, se lo guardó junto al pecho y siguió mirando.

Parecía que el plano del silo Uno no estaba por ninguna parte, pero encontró algo casi igual de interesante. Un directorio. Enumeraba todo el personal por categorías, turnos, trabajos, pisos de vivienda y pisos de puesto de trabajo. Era tan grande como el directorio telefónico de un pueblo pequeño, lo que evidenciaba la gran cantidad de gente que se sucedía, turno tras turno, en la dirección de aquel silo. No, gente no. Hombres. En la lista no había más que nombres masculinos. Se acordó de Sasha, la única mujer que había estado en la instrucción, aparte de ella. Resultaba raro pensar que Sasha estaba muerta, lo mismo que todos los hombres de su regimiento y los miembros de la escuela de vuelo.

Tras localizar el nombre de un mecánico del reactor y el piso en el que trabajaba, buscó un bolígrafo en medio de aquel caos y apuntó el piso. Al parecer, Administración estaba en el piso treinta y cuatro. Por desgracia, allí trabajaba también un oficial de comunicaciones. Pensar que la sala de comunicaciones estaba justo enfrente de la gente que controlaba todo aquello no le hizo ninguna gracia. Había un oficial de seguridad en el piso doce. Si tenían a Donny bajo custodia, puede que estuviera allí. Salvo que lo hubieran llevado a dormir otra vez. O que estuviera en la enfermería, o su equivalente en aquel lugar. «La sala criogénica estaba mucho más abajo», pensó. Recordaba haber subido en el elevador después de que la despertara su hermano. Para localizar la sala criogénica principal buscó a alguien que trabajara allí, pero seguramente no almacenarían todos los cuerpos en un mismo sitio, ¿verdad?

Sus notas se transformaron en una masa de garabatos, una tosca recreación de lo que había por encima y por debajo de ella. Pero ¿por dónde empezar la búsqueda? No encontró mención alguna a las salas de provisiones y piezas de recambio que había estado saqueando su hermano, posiblemente porque no trabajaba nadie en ellas. Tomó un papel en blanco, dibujó un cilindro y bosquejó en su interior un remedo de plano utilizando los pisos que conocía gracias a las idas y venidas de Donny y los que había encontrado en el directorio. A partir de la cafetería, que estaba en el piso más alto, fue bajando hasta las oficinas de la zona criogénica, que ocupaban el más bajo al que llegaban las notas. En el caso de los pisos sobre los que carecía de datos tuvo que limitarse a especular. Algunos de ellos serían almacenes y depósitos. Pero el elevador podía abrir igualmente las puertas en una sala llena de hombres jugando a las cartas… o lo que quiera que hicieran allí para matar el tiempo mientras mataban el mundo. No podía arriesgarse sin más. Necesitaba un plan.

Barajó sus opciones mientras estudiaba el mapa. Un sitio en el que podía tener la certeza de encontrar un micrófono era la sala de comunicaciones. Consultó el reloj en la pared. Las seis y veinticinco. Hora de la cena y final de turno. Habría mucha gente en movimiento. Se llevó una mano a la cara y tocó la grasa con la que se había disimulado los pómulos. No estaba pensando con claridad. Seguramente no tenía sentido salir hasta después de las once. ¿O sería mejor tratar de pasar inadvertida en medio de la multitud? ¿Qué podía encontrarse ahí fuera? Lo debatió en su interior mientras caminaba arriba y abajo.

—No lo sé, no lo sé —dijo con su nueva voz.

Parecía que estuviese resfriada. Ése era el mejor modo de hacerse pasar por un hombre: fingir un resfriado.

Volvió al almacén y estudió las puertas del elevador. Alguien podía atravesarlas en cualquier momento y tomar la decisión por ella. Esperaría a más tarde. Tras volver con los drones, destapó el que había estado modificando y examinó los paneles sueltos y las herramientas que había a su alrededor. Desvió la mirada hacia la sala de juntas y volvió a ver a Donny en el suelo, hecho un ovillo, tratando de protegerse con las espinillas de las feroces patadas de un hombre que apenas se tenía de pie mientras otros dos lo sujetaban.

Recogió un destornillador y se lo guardó en uno de los bolsillos para herramientas que tenía el overol. A falta de algo mejor que hacer, se puso a trabajar en el dron. Saldría aquella noche, cuando hubiera menos gente y las probabilidades de que la desenmascararan fueran menores. Pero antes dejaría la máquina preparada para volar. Donny ya no se encontraba allí y su trabajo había quedado inacabado, pero ella podía seguir adelante. Podía volver a poner las cosas en su sitio, tornillo a tornillo y tuerca a tuerca. Y aquella noche saldría a buscar lo que necesitaba. Recuperaría su voz y la utilizaría para tenderles una mano a las personas del silo destruido, si es que quedaba alguna con vida.

37

Silo 1

El elevador llegó a medianoche. O cinco minutos más tarde, más bien. Fue entonces cuando Charlotte logró reunir el valor suficiente para aventurarse a salir. El ding que anunciaba su llegada resonó por todo el arsenal.

Las puertas se abrieron y Charlotte penetró en los recuerdos de un lugar y un tiempo perdidos, de un mundo normal donde los elevadores llevaban a las personas a su trabajo. Al sacar la tarjeta de identificación que le había dado Donny sintió otro acceso de dudas. Las puertas comenzaron a cerrarse. Charlotte levantó una pierna y dejó que tropezasen con su bota. El elevador se abrió de nuevo. Al ver que intentaba cerrarse de nuevo, pensó que tal vez saltara alguna alarma. Quizá fuera mejor bajarse y cambiar de idea, dejar que se fuera y subirse a otro una o dos horas más tarde. Las puertas volvieron a cerrarse sobre su bota a modo de tentativa y se abrieron una vez más. Charlotte decidió que ya había esperado suficiente.

Pegó la tarjeta de identificación al lector y, cuando la luz de éste se puso verde, pulsó el botón del piso treinta y cuatro. Administración y Comunicaciones. La guarida del león. Las puertas parecieron exhalar un suspiro de agradecimiento al encontrarse por fin. Los pisos comenzaron a pasar a toda velocidad.

Charlotte se llevó una mano a la nuca y recogió algunos cabellos sueltos. Volvió a ocultarlos en la gorra. El departamento de Administración sería un riesgo —todos se fijarían en el overol rojo del reactor—, pero sería aún peor presentarse en el lugar en el que supuestamente trabajaba sin saber adónde tenía que ir ni lo que tenía qué hacer. Se palpó los bolsillos para asegurarse de que llevaba las herramientas a la vista. Eran su tapadera. En uno de los bolsillos grandes, sobre la cadera, abultaba sospechosamente una pistola que había sacado de uno de los cajones del almacén. Su corazón se fue acelerando a medida que los pisos quedaban atrás. Trató de imaginarse el mundo exterior que Donald le había descrito, aquel páramo reseco y desprovisto de vida. Se imaginó que el elevador subía hasta allí y abría las puertas en las yermas colinas y que el viento entraba aullando. Quizá hubiera sido un alivio.

Nadie más subió al elevador. Había acertado al salir a aquellas horas de la noche. Treinta y seis, treinta y cinco... El elevador se detuvo. Las puertas se abrieron ante un pasillo de luces duras y brillantes. Charlotte sintió miedo por su disfraz al instante. A diez pasos de allí, un hombre levantó la mirada detrás de un control de seguridad. No había nada familiar en aquel mundo, nada que se pareciera al que había sido su hogar durante las últimas semanas. Se bajó la visera de la gorra, consciente de que no encajaba con su overol. Lo fundamental era demostrar confianza, pero ella no sentía ninguna. Mostrarse huraña. Directa. Se dijo que ahora los días estaban llenos de monotonía. Todo el mundo vería lo que esperaba ver. Se acercó al guardia del control y levantó su tarjeta de identificación.

—¿Te están esperando? —preguntó.

Señaló el escáner del lado exterior del control, donde estaba Charlotte. Ésta pasó la tarjeta por delante sin saber lo que podía pasar, preparada para echar a correr, para sacar el arma, para rendirse o para una indefinida combinación de las tres cosas.

—Estamos detectando... eh, pérdidas de potencia en este piso. —Su voz, supuestamente resfriada, le resultaba ridícula incluso a ella. Pero claro, ella la conocía mejor que nadie. Por eso le sonaba tan rara, se dijo. A cualquier otro podía parecerle normal. También confiaba en que el guardia supiese tan poco sobre pérdidas de potencia como ella—. Tengo que revisar la sala de comunicaciones. ¿Sabes dónde está?

Una pregunta para él. Tentar su ego masculino pidiéndose indicaciones. Al notar que le caía un reguero de sudor por la nuca, se preguntó si se le habrían escapado más cabellos. Tuvo que reprimir el impulso de comprobarlo. Si levantaba el brazo se le podía tensar el overol a la altura del pecho. Miró al agente de seguridad y se imaginó que la agarraba, la inmovilizaba contra el suelo y comenzaba a golpearla con aquellas manos tan grandes como platos.

—¿Comunicaciones? Claro. Sí. Al fondo del pasillo a la izquierda. La segunda puerta de la derecha.

—Gracias. —Lo saludó con un movimiento de la gorra para no tener que levantar la cabeza.

Atravesó el torno con un chasquido seco y un tic emitido por un contador invisible.

—¿No te olvidas de algo?

Charlotte se volvió. Su mano bajó hasta el bolsillo de la cintura.

—Tienes que firmar el registro de entrada. —El guardia le tendió una desgastada tableta digital, con la pantalla cubierta de arañazos garabateados.

—Claro.

Charlotte tomó el lápiz de plástico, que colgaba de un cable reparado con cinta aislante. Estudió el recuadro que ocupaba el centro de la pantalla. Había un espacio para anotar la hora y otro para poner el nombre y estampar la firma. Puso la hora y luego bajó la mirada, incapaz de recordar. Stan. Se llamaba Stan. Hizo un garabato descuidado tratando de aparentar desenvoltura y devolvió la tableta y el lápiz al guardia.

—Nos vemos al salir —dijo éste.

Charlotte asintió. Sólo esperaba que la salida fuera tan sencilla como lo había sido la entrada.

Siguiendo las indicaciones que había recibido, continuó por el pasillo principal. Había más actividad y más ruido de los que esperaba a esa hora de la noche. Algunas de las oficinas tenían las luces encendidas y de su interior salían los ruidos de las sillas, los archivadores y los teclados. Más adelante se abrió una puerta. Un hombre salió al pasillo y cerró. Al ver su cara, Charlotte sintió que se le entumecían las piernas. Avanzó varios pasos más sobre sendas columnas de hueso y carne, tambaleante. Mareada. Estuvo a punto de caerse.

Bajó la cabeza y se rascó el cuello, incapaz de dar crédito a sus ojos. Pero era Thurman. Parecía más flaco y más viejo. Y entonces las imágenes de Donny, hecho un ovillo en el suelo y golpeado casi hasta la muerte, volvieron en tropel a su cabeza. El pasillo se volvió borroso tras un velo de lágrimas. El pelo blanco, la figura espigada… ¿Cómo había podido no reconocerlo?

—Estás un poco lejos de casa, ¿no? —preguntó Thurman.

Su voz sonaba como la lija. Era un chirrido familiar. Tanto como lo habrían sido la de su padre o la de su madre.

—Estamos comprobando una pérdida de potencia —respondió Charlotte sin detenerse ni volverse, con la esperanza de que se refiriese a su overol y no a su género.

¿Cómo podía no darse cuenta de que era su voz? ¿Cómo podía no reconocer su manera de andar, su figura, la piel desnuda de su cuello, aquellos escasos centímetros de carne expuesta, todo cuanto la delataba?

—Ocúpate —dijo él.

Charlotte avanzó diez pasos. Veinte. Estaba sudando. Como embriagada. Esperó a haber llegado al final del pasillo, al momento justo en el que comenzaba a doblar la esquina, para mirar de reojo hacia el puesto de seguridad. Thurman estaba allá lejos, hablando con el guardia, con aquella cabellera blanca que resplandecía como el sol en un cielo despejado. «Segunda puerta de la derecha», recordó. El corazón le palpitaba con tanta fuerza y los pensamientos iban a tal velocidad por su cabeza que corría el peligro de olvidar las indicaciones que le habían dado. Respiró hondo y volvió a repetirse para qué estaba allí. Ver a Thurman y comprender que era él quien había atacado a Donny la había dejado aturdida. Pero no tenía tiempo para asimilarlo. Se detuvo frente a la puerta. Comprobó que estuviera abierta y entró.

Había sólo un hombre en la sala de comunicaciones, sentado y con la mirada clavada en una serie de monitores e indicadores parpadeantes. Al oír que entraba Charlotte, se volvió con una taza en la mano. Tenía una barriga prominente, prácticamente encajada entre los brazos del asiento, y cuatro pelos finos peinados sobre un cráneo por lo demás despejado. Se quitó uno de los auriculares del oído y levantó las cejas en gesto inquisitivo.

En el centro de la sala había una especie de «U» formada por una serie de bancos de trabajo y sillas de aspecto cómodo, y sobre ella, esparcidos, descansaban media docena de aparatos de radio. Un verdadero tesoro. Charlotte sólo necesitaba una pequeña pieza.

—¿Sí? —preguntó el operador de radio.

Charlotte tenía la boca seca. Una mentira le había franqueado la entrada con el guardia. Tenía otra preparada. Se sacó a Thurman y el recuerdo de lo que le había hecho a su hermano de la cabeza.

—He venido a reparar uno de los equipos —dijo. Sacó un destornillador de un bolsillo y por un momento, al imaginar que tenía que luchar con aquel hombre, sintió una descarga de adrenalina. Tenía que dejar de pensar como un soldado. Era un electricista. Y tenía que conseguir que hablara el otro, para no hacerlo ella—. ¿Cuál es el que tiene el micrófono mal? —Pasó el destornillador sobre los equipos. Después de años pilotando drones y trabajando con ordenadores había aprendido una cosa: siempre hay una máquina que funciona mal. Siempre.

El operador entornó los ojos. La observó un instante y luego recorrió la sala con la mirada.

—Supongo que te refieres al número dos —dijo—. Sí. El botón se queda pegado. Ya pensé que no iba a venir nadie a verlo. —Se recostó sobre el respaldo con un chirrido de los muelles del asiento y entrelazó los dedos detrás de la cabeza. Tenía sendas manchas oscuras en las axilas—. El otro tipo que vino dijo que era un problema menor. Que no tenía sentido repararlo. Que siguiera usándolo hasta que se rompiera.

Charlotte asintió y se acercó al equipo que había señalado el hombre. Era demasiado fácil. Comenzó a abrir el panel lateral con el destornillador, de espaldas al operador.

—Trabajas en los pisos del reactor, ¿verdad?

Charlotte asintió de nuevo.

—Hace algún tiempo comimos en la misma mesa.

Charlotte pensó que le iba a preguntar su nombre o a reanudar una conversación mantenida en el pasado con un técnico distinto. El destornillador se le escurrió de la mano sudorosa y cayó sobre la mesa. Lo recogió. Podía sentir cómo la miraba el operador.

—¿Crees que podrás arreglarlo?

Se encogió de hombros.

—Tengo que llevármelo. Mañana estará.

Abrió el panel lateral y aflojó el tornillo que mantenía el cable del micrófono pegado a la carcasa. Luego desenchufó el propio cable de un tablero de circuitos del interior del equipo, pero en el último momento cambió de idea, desatornilló el tablero entero y lo sacó también. No recordaba si tenía uno y de aquel modo aparentaba saber lo que estaba haciendo.

—¿Mañana? Genial. Te lo agradezco mucho.

Charlotte recogió las piezas y se incorporó.

Se llevó dos dedos a la visera por toda despedida. Se volvió y atravesó la puerta. Con cierta precipitación, le pareció. Había dejado el panel lateral y los tornillos sobre la mesa. Un técnico de verdad habría vuelto a colocarlos, ¿no? No estaba segura. Sabía de algunos pilotos que, en una vida anterior, se habrían reído al verla así, fingiendo que tenía conocimientos técnicos, modificando drones y fabricando radios, aplicándose grasa en lugar de colorete en la cara.

El operador dijo una última cosa, pero la puerta se tragó sus palabras al cerrarse. Charlotte se alejó a paso vivo en dirección al pasillo principal. Casi esperaba encontrarse a Thurman con un puñado de guardias al doblar la esquina. Volvió a guardarse el micrófono en el bolsillo y luego recogió el cable y, junto con el tablero de circuitos, lo apretó contra su pecho. Al otro lado de la esquina no había nadie, salvo el guardia de antes. Le pareció que tardaba horas en recorrer el pasillo hasta el control de seguridad. Días. Las paredes parecían cernirse sobre ella, palpitando al compás de sus latidos. El overol se le pegaba a la piel sudorosa. Las herramientas chocaban unas con otras y el peso del arma tiraba de su cadera hacia abajo. Por cada paso que avanzaba, era como si las puertas del elevador se alejasen dos.

Se detuvo en la puerta y, al acordarse de que tenía que firmar en la tableta antes de salir, consultó de manera ostentosa el reloj del guardia y lo hizo.

—Qué rápido —dijo éste.

Charlotte logró esbozar una sonrisa, pero no levantó la mirada.

—Era poca cosa.

Le devolvió la tableta y atravesó el torno. Por detrás, en el pasillo, alguien cerró una puerta. El chirrido de unas botas sobre el suelo comenzó a acercarse. Charlotte se dirigió a los elevadores y apretó el botón de llamada una vez y luego una segunda, como si pudiese apremiar a la maldita máquina. El elevador anunció su llegada con un tintineo. Las botas estaban cada vez más cerca.

—¡Oiga! —gritó alguien.

Charlotte no se volvió. Entró en el elevador al mismo tiempo que alguien atravesaba el torno.

—Aguántemelo.

38

Silo 1

Un cuerpo chocó con las puertas del elevador y un brazo penetró entre ellas. Charlotte estuvo a punto de chillar de terror y sintió el impulso de repelerlo a manotazos, pero entonces se abrieron las puertas y entró un hombre de respiración entrecortada en el estrecho habitáculo.

—Baja, ¿verdad?

La placa que llevaba sobre el overol gris rezaba «Eren». Mientras se cerraban las puertas, exhaló con fuerza. A Charlotte le temblaban las manos. No consiguió que el escáner leyese su tarjeta hasta el segundo intento. Alargó la mano hacia el botón «54», pero se contuvo antes de pulsarlo. No tenía nada que hacer en aquel piso. Ni nadie. El hombre, con su propia tarjeta en la mano, la observaba esperando a que se decidiese.

¿Cuál era el piso del reactor? Lo llevaba escrito en un papel, dentro de uno de sus bolsillos, pero no podía sacarlo y consultarlo. De pronto, empezó a oler la grasa de su cara y sintió el sudor que le cubría el cuerpo. Sin soltar las piezas que llevaba, pulsó el botón de uno de los últimos pisos. Tenía la esperanza de que el hombre saliera antes que ella y le dejara el elevador a ella sola.

—Perdone —dijo su acompañante mientras alargaba el brazo por delante de ella para pasar su tarjeta por el lector.

Charlotte captó el olor a café rancio de su aliento. El hombre pulsó el botón del piso cuarenta y dos y el elevador, con una sacudida, se puso en movimiento.

—¿Aún trabajando? —le preguntó.

—Sí —respondió Charlotte sin levantar la voz ni la cabeza.

—¿Acaba de despertar?

Ella sacudió la cabeza.

—Trabajo en el turno de noche.

—No, me refería a si acaban de descongelarlo. No me suena su cara. Ahora mismo soy el jefe del turno. —Se echó a reír—. Hasta la próxima semana, al menos.

Charlotte se encogió de hombros. El elevador era un horno. Los números de los pisos bajaban a una velocidad endiabladamente lenta. Tendría que haber pulsado el botón de un piso cercano, bajarse y esperar al siguiente elevador. Pero ya era demasiado tarde.

—Oiga, míreme… —dijo el hombre.

Se había dado cuenta. Estaba demasiado cerca. Tan cerca que era imposible que no se fijase. Charlotte levantó la mirada. Sintió la presión de los senos contra el overol, el cabello que se escapaba de la gorra, los pómulos y la barbilla sin rastro de vello, todo cuanto la convertía en una mujer. Y entre otras cosas, la profunda repulsión que le inspiraba aquel desconocido que la miraba fijamente, aquel hombre que la tenía atrapada en el interior de un pequeño elevador. Al mirarlo a los ojos sintió todo esto y más cosas. Impotencia y miedo.

—Pero qué… —dijo el hombre.

Charlotte le lanzó un rodillazo a la entrepierna, pero él volvió las caderas y retrocedió de un salto. La rodilla lo alcanzó en el muslo. Charlotte buscó el arma a tientas, pero el bolsillo estaba cerrado. No se le había ocurrido que tal vez tuviese que sacarla rápidamente. Cuando al fin logró abrirlo y desenfundar, el hombre se abalanzó sobre ella. El impacto la dejó sin aliento y sin fuerzas. La pistola y las piezas cayeron al suelo. Pugnaron un instante entre los chirridos de sus botas, pero el hombre era mucho más fuerte. Sus manos la atenazaron dolorosamente por las muñecas. Charlotte gritó, un agudo chillido que equivalía a una confesión. El elevador se detuvo en el piso al que se dirigía el hombre y las puertas se abrieron con el tintineo de costumbre.

—¡Eh! —gritó Eren. Trató de arrastrar a Charlotte al otro lado de la puerta, pero ella apoyó un pie en el panel y empujó en sentido contrario, intentando zafarse—. ¡Socorro! —volvió a gritar volviendo la cabeza en el pasillo desierto y en penumbra—. ¡Chicos! ¡Socorro!

Charlotte le mordió la mano en la base del pulgar. Con un ruido desgarrador, sus dientes perforaron la carne. El amargo sabor de la sangre le inundó la boca. El hombre maldijo y le soltó la muñeca. Charlotte lo sacó del elevador de una patada, pero el movimiento provocó que se le cayese la gorra. Sintió que el cabello se desparramaba sobre su cuello mientras se agachaba para recoger el arma.

Las puertas comenzaron a cerrarse frente al hombre, que seguía en el pasillo. Utilizando las manos y las rodillas para impulsarse, pasó entre ellas antes de que terminaran de hacerlo. Embistió a Charlotte, que salió despedida hacia atrás y chocó con la pared mientras el elevador reanudaba su sosegado descenso a través del silo.

Un golpe la alcanzó en la mandíbula. Vio un destello de luz brillante. Estiró la cabeza hacia atrás para esquivar el siguiente. El hombre, con gruñidos de animal enloquecido, ruidos de furia, terror y perplejidad, avanzó sobre ella. Quería matar a aquella criatura que no comprendía. Ella lo había atacado y ahora estaba tratando de matarla. Charlotte gritó y se llevó una mano al costado al recibir un puñetazo en las costillas. Sintió que unas manos la atenazaban por el cuello y la levantaban en vilo. La suya se cerró sobre uno de los destornilladores que llevaba en el overol.

—Estate… quieta —resopló el hombre con los dientes apretados.

Charlotte exhaló un gimoteo ahogado. No podía respirar. Apenas podía articular sonido alguno. El hombre le estaba aplastando la tráquea. El destornillador, esgrimido por su mano derecha, se levantó por encima de la cabeza del hombre y descendió sobre su cara. Sólo quería arañarlo, asustarlo, obligarlo a soltarla. Golpeó con todas las fuerzas que le quedaban, con los últimos retazos de su conciencia, mientras el túnel de su campo de visión comenzaba a cerrarse como un iris.

El hombre vio caer el golpe y, con los ojos abiertos de par en par, volvió la cabeza hacia un lado tratando de evitarlo. La herramienta no lo alcanzó en la cara, pero se le clavó en el cuello. Charlotte sintió que la soltaba mientras el destornillador, que seguía sujetando para no caerse, se retorcía de un lado a otro dentro de su garganta.

Algo templado la alcanzó de repente en la cara. El elevador se detuvo bruscamente y ambos cayeron al suelo. Hubo un gorgoteo y Charlotte se dio cuenta de que lo que había sentido era la sangre del hombre, que brotaba a borbotones de color carmesí. Ambos pugnaban por respirar. Más allá, en el pasillo, sonaron risas y voces, y Charlotte vio un piso bien iluminado que le recordó a la zona médica en la que había despertado.

Aturdida, se puso de pie. Su atacante se retorcía en el suelo sacudiendo las piernas, mientras se le escapaba la vida por el cuello. Sus ojos, abiertos de par en par, suplicaban ayuda. A ella o a quien fuera. Trató de hablar, de llamar a gritos a la gente que había en el pasillo, pero apenas logró articular un gorgoteo. Charlotte se inclinó y lo agarró por el cuello del overol. Las puertas estaban cerrándose. Metió el pie entre ellas y volvieron a abrirse. Agarró al hombre —que resbalaba sobre su propia sangre, golpeando con los talones el suelo del elevador—, lo sacó a rastras al pasillo y una vez allí se aseguró de que no obstruyese la puerta con las botas. El elevador intentó cerrarse otra vez. Amenazaba con dejarla allí con él. En una habitación cercana volvieron a sonar las risas de un grupo de hombres que compartían algún chiste. Charlotte se abalanzó sobre las puertas, introdujo el brazo entre ellas y las abrió una vez más. Entró tambaleante, aturdida y exhausta.

Había sangre por todas partes. Estuvo a punto de resbalar sobre ella. Al contemplar la dantesca escena se dio cuenta de que faltaba algo. La pistola. Levantó la mirada y en ese momento sintió que el pánico le atenazaba el pecho al mismo tiempo que las puertas, con un estremecimiento, se ponían en movimiento una última vez. El arma soltó una detonación ensordecedora. Charlotte vio odio y miedo en los ojos de un hombre agonizante. Y entonces sintió que estallaba un incendio en su hombro y salía despedida hacia atrás.

—Maldición.

Cruzó el elevador tambaleándose, impelida por el impulso primario de activarlo, de salir de allí. Podía sentir la presencia al otro lado de la puerta y podía imaginárselo allí, sujetándose el cuello con una mano y empuñando la pistola con la otra, podía imaginar cómo trataba de alcanzar el botón de llamada dejando un reguero de sangre en la pared. Sus dedos ensangrentados apretaron un puñado de botones a la vez, pero no se encendió ninguno de los pisos. Entre maldiciones, buscó su tarjeta de identificación. Uno de los brazos no le respondía. Metió la otra mano en el bolsillo, sacó la tarjeta con tanta precipitación que estuvo a punto de perderla y la pasó por el escáner.

—Maldición, maldición —susurró.

Le ardía el hombro. Apretó el botón del cincuenta y cuatro. Su hogar. Su prisión se había transformado en hogar, en refugio. Las piezas del radio estaban esparcidas entre sus pies. Habían pisado el panel de circuitos, que estaba partido en dos. Se puso en cuclillas y, con el brazo herido pegado al cuerpo, medio inconsciente de dolor y agotamiento, recogió el micrófono. Se lo colgó del cuello utilizando el cable y dejó las demás piezas donde estaban. Había sangre por todas partes. Una parte tenía que ser suya. El rojo del reactor. Se confundía con su overol. El elevador siguió ascendiendo hasta detenerse y abrió las puertas en el almacén a oscuras del piso cincuenta y cuatro.

Charlotte salió tambaleándose, pero entonces se acordó de algo y volvió a entrar. Las puertas intentaron cerrarse, pero se lo impidió de una patada, furiosa. Trató de limpiar los botones del panel con el codo. Sobre el botón del cincuenta y cuatro había una mancha de sangre, una huella dactilar: la prueba de que aquél era su escondite. Fue imposible. Una vez más, las puertas trataron de cerrarse y una vez más recibieron una patada por ello. Desesperada, Charlotte se inclinó, se embadurnó la palma de la mano con la sangre del hombre, volvió junto al panel y la esparció sobre todos los botones. Finalmente pasó su tarjeta por el lector y ordenó al maldito elevador que se fuese lo más lejos posible, al último piso. Salió arrastrando los pies y se desplomó. Las puertas comenzaron a cerrarse y esta vez se lo permitió de buen grado.

39

Silo 1

La buscarían. Era una fugitiva encerrada en una jaula, un único edificio gigantesco. La encontrarían.

La mente de Charlotte pensaba a toda velocidad. Si el hombre que la había atacado moría allí, en el pasillo, puede que no lo descubriesen hasta el final del turno. Si encontraba ayuda, sería cuestión de horas. Pero tenían que haber oído el disparo, ¿no? Le salvarían la vida. Eso esperaba.

Abrió una caja en la que recordaba haber visto un botiquín. No lo encontró en ésa, pero sí en la siguiente. Sacó el botiquín y se quitó el overol tirando de los broches a presión. Al sacar los brazos vio que tenía una herida muy seria. La sangre densa manaba desde el orificio de entrada y resbalaba por el brazo hasta llegar al codo. Se llevó atrás el otro brazo y se estremeció de dolor al tocar el de salida. El brazo estaba completamente insensible a partir de la herida. El resto palpitaba.

Abrió un rollo de gasa con los dientes, se lo pasó por debajo de la axila y lo utilizó para dar varias vueltas alrededor del brazo, antes de pasárselo por detrás del cuello y asegurarlo atándolo al hombro contrario. Hecho esto, dio varias vueltas más alrededor de la herida. Se había olvidado de poner una compresa, pero no estaba en condiciones de repetir la operación, así que lo que hizo fue asegurarse de que la última vuelta estaba apretada hasta el límite de lo tolerable antes de atarla. Era un verdadero remiendo. Todo lo que le habían enseñado durante la instrucción se le había borrado de la cabeza durante la pelea y después. Había actuado impulsada por actos reflejos y nada más. Cerró la tapa de la caja y, al ver que el pestillo estaba manchado de sangre, se dio cuenta de que si quería salir de aquello tenía que empezar a pensar con más claridad. Volvió a abrir la caja, sacó otro rollo de gasa, limpió lo que había manchado y fue a revisar la zona de los elevadores.

Estaba hecha un desastre. Regresó para buscar un frasquito de alcohol, pero entonces se acordó de que había visto una enorme botella de detergente industrial y se la llevó, junto con más gasas, para limpiarlo todo. Lo hizo a conciencia. No podía precipitarse.

Echó en la caja las gasas manchadas de sangre y volvió a cerrarla. Una vez satisfecha con el estado del suelo, regresó a los barracones. El estado de su litera evidenciaba que allí vivía alguien. Los otros colchones no tenían colcha. Antes de ocuparse de esto se desvistió, tomó otro overol y fue al baño. Se lavó las manos, la cara y el reguero de brillante sangre que tenía en el cuello y entre los pechos, limpió el lavabo y se cambió. Metió el overol rojo en su baúl. Si se les ocurría mirar allí, estaba perdida.

Quitó la colcha de la cama, recogió la almohada y se aseguró de que no quedaba una sola arruga por ninguna parte. De vuelta al almacén, abrió la compuerta que comunicaba el hangar con el elevador de los drones y tiró sus cosas dentro. Se acercó a los estantes, recogió provisiones y agua y repitió la operación. Tomó también un pequeño botiquín. En la caja que contenía el equipo de primeros auxilios encontró el micrófono, que debía de habérsele caído antes, al tomar las gasas. Terminó en el elevador, junto con dos linternas, otro juego de pilas y todo lo demás. Era el último sitio en el que mirarían. La puerta era prácticamente invisible salvo que uno supiese lo que tenía que buscar. Apenas levantaba medio metro del suelo y era del mismo color que la pared.

Estuvo tentada de esconderse allí en aquel mismo momento. A fin de cuentas, tenía que sobrevivir al primer registro exhaustivo del piso. Primero buscarían en la zona de almacenamiento y las estanterías, y cuando creyeran que estaba despejada, pasarían a los muchos otros rincones donde podía haberse ocultado. Pero antes que nada estaba el micrófono que tanto le había costado conseguir. Estaba el radio. «Disponía de unas pocas horas», se dijo. Aquél no sería el primer sitio en el que irían a buscarla. Seguro que aún disponía de unas pocas horas.

Mareada por la falta de sueño y la pérdida de sangre, se dirigió a la sala de control de vuelo y levantó el plástico que cubría el radio. Se palpó el pecho en busca del destornillador, pero entonces recordó que se había cambiado de overol. Y además había perdido la herramienta. Registró la mesa hasta dar con otro y lo utilizó para extraerle a la unidad un panel lateral. Por suerte, tenía el mismo panel de circuitos que había perdido en la pelea. Sólo había que enchufarle el micrófono. No se molestó en atornillarlo al panel ni en volver a cerrar la tapa.

Comprobó los puntos de inserción de los paneles de control. Todas las piezas encajaban, más o menos como en un ordenador, pero ella carecía de formación como electricista. No sabía si faltaba alguna otra cosa. Y de ningún modo pensaba volver a salir en busca de más piezas. Encendió el aparato y seleccionó el canal marcado con un «18».

Esperó.

Ajustó el control de silenciamiento hasta que el nivel de estática en los auriculares confirmó que el aparato funcionaba. Simplemente, no había tráfico en el canal. Al activar el micrófono se interrumpía la estática, lo que era buena señal. A pesar de que estaba cansada, dolorida y temerosa, tanto por sí misma como por su hermano, logró esbozar una sonrisa. El chasquido del micrófono en los auriculares constituía una pequeña victoria.

—¿Alguien me recibe? —preguntó. Apoyó un codo sobre la mesa. El otro, inutilizado, colgaba a su costado—. ¿Hay alguien ahí que me esté oyendo? Respondan, por favor.

Estática. Lo que no demostraba nada. Podía imaginarse perfectamente todas las radios de aquel silo, en algún lugar a kilómetros de allí, rodeadas por los cadáveres de los operadores. Su hermano le había contado que en una ocasión había acabado con un silo con sólo pulsar un botón. Había acudido a ella en mitad de la noche, con los ojos empañados, y se lo había relatado todo. Y ahora le había sucedido a otro. O puede que, simplemente, su radio no estuviese transmitiendo.

No pensaba con claridad. Tenía que atajar todos los posibles problemas antes de lanzarse a sacar conclusiones. Al estirar el brazo hacia el dial, se acordó de repente del otro silo que su hermano y ella habían estado espiando a escondidas, aquel silo vecino en el que a un puñado de supervivientes les gustaba utilizar las radios para conversar y jugar al escondite y otras cosas. Si no recordaba mal, la alcaldesa del Dieciocho había logrado transmitir alguna vez en su frecuencia. Giró el dial hasta el «17» para probar el micrófono y ver si conseguía una respuesta, sin pensar en la hora que era.

—Hola, hola, aquí Charlie dos cuatro. —Sin darse cuenta, había utilizado su antiguo indicativo de llamada de las fuerzas aéreas—. ¿Me recibe alguien?

Sólo se oía estática. Estaba a punto de cambiar de canal cuando sonó una voz, temblorosa y lejana:

—Sí. Hola. ¿Nos oyes?

Charlotte volvió a pulsar el botón del micrófono. El dolor de su hombro había desaparecido de pronto, como si aquella conexión con una voz desconocida fuese una descarga de adrenalina.

—Los oigo, sí. ¿Me reciben bien?

—¿Qué demonios está pasando? No podemos llegar hasta ustedes. El túnel… está lleno de escombros. Nadie nos responde. Estamos aquí atrapados.

Charlotte intentó comprender lo que estaba oyendo. Volvió a comprobar la frecuencia de transmisión.

—Calma —dijo. Siguiendo su propio consejo, respiró hondo—. ¿Dónde están? ¿Qué está pasando?

—¿Eres Shirly? Estamos aquí atrapados, en este otro… sitio. Está todo oxidado. La gente está aterrorizada. Tienes que sacarnos de aquí.

Charlotte no sabía si responder o simplemente apagar el aparato y volver a intentarlo más tarde. Se sentía como si se hubiera colado en medio de una conversación y estuviese confundiendo a una de las partes. Otra voz intervino entonces, lo que confirmó su teoría:

—No es Shirly —dijo alguien, una mujer—. Shirly está muerta.

Charlotte subió el volumen. Escuchó con toda su atención. Por un momento se olvidó del hombre al que había dejado agonizando en el pasillo, el hombre al que había apuñalado, y de la herida de su brazo. Se olvidó de que debían de estar registrando el silo en su busca. Y en su lugar, escuchó con enorme interés aquella conversación que se desarrollaba en el canal diecisiete y aquella voz que le resultaba vagamente familiar.

—¿Quién es? —preguntó la primera voz, la voz masculina.

Hubo una pausa. Charlotte no sabía a quién le estaba preguntando, de quién esperaba una respuesta. Se llevó el micrófono a los labios, pero fue otra persona quien contestó.

—Soy Juliette.

La voz sonaba fatigada y débil.

—¿Jules? ¿Dónde estás? ¿Cómo que Shirly ha muerto?

Otra descarga de interferencias. Otra pavorosa pausa.

—Quiero decir que están todos muertos —respondió—. Y nosotros también.

Más interferencias.

—Nos he matado a todos.

40

Silo 17

Al despertar, Juliette vio a su padre. Sintió una luz blanca sobre uno de sus ojos y, al cabo de un momento, sobre el otro. Varios rostros la miraban, asomados tras él. Algunos con overoles azules claro, pero también blancos y amarillos. Lo que había comenzado con semblanza de sueño fue cobrando gradualmente la solidez de la realidad. Y lo que en un primer momento había pasado por una pesadilla, y nada más, cristalizó transformándose en un recuerdo: habían destruido su silo. Las compuertas se habían abierto. Todos habían muerto. Lo último que recordaba era estar aferrada a un radio, oyendo voces, y haber declarado que todos habían muerto. Que ella los había matado.

Apartó la luz con la mano y trató de ponerse de costado. Estaba sobre unas planchas de acero mojadas, no en una cama, con la camiseta de alguien a modo de almohada. Su estómago se contrajo, pero no expulsó nada. Fue una convulsión seca y dolorosa, como un calambre. Constriñó la garganta varias veces, como si fuera a vomitar, y escupió sobre el suelo. Su padre le pidió que intentara respirar. Raph, que también estaba allí, le preguntó si iba todo bien. Juliette se tragó el impulso de responderles a todos a gritos, de pedirle al mundo que la dejara en paz de una vez, de rodearse las rodillas con los brazos y llorar por lo que había hecho. Pero Raph seguía preguntándole si se encontraba bien.

Se limpió la boca con la manga y trató de incorporarse. La sala estaba a oscuras. Ya no estaba en la perforadora. En alguna parte parpadeaba una luz fúnebre, como una llama, y olía a biodiésel quemado. Una antorcha improvisada, entonces. Y en aquella penumbra, vio el baile de las linternas esgrimidas por manos sin cuerpo y los cascos de los mineros entre personas que procuraban ayudarse unas a otras. Por todas partes había pequeños grupos apiñados. Un aturdido silencio cubría como una manta los dispersos llantos.

—¿Dónde estoy? —preguntó.

—Uno de los chicos te encontró en un rincón de la máquina —respondió Raph—. Dice que estabas allí acurrucada. Al principio te dio por muerta…

Su padre lo interrumpió.

—Voy a auscultarte. Si puedes, respira hondo.

Juliette no discutió. Volvía a sentirse como una niña, una niña muy triste que había roto algo, que lo había decepcionado. La barba de su padre despedía destellos plateados bajo la linterna de Raph. Se puso el estetoscopio en las orejas y ella hizo lo que sabía que tenía que hacer. Se abrió el overol. Su padre escuchó con atención mientras inhalaba grandes bocanadas de aire y las dejaba salir lentamente. Las tuberías, conducciones eléctricas y respiraderos del techo le permitieron reconocer el lugar. Estaban en la gran cámara de bombas que había junto a la sala del generador. El suelo estaba húmedo porque el lugar había estado anegado. Aún debía de quedar agua atrapada por encima, agua que se filtraba lentamente desde alguna parte, un depósito que se vaciaba gradualmente. Juliette recordaba el agua. En otra vida, mucho tiempo atrás, se había embutido en un traje y había pasado nadando por delante de aquella sala.

—¿Dónde están los niños? —preguntó.

—Se fueron con tu amigo Solo —dijo su padre—. Dijo que se los llevaba a casa.

Juliette asintió.

—¿Cuántos más lo han conseguido?

Aspiró hondo otra vez mientras se preguntaba quién seguiría con vida. Recordaba haber llevado por el túnel a todos los que había podido reunir. Había visto a Courtnee y a Walker. A Erik y a Dawson. A Fitz. Recordaba haber visto familias enteras, a algunos de los niños de las aulas y a aquel muchachito del bazar, con su overol café de tendero. Pero Shirly... Levantó la mano y se tocó delicadamente la dolorida mandíbula. Volvió a oír la explosión y sintió de nuevo la vibración en el suelo. Shirly había muerto. Lukas había muerto. Y Nelson y Peter. Su corazón no podía con tanto. Pensó que iba a pararse, a rendirse, mientras su padre escuchaba sus latidos.

—No hay forma de saber cuántos —dijo Raph—. Están todos... Ahí fuera es un caos. —Le puso una mano en el hombro—. Hay un grupo que llegó al principio, antes de que estallara todo. Un sacerdote y su congregación. Luego aparecieron unos cuantos más. Y luego ustedes.

Su padre escuchaba con detenimiento los latidos de su obstinado corazón. Trasladó la metálica cabeza del estetoscopio de un lado a otro de su espalda y Juliette, como se esperaba de ella, siguió respirando hondo.

—Algunos de tus amigos están pensando cómo dar la vuelta a la máquina para sacarnos de aquí —dijo su padre.

—Algunos han empezado a cavar —añadió Raph—. Con las manos. Y con palas.

Juliette intentó incorporarse. El dolor por todos los que había perdido quedó enterrado bajo la idea de perder a los que aún le quedaban.

—No pueden hacerlo —dijo—. Papá, es muy peligroso. Tenemos que impedírselo. —Lo agarró del overol.

—Tienes que tranquilizarte —respondió él—. He mandado a alguien a buscar un poco de agua para ti...

—Papá, si excavan moriremos. Todos los que estamos aquí moriremos.

Se hizo un silencio, interrumpido sólo por el ruido de unas botas. Una luz atravesó la oscuridad arriba y abajo y entonces apareció Bobby, con una cantimplora abollada pero llena de agua.

—Si intentan sacarnos de aquí moriremos —repitió Juliette.

Se contuvo para no añadir que, de todos modos, ya estaban muertos. Eran cadáveres ambulantes en la carcasa de un silo, aquel hogar de herrumbre y locura. Pero sabía que ahora parecía tan perturbada como todos los que le habían suplicado antes que no perforara porque el aire del otro silo estaba envenenado. Los mismos, irónicamente, que ahora querían abrir un túnel hacia sus muertes con tanto ahínco como ella antes.

Pensó en ello mientras bebía de la cantimplora. Tenía tanta sed que se le derramó el agua por la barbilla y el pecho. Y entonces se acordó de la congregación que había llegado al silo envenenado para exorcizarlo de sus demonios, o para ver con sus propios ojos la obra del Diablo. Bajó la cantimplora y se volvió hacia su padre, una silueta erguida sobre ella a la luz de la linterna de Raph.

—El padre Wendel y su gente… —dijo—. ¿Son los que…? ¿Fueron ellos los que llegaron antes?

—Los han visto subir y salir de Mecánica —respondió Bobby—. Oí que estaban buscando un lugar para rezar. Otros han subido a las granjas al enterarse de que aún crece algo allí. Mucha gente está preocupada por lo que vamos a comer hasta que salgamos de aquí.

—Lo que vamos a comer… —murmuró Juliette.

Sintió el deseo de decirle a Bobby que no iban a salir de allí. Nunca. Todo cuanto conocían había desaparecido. La única razón de que ella lo supiera y ellos no era que ella había pasado entre los huesos y los cadáveres amontonados al entrar en aquel silo. Había visto la suerte que corrían los mundos caídos, había escuchado a Solo contar la historia de los días tenebrosos y había oído en el radio cómo se reproducían los mismos acontecimientos. Conocía la amenaza, una amenaza que ahora se había materializado por culpa de su temeridad.

Raph le dijo que bebiera un poco más, y Juliette vio en los rostros iluminados por las linternas que la rodeaban que los supervivientes creían estar sólo en un aprieto temporal, que aquello pasaría. Pero la realidad era que posiblemente ellos, los pocos centenares que habían logrado pasar, los afortunados que vivían en las profundidades, algunos habitantes de los últimos pisos del tercio intermedio y una congregación de fanáticos que había puesto en duda la existencia de aquel lugar, fueran los últimos supervivientes de su pueblo. Y ahora estaban dispersándose con la idea de sobrevivir los pocos días que esperaban que se prolongase aquello, preocupados sólo por tener comida suficiente hasta que vinieran a salvarlos.

Aún no comprendían que ya los habían salvado. Que todos los demás habían desaparecido.

Le devolvió la cantimplora a Raph e hizo ademán de incorporarse. Su padre intentó impedírselo, pero Juliette lo contuvo con un gesto.

—Hay que impedir que excaven —dijo al tiempo que se ponía de pie.

La parte del overol que había estado en contacto con el suelo estaba mojada. Había una fuga por alguna parte, agua atrapada en los techos y los niveles que tenían encima, que se iba filtrando poco a poco. Pensó que tendrían que arreglarlo. Y al instante se dio cuenta de que no tenía sentido. Aquel tipo de planificación era cosa del pasado. Ahora se trataba sólo de sobrevivir hasta el minuto siguiente, la hora siguiente.

—¿Por dónde se va al túnel? —preguntó.

Raph señaló de mala gana con su linterna. Juliette se lo llevó consigo, pero se detuvo al ver a Jomeson, un viejo fontanero, acurrucado junto a una serie de bombas oxidadas y apagadas. Tenía las manos sobre el regazo y se las miraba mientras sus hombros, impulsados por quedos sollozos, subían y bajaban como pistones.

Juliette se lo señaló a su padre y se acercó a él.

—Jomes, ¿estás herido?

—He salvado esto —balbuceó Jomeson—. He salvado esto. He salvado esto.

Raph iluminó con su linterna el regazo del mecánico. Tenía un montón de relucientes cupones en las palmas de las manos. La paga de varios meses. Los estremecimientos de su cuerpo los hacían tintinear y temblar como un enjambre de insectos.

—En el comedor —dijo entre sollozos y moqueos—. En el comedor, mientras todos corrían. Abrí la despensa. Había latas y latas y tarros. Y esto. Y yo he salvado esto.

—Shhh —dijo Juliette mientras posaba una mano sobre su hombro tembloroso. Miró a su padre, que sacudió la cabeza. No se podía hacer nada por él.

Raph dirigió la linterna hacia otra parte. Más allá, una madre gimoteaba mientras se mecía adelante y atrás, con un niño aferrado al pecho. El niño parecía estar bien y estiraba sus pequeños brazos hacia su madre, abriendo y cerrando las manos pero en silencio. Se había perdido tanto… Sólo tenían lo que habían podido tomar y nada más. Jomeson lloraba por lo que había tomado y el silo lloraba también, con lágrimas que se filtraban desde el techo. Todos lloraban, salvo los niños.

41

Silo 17

Juliette siguió a Raph hasta el túnel a través de la gran perforadora. Caminaron un largo trecho sobre rocas amontonadas, esquivando las avalanchas de piedras que caían desde los dos lados. Vieron prendas de ropa abandonadas, una bota solitaria y una manta medio enterrada que se le había caído a alguien. También se encontraron con una cantimplora abandonada, que recogió Raph. La sacudió y sonrió al comprobar que no estaba vacía.

En la distancia, unas llamas bañaban de rojo y anaranjado la roca, carne de la tierra expuesta. Había una montaña de escombros reciente entre el suelo y un derrumbamiento del techo, fruto del sacrificio de Shirly. Juliette se imaginó a su amiga al otro lado de aquellas rocas. Vio a Shirly tendida en el suelo de la sala de control del generador, asfixiada, envenenada o devorada lentamente por el aire del exterior. Aquella imagen de una amiga perdida se unió a la de Lukas en el pequeño aposento bajo la sala de los servidores, con su mano joven y sin vida, fláccida sobre un radio en silencio.

También el radio de Juliette estaba en silencio. En mitad de la noche había recibido aquella breve transmisión de alguien situado sobre ellos, una transmisión que la había hecho despertar y a la que había puesto fin al anunciar que todo el mundo había muerto. Después intentó comunicarse con Lukas. Lo intentó una y otra vez, pero el sonido de las interferencias era demasiado doloroso. Estaba acabando consigo misma y con la batería, así que al final apagó el aparato. Por un momento pensó en conectar con el primer canal para insultar al maldito que la había traicionado, pero no quería que supiese que algunos de ellos habían sobrevivido, que aún quedaba gente por matar.

Oscilaba entre la rabia por la infamia que habían cometido contra ellos y la tristeza por la pérdida de todos los que habían muerto. Apoyada en su padre, siguió a Raph y a Bobby en dirección a los ruidos y voces de quienes estaban excavando. De momento sólo necesitaba ganar tiempo para salvar lo que había quedado de ellos. Su mente había entrado en modo de supervivencia y su cuerpo estaba aturdido y sin fuerzas. Pero había algo que sabía con certeza y era que si volvían a comunicar ambos silos significaría la muerte para todos ellos. Había visto bajar por la escalera la neblina blanca y, después de comprobar lo que había quedado de las juntas y la cinta aislante, sabía que no se trataba de un gas inofensivo. Así era como envenenaban el aire del exterior. Así era como exterminaban mundos enteros.

—¡Cuidado con los pies! —gritó alguien.

Un minero pasó empujando una carretilla llena de escombros. Juliette se dio cuenta de que avanzaba por un suelo en pendiente, cada vez más cerca del techo. Distinguió la voz de Courtnee por delante. Y la de Dawson. Las montañas de escombros que se habían llevado desde la zona del derrumbamiento evidenciaban los progresos realizados. Juliette se sentía desgarrada entre el impulso de advertir a Courtnee que parara lo que estaba haciendo y el deseo de correr hacia ellos y empezar a cavar con sus propias manos hasta arrancarse las uñas para abrirse paso hasta el otro lado, sin temor a la muerte, para averiguar qué era lo que había sucedido allí.

—Muy bien, hay que despejar la parte de arriba ahí atrás antes de seguir avanzando. ¿Por qué tarda tanto ese martillo? ¿Podemos traer algunos sistemas hidráulicos del alimentador del grupo electrógeno? Por muy oscuro que esté sigo viendo cómo flojean…

Dejó de hablar al ver a Juliette. Endureció el rostro y apretó los labios. Y Juliette se dio cuenta de que su amiga estaba tratando de decidir si le daba una bofetada o un abrazo. No hizo ninguna de las dos cosas y eso le dolió.

—Has recobrado el conocimiento —le dijo.

Juliette apartó la mirada para dirigirla hacia las rocas amontonadas. El hollín que despedía la combustión del diésel en las antorchas revoloteaba en el aire antes de posarse. Debido a su presencia, el aire frío del interior de la tierra parecía muy seco y enrarecido y Juliette se preguntó si las exiguas zonas de cultivo del silo Diecisiete podrían responder a la demanda que estaban generando al quemar tanto oxígeno. Por no hablar del que estaban consumiendo centenares de pares de pulmones.

—Tenemos que hablar sobre eso —dijo Juliette con un ademán dirigido al derrumbamiento.

—Podemos hablar de lo que ha sucedido cuando hayamos despejado el camino de regreso a casa. Si quieres tomar una pala…

—Esa roca es lo único que nos mantiene con vida —dijo Juliette.

Varios de los que estaban excavando habían parado al ver quién hablaba con Courtnee. Ésta les gritó que volvieran al trabajo y lo hicieron. Juliette no sabía cómo hacer aquello de manera delicada. O no sabía cómo hacerlo, a secas.

—No sé a qué te refieres con… —comenzó a decir Courtnee.

—Shirly nos salvó al volar el túnel. Si excavas hasta el otro lado, moriremos todos. Estoy segura.

—¿Shirly…?

—Nuestro hogar estaba contaminado, Court. No sé cómo explicarlo, pero era así. La gente estaba muriendo en los pisos superiores. Me lo dijeron Peter y… —Contuvo el aliento—. Y Luke. Peter vio el exterior. El exterior. Las compuertas estaban abiertas y la gente estaba muriendo. Y Luke… —Se mordió el labio hasta conseguir que el dolor le aclarara las ideas—. Lo primero que se me ocurrió fue traer aquí a todo el mundo, porque sabía que estaríamos a salvo…

Courtnee soltó una risotada ronca.

—¿A salvo? ¿Eso crees? —Dio un paso hacia Juliette y, de repente, todo el mundo dejó de cavar. El padre de Juliette la tomó del brazo y trató de llevársela, pero Juliette se mantuvo donde estaba—. ¿Crees que estamos a salvo aquí? —siseó Courtnee—. ¿Qué demonios es esto? Ahí atrás hay una sala que se parece muchísimo a la de nuestro generador, con la pequeña diferencia de que está carcomida por el óxido. ¿Crees que esas máquinas van a volver a girar? ¿De cuánto aire disponemos? ¿Y combustible? ¿Y comida y agua? Si no volvemos a casa nos doy unos pocos días, como mucho. Y para volver vamos a tener que estar varios días cavando sin parar, a mano principalmente. ¿Tienes la menor idea de lo que has hecho al traernos aquí?

Juliette aguantó los reclamos. De buen grado. De hecho, estaba deseando contribuir también.

—Fue culpa mía —dijo. Se separó de su padre y miró a los hombres que estaban cavando. Los conocía a todos muy bien. Se volvió y levantó la voz en dirección al túnel por el que acababa de llegar—. ¡Fue culpa mía! —gritó a todo pulmón, un chorro de voz dirigido a las personas a las que había condenado. Y volvió a gritar—: ¡Fue culpa mía! —Y sintió que le ardía la garganta por culpa del hollín y el remordimiento, y que la miseria le desgarraba el pecho y se lo dejaba en carne viva. Sintió una mano en el hombro, otra vez su padre. Cuando se extinguió el eco de sus palabras, sólo se oía el chisporroteo y el susurro de las llamas—. Yo provoqué esto —dijo asintiendo—. Para empezar, nunca debimos venir aquí. Nunca. Puede que nos hayan envenenado por eso o por mi salida al exterior, pero el caso es que aquí la atmósfera está limpia. Les aseguré a todos que este sitio existía y que el aire era respirable. Y ahora les estoy diciendo, con la misma seguridad, que nuestro hogar desapareció. Está contaminado. Abierto al exterior. Todo lo que dejamos atrás... —Trató de recobrar el aliento. Tenía el corazón vacío y un nudo en el estómago. Su padre la sujetó de nuevo—. Sí, fui yo. Fueron mis provocaciones. Por eso, el hombre que hizo esto...

—¿Hombre? —preguntó Courtnee.

Juliette miró a sus viejos amigos, hombres y mujeres con los que había trabajado codo con codo durante años.

—Un hombre, sí. De uno de los silos. Hay cincuenta silos como el nuestro...

—Eso dices tú —replicó uno de los trabajadores, huraño—. Y los mapas.

Juliette lo buscó con la mirada. Era Fitz, un petrolero y antiguo miembro de Mecánica.

—¿Y no me crees, Fitz? ¿Ahora piensas que sólo hay dos silos en todo el universo, el uno pegado al otro? ¿Que el resto de ese mapa es una mentira? Pues yo te digo que estuve en lo alto de una loma y lo vi con mis propios ojos. Mientras nosotros estamos aquí, asfixiándonos en este pozo negro, hay miles de personas viviendo sus vidas, vidas como las nuestras hasta hace poco...

—¿Y crees que deberíamos cavar hacia ellos?

Juliette no lo había pensado.

—Puede —dijo—. Llegar hasta ellos podría ser el único modo de salir de esta. Pero antes tenemos que saber quién vive en ellos y si es seguro. Podrían estar en el mismo estado que nuestro silo. O desiertos, como éste. O llenos de gente a la que nuestra aparición no le hará ninguna gracia. Puede que al llegar nos encontremos con que el aire es tóxico. Pero les aseguro que hay otros.

Uno de los que estaba excavando bajó de los escombros para unirse a la conversación.

—¿Y si todo marcha bien al otro lado del derrumbamiento? ¿No eres tú la que dice siempre que tenemos que ver las cosas con nuestros propios ojos?

Juliette absorbió el golpe.

—Si todo marcha bien al otro lado, vendrán a buscarnos. Recibiremos noticias suyas. Me encantaría que fuera así, que pasara lo que dices. Me encantaría estar equivocada. Pero no es así. —Estudió sus rostros sombríos—. Les estoy diciendo que al otro lado no hay nada más que muerte. ¿Creen que no quiero tener esperanzas? Perdí… Todos perdimos gente a la que queríamos. Oí exhalar su último aliento al hombre al que amaba. ¿De verdad creen que no me gustaría volver y asegurarme con mis propios ojos? ¿Enterrarlos como es debido? —Se limpió las lágrimas de los ojos—. No pienses ni por un momento que no estoy deseando tomar una pala y trabajar durante tres turnos seguidos hasta llegar allí. Pero sé que si lo hiciera estaría condenando a los que aún seguimos aquí. Y lo que excavaríamos al remover esta tierra y estas rocas serían nuestras tumbas.

Nadie dijo nada. En alguna parte sonó el traqueteo de una piedra suelta que caía rodando hacia sus pies.

—¿Qué quieres que hagamos? —preguntó Fitz, y Juliette oyó que Courtnee tomaba aire con fuerza, como si la mera idea de que alguien volviese a aceptar consejos suyos la alterase.

—Necesitamos un día o dos para determinar lo que pasó. Como ya les dije, hay muchos mundos ahí fuera, aparte del nuestro. No sé lo que contienen, pero sí sé que hay uno que cree estar al mando. Nos habían amenazado antes, diciendo que podían acabar con nosotros con sólo pulsar un botón y creo que eso es precisamente lo que han hecho. Y tengo la sensación de que es lo mismo que hicieron ahí, en ese otro mundo. —Señaló en dirección al silo Diecisiete, al final del túnel—. Y sí, puede que lo hayan hecho porque nos atrevimos a excavar o porque salí al exterior en busca de respuestas, y si quieren pueden mandarme a limpiar por esos pecados. Iré de buen grado. Limpiaré y moriré ante sus ojos. Pero antes dejen que les diga lo poco que sé. Este silo al que hemos llegado se inundará. Lo está haciendo ahora mismo, mientras hablamos. Tenemos que activar las bombas de drenaje y asegurarnos de que no se secan las zonas de cultivo, de que las luces funcionan y de que tenemos aire suficiente para respirar. —Señaló una de las antorchas de la pared con un ademán—. Estamos consumiendo una cantidad increíble de aire.

—¿Y de dónde se supone que vamos a sacar la energía? Yo fui uno de los primeros en llegar. ¡Está todo devorado por el óxido!

—Entre el treinta y el cuarenta hay electricidad —respondió Juliette—. Un suministro constante. Alimenta las bombas y las luces de las granjas. Pero no tenemos por qué depender de ella. Hemos traído nuestra propia energía…

—El generador de reserva —dijo alguien.

Juliette asintió. Al menos la estaban escuchando. De momento, eso impediría que siguieran cavando.

—Cargaré con la responsabilidad de lo que he hecho —dijo. La luz de las antorchas se volvió borrosa detrás de una película de lágrimas—. Pero es otro quien nos ha condenado a este infierno. Y yo sé quién. He hablado con él. Tenemos que sobrevivir el tiempo necesario para hacérselo pagar. A él y a los suyos…

—Venganza —dijo Courtnee con un áspero susurro por toda voz—. Después de toda la gente que murió por esa misma razón cuando saliste a limpiar…

—No, venganza no. Prevención. —Juliette volvió la mirada hacia el túnel en penumbra, hacia la oscuridad—. Mi amigo Solo aún recuerda la destrucción de este mundo… su mundo. No han sido los dioses los que nos han castigado, sino los hombres. Hombres que están lo bastante cerca de aquí como para hablar con nosotros por radio. Y hay otros mundos ahí fuera, a su merced. Supongamos que fueran otros los que han hecho esto y no nosotros. Habríamos seguido con nuestras vidas, sin saber de la existencia de esta amenaza. Nuestros seres queridos seguirían vivos. —Se volvió de nuevo hacia Courtnee y los demás—. No debemos detener a esa gente por lo que ha hecho. No. Debemos detenerlos por lo que pueden hacer. Para que no vuelvan a hacerlo.

Escudriñó los ojos de su antigua amiga en busca de comprensión, de aceptación. Pero Courtnee le dio la espalda. Le dio la espalda a Juliette y estudió el montón de escombros que habían estado despejando. Transcurrió un momento prolongado, entre el susurro de las llamas y el humo que inundaba el aire.

—Fitz, coge esa antorcha —ordenó Courtnee. El viejo petrolero vaciló un instante, pero finalmente lo hizo—. Apágala —le dijo. Parecía asqueada—. Estamos derrochando aire.

42

Silo 17

Elise oía voces en la escalera, más abajo. Había desconocidos en su hogar. Desconocidos. Rickson solía contarles historias sobre desconocidos cuando quería que los gemelos y ella se portaran bien, y después de oírlas siempre pensaban que nunca dejarían su hogar en las granjas. Mucho tiempo atrás, Rickson les había repetido varias veces que cualquier persona a la que no conocías no quería otra cosa que matarte y robarte todo lo que tenías. Es más, algunas de las personas a las que conocías tampoco eran de fiar. Eso era lo que solía decirles avanzada la noche, cuando los temporizadores apagaban de pronto las luces de los cultivos.

Les había contado una y otra vez que había nacido porque dos personas estaban enamoradas —significara eso lo que significara— y su padre le había sacado a su madre una pastilla venenosa de las caderas, porque así era como se hacían los niños. Pero no todo el mundo tenía niños porque dos personas estaban enamoradas. A veces, decía, pasaba porque los desconocidos venían y tomaban lo que querían. Por aquel entonces aún quedaban hombres y muchas veces lo que querían era que las mujeres tuviesen niños, así que les sacaban del cuerpo las pastillas envenenadas y las mujeres los tenían.

Elise no tenía una pastilla venenosa en el cuerpo. Aún no. Hannah decía que salía más tarde, como los dientes de verdad, y que por eso era importante tener niños lo antes posible. Rickson, en cambio, decía que eso no era verdad y que si nacías sin la pastilla en las caderas nunca te salía, pero Elise no sabía qué pensar. Se detuvo en las escaleras y se palpó el costado en busca de bultos. Metió la lengua en el agujero que tenía entre los dientes y, con gesto de concentración, tocó con ella algo duro que había bajo las encías y estaba creciendo. Al pensar que su cuerpo podía hacer tonterías como crear dientes y pastillas por debajo de su carne sin su consentimiento le entraron ganas de llorar. Levantó la mirada y llamó a *Perrito*, que se había vuelto a escapar y había desaparecido dando brincos escaleras arriba. Así de loco era. Elise empezaba a preguntarse si sería posible tener un cachorro o siempre estaría escapándose. Pero no se echó a llorar. Se agarró a la barandilla y dio un paso y luego otro más. No quería bebés. Quería que *Perrito* se quedara con ella. Entonces, su cuerpo podría hacer lo que le viniera en gana.

Un hombre la adelantó en las escaleras. No era Solo. Solo le había dicho que no se alejara.

«Pues dile a *Perrito* que no se aleje», le diría cuando la alcanzara. Siempre era útil tener una buena excusa a mano. Como semillas de calabaza en los bolsillos. El hombre que se había adelantado volvió la cabeza para mirarla. Era un desconocido, pero no parecía querer sus cosas. Ya tenía sus propias cosas, como un rollo de ese cable negro y amarillo que colgaba del techo en las granjas y Rickson les había prohibido tocar. Puede que aquel hombre no conociera las normas. Era curioso ver gente a la que no conocía en su casa, pero Rickson decía mentiras a veces y otras se equivocaba, así que tal vez les hubiera mentido o estuviera equivocado con sus historias de miedo y fuese Solo el que decía la verdad. Puede que fuera una suerte haber encontrado a aquellos desconocidos. Más gente para echar una mano, para ayudar con las reparaciones y para echar cubos de agua en la tierra para que las plantas no pasaran sed. Más gente como Juliette, que había hecho de su casa un lugar mejor, que los había llevado a los pisos de arriba, donde la luz no parpadeaba y donde podías calentar agua para darte un baño. Desconocidos buenos.

Otro hombre bajó por la escalera de caracol con ruidosas zancadas. Llevaba un saco repleto de hojas verdes, que desprendía un olor a grosellas y tomates maduros. Elise se detuvo y lo vio alejarse. «Es demasiado de una sola vez», oyó decir a Hannah en su imaginación. Demasiado. Más normas que nadie conocía. Puede que tuviese que enseñárselas. Tenía un libro que enseñaba a pescar y a seguir los rastros de los animales. Pero entonces se acordó de que ya no había peces. Y de que ella no era capaz de rastrear ni un cachorrito.

Al acordarse de los peces le entró hambre. En aquel momento, lo que más deseaba era comer. Todo lo posible. Antes de que se acabara. Esta voracidad era un impulso que la asaltaba a veces al ver comer a los gemelos. Aunque no tuviese hambre, de repente quería un poco. Mucho. Antes de que se acabara.

Siguió subiendo, con la cartera del libro dándole pequeños golpes en la cadera. Ojalá se hubiera quedado con los demás y *Perrito* no se hubiera ido.

—Eh, tú.

Había un hombre en el rellano siguiente, asomado a la barandilla. Estaba mirándola. Tenía una barba negra, sólo que no tan enredada como la de Solo. Elise se detuvo un instante y luego continuó. El hombre y el rellano se perdieron de vista detrás de la escalera. Cuando llegó al rellano, el hombre la estaba esperando.

—¿Te has separado del rebaño? —le preguntó.

Elise ladeó la cabeza.

—No estoy en ningún rebaño —respondió.

El hombre de la barba negra y los ojos brillantes la observó. Llevaba un overol de color café. Rickson tenía uno igual que se ponía a veces. Y el niño del bazar también.

—¿Y por qué no? —preguntó el hombre.

—Porque no soy una oveja —dijo Elise—. Los rebaños están hechos de ovejas y ya no quedan.

—¿Qué es una oveja? —preguntó el hombre. Y entonces sus brillantes ojos centellearon aún más—. Te he visto. Eres uno de los niños que vivían aquí, ¿no?

Elise asintió.

—Puedes unirte a nuestro rebaño. Un rebaño es una congregación de gente. De miembros de una iglesia. ¿Vas a la iglesia?

Elise sacudió la cabeza. Apoyó una mano sobre su libro de recuerdos, que contenía una página donde se explicaba cómo criar ovejas y cómo cuidarlas. Su libro de recuerdos y aquel hombre discrepaban. Al tratar de decidir de quién debía fiarse, sintió que se le hacía un agujero en el estómago. Ella se inclinaba por el libro, que a fin de cuentas decía la verdad sobre muchas más cosas.

—¿Quieres entrar? —El hombre alargó un brazo hacia la puerta. Elise observó la oscuridad que se extendía tras él—. ¿Tienes hambre?

La niña asintió.

—Estamos recogiendo comida. Hemos fundado una iglesia. Los demás llegarán de las granjas dentro de poco. ¿Quieres entrar y tomar algo de comer o de beber? He tomado todo lo que podía cargar. Lo compartiré contigo. —Le puso una mano en el hombro y Elise le miró el antebrazo, que estaba cubierto de pelo negro, como el de Solo, pero no el de Rickson. Las tripas le gruñían y las granjas parecían muy lejanas aún.

—Tengo que encontrar a *Perrito* —dijo con una vocecilla apenas audible en la vasta escalera, que dibujó una minúscula voluta de vaho en el aire frío.

—Encontraremos a tu cachorrito —dijo el hombre—. Vamos a entrar. Quiero que me cuentes todo sobre tu mundo. Es un milagro, ¿sabes? ¿Y sabías que tú también? Pues lo eres.

Elise no sabía nada de eso. No aparecía en ninguno de los libros de los que había sacado sus recuerdos. Pero había muchísimas páginas que no había visto. Su estómago volvió a gruñir. Le dijo que siguiera al hombre de la barba negra al interior a oscuras, así que lo hizo. Había voces más allá, una balsámica y apacible mezcla de susurros y canturreos, y Elise se preguntó al oírla si sería el ruido que hacen los rebaños.

43

Silo 1

Charlotte había vuelto a vivir dentro de una caja. Una caja, pero sin el frío, sin las ventanas cubiertas de escarcha y sin una vía de color azul brillante en la vena. A su nueva caja le faltaban todas estas cosas y también la promesa de sueños dulces y la pesadilla del despertar. Era una vulgar caja de metal que se abollaba y chirriaba cuando ella se movía en su interior.

Había convertido el elevador de los drones en un hogar ordenado, aunque era un espacio metálico demasiado bajo para ponerse de pie, demasiado oscuro para verse las manos delante de la cara y demasiado tranquilo para oírse pensar. Dos veces ya, oculta en su caja, había oído los pasos de los hombres que la buscaban al otro lado de la compuerta. Aquella noche se quedó en el elevador. Esperaba que volvieran, pero seguro que tenían muchos más pisos que registrar.

Cada pocos minutos cambiaba de posición, en un infructuoso intento por encontrar una postura cómoda. Salió al baño una vez, cuando no pudo seguir aguantando y creyó que se iba a hacer en el overol.

Fue hasta el final del pasillo para comprobar si habían descubierto el radio. No esperaba encontrarla, ni tampoco las notas de Donald, pero seguía todo allí, bajo el plástico. Tras un momento de vacilación, recogió las carpetas. Eran demasiado valiosas para arriesgarse a perderlas. Regresó apresuradamente a su agujero y dejó las cosas en un rincón. De nuevo acurrucada, volvió a pensar en las botas que descargaban golpes sobre su hermano.

Se acordó de Irán. Las noches sí que eran oscuras allí, tumbada en su litera mientras los hombres de las distintas guardias iban y venían entre susurros y chirridos de muelles. Noches oscuras en las que se había sentido más vulnerable que su dron en vuelo. En aquellos barracones se había sentido como si se encontrara en un estacionamiento vacío en plena noche, incapaz de encontrar las llaves del coche mientras oía cómo se le acercaban unos pasos. Y escondida en el pequeño montacargas se sentía igual. Como si estuviera durmiendo de noche en un aparcamiento a oscuras, o en un barracón lleno de hombres, sin saber lo que podía encontrarse al despertar.

Durmió muy poco. Con una linterna sujeta entre la mejilla y el hombro, empezó a repasar las notas de Donald con la esperanza de que la aridez de la lectura le hiciese conciliar el sueño. En aquel silencio regresaron a su cabeza palabras y fragmentos de conversaciones que habían llegado hasta ella por el radio. Habían destruido otro silo. Había oído hablar a sus voces aterrorizadas sobre compuertas abiertas al exterior y sobre el mismo gas que, según su hermano, podían soltar sobre aquella gente. Había oído la voz de Juliette, le había oído decir que estaban todos muertos.

En una de las carpetas encontró un pequeño plano, un mapa formado por círculos numerados, algunos de ellos tachados. «En aquellos círculos vivía gente», pensó. Y otro acababa de quedar desierto. Uno más que tachar. Sólo que Charlotte, al igual que su hermano, sentía ahora algún tipo de vínculo con ellos. Había oído sus voces por el radio, había escuchado los planes de Donald para llegar hasta ellos, para comunicarse con el único que estaba dispuesto a escuchar lo que tenía que decir, que estaba ayudándolo a acceder a las computadoras para comprender lo que estaba pasando. Una vez le había preguntado por qué no intentaba comunicarse con los demás y él había respondido que no podía fiarse de sus jefes, o algo parecido. Que lo traicionarían. Su hermano y aquella gente se habían rebelado y ahora habían desaparecido todos. Eso era lo que les pasaba a los que se rebelaban. Y Charlotte se había quedado sola en la oscuridad y el silencio.

Siguió revisando las notas de su hermano. Al cabo de un rato empezó a sentir calambres en el cuello por la tensión de sujetar la linterna. La temperatura en el interior de su caja ascendía y Charlotte empezó a sudar dentro del overol. No podía conciliar el sueño. Aquella caja no se parecía en nada a la otra. Y cuanto más leía, más comprendía los interminables paseos de su hermano, su deseo de hacer algo, de acabar con el sistema en el que estaban atrapados.

A base de racionar la comida y el agua, tomando diminutos sorbos y pequeños mordiscos, logró permanecer allí dentro lo que se le antojaron días enteros. Puede que sólo fuesen horas. Cuando la necesidad de ir al baño se volvió acuciante, se arriesgó a volver al final del pasillo para comprobar que el radio seguía allí. La necesidad de orinar sólo era equiparable a su deseo de saber lo que estaba pasando. Había supervivientes. Los habitantes del Dieciocho habían logrado salir a las colinas y llegar hasta el otro silo. Un puñado de ellos había sobrevivido. ¿Por cuánto tiempo?

Tiró de la cadena y oyó el gorgoteo de las aguas al pasar por la tubería encima de su cabeza. Finalmente tomó la decisión de arriesgarse y fue a la sala de control de los drones. Sin encender la luz, se acercó al radio y lo destapó. El Dieciocho no emitía otra cosa que estática. Y lo mismo el Diecisiete. Pasó por una docena de canales más hasta encontrar unas voces, lo que confirmaba que el aparato funcionaba. Volvió al Diecisiete y esperó. Sabía que podía tener que hacerlo para siempre. Hasta que viniesen y la encontraran. Según el reloj de la pared, acababan de dar las tres de la mañana y Charlotte pensaba que eso era bueno. Nadie iría a buscarla a esas horas. Claro que tampoco habría nadie escuchando. Aun así, pulsó el botón del micrófono.

—Hola —dijo—. ¿Me oye alguien?

Estuvo a punto de identificarse y decir desde dónde llamaba, pero entonces se preguntó si estaría escuchándola alguien desde su propio silo, alguien que vigilara todas las transmisiones. ¿Y si era así qué? Tampoco sabrían desde dónde transmitía.

Salvo que pudieran rastrearla utilizando los repetidores. Tal vez pudieran. Pero ¿el Diecisiete no era uno de los silos tachados en su lista? No había ninguna razón para que estuvieran escuchando. Quitó las herramientas de en medio y buscó el papel que le había llevado Donny, la clasificación de los silos. Los que habían sido destruidos estaban al fondo…

—¿Quién es? —dijo una voz masculina desde el radio.

Charlotte tomó el micrófono. ¿Sería alguien que transmitía desde su propio silo en aquella misma frecuencia?

—Soy… ¿Quién es? —preguntó sin saber muy bien cómo responder.

—¿Llamas desde abajo, desde Mecánica? ¿Sabes qué hora es? Estamos en plena noche.

Mecánica, abajo. Era la disposición de los otros silos, no la del suyo. Supuso que sería uno de los supervivientes. Pero por si acaso había alguien más escuchando, decidió proceder con cautela.

—Sí, estoy en Mecánica —dijo—. ¿Qué está pasando allí… allí arriba?

—Pues que estoy tratando de dormir, pero Court nos ha dicho que mantuviéramos esto encendido por si llamaba. Hemos estado peleándonos con el sistema de conducción del agua. La gente está apropiándose de parcelas en las granjas. ¿Quién eres?

Charlotte se aclaró la garganta.

—Estoy buscando a… Quería hablar con la alcaldesa. Juliette.

—No está aquí. Creía que estaba abajo, con ustedes. Si no es una emergencia, vuelve a probar por la mañana. Y dile a Court que no nos vendría mal algo de ayuda. Algún granjero que sepa lo que se hace, si es que lo hay. Y un porteador.

—Eh… Muy bien. —Volvió a consultar el reloj para saber lo que tendría que esperar—. Gracias —añadió—. Volveré a intentarlo más tarde.

No hubo respuesta y Charlotte se preguntó por qué sentía aquel impulso de ponerse en contacto con otros. No podía hacer nada por aquella gente. ¿Pensaba acaso que había algo que pudieran hacer por ella? Observó el radio que había construido, los tornillos y cables sobrantes, esparcidos alrededor de la base, y las distintas herramientas. Corría un riesgo al estar fuera, pero resultaba menos aterrador que estar sola en el elevador de los drones. El miedo a ser descubierta le importaba mucho menos que la posibilidad de entablar contacto. Volvería a intentarlo en pocas horas. Hasta entonces trataría de dormir un poco. Mientras tapaba el radio, se planteó la posibilidad de utilizar su viejo camastro, en los barracones que había al final del pasillo, pero al final acabó en la caja de metal sin ventanas.

44

Silo 1

El desayuno de Donald no llegó solo. El día anterior no había visto a nadie y se había saltado una comida. Suponía que sería alguna técnica de interrogatorio. Lo mismo que el atronador ruido de botas que había pasado por delante de su puerta en mitad de la noche y le había impedido conciliar el sueño. Hacían todo aquello para perturbar sus rutinas, para ponerlo nervioso, para hacerlo sentir loco. O puede que en realidad fuese de día cuando pasaron y ahora fuese de noche y no se hubiese perdido ninguna comida. Era difícil de decir. Había perdido la noción del tiempo. En la pared, donde antes había un reloj, sólo quedaba un círculo menos sucio que el resto del yeso y un tornillo prominente.

Los acompañantes del desayuno eran dos hombres con overoles de Seguridad y Thurman. Donald se había quedado dormido con la ropa. Subió los pies a la litera mientras los tres visitantes entraban en la pequeña habitación. Los dos agentes lo miraron con suspicacia. Thurman le ofreció la bandeja, que contenía un plato de huevos, un bizcocho, agua y un jugo. Donald estaba terriblemente dolorido, pero también hambriento. Al ver que no había cubiertos, comenzó a comerse los huevos con los dedos. La comida caliente hizo que le doliesen menos las costillas.

—Comprueba los paneles del techo —dijo uno de los agentes.

Donald lo reconoció. Brevard. Había dirigido el departamento casi desde el principio de su turno. Sabía que no era su amigo.

El otro era más joven. Donald no lo reconoció. Generalmente prefería no trabajar de día para no dejarse ver, así que conocía mejor al turno de noche. El segundo agente se subió al armario soldado a la pared y levantó uno de los paneles del techo. Tomó una linterna que llevaba en el cinturón y apuntó con ella en todas direcciones. Donald sabía lo que estaba viendo. Ya había mirado él.

—Está bloqueado —dijo el joven agente.

—¿Estás seguro?

—No fue él —dijo Thurman. No había apartado los ojos de Donald un solo instante. Con un ademán, abarcó la habitación entera—. Había sangre por todas partes. Estaría cubierto por ella.

—Salvo que se haya lavado y cambiado de ropa en alguna parte.

Thurman frunció el ceño al pensarlo. Estaba a poca distancia de Donald, a quien se le había pasado el hambre de repente.

—¿Quién es? —preguntó Thurman.

—¿Quién es quién?

—No te hagas el tonto conmigo. Han atacado a uno de mis hombres y la misma noche, alguien disfrazado de técnico del reactor cruzó un control de seguridad en esta misma planta. Vino por este pasillo. Buscándote, supongo. Fue a la sala de comunicaciones, donde trabajabas antes. Es imposible que hayas organizado todo esto tú solo. Conseguiste la ayuda de alguien. Puede que alguien de tu último turno. ¿Quién?

Donald arrancó un trozo de bizcocho y se lo llevó a la boca para tener los labios ocupados. Charlotte. ¿Qué estaba haciendo? ¿Registrar el silo en su busca? ¿Ir a la sala de comunicaciones? Si de verdad era ella, se había vuelto loca.

—Sabe algo —dijo Brevard.

—No tengo ni la menor idea de lo que están hablando —respondió Donald. Mientras tomaba un trago de agua se fijó en que le temblaba la mano—. ¿A quién han atacado? ¿Se encuentra bien? —Existía la posibilidad de que la sangre que habían encontrado fuese de su hermana. ¿Por qué la había despertado? Volvió a pensar en rendirse y decirles dónde se escondía, para que al menos no estuviera sola.

—Era Eren —dijo Thurman—. Salió tarde del trabajo, corrió para tomar el elevador y lo encontraron treinta pisos más abajo, en un charco de sangre.

—¿Está herido?

—Está muerto —dijo Brevard—. Con un destornillador clavado en el cuello. Uno de los elevadores está cubierto de sangre. Quiero saber dónde está el responsable…

Thurman levantó una mano y Brevard guardó silencio.

—Denos un minuto —dijo Thurman.

El joven oficial, que seguía sobre el armario, movió el panel del techo hasta encajarlo de nuevo en su sitio. Bajó de un salto y se limpió las manos sobre las perneras, que quedaron cubiertas de pelusa y copos de poliestireno. Los dos agentes de Seguridad salieron. Antes de que cerraran la puerta pasó un trabajador por delante y Donald, que lo había reconocido, sintió el impulso de llamarlo. Se preguntaba qué demonios debían haber pensado al enterarse de que no era quien decía ser.

Thurman se llevó una mano al bolsillo del pecho y sacó un trozo de tela cuadrado, un trapo limpio. Se lo ofreció a Donald, quien lo aceptó gustoso. Era curioso lo que podía pasar por un regalo para alguien que estaba en su situación. Aguardó a que apareciese la necesidad de toser, pero no lo hizo y Donald pudo disfrutar de un raro momento de respiro. Thurman le tendió una bolsa de plástico, abierta. Al comprender para qué era, sacó el trapo ensangrentado y lo metió dentro.

—Para analizarlo, ¿no?

Thurman sacudió la cabeza.

—No hay nada que no sepamos ya. Es sólo… un gesto. Intenté matarte, ya lo sabes. Fue una demostración de debilidad y precisamente por eso fracasó. Resulta que tenías razón sobre Anna.

—¿De verdad ha muerto Eren?

Thurman asintió. Donald desdobló la tela y volvió a doblarla.

—Me caía bien.

—Era un buen hombre. Uno de los que recluté yo. ¿Sabes quién lo mató?

Donald comprendió la razón del trapo. Poli bueno y poli malo, en un solo hombre. Sacudió la cabeza. Intentó imaginarse a Charlotte haciendo algo así y fue incapaz. Pero claro, tampoco habría podido imaginársela pilotando un dron, soltando bombas o haciendo cincuenta flexiones seguidas. Era un enigma encerrado en su juventud, constantemente sorprendente.

—No puedo imaginarme a nadie que conozca matando a un hombre de ese modo. Salvo a ti.

Thurman no reaccionó a este comentario.

—¿Cuándo me vas a mandar abajo?

—Hoy. Tengo otra pregunta.

Donald tomó el vaso de agua de la bandeja y le dio un largo trago. Estaba fría. Era increíble lo bien que podía llegar a saber el agua. Tenía que contarle a Thurman lo de Charlotte. De inmediato. O esperar a que lo estuvieran llevando abajo. Lo que no podía hacer era dejarla allí sola. Se dio cuenta de que Thurman estaba esperando.

—Adelante —dijo.

—¿Recuerdas si Anna salió del arsenal en algún momento mientras estabas despierto? Sé que no estuviste mucho tiempo con ella.

—No —dijo Donald. A él sí le había parecido mucho tiempo. Una vida entera—. ¿Por qué? ¿Qué hizo?

—¿Recuerdas si dijo algo sobre el suministro de gas?

—¿Suministro de gas? No. Ni siquiera sé lo que es eso. ¿Por qué?

—Hemos encontrado indicios de sabotaje. Alguien ha manipulado las conducciones entre Medicina y Control demográfico. —Se disponía a decir algo más, pero al final lo descartó con un ademán—. Como te digo, creo que tenías razón sobre Anna. —Se dio la vuelta para marcharse.

—Espera —dijo Donald—. Tengo una pregunta.

Thurman se detuvo con la mano en la puerta.

—¿Qué me está pasando? —preguntó Donald.

Thurman bajó la mirada hacia el trapo enrojecido que tenía en la bolsa de plástico.

—¿Has visto alguna vez cómo queda la tierra después de una batalla? —dijo con voz queda. Apagada—. Ahora mismo, tu cuerpo es un campo de batalla. Eso es lo que te pasa. Dos ejércitos con miles de millones de efectivos se enfrentan en su interior. Máquinas diseñadas para hacerte pedazos frente a otras que intentan protegerte. Y sus botas van a convertir tu cuerpo en un montón de barro y metralla.

Se tapó la boca con el puño para toser. Abrió la puerta.

—Aquel día no pensaba subir la colina —dijo Donald—. No quería que me vieran. Sólo quería morir.

Thurman asintió.

—Eso pensé, mucho después. Y tendría que haberte dejado. Pero dieron la alarma. Subí y me encontré con que mis hombres estaban poniéndose los trajes a toda prisa y tú casi estabas fuera ya. Simplemente, eras una amenaza para la que llevaba años preparándome. Y reaccioné.

—No deberías haberlo hecho —respondió Donald.

Thurman abrió la puerta. Brevard estaba al otro lado, esperando.

—Lo sé —respondió.

Y se fue.

45

Silo 1

Darcy trabajaba a cuatro patas. Metió el trapo carmesí en el cubo de agua enrojecida, lo estrujó hasta conseguir que estuviese sólo rojo y siguió limpiando el elevador. Las paredes ya estaban limpias y las muestras ya en el laboratorio, donde las estaban analizando.

—Toma muestras, Darcy —rezongó imitando la voz de Brevard, sin dejar de trabajar—. Limpia esto, Darcy. Tráeme un café, Darcy.

No sabía en qué momento llevar cafés y limpiar charcos de sangre habían pasado a ser parte de sus funciones. Echaba de menos la tranquilidad del turno de noche. Esperaba con verdadera impaciencia el regreso de la normalidad. Era increíble a qué cosas podía llegar a acostumbrarse uno. Ya casi no percibía el olor a cobre en el aire ni el regusto metálico en la lengua. Era como las dosis diarias de fármacos en los vasos de papel, o la comida insípida, un día tras otro. O como el infernal zumbido con el que protestaba el elevador porque no le dejaban cerrar las puertas. Cosas a las que había que acostumbrarse hasta que desaparecían. Cosas que se disolvían hasta transformarse en meras molestias sordas, lejanas como recuerdos de una vida pasada.

Darcy no recordaba gran cosa de su anterior vida, salvo que se le daba bien su trabajo. Tenía la sensación de que mucho tiempo atrás, en un mundo del que nadie hablaba, un mundo atrapado en películas antiguas, reposiciones y sueños, había trabajado en seguridad. Recordaba vagamente que lo habían entrenado para recibir una bala en lugar de otra persona. Tenía un sueño nítido y recurrente en el que salía a correr por la mañana y sentía cómo le refrescaba la brisa el sudor de su frente, oía el piar de los pájaros y se fijaba en la calvicie incipiente de un hombre de mayor edad que él, que corría por delante en pants. Recordaba un auricular que se volvía resbaladizo y se empeñaba en salírsele de la oreja. Se recordaba a sí mismo vigilando multitudes y recordaba cómo se le alborotaba el corazón en el pecho cuando estallaba un globo o petardeaba el motor de algún viejo ciclomotor, siempre listo para recibir…

Una bala.

Dejó de restregar y se limpió la cara con la manga. Tenía la mirada clavada en la intersección entre el suelo y la pared del elevador, donde había alojado algo brillante, un pequeño fragmento de metal. Trató de sacarlo, pero no le cabían los dedos en el agujero. Una bala. De todos modos, era mejor que no la tocase.

Dejó caer el trapo sobre el cubo y salió al pasillo a buscar el maletín de muestras. El elevador seguía zumbando sin parar, como si detestase tener que estar allí parado y quisiera moverse.

—Calla de una vez —susurró Darcy.

Sacó una de las bolsas de muestras de la cajita que contenía el maletín. Las pinzas no estaban donde debían. Registró el fondo del maletín hasta encontrarlas y maldijo a los agentes de los demás turnos por no respetar el trabajo de sus colegas. «Era como vivir en un dormitorio universitario», pensó. No, no era el término exacto ni el recuerdo exacto. Era como vivir en unos barracones. Era una semblanza de orden sobre el caos subyacente. Sábanas tiesas y pulcramente dobladas sobre colchones manchados. Igual que aquello, igual que la gente que no volvía a dejar las cosas donde tenían que estar.

Utilizando las pinzas, extrajo la bala y la introdujo en la bolsa de plástico. Estaba deformada, pero no mucho. Había chocado con algo, pero no demasiado sólido. Tomó la bolsa, la colocó frente a la luz y vio que aparecía una mancha rosada en el plástico. Había sangre en la bala. Revisó el suelo para ver si se le había caído algo de agua ensangrentada en el orificio donde había encontrado la bala, si la sangre había terminado allí por culpa de su descuido.

No era así. La víctima había recibido una puñalada en el cuello, pero también habían encontrado una pistola a su lado. Darcy había tomado muestras de sangre en una docena de sitios distintos del elevador. Un técnico sanitario se las había llevado, y el jefe y Stevens le habían dicho que todas pertenecían a la víctima. Pero ahora, en un golpe de suerte, había encontrado una muestra de sangre del asesino. El hombre que había acabado con la vida de Eren y aún seguía suelto. Una pista de verdad.

Tomó la bolsa de muestras y esperó a que llegara el exprés. Por un momento pensó en entregársela a Stevens, como exigía el procedimiento, pero la bala la había encontrado él y además sabía lo que era y había procedido con todo cuidado al recogerla. Tenía derecho a ver los resultados.

El exprés anunció su llegada con un alegre tintineo. Un hombre de aspecto cansado, con un overol morado, sacó un cubo con ruedas empujándolo con el mango de un trapeador. En lugar de informar sobre lo ocurrido, había pedido refuerzos. El conserje de noche. Se estrecharon la mano. Darcy le dio las gracias por quedarse después de su turno y le dijo que le debía un gran favor. Ocupó su lugar en el exprés.

Sólo tenía que bajar dos pisos. Parecía una locura tomar el expreso para dos pisos. Al silo le hacían falta escaleras. Muchas veces, sólo tenía que bajar un piso y se veía obligado a esperar cinco minutos hasta que llegaba el dichoso elevador. No tenía sentido. Suspiró y pulsó el botón del ala médica. Mientras se cerraban las puertas, oyó el ruido del trapeador al otro lado.

La oficina del doctor Whitmore estaba abarrotada. No de trabajadores —de hecho, sólo estaban Whitmore y los dos técnicos sanitarios—, sino de cuerpos. Había dos sobre las mesas de operaciones. Uno era el de la mujer a la que habían encontrado el día antes; si Darcy no recordaba mal, se llamaba Anna.

El otro era Eren, antiguo jefe del silo. Whitmore estaba frente a su computadora, tomando notas, mientras los técnicos trabajaban con los fallecidos en el quirófano.

—¿Señor?

Whitmore se volvió. Sus ojos pasaron de la cara de Darcy a sus manos.

—¿Qué tiene ahí?

—Otra muestra. En una bala. ¿Pueden analizarla para mí?

Whitmore hizo una seña a uno de los hombres del quirófano, que salió con las manos entrelazadas a la altura de los hombros.

—¿Puede encargarse de eso para el agente?

El técnico no parecía especialmente ilusionado. Se quitó los ensangrentados guantes de dos tirones y los arrojó al lavabo para que los lavaran y esterilizaran.

—Vamos a ver —dijo.

La máquina no tardó mucho. Tras pasar un momento emitiendo pitidos, chirridos y otros ruidos, escupió un trozo de papel a temblorosas sacudidas. El técnico tomó los resultados antes de que pudiera hacerlo Darcy.

—Sí. Tenemos una correspondencia. Pertenece a… Oh. Qué extraño.

Darcy tomó el informe. Había un código de barras, la secuencia UPC que identificaba al ADN de cada persona. Las cantidades y porcentajes de diferentes niveles de la sangre aparecían consignados por medio de códigos inescrutables: IFG, PLT, Hgb… Pero en el lugar reservado a los datos del individuo identificado había una serie de líneas en blanco, y sólo una con texto: Emer. El resto de los datos biográficos no estaba.

—Emer —dijo el técnico. Se acercó al lavabo y comenzó a lavarse los guantes y las manos—. Qué nombre tan raro. ¿Quién escogería un nombre así?

—¿Dónde están los otros resultados? —preguntó Darcy—. Los de antes.

El técnico señaló con la cabeza la papelera que había a los pies del doctor Whitmore, que seguía tecleando. Darcy hurgó en la papelera hasta encontrar una de las hojas de resultados anteriores. Las colocó juntas.

—No es un nombre —dijo—. Estaría en la primera línea. Es la ubicación.

En el otro informe, el nombre de Eren se encontraba encima de la línea donde figuraban la sala de congelación y las coordenadas de la cámara de almacenamiento del muerto. Darcy recordó entonces cómo se llamaba una de las salas de congelación más pequeñas.

—Personal de emergencia —dijo con satisfacción.

Había resuelto un pequeño enigma. Levantó la mirada con expresión sonriente, pero los demás hombres habían vuelto a su trabajo.

Personal de emergencia era la más pequeña de las cámaras de congelación.

Darcy se encontraba junto a la puerta de metal. Su aliento formaba nubes de vaho que empañaban el acero al posarse sobre él. Introdujo su contraseña, pero el teclado respondió con una luz roja y parpadeante y un zumbido de desaprobación. A continuación Darcy probó con el código de seguridad maestro y esta vez las puertas, con un fuerte chasquido, se abrieron y se ocultaron en el interior de las paredes.

El corazón le latía con mucha fuerza, impulsado por una mezcla de temor y emoción. No sólo por el rastro de indicios que estaba siguiendo, sino por el lugar al que le estaba llevando. El personal de emergencia se reservaba para los casos más extremos, para circunstancias en las que no bastaba con los agentes de Seguridad. En algún lugar de su memoria, más allá de una densa neblina, apareció el recuerdo de una época en la que los agentes de policía se apartaban cuando llegaban unos transportes de los que salía personal fuertemente armado que aseguraba la zona con precisión militar. ¿Había sido él uno de ellos? ¿En una vida muy, muy lejana? No lo recordaba. Y de todos modos, los hombres que dormían en aquella cámara eran muy distintos.

Muchos de ellos habían estado despiertos recientemente. Darcy lo recordaba del comienzo de su turno. Eran pilotos. Aún recordaba el día en que había visto aquellas ondas en su taza de café. Luego se enteró de que habían sido bombas lanzadas por unos drones. Comenzó a moverse entre las cápsulas en busca de una vacía. Alguien no había vuelto a dormir cuando debía, sospechaba. O lo habían despertado para hacer travesuras.

Esta última posibilidad era la que más lo inquietaba. ¿Quién tenía acceso a aquel personal? ¿Quién podía despertarlo sin que nadie se enterara? Tenía la sospecha de que, informara a quien informara, cuando sus descubrimientos ascendiesen por la cadena de mando acabarían por llegar al culpable o culpables. El hombre al que habían matado era el jefe en aquel turno del silo, la cabeza de todos los silos. Era algo serio. Muy serio. ¿Una lucha interna en la jefatura? Con un caso así, corría el peligro de pasarse el resto de su vida preparando café y limpiando manchas de sangre.

Había recorrido ya dos terceras partes de la cuadrícula de cápsulas criogénicas cuando empezó a pensar que tal vez se hubiera equivocado. Los indicios eran muy endebles. Estaba haciendo un trabajo que no le correspondía. Seguro que no faltaba nadie ni había ninguna gran conspiración en marcha, ni ningún asesino suelto...

Y entonces se encontró con una cápsula en la que no se veía ningún rostro y cuya ventanilla no tenía escarcha. Le bastó con poner una mano sobre ella para confirmar que estaba desactivada. Su temperatura era idéntica a la de la sala: fresca, pero no helada. Revisó la pantalla temiendo que estuviese apagada, pero no, funcionaba. Sólo que no contenía ningún nombre. Sólo un número.

Sacó la libreta y apretó el botón de su bolígrafo. Sólo un nombre. Tenía la sospecha de que el nombre asociado sería materia clasificada. Pero ya tenía a su hombre. Oh, sí, lo tenía. Y aunque no pudiese averiguar su nombre, sabía dónde se alojaban los pilotos cuando estaban de guardia. Tenía una idea bastante aproximada de la ubicación del escondrijo de su herido asesino.

46

Silo 1

Charlotte no volvió a probar suerte con el radio hasta la mañana siguiente. Esta vez sabía lo que quería decir. Y también sabía que le quedaba poco tiempo. Aquella misma mañana había vuelto a oír gente al otro lado de la puerta del elevador, buscándola.

Cuando tuvo la certeza de que se habían marchado, se atrevió a salir y comprobó que se habían llevado el resto de las notas de Donald de la sala de juntas. Fue al baño, donde se tomó su tiempo para cambiarse el vendaje. Tenía el brazo manchado de sangre por todas partes, pero al menos la herida había empezado a cicatrizar. Luego se dirigió a la sala de control, convencida de que se habrían llevado el radio, pero parecía que no habían estado allí. Probablemente no habrían mirado siquiera debajo del plástico, asumiendo que todo lo que contenía tenía que ver con los drones. Destapó el radio y lo encendió. El aparato respondió con un zumbido. Dejó las carpetas de Donny encima de las herramientas, que seguían allí.

Una frase de Donny apareció en su cabeza. Le había dicho que no vivirían eternamente, ninguno de los dos. No vivirían lo suficiente fuera de las cápsulas como para ver los resultados de sus actos. Y por eso era más difícil saber cómo actuar, saber lo que tenían que hacer por aquella gente, por los treinta y tantos o cuarenta silos que quedaba. La inacción era una condena para la mayoría de ellos. Charlotte sintió el impulso de pasear de un lado a otro de la sala, como su hermano. Tomó el micrófono y reflexionó un momento sobre las posibles consecuencias de ponerse en contacto con aquellos desconocidos. Pero cualquier cosa era mejor que limitarse a escuchar. El día antes se había sentido como una operadora de la policía, incapaz de hacer otra cosa que escuchar mientras se cometía un crimen, incapaz de responder o de enviar ayuda.

Tras asegurarse de que el dial estuviese en el Diecisiete, ajustó el volumen y el silenciamiento hasta conseguir un suave siseo de estática. De alguna manera, un puñado de personas había logrado sobrevivir a la destrucción de su silo. Charlotte sospechaba que habían pasado a otro caminando por la superficie. Su alcaldesa —la tal Juliette, con la que había hablado su hermano— había demostrado que se podía hacer. Creía que precisamente era eso lo que había captado la atención de su hermano. Desde que lo vio trabajando en aquel traje había sabido que soñaba con escapar. Y puede que aquella gente hubiera dado con el modo de hacerlo.

Abrió las carpetas y extendió frente a sí los descubrimientos de su hermano. Estaba la lista de los silos, ordenados por probabilidades de supervivencia. Estaba la nota del senador, aquel pacto suicida. Y el mapa de todos los silos, sin círculos tachados, pero con las líneas que convergían sobre un punto central. Ordenó todas las notas e hizo un esfuerzo por sosegarse antes de llamar. Ya no le importaba que la descubrieran. Sabía perfectamente lo que quería decir, lo que Donny no había sido capaz de decir a pesar de estar desesperado por hacerlo.

—Saludos, habitantes del silo Dieciocho. Habitantes del silo Diecisiete. Me llamo Charlotte Keene. ¿Pueden oírme? Cambio.

Mientras esperaba, sintió una descarga de adrenalina y un momento de nerviosismo, provocados por la temeridad de haber revelado su nombre. Probablemente acabara de dar una patada al avispero en el que se escondía. Pero tenía verdades que contar. Su hermano la había despertado en un mundo de pesadilla y sin embargo ella recordaba el mundo de antes, un mundo de cielos azules y hierba verde. Y lo había vislumbrado a través de su dron. Si hubiera nacido allí, si nunca hubiera conocido otra cosa, ¿habría querido que se lo dijeran? ¿Que la despertaran? ¿Que alguien le contara la verdad? Durante un momento olvidó el dolor de su hombro. Aquella mezcla de temor y emoción disolvió la palpitante agonía…

—Te recibo alto y claro —respondió alguien, un hombre—. ¿Quieres hablar con alguien del Dieciocho? No creo que haya nadie allí. ¿Quién has dicho que eras?

Charlotte apretó el botón del micrófono.

—Me llamo Charlotte Keene. ¿Con quién hablo?

—Soy Tom Higgins, jefe del comité de planificación. Estamos en el puesto del ayudante del piso setenta y cinco. Nos dijeron que hubo un derrumbe y que no debemos volver. ¿Qué está pasando ahí abajo?

—No estoy debajo de ustedes —dijo Charlotte—. Estoy en otro silo.

—Repite eso. ¿Quién eres? ¿Keene, has dicho? No me suena haber visto tu nombre en el censo.

—Sí, Charlotte Keene. ¿Está su alcaldesa por ahí? ¿Juliette?

—¿Dices que estás en nuestro silo? ¿Eres de los pisos intermedios?

Charlotte se disponía a decir algo, consciente de pronto de lo complicado que iba a ser aquello, cuando la interrumpió otra voz. Una voz conocida.

—Soy Juliette.

Charlotte se inclinó hacia delante y ajustó el volumen. Pulsó el botón del micrófono.

—Juliette, me llamo Charlotte Keene. Estuviste hablando con mi hermano Donny. O sea, Donald. —Estaba nerviosa. Se detuvo para secarse las palmas de las manos en las perneras del overol. Cuando soltó el botón del micrófono, el hombre de antes hablaba por la misma frecuencia.

—… oído que ha habido un accidente en el silo. ¿Puedes confirmármelo? ¿Dónde estás?

—En Mecánica, Tom. Iré a verlos cuando pueda. Sí, el silo se ha perdido. Sí, es mejor que se queden ahí. Y ahora déjame averiguar lo que quiere esa persona.

—¿Qué quiere decir «perdido»? No comprendo.

—Destruido, Tom. Murieron todos. Puedes hacer trizas el puñetero censo. Y ahora, por favor, deja libre la línea. ¿Podemos cambiar de canal?

Charlotte aguardó la respuesta del hombre. Y entonces se dio cuenta de que la alcaldesa le hablaba a ella. Apretó rápidamente el botón del micrófono antes de que la otra voz pudiera pisarle la transmisión.

—Eh… sí, claro. Puedo transmitir en todas las frecuencias.

El jefe del comité de planificación, o como quiera que se hubiese presentado, volvió a intervenir:

—¿Dijiste destruido? ¿Ha sido obra tuya?

—Canal dieciocho —dijo Juliette.

—Dieciocho —repitió Charlotte.

Mientras acercaba la mano al dial, el radio escupió un torrente de preguntas. Con un pequeño movimiento de los dedos silenció la voz del hombre.

—Soy Charlotte Keene en el canal dieciocho. Cambio.

Esperó. Se sentía como si acabara de encerrarse con un confidente detrás de una puerta.

—Soy Juliette. ¿Qué es eso de que conozco a tu hermano? ¿En qué piso estás?

Costaba creer lo difícil que iba a ser aquello. Charlotte aspiró hondo.

—Piso no. Silo. Estoy en el silo Uno. Hablaste con mi hermano varias veces.

—Estás en el silo Uno. Donald es tu hermano.

—Eso es. —Por fin parecía que estaba claro. Era un alivio.

—¿Llamaste para regodearte? —preguntó Juliette. Había una repentina chispa de vida en su voz, un destello de violencia—.

—¿Tienes la menor idea de lo que han hecho? ¿Sabes cuánta gente han matado? Tu hermano me advirtió que podían hacerlo, pero no le creí. Jamás le creí. ¿Está ahí?

—No.

—Bueno, pues dile esto. Espero que me crea cuando le digo que ahora mismo lo único en lo que puedo pensar es en dar con la manera de matarlo, de asegurarme de que esto no se repite. Díselo.

Charlotte sintió un escalofrío. La mujer creía que era su hermano el que los había destruido. Las palmas de sus manos comenzaron a sudar alrededor del micrófono. Pulsó el botón y al ver que se había quedado pegado, le dio unos golpecitos sobre la mesa hasta que, con un pequeño chasquido, se soltó.

—Donny no… Es posible que ya esté muerto —dijo tratando de contener las lágrimas.

—Cuánto lo siento. Pues entonces supongo que tendré que ir por su sustituto.

—No, escúchame. Donny… no es el culpable de esto. Te lo juro. Lo detuvieron. En teoría no podía ni hablar con ustedes. Quería explicarte algo y no sabía cómo. —Soltó el micrófono y rezó para que su mensaje le estuviese llegando a esa desconocida, para que diese crédito a sus palabras.

—Tu hermano me advirtió que podía acabar con nosotros con sólo pulsar un botón. Bueno, el caso es que alguien ha pulsado ese botón y destruyó mi hogar. Algunas personas a las que quería han muerto. Si antes no tenía muy claro si iba a ir por ustedes, ahora puedes dar por seguro que sí.

—Espera —respondió Charlotte—. Escucha. Mi hermano está metido en un lío. Y lo está por haber hablado contigo. Y nosotros dos… No hemos tenido nada que ver con esto.

—Claro. Lo que quieres es hacernos hablar. Sonsacarnos. Y luego nos destruirán. Con ustedes todo son juegos. Nos mandan a limpiar, pero están envenenando el aire. Eso es lo que están haciendo. Quieren que nos tengamos miedo unos a otros y que se lo tengamos a ustedes, así que mandamos a nuestra propia gente a limpiar y envenenamos el mundo con nuestro odio y nuestro miedo, ¿no?

—Yo no… Escucha, te lo juro, no sé de qué hablas. Sé… Puede que te cueste creer esto, pero recuerdo cuando el mundo de ahí fuera era muy distinto. Cuando podíamos vivir y respirar allí. Y creo que podría volver a ser así, al menos en parte. Ahora es así. Eso es lo que quería decirte mi hermano, que allá fuera hay esperanza.

Un pausa. Una respiración fuerte. Charlotte volvía a sentir el dolor en el brazo.

—Esperanza.

Esperó. El radio sólo respondía con siseos, como una respiración rabiosa exhalada a la fuerza a través de unos dientes apretados.

—Mi hogar y mi gente fueron destruidos y tú me vienes con esperanzas. Ya vi su esperanza, el cielo azul y brillante sobre nuestras cabezas, la mentira que lleva a los exiliados a cumplir su voluntad, a limpiar para ustedes. La vi y doy gracias a los dioses por haber sabido que no debía creerla. Es la embriaguez del nirvana. Así es como consiguen que soportemos la vida. Nos prometen el Cielo, ¿no? Pero ¿qué saben del Infierno?

Tenía razón. Aquella mujer, Juliette, tenía razón. ¿Cómo se podía mantener una conversación así? ¿Cómo lo había conseguido su hermano? Eran como dos seres de dos razas distintas que, por alguna casualidad, hablaban la misma lengua. Charlotte estaba tratando de comunicarse con unas hormigas, hormigas a las que les preocupaba las minucias de sus hormigueros, no lo que pasaba en el mundo más allá de ellos. Nunca podría hacerles entender…

Pero entonces se dio cuenta de que Juliette no sabía nada de su propio infierno. Así que le habló sobre él.

—A mi hermano casi lo matan de una paliza —dijo—. De hecho, podría estar muerto. Sucedió ante mis propios ojos. Y lo hizo un hombre que era como un padre para nosotros. —Luchó por mantener la compostura, por impedir que las lágrimas se filtrasen a sus palabras—. Me están buscando. Volverán a hacerme dormir o me matarán y no sé si hay mucha diferencia. Nos mantienen congeladas durante años y años mientras los hombres trabajan en turnos. Hay unas computadoras que están jugando un juego y que un día decidirán a cuál de sus silos se le permite vivir. El resto morirá. Morirán todos los silos salvo uno. Y no podemos hacer nada para impedirlo.

Abrió la carpeta de las notas, pero no pudo encontrar la lista de los silos por culpa de las lágrimas. Juliette estaba en silencio, seguramente tan confundida por el infierno de Charlotte como Charlotte por el suyo. Pero tenía que decirlo. Tenía que contar las terribles verdades que habían descubierto. Y se sentía mejor ahora que lo estaba haciendo.

—Nosotros... Donny y yo, sólo estábamos tratando de encontrar el modo de ayudarlos a todos. Te lo juro. Mi hermano... sentía afinidad por tu gente. —Soltó el botón del micro para que la otra no pudiera oír su llanto.

—Mi gente... —dijo Juliette con voz apagada.

Charlotte asintió. Respiró hondo.

—Su silo.

Hubo un prolongado silencio. Charlotte se limpió la cara con una manga.

—¿Por qué crees que iba a confiar en ti. ¿Sabes lo que han hecho? ¿Cuántas vidas han quitado? Han muerto millares de personas...

Charlotte alargó la mano hacia el control de volumen para bajarlo.

—... Y el resto de nosotros va a correr la misma suerte. Pero tú dices que quieres ayudarnos. ¿Quién diablos eres?

Juliette esperó su respuesta. Charlotte miró el susurrante aparato. Apretó el botón del micrófono.

—Miles de millones —dijo—. Han muerto miles de millones.

No hubo respuesta.

—Matamos muchos más de los que puedas llegar a imaginar. Las cifras son tan altas que carecen de sentido. Matamos a casi todo el mundo. No creo que... la pérdida de millares... tenga la menor importancia al lado de eso. Por eso precisamente son capaces de hacerlo.

—¿Quién? ¿Tu hermano? ¿Quién es el responsable?

Charlotte se limpió las últimas lágrimas y sacudió la cabeza.

—No. Donny nunca habría podido hacer algo así. Fue... No creo ni que tengas palabras para ello. Un hombre que dirigía el mundo, antes. Atacó a mi hermano. Nos encontró. —Charlotte miró de reojo la puerta. Tenía la sensación de que Thurman iba a echarla abajo de una patada, a irrumpir en la sala y hacerle lo mismo a ella. Había dado una patada al avispero, estaba segura de ello—. Fue él quien destruyó el mundo y quien ha destruido a tu gente. Se llama Thurman. Era… algo así como un alcalde.

—Su alcalde destruyó mi mundo. No tu hermano sino ese otro hombre del que hablas. ¿Y destruyó el mundo en el que estoy ahora? Lleva décadas muerto. ¿Fue obra suya también?

Charlotte se dio cuenta de que la mujer veía los silos como mundos enteros. Se acordó de una irakí con la que había hablado una vez, tratando de conseguir que le indicara cómo llegar a un pueblo. Había sido una conversación en lenguas distintas sobre un mundo distinto, pero le había resultado más sencilla que ésta.

—El hombre que se ha llevado a mi hermano destruyó el mundo entero, sí. —Charlotte vio el memorando en la carpeta, la nota etiquetada como «El Pacto». ¿Cómo explicárselo?

—¿Te refieres al mundo más allá de los silos? ¿El mundo donde las cosechas crecían en la superficie y los silos servían para guardar semillas y no personas?

Charlotte dejó escapar el aliento que estaba conteniendo. Su hermano debía de haberle explicado más de lo que le había dicho.

—Sí. Ese mundo.

—Ese mundo lleva miles de años muerto.

—Cientos —respondió Charlotte—. Y nosotros… estamos aquí desde hace mucho. Yo… Antes vivía en ese mundo. Lo conocí antes de que se transformara en un montón de ruinas. Los habitantes de este silo fueron los responsables. Te lo estoy diciendo.

Hubo un silencio. Era la succión del vacío que sigue a la caída de una bomba. Una confesión, claramente expresada. Charlotte había hecho lo que creía que su hermano siempre había deseado hacer. Admitir ante aquellas personas lo que habían hecho. Pintar una diana. Invitarlos a vengarse. A darles su merecido.

—Si eso fuera cierto, les desearía la muerte a todos. ¿Me comprendes? ¿Sabes cómo vivimos? ¿Sabes cómo es el mundo del exterior? ¿Lo has visto?

—Sí.

—¿Con tus propios ojos? Porque yo sí.

Charlotte respiró hondo.

—No —admitió—. Con mis propios ojos no. Sólo a través de una cámara. Pero he visto más lejos que nadie y puedo decirte que ahí fuera las cosas están mejor. Creo que tienes razón, que somos nosotros los que estamos contaminando el mundo, pero también creo que está contenido. Creo que estamos rodeados por una gran nube. Más allá, hay cielos azules y la vida tiene opciones. Debes creerme: si pudiera liberarlos, ayudarlos a ser libres, a enderezar las cosas, lo haría sin pensarlo.

Hubo una pausa prolongada. Muy prolongada.

—¿Cómo?

—No estoy… No creo que esté en posición de hacerlo. Sólo digo que si pudiera, lo haría. Sé que tienen problemas, pero yo tampoco estoy muy bien aquí. Lo más probable es que cuando me encuentren me maten. O algo así. He hecho… —Tocó el destornillador que había sobre el banco— cosas muy malas.

—Mi gente también me querrá muerta por mi participación en todo esto —dijo Juliette—. Me mandarán a limpiar, sólo que esta vez no volveré. Así que supongo que tenemos algo en común.

Charlotte se echó a reír y se secó las mejillas.

—Lo siento de veras —dijo—. Siento todas las cosas por las que han pasado. Siento haberles hecho todo esto.

Hubo un momento de silencio.

—Gracias. Quiero creerte, creer que no fueron tu hermano y tú los culpables. Sobre todo porque alguien que me era muy querido quería que creyera que tu hermano intentaba ayudarnos. Así que espero que no te interpongas en mi camino cuando llegue allí. Dime una cosa: esas cosas malas que dices haber hecho, ¿se las has hecho a gente mala?

Charlotte enderezó la espalda.

—Sí —susurró.

—Bien. Es un comienzo. Y ahora deja que te hable del mundo exterior. En toda mi vida sólo he amado a dos hombres y los dos trataron de convencerme de lo mismo, de que el mundo es un buen sitio y podemos mejorarlo. Cuando descubrí la existencia de las perforadoras, cuando soñé con la idea de excavar hasta aquí, pensé que ésta era la forma de hacerlo. Pero sólo he empeorado las cosas. ¿Y sabes lo que ha sido de esos dos hombres a los que la esperanza les rebosaba del pecho? Están muertos. Así es el mundo en el que vivimos.

—¿Perforadoras? —preguntó Charlotte. Intentaba encontrarle sentido a todo aquello—. Pero si llegaste al otro silo por las esclusas… Cruzando las colinas.

Juliette tardó en responder.

—He hablado demasiado —dijo—. Tengo que irme.

—No, espera. Ayúdame a entender. Han abierto un túnel de silo a silo. —Se inclinó hacia delante y volvió a esparcir las notas hasta encontrar el mapa. Era uno de aquellos rompecabezas que no tenía sentido hasta que aparecía una regla o un dato nuevos. Trazó con el dedo una de las líneas rojas hasta un punto marcado como «SEMILLA»—. Creo que esto es importante —dijo, embargada de pronto por una oleada de emoción. Ahora veía cómo se desarrollaba el juego y lo que iba a suceder dentro de doscientos años—. Tienes que creerme, soy del viejo mundo. Te lo prometo. Lo he visto cubierto de cultivos que… como tú dices, crecen sobre la superficie. Y el mundo exterior, que parece en ruinas… no creo que esté todo así. He podido entreverlo… En cuanto a las perforadoras, como las has llamado… Creo que ya sé para qué sirven. Escúchame. Tengo aquí un mapa que mi hermano creía importante. Muestra un montón de líneas que convergen sobre un sitio en el que dice S-E-M-I-L-L-A.

—Semilla —dijo Juliette.

—Sí. Son como líneas de vuelo. Hasta ahora, nunca le había encontrado sentido, pero creo que llevan a un lugar mejor. Creo que la perforadora que has encontrado no era para pasar de un silo a otro. Creo...

Hubo un ruido tras ella. Charlotte tardó en asimilarlo, a pesar de que lo esperaba hacía horas. Días. A pesar de que temía que vinieran a buscarla, a pesar de que sabía con toda certeza que iban a hacerlo, estaba demasiado acostumbrada a estar sola.

—¿Qué crees? —preguntó Juliette.

Charlotte se volvió al mismo tiempo que se abría la puerta de la sala de control de drones. En el pasillo había un hombre vestido igual que los dos que habían sujetado a su hermano en el pasillo. Estaba solo. Se le acercó gritando que no se moviera, que levantara las manos. La apuntó con un arma.

La voz de Juliette volvió a sonar por el radio. Le pidió a Charlotte que continuara, que le explicara para qué eran las perforadoras, que respondiera. Pero Charlotte estaba demasiado ocupada obedeciendo a aquel hombre. Levantó una mano sobre la cabeza y la otra tanto como le fue posible en su estado. Y supo que todo había terminado.

47

Silo 17

El grupo electrógeno arrancó a regañadientes. Hubo un profundo traqueteo en las tripas de la gran perforadora y entonces, las bombillas de un cable tendido entre la sala de bombas, la sala del generador y el pasillo principal del silo Diecisiete parpadearon y se encendieron. Los exhaustos mecánicos respondieron con aplausos y vítores, y Juliette, al verlo, comprendió lo importantes que eran aquellas pequeñas victorias. Ahora brillaba la luz donde antes estaba todo cubierto por la oscuridad.

Para ella, respirar ya era una pequeña victoria. La muerte de Lukas le pesaba en el pecho, al igual que las de Peter, Marsha y Nelson. Todas las personas a las que había conocido y perdonado en Informática habían desaparecido. El personal de la cafetería. Prácticamente todo el mundo por encima de Suministros, todos los que no habían logrado ponerse a salvo. Un peso en el pecho, desde el primero hasta el último de ellos. Respiró hondo, asombrada de nuevo por poder hacerlo.

Courtnee había ocupado el vacío dejado por Shirly al mando de los mecánicos. Su equipo era el que estaba tendiendo las luces y reparando y automatizando las bombas. Juliette se movía por allí como un fantasma. Sólo un puñado de ellos parecían verla. Su padre y unos pocos amigos íntimos, leales hasta el final.

Encontró a Walker en la parte trasera de la perforadora, donde se sentía más a gusto por la estrechez de los espacios y la disponibilidad de energía eléctrica. Tras examinar el radio de

Juliette, dictaminó que funcionaba pero se le había agotado la batería.

—Podría fabricarte un cargador en unas horas —dijo con tono de disculpa.

Juliette examinó la cinta transportadora, que una vez limpia de escombros y polvo hacía las veces de banco de trabajo tanto para Walker como para el equipo de excavación. Walker estaba embarcado en varios proyectos para Courtnee: bombas que había que rebobinar y unos dispositivos que parecían detonadores de minería desmontados. Juliette le dio las gracias, pero le dijo que iba a subir en seguida. Había cargadores en las estaciones de los ayudantes y en la zona de Informática, en el treinta y cuatro.

En otro punto de la cinta transportadora, vio a varios miembros del equipo de excavación reunidos alrededor de un plano. Tomó el radio y la linterna de la zona de Walker, le dio unas palmadas en la espalda a su amigo y fue a reunirse con ellos.

El viejo capataz de la mina, Erik, estaba marcando distancias en el plano con un compás. Juliette se introdujo entre ellos para ver mejor. Era el plano de los silos que había traído ella misma semanas atrás. Mostraba una serie de círculos, algunos de ellos tachados. Varias marcas situadas entre dos de ellos representaban la ruta que había seguido la perforadora. El equipo de perforación había utilizado el plano para establecer la trayectoria de su avance, con la ayuda de las estimaciones de Juliette sobre la dirección y el tiempo que había tardado en hacer el mismo viaje sobre la superficie.

—Podríamos llegar al número Dieciséis en dos semanas —calculó Erik.

—Vamos —rezongó Bobby—. Pero si tardamos más tiempo en llegar hasta aquí.

—Ya, pero ahora tienen un incentivo adicional para trabajar —respondió el otro.

Alguien se echó a reír.

—¿Y si aquello no es seguro? —preguntó Fitz.

—Lo más probable es que no lo sea —dijo Juliette.

Varios rostros cubiertos de mugre se volvieron hacia ella.

—¿Es que tienes amigos en todos? —preguntó Fitz mirándola con algo muy parecido a una mueca de desprecio.

Juliette pudo sentir la tensión que se respiraba en el grupo. La mayoría había conseguido que sus familias, sus seres queridos, sus hijos y sus hermanos y hermanas pasaran al otro lado. Pero no todos.

Juliette se abrió paso entre Bobby y Hyla y tocó uno de los círculos del mapa con un dedo.

—Tengo amigos en éste.

Las sombras bailaban sobre el mapa como si estuvieran borrachas, proyectadas por una bombilla que se mecía al extremo de un cable, sobre sus cabezas. Erik leyó la identificación del círculo que había señalado Juliette.

—Silo Uno. —Trazó con el dedo la distancia entre aquel silo y el suyo. Había tres hileras de silos entre medias—. Tardaríamos bastante más.

—No pasa nada —respondió ella—. Iré sola.

Todos los ojos se apartaron del mapa para posarse en ella. El único sonido era el ronroneo del grupo electrógeno, al otro extremo de la perforadora.

—Iré a pie. Sé que van a necesitar todas las cargas de demolición que podías encontrar, pero vi que quedó algo de la perforación. Me gustaría llevarme algunas, las suficientes para abrirle un agujero.

—¿De qué estás hablando? —preguntó Bobby.

Juliette se inclinó sobre el mapa y trazó la ruta con el dedo.

—Voy a ir a pie, con un traje modificado. Voy a llenar la compuerta de ese maldito de dinamita y voy a abrirlo como si fuese una lata de sopa.

Fitz esbozó una sonrisa desdentada.

—¿Y qué amigos dices que tienes por ahí?

—Amigos muertos —dijo Juliette—. La gente que nos hizo esto vive allí. Y son los mismos que hicieron del mundo un sitio inhabitable. Creo que ya va siendo hora de que sepan cómo se vive en él.

Nadie habló durante un rato. Finalmente, Bobby preguntó:

—¿Qué grosor tienen las compuertas de las esclusas? Tú las viste.

—Entre ocho y diez centímetros.

Erik se rascó la barba. Juliette se dio cuenta de que al menos la mitad de los hombres que rodeaban el plano estaban haciendo cálculos. Y ni uno solo iba a intentar disuadirla.

—Necesitarás entre veinte y treinta cartuchos —dijo una voz.

Juliette buscó a su propietario y vio un hombre al que no conocía. Alguien de los pisos intermedios que había logrado bajar, quizá. Pero llevaba overol de mecánico.

—Soldaron una plancha de dos centímetros y medio a la base de la escalera. Necesitamos ocho cartuchos para atravesarla. Yo diría que te harán falta entre tres y cuatro veces más.

—¿Estabas en traslado? —preguntó Juliette.

—Sí, señora —respondió el hombre con un gesto de asentimiento.

Y Juliette, al ver el cabello bien recortado y la sonrisa brillante que asomaban por debajo de la capa de suciedad que lo cubría, pensó que eran los rasgos de alguien del tercio superior. Uno de los hombres que había enviado desde Informática pare reforzar los turnos de Mecánica. Alguien que había contribuido a volar la barrera erigida por sus amigos durante el levantamiento. Sabía de lo que hablaba.

Miró a los demás.

—Antes de irme, intentaré contactar con algunos de los demás silos para ver si los acogen. Pero tengo que advertirles que todos sus jefes trabajan para esa gente. Cuando se presenten allí echando abajo sus paredes, es posible que les den de comer, pero también que les peguen un tiro. No sé si este sitio es recuperable, pero tal vez lo mejor sea quedarse aquí. Imagínense lo que habríamos pensado nosotros si, un buen día, varios cientos de desconocidos se hubieran presentado en nuestra casa pidiéndonos asilo.

—Nosotros los habríamos acogido —dijo Bobby.

Fitz lo miró con desprecio.

—Para ti es fácil decirlo, ya tienes dos hijos. Pero ¿y los que seguimos en la lotería?

Varias voces respondieron a su pregunta al mismo tiempo. Erik dio unos golpes sobre la cinta transportadora para silenciarlas.

—Ya basta —dijo. Recorrió el grupo con mirada dura—. Tiene razón. Antes tenemos que saber lo que podemos encontrarnos. Entretanto podemos empezar con el andamiaje. Vamos a necesitar todas las vigas de las minas, lo que significa que va a haber que achicar mucha agua y luego explorar.

—¿Y cómo vamos a orientar este trasto? —preguntó Bobby—. El muy maldito no se deja controlar fácilmente. No le gustan las curvas.

Erik asintió.

—Ya lo pensé. Cavamos a su alrededor hasta que tenga margen para girar sobre sí mimo. Court dice que podemos colocar unos rieles para ayudarlo. Avanzamos un poquito hacia un lado y luego retrocedemos en el contrario. Irá a paso de tortuga, pero mientras no haya obstáculos en medio, podrá girar.

En ese momento apareció Raph junto a Juliette. Se había mantenido detrás durante la conversación.

—Yo voy contigo —dijo.

Juliette se dio cuenta de que no era una pregunta. Asintió.

Una vez que Erik terminó de explicarles lo que tenían que hacer, los trabajadores empezaron a dispersarse. Juliette llamó a Erik y le mostró el radio.

—Voy a ver a mi padre y a Courtnee antes de irme y a unos amigos míos que subieron a las granjas. Haré que te manden un radio en cuanto encuentre otra. Y un cargador. Si contacto con algún silo que esté dispuesto a acogerlos, te avisaré.

Erik asintió. Se disponía a decir algo, pero entonces miró las caras de los que aún seguían cerca y, con un gesto, invitó a Juliette seguirlo a un lado. Ella le entregó el radio a Raph y lo siguió.

Erik se apartó unos pasos, miró a su alrededor y se alejó un poco más. Y luego otra vez. Y otra. Hasta que se encontraron al otro extremo de la sala, bajo la parpadeante luz de la última de las bombillas.

—Oí lo que dicen algunos de ellos —dijo Erik—. Sólo quiero que sepas que es un montón de basura, ¿está bien?

Juliette arrugó el rostro en gesto de confusión. Erik aspiró hondo y dirigió la mirada hacia sus trabajadores, en la distancia.

—Mi esposa estaba en el ciento veintitantos, trabajando, cuando todo se vino abajo. Todos los que estaban allí corrían hacia arriba y aunque la tentación de seguirlos era muy fuerte, bajó en busca de nuestros hijos. En todo el piso fue la única que lo consiguió. Tuvo que abrirse paso en medio de una enorme multitud para llegar hasta aquí. La gente estaba como loca.

Juliette le apretó el brazo.

—Me alegro de que lo consiguiera. —La luz de la oscilante bombilla se reflejaba en los ojos de Erik.

—Caramba, Jules, atiende a lo que te estoy diciendo. Esta mañana me desperté sobre una plancha de acero, con una contractura en el cuello que a lo mejor no se me quita en lo que me queda de vida, dos condenados niños encima como si fuese su colchón y el culo entumecido de frío…

Juliette se echó a reír.

—… pero Lesley estaba ahí observándome. Como si llevara mucho rato haciéndolo. Y entonces miró a su alrededor, a este infierno carcomido por el óxido, y me dijo que daba gracias a los dioses por haber encontrado este sitio.

Juliette apartó la mirada y se secó los ojos. Erik la agarró del brazo y la obligó a mirarlo. No iba a dejarla escapar tan fácilmente.

—Ella odiaba la perforación. La odiaba. Y odiaba que yo hubiera aceptado doblar el turno, odiaba oírme todo el día rezongando, quejándome de las vigas que me obligaste a sacar y de todo lo que le hicimos al pozo seis. Lo odiaba porque lo odiaba yo. ¿Me entiendes?

Juliette asintió.

—Está bien, sé tan bien como los demás que estamos metidos en un buen lío. No creo que lleguemos a ninguna parte con la perforadora, pero al menos nos dará algo que hacer hasta que nos llegue la hora. Hasta entonces, cada día que pase despertaré con el cuerpo entumecido junto a la mujer que amo. Y si tengo suerte, no será el último. Y cada uno de ellos será un regalo. Esto no es un infierno. Es lo que viene antes del infierno. Y lo tenemos gracias a ti.

Juliette se secó las lágrimas de las mejillas. Una parte de ella se detestaba por llorar delante de él. Otra quería rodearle el cuello con los brazos y echarse a llorar. En aquel momento echaba en falta a Lukas más de lo que hubiera creído posible.

—No sé nada sobre esa locura que quieres llevar a cabo, pero de lo mío puedes llevarte cuanto necesites. Y si eso significa que tengo que cavar con las manos, pues muy bien. Ve por esos malditos. Cuando llegue al infierno, quiero encontrármelos allí.

48

Silo 17

Juliette encontró a su padre en la improvisada clínica que había montado en un almacén vacío y oxidado. Raylee, una electricista del segundo turno con un embarazo de nueve meses, descansaba sobre un saco de dormir, junto a su marido. Ambos tenían una mano sobre su barriga. Al saludarlos, Juliette se dio cuenta de que su hijo sería el primero —tal vez en toda la historia— que nacía en un silo distinto al de sus padres. Nunca conocería las brillantes salas de Mecánica en las que habían trabajado y vivido, nunca subiría al bazar para oír música o ver una obra de teatro y nunca podría contemplar el mundo a través de una pantalla de pared. Y si era una niña, afrontaría el peligro de tener sus propios hijos, como Hannah, sin que nadie pudiera impedírselo.

—¿Te marchas? —le preguntó su padre.

Juliette asintió.

—Sólo venía a despedirme.

—Lo dices como si no fuéramos a volver a vernos. Cuanto tenga todo organizado aquí abajo subiré a ver a los niños. Bueno, después de que haya llegado nuestro nuevo ciudadano. —Miró a Raylee y a su marido con una sonrisa.

—Adiós por ahora, nada más —dijo Juliette.

Había hecho jurar a los demás que no le contarían sus planes a nadie, y menos a Court y a su padre. Le dio un último abrazo procurando que el cuerpo no la delatara.

—Y para que lo sepas —le dijo al soltarlo—, esos niños son lo más parecido a unos hijos propios que nunca tendré. Así que si no ando por aquí para cuidarlos, si puedes echarle una mano a Solo… A veces creo que es el más niño de todos.

—Lo haré. Y ya lo sé. Y siento lo de Marcus. Fue culpa mía.

—No, papá. No digas eso. Tú… Cuida de ellos cuando yo esté demasiado ocupada como para hacerlo. Ya sabes cómo me enfrasco en mis absurdos proyectos…

Su padre asintió.

—Y te quiero —añadió Juliette.

Y entonces dio media vuelta para marcharse antes de delatarse aún más. Raph la esperaba en el pasillo, con una pesada bolsa al hombro. Juliette tomó la otra. Pasaron por debajo de las últimas luces y se adentraron en la penumbra. Ninguno de ellos encendió su linterna. Los pasillos les eran muy familiares y sus ojos no tardaron en adaptarse.

Atravesaron un control de seguridad vacío. Juliette vio una manguera de plástico, pinzada en un punto, y recordó haber pasado nadando por allí. Un poco más allá, la zona de la escalera estaba cubierta por el fulgor apagado y verdoso que emitían las luces de emergencia. Raph y ella iniciaron el largo ascenso. Juliette tenía en la cabeza una lista con las personas a las que debía ver y las cosas que tenía que tomar de camino. Los niños estarían en las granjas inferiores, su antiguo hogar. Solo también. Quería pasar a verlos antes de subir al puesto de ayudantes, donde esperaba encontrar un cargador y, con un poco de suerte, un radio. Si no tropezaban con ningún contratiempo y no les traicionaban las fuerzas, estaría en su antigua casa, el laboratorio de limpieza, aquella misma noche, montando un último traje.

—¿Te acordaste de tomar los detonadores del lugar de Walker? —preguntó. Tenía la sensación de estar olvidándose de algo.

—Sí. Y las baterías que querías. Y llené las cantimploras. Está todo en orden.

—Sólo quería asegurarme.

—¿Y la modificación de los trajes? —preguntó Raph—. ¿Estás segura de que allí arriba habrá todo lo que necesitas? ¿Y cuántos quedan, por cierto?

—Más que suficientes —dijo Juliette.

Le habría gustado poder decirle allí mismo que, en realidad, dos trajes serían más que suficientes. Estaba segura de que Raph creía que iba a acompañarla hasta el final. Tenía que prepararse para cuando llegara el momento de librar aquella batalla.

—Sí, pero ¿cuántos? Sólo por curiosidad. Antes no estaba permitido hablar de estas cosas…

Juliette pensó en los almacenes que había entre el treinta y cuatro y el treinta y cinco, aquellos búnkers que parecían interminables.

—Dos… puede que tres centenares —respondió—. Más de los que podía contar. Sólo modifiqué un par de ellos.

Raph silbó.

—Suficiente para varios siglos de limpieza, ¿eh? Suponiendo que se mandara a uno por año.

Juliette pensó que tenía razón. Y ahora que sabía cómo contaminaban el aire exterior, supuso que precisamente se trataba de eso: un constante goteo de exiliados. Que no salían a limpiar, sino justamente a lo contrario. A ensuciar el mundo.

—Oye, ¿te acuerdas de Gina, la de Suministros?

Juliette asintió con una puñalada de congoja. Había gente de Suministros que se había salvado, pero Gina no estaba entre ellos.

—¿Sabías que nos veíamos?

Juliette sacudió la cabeza.

—No. Lo siento, Raph.

—Ya.

Completaron una vuelta entera de la escalera.

—Una vez hizo un recuento de piezas de repuesto. Ya sabes que tenían un ordenador donde lo anotaban todo… Dónde estaba cada pieza, cuántas se habían pedido, y todo eso, ¿no? Bueno, el caso es que en Informática se les habían quemado algunos chips de los servidores, bam, bam, bam. Era una de esas semanas donde aparecían averías hasta debajo de las piedras…

—Me acuerdo de esas semanas —respondió Juliette.

—Bueno, a Gina le dio por preguntarse cuánto tardarían en quedarse sin chips. Ese tipo de piezas son imposibles de fabricar, ¿sabes? Son demasiado complejas. Así que calculó la tasa de fallo media, la comparó con los repuestos disponibles y obtuvo un resultado de doscientos cuarenta y ocho años.

Juliette aguardó a que continuara.

—¿El número significa algo? —preguntó al fin.

—Al principio no. Pero despertó su curiosidad porque algunos meses antes hice un cálculo similar con otra cosa, también por curiosidad, y el resultado había sido muy parecido. Pocas semanas después se fundió una bombilla en su oficina. Una simple bombilla. Se apagó mientras trabajaba en algo y eso le dio que pensar. Ya viste los almacenes que tienen, ¿no?

—Pues la verdad es que no.

—Bueno, pues son gigantescos. Me llevó allí abajo una vez. Y...

Raph guardó silencio durante varios peldaños.

—Bueno, el almacén está medio vacío. Así que Gina hizo los cálculos para todo el silo y el resultado fue que quedaban bombillas para doscientos cincuenta y un años.

—Prácticamente el mismo número.

—Exacto. Aquello sí que despertó su curiosidad... Te habría encantado esa chica. El caso es que comenzó a hacer análisis similares en su tiempo libre, con cosas más importantes, como baterías, implantes anticonceptivos y temporizadores. El resultado era siempre el mismo, cerca de doscientos cincuenta años. Y entonces comprendió que ése es el tiempo que nos queda.

—Doscientos cincuenta años —dijo Juliette—. ¿Te lo contó ella?

—Sí. A mí y a algunos más, mientras tomábamos unas copas. Estaba bastante borracha aquel día, no pienses mal. Y recuerdo... —Se echó a reír—. Recuerdo que Jonny dijo que doscientos cincuenta años era mucho más de lo que iba a vivir él si no volvía a casa con su señora inmediatamente. Y uno de los amigos de Gina, un tío de Suministros, dijo que la gente llevaba diciendo cosas así desde tiempos de su abuela y que siempre las dirían. Pero Gina le contestó que la única razón de que no se le ocurriera la misma idea a todo el mundo era que aún era muy pronto. Le dijo que dentro de doscientos años o así, cuando al entrar en los depósitos los encontraran prácticamente vacíos, todos se darían cuenta.

—Siento muchísimo que no esté aquí —dijo Juliette.

—Y yo. —Subieron unos cuántos peldaños más—. Pero no saqué el tema por eso. Dijiste que había unos doscientos y pico trajes, ¿no? Una cifra bastante parecida, ¿no te parece?

—Sólo era un cálculo aproximado —respondió Juliette—. Sólo estuve allí un par de veces.

—Pero concuerda. ¿No te da la sensación de que es como si hubiera un cronómetro descontando el tiempo? O los dioses sabían cuánto de todo tenían que almacenar, o no tienen planes para nosotros a partir de una fecha determinada. Da miedo pensarlo, ¿verdad? Al menos a mí.

Juliette se volvió y observó a su amigo albino. La luz verde de las lámparas de emergencia lo rodeaba con una especie de fulgor inquietante.

—Es posible —dijo— que tu amiga descubriera algo importante.

Raph sorbió por la nariz.

—Ya, pero qué coño importa. Estaremos muertos mucho antes de eso.

Se echó a reír. Sus carcajadas se abrieron paso arriba y abajo de las escaleras, pero el sentimiento entristeció a Juliette. No sólo la idea de que todo el que conocía fuera a estar muerto mucho antes de que llegara aquella fecha, sino el hecho de que esto hiciera más digerible una espantosa verdad: que tenían los días contados. La idea de salvar algo era absurda, sobre todo si se trataba de una vida. En toda la historia de la humanidad, jamás se había salvado una sola vida. Simplemente se prolongaban. Al final, todo tocaba a su fin.

49

Silo 17

Las granjas estaban a oscuras, dormidas las luces del techo por orden de temporizadores que chasqueaban quedamente en la distancia. Por un pasillo largo y cubierto de vegetación llegaban las voces de quienes reclamaban parcelas y, con la misma rapidez, veían discutidas sus reclamaciones. Cosas que no tenían dueño pasaban a tenerlo. A Hannah le recordaba a otros tiempos, tiempos tumultuosos. Apretaba a su hijo contra el pecho y no se despegaba de Rickson.

El joven Miles abría la procesión, con la agonizante linterna. Cada vez que ésta amenazaba con apagarse la golpeaba contra la palma de la mano, con lo que de algún modo conseguía arrancarle un poco más de vida. Hannah volvió la mirada en dirección a la escalera.

—¿Por qué tarda tanto Solo? —preguntó.

Nadie respondió. Solo se había ido a buscar a Elise. Que la pequeña se separara de ellos, atraída por cualquier distracción, era algo habitual, pero que lo hiciera con aquellos desconocidos por allí ya era harina de otro costal. Hannah estaba preocupada.

El niño lloraba en sus brazos. Lo hacía siempre que tenía hambre. Era algo permitido. Hannah, en cambio, se tragaba sus propias quejas; también ella estaba hambrienta. Cambió el niño de posición, se desabrochó una de las correas del overol y le dio acceso a su pecho. El hambre empeoraba con la presión de tener que comer por dos. Y si antes los frutos le rozaban los brazos en aquel pasillo —donde un estómago vacío era una de las pocas cosas que nunca había tenido que temer—, ahora las parcelas se veían estremecedoramente hueras. Saqueadas. Objeto de apropiamiento.

Los tallos y las hojas crujieron como si fueran de papel cuando Rickson, tras saltar sobre la barandilla, se adentró en la segunda y la tercera hileras de parcelas en busca de alguna planta de tomates, pepinos o grosellas que hubiera logrado sustraer al saqueo alguno de sus frutos enroscando los ondulados brazos alrededor de los demás cultivos. Regresó tan ruidosamente como se había ido y le puso algo en la mano a Hannah, algo pequeño y con una parte blanda que, a juzgar por su estado, había pasado demasiado tiempo en el suelo.

—Ten —dijo, antes de seguir buscando.

—¿Por qué cogen tanto de una vez? —preguntó Miles mientras buscaba también.

Hannah husmeó la pequeña ofrenda de Rickson, que olía un poco como la calabaza, pero aún verde. En la lejanía, las voces subieron de tono, como si estuvieran discutiendo. Hannah dio un pequeño bocado a la verdura y apartó la cara, asqueada por su amargura.

—Porque no son familia —dijo Rickson.

Su voz se filtraba desde detrás de unas plantas a oscuras que agitaban a su paso.

El joven Miles lo apuntó con la linterna al ver que salía de los maizales. Traía las manos vacías.

—Pero nosotros tampoco —dijo Miles—. En realidad no. Y nunca hemos hecho algo así.

Rickson cruzó la barandilla de un salto.

—Pues claro que somos familia —repuso—. Vivimos y trabajamos juntos, como se supone que hacen las familias. Pero esa gente no, ¿es que no te has dado cuenta? ¿No te has fijado en que se visten diferente para diferenciarse unos de otros? No viven juntos. Esos desconocidos acabarán peleando, como hicieron nuestros padres. Nuestros padres tampoco eran familia. —Se soltó el pelo, se quitó los cabellos sueltos de la cara y volvió a recogérselo. Hablaba en voz baja, con los ojos clavados en la negrura donde discutían las voces—. Harán como nuestros padres y lucharán por la comida y las mujeres hasta que no quede nadie. Lo que significa que, si queremos vivir, tendremos que luchar también.

—Yo no quiero luchar —dijo Hannah.

Arrugó el gesto y, tras quitarse al niño del pezón irritado, empezó a desatarse el otro tirante para cambiarlo de pecho.

—No tendrás que hacerlo —dijo Rickson mientras la ayudaba con el overol.

—Antes nos dejaron en paz —dijo Miles—. Vivimos aquí durante años y ellos venían y se llevaban lo que necesitaban sin atacarnos. Puede que esta gente haga lo mismo.

—Eso fue hace mucho —dijo Rickson. Tras asegurarse de que el niño se había acomodado en el pecho de su madre, volvió a adentrarse en la oscuridad en busca de más—. Nos dejaron en paz porque éramos niños y éramos suyos. Hannah y yo teníamos su edad. Tu hermano y tú eran bebés. Incluso en los peores momentos, siempre nos dejaron al margen, para que viviéramos o muriéramos abandonados a nuestros propios recursos. Aquel abandono fue su regalo para nosotros.

—Pero venían a vernos —dijo Miles—. Y nos traían cosas.

—¿Como Elise y su hermana? —preguntó Hannah. Tanto Rickson como ella habían criado niños que estaban muertos. Aquella sala estaba llena de muertos y desaparecidos, comprendió, los llevados-desde-arriba—. Habrá lucha —dijo a Miles, que seguía sin parecer demasiado seguro—. Rickson y yo ya no somos niños. —Meció al niño, prueba viviente y hambrienta de lo que acababa de afirmar.

—Ojalá se fueran —dijo Miles malhumoradamente. Volvió a golpear la linterna, que respondió obediente, como un bebé que suelta un eructo—. Ojalá todo volviera a ser como antes. Ojalá estuviera aquí Marcus. Las cosas no son iguales sin él.

—Un tomate —dijo Rickson, victorioso, saliendo de las sombras.

Sostuvo el rojizo orbe bajo el haz de la linterna de Miles, lo que tiñó de rubor la cara de todos ellos. Apareció un cuchillo. Rickson cortó la verdura en tres trozos y Hannah recibió el primero. El jugo, rojo como la sangre, caía goteando de su mano, de los labios de Hannah y del cuchillo. Comieron en relativo silencio, rodeados por las voces lejanas e inquietantes que llegaban por el pasillo.

Jimmy maldijo en las escaleras. Maldijo como acostumbraba, sin más público que sí mismo, con palabras que nunca llegaban muy lejos, de sus labios a sus propios oídos. Maldijo mientras subía dando vueltas y vueltas por las escaleras, enviando vibraciones arriba y abajo que se entremezclaban con todas las demás. Vigilar a Elise se había convertido en un fastidio. En cuanto desviaba la mirada un instante, para allá que se iba la niña. Como solía hacer *Sombra* cuando todas las luces de los cultivos se encendían a la vez.

—No, como *Sombra* no —murmuró.

Sombra solía pasarse la mayor parte del tiempo entre sus pies. Siempre estaba tropezando con ella. Lo de Elise era otra cosa.

Otro piso quedó atrás, solitario y vacío, y Jimmy recordó que aquello no era algo nuevo. No era algo inesperado. Elise siempre iba a y venía a su capricho. Cuando el silo estaba vacío, nunca se había preocupado por ella. Eso lo llevó a pensar en lo que hacía que un sitio fuese peligroso. Puede que no fuese el sitio en sí.

—¡Tú!

Llegó al siguiente rellano, el del ciento veintiuno. Un hombre lo saludaba desde el umbral. Llevaba un overol dorado, lo que significaba algo cuando las cosas aún tenían significado. Era la primera cara que veía en los últimos doce niveles.

—¿Has visto a una niña? —preguntó Jimmy, haciendo caso omiso al hecho de que el hombre también parecía tener una pregunta. Colocó una mano a la altura de su propia cadera—. Así de alta. Siete años. Le falta un diente. —Se señaló la dentadura, por detrás de la barba.

El hombre sacudió la cabeza.

—No, pero tú eres el tipo que vivía aquí, ¿no? El superviviente. —El hombre empuñaba un cuchillo, que despedía destellos plateados como los peces en el agua. Se echó a reír y luego miró más allá de la barandilla del rellano—. Supongo que todos somos supervivientes, ¿no? —Alargó el brazo y tomó una de las mangueras de goma que Juliette y Jimmy habían colocado en la pared para achicar el agua. Con un hábil movimiento del cuchillo, la cortó en dos. Luego empezó a subir la mitad inferior, cuyo extremo colgaba suelto mucho más abajo.

—Eso era para la inundación... —comenzó a decir Jimmy.

—Debes de saber muchas cosas sobre este sitio —respondió el hombre—. Disculpa. Me llamo Terry. Terry Harlson. Pertenezco al comité de planifi... —Entornó la mirada—. Bueno, ni sabes lo que es ni te importa, ¿verdad? Para ti todos venimos del mismo sitio...

—Jimmy —dijo—. Me llamo Jimmy, pero la mayoría de la gente me llama Solo. Y esa manguera...

—¿Tienes idea de dónde sale la electricidad? —Señaló con un movimiento de la cabeza la hilera de luces verdes que discurría a lo largo de la cara interior de las escaleras—. Ya estamos pisos más arriba. Los radios funcionan. Y algunos de esos cables que hay por todas partes, también. ¿Es cosa tuya?

—Una parte sí —respondió Jimmy—. Otra estaba así ya. Una niña pequeña llamada Elise pasó por aquí. ¿La has...?

—Supongo que la energía viene de arriba, pero Tom me ha mandado a buscar aquí abajo. Dice que en nuestro silo la electricidad siempre salía de abajo y que aquí tiene que ser igual. Todo lo demás es igual. Pero vi la marca que dejaron las aguas allí abajo. No creo que haya salido electricidad de allí desde hace mucho tiempo. Pero tú debes saberlo, ¿no? ¿Este sitio tiene algún secreto que puedas contarnos? Me vendría muy bien saber lo de la electricidad.

Toda la manguera estaba ya a sus pies, hecha un ovillo. El cuchillo volvía a estar en su mano, reluciente.

—¿Alguna vez pensaste en estar en un comité?

—Tengo que encontrar a mi amiga —dijo Jimmy.

El hombre volvió a cortar, pero el cable eléctrico ofreció más resistencia, por culpa del centro de cobre. Agarró una espiral de color negro con una mano y empezó a serrarla con grandes movimientos, lo que provocó que se le hincharan los músculos por debajo de la camiseta empapada en sudor. Al cabo de un momento, el cuchillo llegó al otro lado y el hombre se quedó con el cable en la mano.

—Si tu amiga no está con los hombres de las granjas, lo más probable es que esté arriba, con los cantores. Me crucé con ellos de camino aquí. Fundaron un templo. —Apuntó con el cuchillo hacia arriba antes de envainarlo de nuevo y enrollarse el cable alrededor del brazo.

—Un templo —dijo Jimmy. Conocía la palabra—. Gracias, Terry.

—Qué menos —dijo el hombre con un encogimiento de hombros—. Gracias por decirme de dónde sale la electricidad.

—¿La electricidad?

—Sí, me dijiste que venía de arriba. Del piso...

—¿Treinta y cuatro? ¿Te lo dije?

El hombre sonrió.

—Eso creo.

50

Silo 17

Elise había visto gente abajo, en la zona que antes estaba inundada, gente que estaba trabajando para excavar una salida y restablecer la electricidad. Y también en las granjas, recogiendo un montón de comida y tratando de encontrar el modo de alimentar a toda la gente. Y ahora estaba con aquel tercer grupo, dedicado a mover muebles, barrer los suelos y ordenar las cosas. No tenía ni la menor idea de lo que pretendían hacer.

El hombre simpático que había visto a *Perrito* por última vez estaba a un lado, hablando con otro que vestía de blanco y tenía una calvicie redonda en la coronilla, a pesar de que parecía demasiado joven para ello. Llevaba una prenda extraña, parecida a una manta. Tenía una sola pernera en lugar de dos y era tan grande que cuando el hombre caminaba se ensortijaba alrededor de sus piernas y apenas dejaba ver sus pies. El hombre amable de bigote negro parecía estar discutiendo algo con él. El de la manta blanca tenía el ceño fruncido y no se movía. De vez en cuando, uno de ellos, o ambos, miraban a Elise. Supuso que estarían hablando sobre ella. Puede que estuvieran pensando cómo encontrar a *Perrito*.

Poco a poco, los muebles empezaron a formar una serie de líneas rectas orientadas en la misma dirección. No había mesas, al contrario que en las habitaciones donde solía comer antes, detrás de las granjas, los sitios donde se ocultaba debajo del mobiliario y fingía que era una ratita con una familia entera de ratas que hablaban meneando los bigotes. Allí no había más que sillas y bancos frente a una pared, decorada con una imagen de cristal de colores con algunos paneles rotos. Había un hombre detrás de la pared, trabajando. Su cuerpo era visible detrás de los paneles que faltaban y su contorno vago se vislumbraba detrás de los que aún estaban intactos. Dijo algo a alguien, que pasó un cable negro por una puerta. Estaban preparando alguna cosa. Entonces se encendió una luz allí y unos rayos de colores cubrieron la sala entera. Algunas de las personas que estaban moviendo los muebles se detuvieron y contemplaron el espectáculo. Algunos de ellos susurraron. Parecía que todos ellos estuvieran susurrando lo mismo.

—Elise.

El hombre de bigote negro se arrodilló a su lado. Elise, sobresaltada, aferró la cartera contra su pecho.

—¿Sí? —preguntó su vocecilla con un susurro.

—¿Has oído hablar del Pacto? —preguntó el hombre.

El otro, el que no tenía pelo en la coronilla y llevaba la manta blanca sobre los hombros estaba detrás, con la misma mirada ceñuda de antes. Elise tuvo la sensación de que nunca sonreía.

Asintió.

—Un pato es un animal que había antes. Como los ciervos, los perros y los cachorritos, pero con pico.

El hombre sonrió.

—Pacto, no pato. —Pero a Elise le sonaba todo igual—. Y los perros y los cachorritos son el mismo animal.

Elise no tenía ganas de corregirlo. Había visto el aspecto que tenían los perros en su libro y había visto los del bazar. Daban miedo. Los cachorritos no.

—¿Dónde oíste hablar de los ciervos? —preguntó el hombre de la manta blanca—. ¿Tienen libros infantiles aquí?

Elise sacudió la cabeza.

—Tenemos libros de verdad. Vi ciervos en ellos. Son grandes y raros, tienen las patas muy delgadas y viven en el bosque.

Al hombre de los bigotes y el overol naranja no parecía que le interesaran los ciervos. No tanto como al otro, al menos.

Elise volvió la vista hacia la puerta y se preguntó dónde estaría toda la gente que conocía. ¿Dónde estaba Solo? Tendría que estar ayudándola a encontrar a *Perrito*.

—El Pacto es un documento muy importante —dijo el hombre del overol naranja. De repente, Elise recordó que se llamaba señor Rash. Se había presentado antes, pero ella tenía muy mala memoria para los nombres. Antes sólo tenía que recordar unos pocos. El señor Rash era muy amable con ella—. El Pacto es como un libro, sólo que más pequeño —le dijo en aquel momento—. Igual que tú, que eres como una mujer, sólo que más pequeña.

—Tengo siete años —dijo Elise. Ya no era pequeña.

—Y cuando quieras darte cuenta, ya tendrás diecisiete. —El hombre de los bigotes alargó la mano y le acarició la mejilla.

Elise se apartó, sobresaltada, lo que hizo fruncir el ceño al hombre. Se volvió y miró al de la manta blanca, que observaba a la niña.

—¿Qué libros son esos? —preguntó éste—. Los de los animales. ¿Estaban aquí, en este silo?

Elise sintió que sus manos bajaban hasta la cartera y cubrían su libro de recuerdos en gesto protector. Estaba casi segura de que la página con el ciervo había terminado en él. Le gustaban todas las cosas que tenían que ver con el mundo verde, las cosas sobre los peces, los animales, el Sol y las estrellas. Se mordió el labio para no decir nada.

El hombre de los bigotes —el señor Rash— se arrodilló a su lado. Tenía una hoja de papel y una tiza de color morado en la mano. Las dejó en el banco, junto a la pierna de Elise, y le puso una mano en la rodilla. El de la manta blanca se aproximó.

—Si sabes dónde hay libros en este lugar, es tu deber para con los dioses decirnos dónde están —dijo—. ¿Crees en los dioses?

Elise asintió. Hannah y Rickson le habían explicado lo de los dioses y las plegarias de antes de acostarse. El mundo se volvió borroso a su alrededor y Elise se dio cuenta de que tenía lágrimas en los ojos. Se las secó. Rickson detestaba que llorara.

—¿Dónde están esos libros, Elise? ¿Cuántos hay?

—Muchos —dijo acordándose de todos los libros a los que les había arrancado páginas.

Solo se había enfurecido con ella al enterarse de que les quitaba fotografías y explicaciones para quedárselas. Pero las explicaciones le habían enseñado a pescar mejor y luego Solo le había enseñado a descoser las páginas y volver a coserlas como es debido, y al final habían acabado pescando juntos.

El hombre de la manta blanca se arrodilló frente a ella.

—¿Esos libros están por todas partes?

—Éste es el padre Remmy —dijo el señor Rash mientras se apartaba un poco para hacerle sitio y presentárselo a Elise—. El padre Remmy va a guiarnos en estos tiempos difíciles. Somos un rebaño. Antes seguíamos al padre Wendel, pero hay gente que deja el rebaño y gente que llega a él. Como tú.

—Esos libros… —dijo el señor Remmy. Parecía muy joven para ser padre, apenas un poco mayor que Rickson—. ¿Están cerca de aquí? ¿Dónde podríamos encontrarlos? —Su mano señaló la pared y se levantó hasta el techo.

Hablaba de una manera rara, con una voz grave que Elise sentía en el pecho y le infundía el deseo de responder. Y sus ojos, verdes como las inundadas profundidades en las que solían pescar Solo y ella, le infundían el de decir la verdad.

—Todos en un sitio —respondió sorbiendo por la nariz.

—¿Dónde? —preguntó el hombre con un susurro. Le había tomado las manos y el otro los miraba con una expresión rara—. ¿Dónde están esos libros? Es muy importante, hija mía. Sólo existe un libro, ¿sabes? Los demás sólo cuentan mentiras. Y ahora dime dónde están.

Elise pensó en el libro de su cartera. No contaba mentiras. Pero no quería que aquel hombre tocara el libro. Ni a ella. Trató de apartarse, pero las grandes manos del hombre la agarraron con mayor fuerza. Algo líquido brillaba en sus ojos.

—Treinta y cuatro —susurró Elise.

—¿El piso treinta y cuatro?

Elise asintió y las manos del hombre soltaron las suyas.

322

Cuando se apartó, el señor Rash se acercó y la tomó por el mismo sitio donde había apretado el otro.

—Padre, ¿podemos...? —preguntó el señor Rash.

El hombre de la coronilla calva asintió y el señor Rash recogió el trozo de papel del banco. Estaba impreso por una de sus caras. La otra estaba manuscrita. Había una tiza morada y el señor Rash preguntó a Elise si sabía deletrear, si conocía las letras.

Elise ladeó la cabeza. Su mano volvió a bajar para proteger la cartera. Sabía leer mejor que Miles. Hannah se había asegurado de ello.

—¿Sabes escribir tu nombre? —preguntó el hombre. Le enseñó el papel. Había unas líneas al pie, dos de ellas con nombres y una tercera en blanco—. Aquí mismo —dijo mientras le ponía la tiza en la mano. Elise intentó leer las demás palabras, pero no era fácil. Las habían escrito de prisa y sobre una superficie irregular. Además de que tenía la vista un poco borrosa—. Sólo tu nombre —dijo—. Enséñame.

Elise quería irse. Quería volver con *Perrito*, con Solo y con Jewel. Incluso con Rickson. Se secó las lágrimas y se tragó un sollozo que amenazaba con ahogarla. Si hacía lo que le pedían sería libre de marcharse. En la sala había cada vez más gente. Algunos de ellos cuchicheaban mientras la observaban. Oyó decir a un hombre que alguien tenía mucha suerte, que había más hombres que mujeres, que si no se andaban con ojo se quedarían fuera. Seguían observándola, esperando. Los muebles ya estaban ordenados, los suelos barridos y el escenario decorado con algunas hojas que habían arrancado de las plantas.

—Aquí, aquí — dijo el señor Rash. La agarró por la muñeca y tiró de su mano hasta que la tiza estuvo encima de la línea—. Tu nombre.

Todos estaban mirando. Elise conocía las letras. Sabía leer mejor que Rickson. Pero apenas veía. Era un pez, como los que pescaba ella antes, bajo el agua, rodeada de gente hambrienta. Pero escribió su nombre para que dejaran que se marchara.

—Buena chica.

El señor Rash se inclinó hacia delante y la besó en la frente. La gente empezó a aplaudir. Y entonces el hombre de la manta blanca, al que tanta curiosidad inspiraban los libros, comenzó a declamar con una voz tonante pero bonita al mismo tiempo, casi como un canto. Y Elise sintió resonar en el fondo de su pecho las palabras con las que declaraba a dos personas, en el nombre del Pacto, marido y mujer.

51

Silo 1

Darcy subió al arsenal en el elevador. Guardó la bolsa con la bala, se metió en el bolsillo los resultados del análisis de sangre, salió del elevador y buscó a tientas el ancho panel con los interruptores de la luz. Algo le decía que el piloto que faltaba en la cápsula criogénica de Personal de emergencia se ocultaba en aquel piso. Era el piso donde habían encontrado al hombre que se hacía pasar por el Pastor. También era el sitio donde había vivido un puñado de pilotos durante cosa de un mes, en medio de una crisis que había provocado un frenesí de actividad en el silo. Stevens y algunos agentes más, él mismo entre ellos, lo habían registrado ya varias veces, pero Darcy tenía un presentimiento. Y se debía al hecho de que, para que el elevador se detuviera en aquel piso, hacía falta una autorización especial.

Sólo unos pocos administradores y agentes de Seguridad de alto nivel disponían de tal autorización y Darcy había visto la razón en sus anteriores visitas: estanterías repletas de cajas de municiones; lonas sobre voluminosos bultos que parecían drones militares; estantes llenos de bombas amontonadas. La clase de cosas con las que no convenía que se topara con el personal de la cocina si, al bajar por una lata de puré de papas, pulsaba por accidente el botón del piso equivocado.

En los registros anteriores no habían encontrado a nadie, pero tenía que haber millares de escondrijos entre las grandes estanterías, con sus enormes contenedores de plástico. Dirigió la mirada hacia allí mientras las luces del techo parpadeaban y se encendían. Se imaginó que era el piloto y que, momentos después de haber asesinado a un hombre, llegaba en un elevador cubierto de sangre, agitado y en busca de un escondite.

Se puso en cuclillas y examinó el suelo de hormigón pulido que había al otro lado del elevador. Retrocedió un paso y lo estudió con la cabeza ladeada. La zona de la puerta estaba un poco más brillante. Puede que por el ir y venir de quienes usaban el elevador, las pisadas, el desgaste gradual… Bajó la nariz hasta el suelo, aspiró hondo y captó un aroma a hojas y a pino, a limón y a una época olvidada, cuando aún crecían cosas y el mundo olía a fresco.

Alguien había fregado el suelo. Recientemente. Sin levantarse, recorrió con mirada penetrante los estantes del armamento y equipo de emergencia, consciente de que no estaba solo. Sabía que lo que debía hacer era subir inmediatamente en busca de Brevard y volver con refuerzos. Allí dentro había un hombre capaz de matar, un miembro del Personal de emergencia con instrucción militar, con acceso a todas las armas que contenían aquellas cajas. Pero estaba herido, escondido y asustado. Y lo de los refuerzos no le parecía buena idea.

No tanto porque fuese él quien hubiera encajado las piezas del rompecabezas y pensara que se merecía llevarse el mérito, sino porque cada vez estaba más convencido de que aquellos asesinatos apuntaban directamente a la cima. Los implicados estaban entre los peces gordos. Había archivos manipulados y gente a la que habían sacado de congelación profunda, dos cosas que, en teoría, no eran posibles. Cabía la posibilidad de que sus superiores estuvieran en el ajo. Y además había estado presente cuando el verdadero Pastor la emprendía a puntapiés con el impostor y aquello no tenía nada que ver con el procedimiento. Era algo personal. Conocía al tío que había recibido la paliza. Siempre se quedaba trabajando hasta muy tarde, y había hablado con él alguna que otra vez. Costaba imaginárselo matando gente. Todo allí parecía del revés.

Descolgó la linterna que llevaba en la cadera y comenzó a buscar entre los estantes. Necesitaba algo más que una luz brillante, algo más de lo que asignaban a los guardias del turno de noche. En las cajas había designaciones salidas de otra vida, una vida que a duras penas recordaba. Tuvo que abrir las tapas de varias de ellas —que respondieron con un suave siseo de los sellos de vacío— antes de encontrar lo que andaba buscando: una H&K de calibre .45, un arma moderna y antigua a un tiempo. Cuando aún se fabricaba, era tecnología punta, pero aquellas fábricas ya no existían más que en el recuerdo. Introdujo un cargador. Confiaba en que la munición estuviera en buen estado. Ahora que tenía el arma se sentía más seguro, así que comenzó a avanzar por el almacén, sigilosamente y con más decisión. Esta vez sería un registro de verdad, no las búsquedas precipitadas del día antes, cuando tenían que recorrer otros ochenta pisos.

Miró debajo de todas las lonas. En una encontró herramientas y piezas sueltas desperdigadas por el suelo, junto a un dron medio desarmado o en plena reparación. ¿Un trabajo reciente? Era imposible de saber. No había polvo, pero tampoco esperaba encontrarlo allí debajo. Recorrió el perímetro en busca de trocitos de espuma blanca —lo que habría demostrado que alguien había manipulado alguno de los paneles del techo—, registró las oficinas del fondo y buscó sitios donde se pudiera trepar por las estanterías o cajas de gran tamaño situadas en alto. Cuando se aproximaba a los barracones, reparó por primera vez en la compuerta baja y metálica del hangar.

Comprobó el seguro del arma. Agarró el asa de la compuerta y, tras levantarla de un tirón, se agazapó y apuntó al interior en tinieblas con la linterna y la pistola.

Estuvo a punto de disparar contra un saco de dormir. Había un arrugado montón de almohadones y mantas que, en un primer momento, había tomado por una persona dormida. También se veían más carpetas como las que habían sacado de la sala de juntas. Todo apuntaba a que era el escondrijo del detenido. Tendría que enseñárselo a Brevard y ordenar que lo limpiaran. No era capaz de imaginarse viviendo de aquel modo, como una rata. Tras cerrar la compuerta del hangar se dirigió hacia la puerta que había al final de la pared, la de los barracones y la entreabrió para asegurarse de que el pasillo estaba despejado. Avanzó sigilosamente de cuarto en cuarto, registrándolos uno a uno. En los dormitorios no había el menor indicio de uso. Los baños estaban en completo silencio. Tanto, que resultaba casi inquietante. Al salir del de mujeres, le pareció oír una voz. Un susurro. Algo procedente de la última puerta.

Preparó la pistola y se detuvo al final del pasillo. Pegó la oreja a la puerta y escuchó.

Alguien hablaba. Probó el picaporte y, al comprobar que estaba abierto, respiró hondo. Al menor indicio de que el otro intentaba tomar un arma dispararía. Ya podía imaginarse a sí mismo explicándole a Brevard que había tenido un presentimiento mientras seguía una pista y, pensando que no era necesario pedir refuerzos, había bajado hasta allí, donde había sorprendido a aquel hombre, ensangrentado y herido. El hombre intentó sacar el arma. Darcy sólo había tratado de protegerse. Otro cadáver. Caso cerrado. Aquella sería su defensa en caso de que las cosas se torcieran. Todos estos pensamientos, y muchos otros, se agolparon en su cabeza mientras abría la puerta de par en par y levantaba el arma.

Al otro lado de la sala, un hombre se volvió. Darcy le gritó que no moviera un músculo y empezó a acercarse paso a paso. Su instrucción militar había tomado el mando, en un acto tan reflejo como los latidos de su corazón.

—No se mueva —exclamó.

El hombre levantó las manos. Era joven y llevaba un overol gris. Tenía un brazo sobre la cabeza y el otro al costado, fláccido.

Y entonces Darcy vio algo que no podía ser. Nada de aquello podía ser. No era un hombre.

—No dispare —suplicó Charlotte.

Con un brazo en alto, miró al hombre que se le acercaba con un arma.

—Póngase de pie y apártese de la mesa —dijo el hombre con voz firme. Señaló la pared con un movimiento de la pistola.

Charlotte lanzó una mirada de reojo al radio. La voz de Juliette preguntó si podía oírla y le pidió que terminara lo que estaba diciendo, pero Charlotte no quiso poner a prueba al recién llegado alargando una mano hacia el botón de transmisión. Al ver las herramientas, los destornilladores y los cortadores de cables que había sobre la mesa, se acordó de la cruenta batalla del día anterior. La herida de su brazo palpitaba bajo las gasas del vendaje. El hombre recortó la distancia que los separaba.

—Las dos manos arriba.

Su postura y su manera de empuñar el arma recordaron a Charlotte su propia instrucción. Estaba convencida de que le pegaría un tiro sin dudarlo.

—No puedo levantarla más —respondió.

Juliette volvió a pedirle que dijese algo. El hombre miró el radio.

—¿Con quién estás hablando?

—Con uno de los silos —respondió ella. Poco a poco, alargó la mano hacia el volumen.

—No lo toques. Contra la pared. Vamos.

Charlotte obedeció. Su único consuelo era que tal vez la llevaran con su hermano. Al menos sabría lo que habían hecho con él. Sus días de aislamiento y desvelos habían terminado. Casi sentía un arrebato de alivio ahora que la habían descubierto.

—Date la vuelta y ponte de cara a la pared. Coloca las manos a la espalda. Cruza las muñecas.

Charlotte obedeció. Mientras lo hacía, volvió la cabeza para mirarlo de lado y vio que sacaba una brida de plástico del cinturón.

—La frente contra la pared —dijo el hombre.

Y entonces Charlotte sintió que se pegaba a ella, captó su olor y oyó su respiración, y la tentación de revolverse y presentar batalla se esfumó al sentir que la brida se cerraba dolorosamente alrededor de sus muñecas.

—¿Hay alguien más? —preguntó el hombre.

Charlotte sacudió la cabeza.

—Sólo yo.

—¿Eres piloto?

Charlotte asintió. El hombre la agarró del codo y la obligó a darse la vuelta.

—¿Qué haces aquí? —Al ver el vendaje de su hombro entornó los ojos—. Eren te disparó.

Charlotte no dijo nada.

—Mataste a un buen hombre —añadió él.

Charlotte sintió que se le llenaban los ojos de lágrimas. De pronto, lo único que deseaba era que se la llevara adonde tuviera que llevársela, a dormir otra vez si era necesario. Sólo quería que antes la dejaran ver a Donny y luego aceptaría lo que fuera.

—No lo pretendía —fue su único y débil alegato.

—¿Cómo es que estás aquí? ¿Estabas con los demás pilotos? Pero es que… Las mujeres no…

—Me despertó mi hermano —respondió Charlotte. Señaló con la cabeza el emblema de Seguridad que el hombre lucía en el pecho—. Se lo llevaron. —Entonces se acordó del día que habían venido por Donny y se dio cuenta de que era el mismo joven que en el que se apoyaba Thurman para caminar. Y al ver que lo tenía delante, brotaron nuevas lágrimas en sus ojos—. Está… ¿Sigue vivo?

El hombre apartó los ojos un instante.

—Sí. Apenas.

Charlotte sintió caer las lágrimas por sus mejillas.

El hombre volvió a mirarla.

—¿Es tu hermano?

Ella asintió. Maniatada como estaba no podía limpiarse la nariz. Ni siquiera podía levantar el hombro para hacerlo sobre el overol. Le sorprendía que aquel hombre estuviera allí solo, que no hubiera pedido refuerzos.

—¿Puedo verlo? —preguntó.

—Lo dudo. Lo van a llevar abajo hoy mismo. —Apuntó el arma hacia el radio, donde Juliette volvía a pedir respuestas—. Eso no está bien, ¿sabes? Ignoro con quién estás hablando, pero los pusiste en peligro. ¿En qué estabas pensando?

Lo estudió detenidamente. A juzgar por su aspecto, tendría treinta y pocos años, más o menos como ella, y tenía más aire de soldado que de policía.

—¿Dónde están los demás? —le preguntó. Miró de reojo hacia la puerta—. ¿Por qué no me llevas detenida?

—Voy a hacerlo. Pero antes quiero entender una cosa. ¿Cómo pudo tu hermano…? ¿Cómo te sacó?

—Ya te lo dije, me despertó.

Desvió la mirada hacia la mesa, donde yacían las notas de Donny. Había dejado la carpeta abierta. El mapa estaba encima y el memorando del Pacto se encontraba a la vista. El agente miró en la misma dirección. Se apartó un paso de ella y apoyó una mano sobre una de las carpetas.

—¿Y quién despertó a tu hermano?

—¿Y por qué no se lo preguntas a él? —Estaba empezando a preocuparse. Que no se la llevara detenida no era bueno. Iba contra las normas. En Irak había visto lo que pasaba cuando los hombres actuaban contra las normas. Nunca terminaba bien—. Llévame a ver a mi hermano, por favor —dijo—. Me rindo. Llévame.

El hombre la miró un momento con los ojos entornados y luego desvió su atención hacia las carpetas.

—¿Qué es todo esto? —Recogió el mapa, lo estudió un momento, volvió a dejarlo y tomó otro papel—. Sacamos cajones enteros de cosas como éstas de la otra sala. ¿En qué demonios están trabajando?

—Llévame —suplicó Charlotte. Comenzaba a asustarse.

—Dentro de un momento.

Examinó el radio hasta dar con el volumen y la apagó. Apoyó la espalda contra la mesa y se inclinó hacia delante con la pistola a la altura de la cadera, sujeta con cierta desgana. Iba a bajarse los pantalones, comprendió Charlotte. La obligaría a ponerse de rodillas. Llevaba siglos sin ver a una mujer y quería saber cómo despertarlas. Eso es lo que quería. Barajó la idea de echar a correr hacia la puerta, con la esperanza de que le disparara, con la esperanza de que fallara o la alcanzara de pleno…

—¿Cómo te llamas? —preguntó el hombre.

Charlotte sintió caer lágrimas por sus mejillas. Le temblaba la voz, pero aun así logró susurrar su nombre.

—Yo Darcy. Relájate. No voy a hacerte daño.

Charlotte se echó a temblar. Era justamente lo que habría dicho un hombre antes de cometer un crimen.

—Sólo quiero comprender qué demonios está pasando antes de entregarte. Porque todo lo que he visto hoy sugiere que esto es más grande de lo que parece. Demasiado para un don nadie como yo. Caray, no sé, hasta podría pasar que si te llevo allí me pongan a dormir y a ti te traigan de nuevo aquí abajo para seguir trabajando.

Charlotte se echó a reír. Volvió la cabeza y se limpió en el hombro las lágrimas que le colgaban de la barbilla.

—No lo creo —dijo. Y entonces empezó a pensar que tal vez aquel hombre no fuese a hacerle nada en realidad, que tal vez sintiera la curiosidad que decía, simplemente. Desvió la mirada hacia las carpetas—. ¿Sabes lo que van a hacernos? —preguntó.

—Es difícil de decir. Asesinaste a un hombre muy importante. No deberías estar despierta. Yo diría que los recluirán en congelación profunda. Tal vez vivos o tal vez muertos, no lo sé.

—No, no me refiero a lo que van a hacernos a mi hermano y a mí, sino a todos nosotros. Lo que sucederá después del último turno.

Darcy lo pensó un momento.

—No… no lo sé. Nunca lo había pensado.

Charlotte señaló las carpetas con la cabeza.

—Está todo ahí. Cuando vuelva a estar dormida, me dará igual estar viva que muerta. Y lo mismo le pasará a tu hermana, a tu madre, a tu esposa o a quienquiera que sea que tienes aquí.

Darcy miró las carpetas y Charlotte se dio cuenta de que el hecho de que no se la hubiera llevado detenida de inmediato no era un problema, sino una oportunidad. Por eso no podían dejar que nadie supiera la verdad. Si la conocieran, nunca la aceptarían.

—Te lo estás inventando —respondió Darcy—. No sabes lo que pasará…

—Pregúntale a tu jefe. A ver qué te dice. O al jefe de tu jefe. E insiste. Puede que te metan en una cápsula junto a la mía.

Darcy la observó durante un instante. Dejó la pistola y se desabrochó el botón superior del overol. Y luego el siguiente. Siguió desabrochando botones hasta llegar a la cintura, y al verlo, Charlotte comprendió que iba a hacer precisamente lo que había pensado antes. Se preparó para abalanzarse sobre él, para darle una patada entre las piernas, para morderlo…

Darcy tomó las carpetas, se las llevó a la espalda y se las metió por debajo de los calzoncillos. Luego volvió a abrocharse el overol.

—Lo investigaré. Ahora vámonos.

Recogió el arma e hizo un gesto en dirección a la puerta. Charlotte respiró hondo, aliviada. Rodeó los puestos de control de los drones. Estaba indecisa. Antes sólo quería que el hombre se la llevara detenida, pero ahora quería seguir hablando con él. Antes le tenía miedo, pero ahora quería confiar en él. Su única esperanza de salvación parecía residir en su arresto, en el regreso a la cápsula del sueño, pero sin embargo, de pronto, parecía haber una salvación distinta a su alcance.

Su corazón palpitaba con la fuerza de un martillo mientras el hombre la llevaba al pasillo.

Darcy cerró la puerta de la sala de control. Charlotte pasó por delante de los dormitorios y los cuartos de baño y, al llegar al final del pasillo, esperó a que le abriera la puerta. Seguía con las manos atadas a la espalda.

—Yo conocía a tu hermano, ¿sabes? —le dijo el agente mientras abría la puerta y se la sujetaba para que pudiera pasar—. Nunca me pareció un asesino. Ni tú.

Charlotte sacudió la cabeza.

—No quería hacerle daño a nadie. Sólo buscábamos la verdad.

Cruzó el arsenal en dirección al elevador.

—Ése es el problema de la verdad —respondió Darcy—. Tanto los embusteros como la gente honrada se la atribuyen. Y eso complica las cosas a la gente que está en mi situación.

Charlotte se detuvo. Aquello pareció sorprender a Darcy, que retrocedió un paso y empuñó el arma con más fuerza.

—No te pares.

—Espera —dijo Charlotte—. ¿Quieres la verdad? —Se volvió y señaló con la cabeza los drones, bajo sus lonas—. ¿Y si dejas de fiarte de lo que te dice la gente? No hace falta que recurras a tu intuición para saber a quién debes creer. Deja que te lo muestre. Comprueba con tus propios ojos lo que hay ahí fuera.

52

Silo 1

El costado de Donald era un mar de tonos morados, negros y azules. Con la camiseta levantada y el overol colgando a la altura de las caderas, se inspeccionó las costillas en el espejo del baño. En el centro del moratón había una zona anaranjada y amarilla. Al tocarla —apenas un breve roce con las yemas de los dedos— sintió que una descarga eléctrica le recorría las piernas hasta las rodillas. Estuvo a punto de desplomarse y tardó un rato en recobrar el aliento. Volvió a bajarse la camiseta con muchísimo cuidado, se abrochó el overol y regresó al camastro.

Había utilizado las espinillas para protegerse de los golpes de Thurman y ahora le dolían. Tenía una protuberancia en el antebrazo que parecía un segundo codo. Cada vez que le daba un ataque de tos le entraban ganas de morirse. Intentó dormir. El sueño era un vehículo para acelerar el paso del tiempo, para eludir el presente. Era como un tranvía para los deprimidos, los impacientes y los agonizantes. Y Donald era las tres cosas.

Apagó la luz de la mesita de noche y aguardó, tendido en la oscuridad. Las cápsulas criogénicas y los turnos eran formas hipertrofiadas del sueño. La definición de lo antinatural era una cuestión cuantitativa, más que cualitativa. Los osos de las cavernas hibernaban durante una estación entera. Los humanos, cada noche. Los días eran turnos en miniatura, que se soportaban como capítulos de la existencia, unidades contingentes que desembocaban inevitablemente en nuevos períodos de oscuridad, sin que casi nadie se preocupara por hilvanarlas para dar forma a algo más significativo formando algo así como una gargantilla de perlas valiosas. Sólo un día más que había que sobrevivir.

Volvió a toser, con nuevas dentelladas de agonía en las costillas y nuevos destellos de luz ante los ojos. Rezó pidiendo la inconsciencia, el sueño, pero los dioses que tenían su destino a su cargo eran torturadores expertos. Su sufrimiento siempre era el justo, nunca demasiado. No lo maten, oía susurrar a sus heridas. Lo necesitamos con vida para que pueda pagar por todo lo que ha hecho.

La tos pasó dejándole un regusto a cobre en los labios y el overol manchado de sangre. Pero no le importó. Bajó la cabeza, empapada en sudor por el dolor y el agotamiento, y se quedó allí, escuchando los débiles gimoteos que escapaban de sus labios.

Pasaron horas o minutos. Días. Hubo un golpecito en la puerta y el ruido de una cerradura que se abría. Alguien encendió las luces. Sería un guardia con la cena, el desayuno o cualquier otra designación basada en la hora e igualmente carente de sentido. Sería Thurman para sermonearlo, para interrogarlo, para llevárselo abajo y hacerlo dormir.

—¿Donny?

Era Charlotte. Tras ella, el pasillo estaba en penumbra, como siempre en el tercer turno. Mientras su hermana se le acercaba apareció un hombre en el umbral, uno de los agentes de Seguridad. La habían descubierto e iban a encerrarla como a él. Pero al menos estaban regalándole aquel momento. Se incorporó demasiado de prisa y estuvo a punto de volver a caerse, pero los brazos de ambos se encontraron. Los dos se encogieron de dolor.

—Mis costillas… —siseó Donald.

—Cuidado con el brazo… —dijo su hermana.

Lo soltó y retrocedió un paso. Donald se disponía a preguntarle qué le había pasado en el brazo cuando ella le puso un dedo en los labios.

—De prisa —dijo—. Por aquí.

Donald dirigió la mirada hacia el hombre del umbral, tras ella. El guardia vigilaba el pasillo en ambas direcciones, más preocupado por la posibilidad de que apareciera alguien que por su hermana y él. Donald sintió que el dolor de sus costillas remitía al comprender lo que estaba sucediendo.

—¿Nos vamos? —preguntó.

Su hermana asintió y lo ayudó a incorporarse. Donald la siguió al pasillo.

Tenía muchas preguntas, pero el silencio era fundamental. Ya habría tiempo. El agente cerró la puerta y echó la llave. Charlotte ya había echado a andar hacia el elevador. Donald la siguió cojeando, descalzo. Cada paso que daba era una verdadera agonía. Estaban en el piso de Administración. Pasó por delante de las oficinas de Contabilidad, donde se gestionaban repuestos y suministros; de las de Archivos, donde se registraban y grababan los principales acontecimientos de todos los silos; de las de Control demográfico, donde se habían originado muchos de sus informes. Todas las oficinas estaban en silencio, así que debía de ser muy temprano.

En el control de seguridad no había nadie. Más allá los esperaba un elevador con la puerta abierta, que expresaba su protesta con un persistente zumbido. Donald captó un fuerte olor a desinfectante en su interior. Charlotte desconectó el control de espera, pasó la tarjeta de identificación por el escáner y pulsó el botón del piso del arsenal. El guardia entró de lado mientras las puertas se cerraban y Donald se fijó en que llevaba un arma. No por miedo a que los descubrieran, comprendió. No eran del todo libres. El agente se colocó al otro lado del elevador y desde allí los observó con desconfianza.

—Yo te conozco —dijo Donald—. Trabajas en el turno de noche.

—Darcy —dijo el agente.

No le tendió la mano. Donald se acordó del puesto de seguridad y dedujo que debía de ser su puesto.

—Darcy, sí. ¿Qué está pasando aquí? —Se volvió hacia su hermana. Un vendaje asomaba por debajo de su camiseta de manga corta—. ¿Estás bien?

—Lo estoy —respondió ella mientras seguía con evidente

agitación el paso de las luces de los pisos—. Lanzamos otro dron. —Se volvió hacia su hermano con un brillo en la mirada—. Logró pasar.

—¿Lo han visto?

Sus heridas quedaron olvidadas al instante; el hombre armado que los acompañaba en el elevador, también. Hacía ya tanto que aquel primer vuelo le había permitido vislumbrar por un instante el cielo azul que había terminado por dudarlo, había llegado a pensar que nunca había sucedido. Los demás intentos habían fracasado. Ninguno de ellos había llegado tan lejos. El elevador comenzó a frenar al acercarse al arsenal.

—El mundo no ha sido destruido —le confirmó Charlotte—. Sólo la parte donde estamos nosotros.

—Bajemos del elevador —dijo Darcy. Los apremió con un movimiento del arma—. Y luego quiero que me expliquen qué demonios está pasando aquí. Y, una cosa, aún no he descartado entregarlos antes de que llegue el turno de mañana. Negaré que hayamos hablado de esto.

Nada más entrar en el arsenal, Donald inhaló profunda y temblorosamente, y se llevó una mano al bolsillo de atrás. Sacó el pañuelo y tosió, con el cuerpo inclinado hacia delante para reducir la tensión sobre las costillas. Luego volvió a guardar el pañuelo con rapidez para que Charlotte no pudiera verlo.

—Vamos a buscar un poco de agua —dijo ella mirando los estantes de suministros.

Donald desechó la idea con un ademán y se volvió hacia Darcy.

—¿Por qué nos ayudas? —preguntó con voz ronca.

—No los estoy ayudando —replicó Darcy—. Sólo los estoy escuchando. —Señaló a Charlotte con la cabeza—. Su hermana ha hecho algunas afirmaciones muy atrevidas y he estado leyendo un poco mientras ella preparaba el pájaro.

—Le di algunas de tus notas —dijo Charlotte—. Y vimos volar el dron. Me ayudó a lanzarlo. Lo hice aterrizar sobre una pradera. Había hierba de verdad, Donny. Los sensores aguantaron media hora más. Estuvimos allí sentados, viéndolo.

—Pero aun así… —dijo Donald mirando a Darcy—. No nos conoce.

—Tampoco conozco a mis jefes. En realidad no. Pero vi la paliza que le dieron y no me gustó. Ustedes dos luchan por algo. Puede que sea algo malo y si es así tendré que impedírselo, pero detecté un patrón. Siempre que pregunto algo que no esté estrictamente relacionado con mi trabajo, el flujo de información se interrumpe. Quieren que trabaje en el turno de noche y tener una cafetera recién hecha esperándolos por la mañana, pero yo recuerdo haber sido otra cosa en una vida anterior. Me enseñaron a obedecer órdenes, pero sólo hasta cierto punto.

Donald asintió gravemente. Se preguntó si aquel joven habría estado destinado en el extranjero. Si habría sufrido un desorden postraumático y habrían tenido que medicarlo. Porque algo había despertado en él, algo parecido a una conciencia.

—Voy a decirte lo que está pasando —respondió. Los llevó lejos de las puertas del elevador, hacia los pasillos de las provisiones, donde se almacenaban el agua envasada y unas raciones militares deshidratadas que duraban para siempre pero sabían a rayos—. Mi antiguo jefe, el hombre al que viste dejarme en este estado, me contó algunas cosas. Probablemente más de las que pretendiera. La mayoría lo deduje yo solo, pero él me ayudó a rellenar algunos huecos.

Levantó la tapa de uno de los cajones de madera que había abierto su hermana. Su hermana, al ver que arrugaba el rostro con gesto de dolor, corrió a ayudarlo. Donald sacó una lata de agua, le quitó la tapa y tomó un largo trago mientras su hermana sacaba otras dos. Darcy se cambió el arma de mano para aceptar una de ellas y Donald, al fijarse en el gesto, cobró conciencia de repente de las cajas y más cajas de armamento que lo rodeaban. Estaba harto de armas. De algún modo, el miedo a la que empuñaba el agente había desaparecido. El dolor de su pecho era un balazo de otra naturaleza. Una muerte rápida sería una bendición.

—No somos los primeros que intentan ayudar a un silo —dijo Donald—. Eso es lo que me dijo Thurman. Y ahora muchas cosas más cobran sentido. Vamos. —Se cambió de pasillo, seguido por ellos. Una de las luces del techo parpadeaba. Donald se preguntó si alguien se molestaría en cambiarla. Encontró el cajón de plástico que buscaba entre otros miles y al tratar de bajarlo sintió un latigazo en las costillas. Aun así lo levantó y, con la ayuda de su hermana, lo llevó hasta la sala de juntas. Darcy los siguió.

—El trabajo de Anna.

Con un gruñido, dejó el contenedor sobre la mesa mientras Darcy encendía las luces. Había un plano de los silos bajo un grueso panel de cristal. El cristal estaba recubierto de antiguas notas de cera, que la acción de los codos, las carpetas y los vasos de whisky habían tornado ilegibles. El resto de sus notas había desaparecido, pero aquello seguía allí. Tenía que encontrar algo antiguo, algo del pasado, de su anterior turno. Sacó varias carpetas y las dejó sobre la mesa. Charlotte comenzó a buscar en ellas. Darcy, plantado junto a la puerta, lanzaba de vez en cuando alguna mirada al suelo del pasillo, que seguía manchado de sangre seca.

—Hace algún tiempo destruyeron un silo por transmitir a través de un canal general. No fue en mi turno. —Señaló el silo diez en el plano, cubierto por los restos de una «X» roja—. Una simple demostración de conciencia transmitida por un puñado de canales y los destruyeron. Pero fue el silo Cuarenta el que mantuvo ocupada a Anna durante casi un año entero. —Finalmente encontró la carpeta que buscaba y la abrió. Al ver la letra de Anna se le empañaron los ojos. Vaciló un instante y, mientras pasaba los dedos sobre sus palabras, recordó lo que había hecho. Había matado a la única persona que había intentado ayudarlo, la única persona que lo amaba. La única persona que había intentado ponerse en contacto con aquellos silos para ayudarlos. Y todo a causa de su propia culpabilidad, de la aversión que se inspiraba a sí mismo por corresponderla—. He aquí un informe detallado de lo sucedido —dijo al recordar lo que estaba buscando.

—Vaya al grano —dijo Darcy—. ¿De qué va todo esto? Mi turno comienza dentro de dos horas y en seguida amanecerá. Y debo tenerlos a los dos encerrados y bajo llave antes de eso.

—Ya llego. —Donald se secó los ojos, se recompuso y señaló con un ademán una esquina de la mesa—. Todos esos silos se apagaron hace mucho. Eran una docena, más o menos. Todo empezó por el Cuarenta. Debieron de sufrir una especie de revolución silenciosa. E incruenta, porque nunca recibimos ningún informe. No hicieron nada extraño. Más o menos como lo que está pasando ahora mismo en el Dieciocho…

—Estaba —dijo Charlotte—. Tuve noticias suyas. Los han desconectado.

Donald asintió.

—Me lo dijo Thurman. Quería decir estaba. Thurman también insinuó que en un primer momento iban a construir menos silos, pero decidieron aumentar su número por redundancia. Algunos informes que encontré apuntan a la misma conclusión. ¿Sabes lo que creo? Que construyeron demasiados. No podían vigilarlos a todo con la suficiente atención. Es como tener una cámara en cada esquina pero carecer de personal para supervisar las imágenes. Y por eso sucedió lo que sucedió sin que ellos se enteraran.

—¿Qué quería decir con lo de que esos silos se apagaron? —preguntó Darcy. Se aproximó a la mesa y estudió el plano bajo el cristal.

—Todas las cámaras interrumpieron las transmisiones al mismo tiempo. Y ellos dejaron de responder a nuestras llamadas. Según la Orden, debíamos desactivarlos por si se trataba de una revuelta, así que soltamos el gas y abrimos las compuertas. Pero luego otro hizo lo mismo. Y otro. La jefatura dedujo que no sólo habían saboteado las cámaras, sino también las conducciones de gas. Así que activaron los códigos de demolición.

—¿Códigos de demolición?

Donald asintió antes de acallar un nuevo ataque de tos con un trago de agua. Se secó la boca con la manga. Le resultaba reconfortante ver todas las notas sobre la mesa. Las piezas estaban empezando a encajar.

—Los silos se construyeron para desplomarse y lo harán todos salvo uno. La gravedad no puede destruirlos. La tierra los sustenta por todos lados, así que nos hicieron construirlos… me hicieron diseñarlos con grandes bloques de hormigón entre piso y piso. —Sacudió la cabeza—. Por entonces no lo comprendí. Eso nos obligó a excavar más e incrementó los costes. La cantidad de hormigón necesario era una locura… Me explicaron que tenía algo que ver con bombas antibúnkers o fugas de radiación. Pero era mucho peor. Era para que tuvieran algo que volar. Las paredes nunca se caerían solas. Están unidas a la tierra. —Tomó otro trago de agua—. De ahí el hormigón. En cuanto a la ausencia de elevadores, fue por el gas. Nunca entendí por qué nos hicieron eliminarlos de los diseños. Dijeron que querían que fuese más «abierto». Es más difícil gasear un lugar si sus habitantes pueden aislar pisos.

Se tapó la boca con el brazo para toser y luego deslizó un dedo por una parte de la mesa de juntas.

—Esos silos eran como un cáncer. El Cuarenta debió de comunicarse con sus vecinos, o al menos los desactivó, los pirateó desde lejos. Los jefes de turno de nuestro silo empezaron a despertar gente para solucionarlo. Los códigos de demolición no funcionaban. No funcionaba nada. Anna dedujo que en el Cuarenta habían encontrado las cargas y habían bloqueado las frecuencias o algo por el estilo.

Se detuvo mientras recordaba el ruido de las interferencias en el radio de Anna y la jerga que solía utilizar, que a él le provocaba dolor de cabeza pero la hacía parecer inteligente y confiada. Su mirada se posó en la esquina de la sala donde había un camastro en el que ella se colaba en mitad de la noche para metérsele entre los brazos. Se terminó el agua. Le habría gustado tener algo más fuerte.

—Finalmente logró activar los detonadores y demoler los silos —dijo—. De no haberlo conseguido, habrían tenido que arriesgarse a mandar drones o tropas, que es el último recurso que recoge la Orden. El último de todos.

—Y que es lo que hemos estado haciendo nosotros —dijo Charlotte.

Donald asintió.

—Sobre todo antes de despertarte, cuando este nivel estaba lleno de pilotos.

—¿Y qué fue de esos silos? ¿Resultaron destruidos?

—Eso dijo Anna. Todo parecía en orden. Los jefazos se fiaban de ella, así que nos mandaron de nuevo a dormir. Pensé que sería mi último sueño, que no volvería a despertar. Congelación profunda. Pero entonces desperté en otro turno y me encontré con que la gente me llamaba por otro nombre. Desperté siendo otro.

—Thurman —dijo Darcy—. El Pastor.

—Sí, sólo que, en realidad, yo era la oveja.

—¿Fue usted el que estuvo a punto de llegar a lo alto de la colina?

Donald vio que Charlotte se ponía tensa. Devolvió su atención a las carpetas y no respondió.

—Esa mujer de la que habla —preguntó Darcy—, ¿era la misma que manipuló la base de datos?

—Sí. El problema que tenían era tan grave que le concedieron acceso total para solventarlo. Y su curiosidad la llevó a mirar en otros sitios. Al encontrar una nota sobre lo que su padre y los demás tenían planeado, se dio cuenta de que los códigos de demolición y los sistemas de gas no eran sólo para emergencias. Todos los silos, desde el primero hasta el último, eran grandes bombas de relojería. Se dio cuenta de que iban a criogenizarla y no volvería a despertar. Y le habían dado capacidad para cambiar cualquier cosa, salvo una: su sexo. No podía conseguir que volvieran a despertarla, así que pensó que tal vez yo pudiera ayudarla. Me colocó en el lugar de su padre.

Donald hizo una pausa para contener las lágrimas. Charlotte le puso una mano en la espalda. La sala estuvo en silencio largo rato.

—Pero yo no comprendí lo que quería de mí. Comencé a investigar por mi cuenta. Y mientras tanto, el silo Cuarenta no había sido destruido. Seguía de pie. Me di cuenta cuando se apagó otro silo. —Hizo una pausa—. Por aquel entonces ya estaba haciéndome pasar por el jefe de éste. No pensaba con claridad y autoricé que lo bombardearan. Habría hecho cualquier cosa con tal de que no me descubrieran. No pensé en los temblores ni en la posibilidad de que alguien nos viera. Simplemente, lo ordené. Arrasamos todo aquello con drones y bombas.

—Lo recuerdo —dijo Darcy—. Yo estaba despierto por aquella época. Había pilotos en la cafetería constantemente. Trabajaban sobre todo de noche.

—Sí, aquí abajo. Cuando terminaron y volvieron a ponerlos a dormir, desperté a mi hermana. Sólo estaba esperando a que desaparecieran. Ya no quería soltar más bombas. Quería ver lo que había fuera.

Darcy comprobó la hora en el reloj de pared.

—Y ahora lo vimos todos.

—Faltan unos doscientos años para que los silos se desplomen, más o menos —dijo Donald—. ¿Nunca te has preguntado por qué este silo tiene sólo elevadores y no escaleras? ¿Quieres saber por qué lo llaman el expreso cuando el maldito trasto tarda una eternidad en llegar cualquier parte?

—Está minado —dijo Darcy—. Aquí hay la misma masa de hormigón entre piso y piso.

Donald asintió. El chico pensaba rápido.

—Si subiéramos y bajáramos por escaleras lo veríamos. Nos daríamos cuenta. Y aquí hay mucha gente que comprendería lo que significa eso. Sería como poner un cronómetro encendido en cada mesa. La gente se volvería loca.

—Doscientos años —dijo Darcy.

—A los demás podría parecerles mucho tiempo, pero para nosotros sólo es un par de sueñecitos. Pero verás, se trata precisamente de eso. Nos necesitan muertos para que nadie recuerde. Todo esto… —Señaló el mapa de los silos, sobre la mesa de juntas—. Es tanto una máquina del tiempo como un mecanismo de relojería. Es una manera de purificar la Tierra e impulsar a un grupo de personas, una tribu elegida prácticamente al azar, hacia un futuro en el que heredarán el mundo.

—O más bien al pasado —intervino Charlotte—. De regreso a un estado primitivo.

—Exacto. La primera vez que oí hablar de los nanos era algo en lo que estaba trabajando Irán. La idea era utilizarlos contra un grupo étnico concreto. Ya teníamos máquinas capaces de operar a nivel celular. Esto sólo era el siguiente paso. Y atacar a una especie entera es mucho más sencillo que hacerlo con una raza. Era un juego de niños. Erskine, el creador de todo esto, decía que era algo inevitable, que más tarde o más temprano alguien lo haría, crearía una bomba silenciosa que destruiría a toda la humanidad. Creo que tenía razón.

—¿Y qué es lo que busca en esas carpetas? —preguntó Darcy.

—Thurman me preguntó si Anna había salido alguna vez del arsenal. Estoy convencido de que sí. De vez en cuando me encontraba cosas aquí que no procedían de las estanterías. Y dijo algo sobre las conducciones de gas…

—Nos queda una hora y media antes de que tenga que llevármelos —dijo Darcy.

—Sí, está bien. Creo que Thurman encontró algo aquí, en este silo. Algo que había hecho su hija a sus espaldas. Creo que le dejó otra sorpresa. Cuando destruyeron el Dieciocho, Thurman dijo que esta vez lo habían hecho bien. Que habían solucionado lo que habían estropeado otros. Pensé que se refería a mí y a mi empeño por salvarlos, pero ahora creo que era Anna quien lo había hecho. Debió de cerrar algunas válvulas o, si estaba todo informatizado, cambiar unos códigos. Hay dos tipos de máquinas y las dos conviven en mi organismo ahora mismo. Unas están programadas para mantenernos en buen estado, como en las cápsulas criogénicas. Y luego están las que hay fuera, en el exterior de los silos, las que bombeamos a su interior cuando queremos destruirlos. El elemento de discriminación definitivo. Creo que Anna quería cambiar las cosas e intentó manipular el sistema para que cuando volviéramos a desconectar un silo recibieran una dosis de lo que tenemos nosotros aquí. Quiso hacer de Robin Hood a nivel celular.

Finalmente encontró el informe que buscaba. Estaba muy deteriorado. Lo habían consultado centenares de veces.

—El silo Diecisiete —dijo—. Yo dormía cuando lo desactivaron, pero encontré esto. Hubo alguien que respondió a una llamada después de que llenáramos de gas el lugar. Aunque, en realidad, no creo que lo llenáramos. Al menos correctamente. Creo que Anna tomó lo que metemos en las cápsulas para que nos conserve y lo utilizó en lugar del gas.

—¿Por qué? —preguntó Charlotte.

Donald levantó la mirada.

—Para impedir el fin del mundo. Para no asesinar a nadie más. Para mostrar un poco de compasión.

—¿Entonces la gente del Diecisiete está viva?

Donald hojeó el informe.

—No —dijo—. Por alguna razón, no pudo impedir que se abrieran las compuertas. Forma parte del procedimiento. Y con todo el gas que había en el exterior, no tuvieron la menor oportunidad.

—Hablé con alguien en el Diecisiete —dijo Charlotte—. Tu amiga… La alcaldesa está allí. Y no está sola. Dice que excavaron un túnel para llegar.

Donald sonrió. Asintió.

—Claro. Claro. Quería hacerme creer que venía por nosotros.

—Bueno, creo que ahora va a hacerlo de verdad.

—Tenemos que ponernos en contacto con ella.

—Lo que tenemos que hacer —dijo Darcy—, es empezar a pensar en el final de este turno. Dentro de una hora se va a montar una bien gorda.

Donald y Charlotte se volvieron hacia él. Estaba a un lado de la puerta, muy cerca del sitio donde Donald había recibido una paliza.

—Me refiero a mi jefe —dijo Darcy—. Se va a poner como loco cuando despierte y se entere de que el prisionero se fugó durante mi turno.

53

Silo 17

Juliette y Raph pararon en el puesto de ayudantes del tercio inferior para buscar otra radio o una batería de sobra. No encontraron ninguna de las dos cosas. La unidad de carga seguía en la pared, pero nadie la había enchufado a los cables improvisados que serpenteaban hasta la escalera. Juliette sopesó si sería mejor quedarse allí y cargar la portátil o seguir hasta el puesto central o Informática...

—Eh —susurró Raph—. ¿Oyes algo?

Juliette apuntó la linterna hacia el interior de las oficinas. Le pareció oír a alguien que lloraba.

—Vamos —dijo.

Dejó el cargador donde estaba y se dirigió a las celdas. Había una forma oscura en la última, sollozando. Al principio pensó que era Hank, que habría deambulado hasta lo más parecido a un hogar que conocía antes de reparar en el estado de aquel nuevo mundo en el que vivían. Pero el hombre llevaba una túnica. Era el padre Wendel quien los miraba desde el otro lado de los barrotes. La luz de la linterna se reflejaba en sus lágrimas. En el banco que había junto a él, una vela encendida desprendía gotas de cera sobre el suelo.

La puerta de la celda no estaba cerrada del todo. Juliette la abrió y entró.

—¿Padre?

El hombre tenía un aspecto horrible. Sus manos sujetaban los restos de un libro. No un libro, sino un montón de páginas sueltas. Había páginas esparcidas por todo el banco y en el suelo. Al bajar la linterna, Juliette pudo ver que se encontraba sobre una alfombra de hermoso diseño. Todas las páginas estaban cubiertas por un patrón de barras negras, que convertían palabras y frases enteras en ilegibles. Había visto antes páginas así en un libro encerrado en una jaula, un libro en el que sólo se podía leer una de cada cinco frases.

—Váyase —dijo el padre Wendel.

Estuvo tentada de hacerlo, pero no lo hizo.

—Padre, soy yo, Juliette. ¿Qué está haciendo aquí?

Wendel sorbió por la nariz y miró entre las páginas, como si estuviera buscando algo.

—Isaías —dijo—. Isaías, ¿dónde estás? Está todo desordenado.

—¿Dónde está su congregación? —preguntó Juliette.

—Ya no es mía. —Se limpió la nariz.

Juliette sintió que Raph le tiraba del codo para pedirle que dejara al hombre en paz.

—No puede quedarse aquí —dijo—. ¿Tiene comida o agua?

—No tengo nada. Váyase.

—Vámonos —susurró Raph.

Juliette se ajustó la pesada carga de cartuchos de dinamita que llevaba a la espalda. El padre Wendel siguió revisando páginas por las dos caras antes de distribuirlas alrededor de sus pies.

—Abajo hay otro grupo preparándose para excavar de nuevo —le dijo Juliette—. Voy a buscar un sitio mejor para ellos y sacarán a su gente de aquí. Podría venir con nosotros a una de las granjas, comer un poco y ver si puede echar una mano. A la gente de abajo le vendría bien su ayuda.

—¿Para qué? —preguntó Wendel. Dejó bruscamente una de las páginas sobre el banco y al hacerlo dispersó algunas de las que había alrededor—. Fuego infernal o esperanza —dijo—. Escoja. Uno o la otra. Condenación o salvación. En todas las páginas. Escoja. Escoja. —Levantó los ojos hacia ellos, suplicante.

Juliette agitó la cantimplora, le quitó el tapón y se la tendió a Wendel. En el banco, la vela parpadeaba. La llama despedía humo y proyectaba sombras, que se dilataban y se encogían alternativamente. Wendel aceptó la cantimplora y le dio un trago. Luego se la devolvió.

—Tenía que verlo con mis propios ojos —susurró—. Fui a la oscuridad a ver al diablo. Y lo hice. Caminé y caminé y aquí estaba. Otro mundo. Traje mi rebaño a la condenación. —Estudió una de las páginas un instante, con el rostro arrugado—. O a la salvación. Escoja.

Tomó la vela del banco y le acercó una página para verla mejor.

—Ah, Isaías, ahí estás. —Y con el tono declamatorio de los domingos, leyó—: «En tiempo aceptable te oí y en el día de salvación te ayudé; y te guardaré, y te daré por pacto al pueblo, para que restaures la tierra, para que heredes asoladas heredades». —Acercó una esquina de la página a la llama y volvió a proclamar—. ¡Asoladas heredades!

La página ardió hasta que tuvo que soltarla y revoloteó por el aire como un menguante pajarillo naranja.

—Vámonos —siseó Raph, con más insistencia esta vez.

Juliette levantó una mano. Se acercó al padre Wendel, se puso en cuclillas frente a él y le puso una mano en la rodilla. La rabia que sentía hacia él por lo de Marcus había desaparecido. La que había sentido al ver que envenenaba a la gente contra ella y sus planes de excavación, también. En su lugar, sólo quedaba culpa, una culpa que era fruto de saber que todos los miedos y la desconfianza de aquel hombre estaban justificados.

—Padre —dijo—. Nuestro pueblo estará condenado si se queda en este lugar. Yo no puedo ayudarlos. No estaré aquí. Van a necesitar su ayuda para llegar a otro sitio.

—No me necesitan —respondió él.

—Ya lo creo que sí. En el interior de este silo hay mujeres que lloran por sus hijos. Hombres que lloran por sus hogares. Lo necesitan. —Sabía que lo que decía era cierto. En los malos tiempos era cuando más lo necesitaban.

—Tú los salvarás —dijo el padre Wendel—. Tú los salvarás.

—No, yo no. Su salvación es usted. Yo me marcho a condenar a los responsables de esto. Voy a mandarlos directos al infierno.

Wendel levantó la mirada. Le estaba cayendo cera caliente sobre los dedos, pero él no parecía darse cuenta. La habitación entera olía a papel quemado. Le puso una mano en la cabeza a Juliette.

—En ese caso, hija mía, bendigo tu viaje.

El viaje escaleras arriba fue más duro con aquella bendición. O puede que fuese el peso de los explosivos que llevaba a la espalda. Sabía que a sus compañeros les habrían sido muy útiles en los trabajos de perforación. Podrían haberlos usado para la salvación, pero ella había preferido utilizarlos para la condenación. Se parecían a las páginas del libro de Wendel, porque ofrecían ambas cosas. Al aproximarse a las granjas, volvió a decirse que Erik había insistido en que se la llevara. Había más gente deseando que lo consiguiera.

Nada más llegar a las granjas inferiores y abrir las puertas, se dio cuenta de que algo iba mal. Una bocanada de aire caliente los azotó en la cara. Lo primero que pensó Juliette fue que había estallado un incendio, y como había vivido algún tiempo allí sabía que no quedaba una sola manguera funcional en todo el silo. Pero entonces reparó en el intenso resplandor de las luces del pasillo y las parcelas exteriores y se dio cuenta de que se trataba de otra cosa.

Había un hombre tendido en el suelo, junto a las puertas de seguridad, con el cuerpo en perpendicular al pasillo. Iba en camiseta y calzoncillos y Juliette no se dio cuenta de que era Hank hasta que estuvo más cerca. Aliviada, comprobó que se movía. El ayudante se protegió los ojos y empuñó con más fuerza la pistola que llevaba al pecho. Tenía la ropa empapada de sudor.

—¿Hank? —le preguntó—. ¿Estás bien? —Ella misma estaba empezando a sentirse mareada y el pobre Raph parecía a punto de desfallecer.

El ayudante se incorporó y se rascó la nuca. Señaló con el dedo el control de seguridad.

—Si vas a acercarte, busca algo para protegerte los ojos.

Juliette dirigió la mirada hacia las luces, al final del pasillo. Estaban consumiendo muchísima electricidad. Parecía que todas las parcelas estaban encendidas a la vez. El calor se podía oler, literalmente. Las plantas se estaban cociendo. Juliette se preguntó cuánto tiempo podría aguantar el tosco cableado de la escalera el paso de semejante volumen de corriente.

—¿Se dañaron los temporizadores? ¿Qué pasó?

Hank señaló el pasillo.

—Han estado vallando las parcelas. Ayer hubo una pelea. ¿Conoces a Gene Sample?

—Yo sí —dijo Raph—. De Higiene.

Hank frunció el ceño.

—Pues está muerto. Sucedió cuando se apagaron las luces. Y luego se pelearon por el derecho a enterrarlo, como si el pobre fuese un saco de fertilizante. Algunos se juntaron y me contrataron para que restaure el orden. Les dije que mantuvieran las luces encendidas hasta que se calmaran las cosas. —Se secó el sudor de la nuca—. Antes de que lo digas, ya sé que no es bueno para las cosechas, pero ya las habían saqueado. Lo que quiero es que suden y se cansen. Que se vayan algunos, si es posible, para que todo el mundo tenga más espacio para respirar. Dentro de un día estará resuelto.

—Dentro de un día habrá estallado un incendio en alguna parte. Hank, el cableado del exterior ya se calienta suficiente con el ciclo de iluminación normal. Me sorprende que pueda con todo esto. Como salte un cortacircuitos entre el treinta y el cuarenta, se van a quedar totalmente a oscuras durante mucho tiempo.

Hank desvió la mirada. Juliette vio mondas, corazones de verduras y otros restos de comida detrás del control.

—¿Cómo te pagan? ¿Con comida?

El ayudante asintió.

—Se va a estropear. Lo arrancaron todo. Estaban como locos cuando llegaron. Creo que algunos continuaron hacia arriba, pero corre el rumor de que la compuerta principal está abierta y si subes mucho más, mueres. Y también el de que si bajas, mueres. Hay montones de rumores.

—Pues vas a tener que disiparlos —dijo Juliette—. Estoy segura de que es mejor estar arriba o abajo que aquí. ¿Has visto a Solo y a los niños, los que vivían en este sitio? Oí que venían hacia aquí.

—Sí. Algunos de ellos estaban cercando una parcela al final del pasillo cuando encendí las luces. Pero se marcharon hace varias horas. —Dirigió la mirada hacia la muñeca de Juliette—. ¿Qué hora es, por cierto?

Juliette consultó su reloj.

—Las dos y cuarto. —Vio que Hank se disponía a hacerle otra pregunta—. De la tarde —añadió.

—Gracias.

—Vamos a tratar de alcanzarlos —dijo Juliette—. ¿Puedo dejarte a cargo de esas luces? No puedes consumir tanta electricidad. Y manda más gente arriba. Las granjas de los pisos intermedios están en mucho mejor estado. O al menos así era antes, cuando yo vivía aquí. Y si alguien quiere trabajar, en Mecánica no les vendría mal la ayuda.

Hank asintió y se puso pesadamente de pie. Raph, con el overol cubierto de manchas de sudor, ya se dirigía hacia la salida. Juliette le puso una mano en el hombro al ayudante antes de marcharse.

—¡Oye! —exclamó Hank cuando ya estaba lejos—. Me dijiste la hora, pero ¿de qué día?

Juliette vaciló un momento, en la puerta. Al volverse, vio que el otro la miraba protegiéndose los ojos con una mano.

—¿Qué más da? —preguntó.

Y Hank no respondió, así que supuso que estaba de acuerdo. Ahora todos los días eran el mismo y estaban contados.

54

Silo 17

Jimmy decidió que subiría dos pisos más y luego daría la vuelta. Empezaba a sospechar que Elise se le había escapado. Se habría metido en algún piso a buscar a su mascota o para ir al baño. Lo más probable era que hubiera regresado en las granjas, con todos los demás, mientras él recorría el silo a solas.

Al llegar al rellano siguiente asomó la cabeza por la puerta principal, pero no encontró otra cosa que oscuridad y silencio. Llamó a Elise a gritos y luego se preguntó si debía seguir subiendo un piso más. De regreso en la escalera, un destello procedente de arriba llamó su atención. Se protegió los viejos ojos con la mano y los levantó. Más allá de la verdosa penumbra, un muchacho lo observaba por encima de la barandilla. El niño lo saludó con el brazo. Jimmy no le devolvió el saludo.

Se encaminó a las escaleras, decidido al fin a volver a las granjas inferiores, pero al cabo de un momento oyó el tamborileo de unas pisadas livianas que descendían en espiral hacia él. «Otro niño al que cuidar», pensó. En lugar de esperarlo, decidió seguir su camino. Dio vuelta y media a la escalera antes de que el muchacho lo alcanzara.

Se volvió, decidido a regañarlo, pero entonces, más de cerca, reconoció el overol café y la hirsuta y desgreñada cabellera de color maíz. Era el niño que había seguido a Elise por el bazar.

—Oye —dijo el pequeño, sin aliento—. Eres el tío ese.

—Soy el tío ese —convino Jimmy—. Supongo que estarás buscando comida. Bueno, pues no tengo absolutamente…

—No. —El niño sacudió la cabeza. Tendría nueve o diez años. Más o menos la misma edad que Miles—. Necesito que vengas conmigo. Necesito tu ayuda.

Todos necesitaban la ayuda de Jimmy.

—Estoy ocupado —dijo. Se volvió para marcharse.

—Es Elise —repuso el niño—. La seguí hasta aquí. Por las minas. Hay gente arriba que no deja que se marche —susurró levantando una mirada de reojo.

—¿Has visto a Elise? —preguntó Jimmy.

El muchacho asintió.

—¿A qué te refieres con gente?

—A un grupo de esa iglesia. Mi papá va los domingos.

—¿Y dices que tienen a Elise?

—Sí. Y encontré a su perro. Estaba atrapado detrás de una puerta atrancada, varios pisos más abajo. Le hice una jaula para que no se escape. Y luego descubrí dónde tienen a Elise. Intenté llegar hasta ella, pero un hombre me dijo que me largara.

—¿Dónde es eso? —preguntó Jimmy.

El muchacho señaló hacia arriba.

—Dos pisos —dijo.

—¿Cómo te llamas?

—Shaw.

—Buen trabajo, Shaw.

Corrió hacia las escaleras y comenzó a bajar.

—Dije arriba —dijo el niño.

—Tengo que tomar algo —respondió Jimmy—. No está lejos.

Shaw corrió tras él.

—Muy bien. Y una cosa, señor. Quiero que sepa que tengo mucha hambre, pero no voy a comerme al perro.

Jimmy se detuvo y dejó que el niño lo alcanzara.

—No pensaba que fueses a hacerlo —dijo.

Shaw asintió.

—Es para que lo sepa Elise —dijo—. Quiero que sepa que nunca haría algo así.

—Estoy seguro de que lo sabe —respondió Jimmy—. Y ahora, démonos prisa.

Dos pisos más abajo, Jimmy metió la cabeza en un pasillo a oscuras. Recorrió las paredes con la luz de la linterna y luego se volvió con aire culpable hacia Shaw, que esperaba justo detrás.

—Me pasé —reconoció Jimmy.

Dio media vuelta y regresó al piso de arriba, frustrado consigo mismo. No era nada fácil recordar dónde había dejado las cosas. Hacía demasiado tiempo. Antes usaba reglas mnemotécnicas para no olvidar dónde estaban sus escondrijos. Había escondido un fusil más arriba, en el piso cincuenta y uno. Se acordaba de ello porque hacía falta una mano para sujetar el arma y un dedo para apretar el gatillo. Cinco y uno. Estaba envuelto en una colcha y escondido en el fondo de un viejo baúl. Pero también había dejado otro allí abajo. Lo había llevado a Suministros hacía una eternidad; en el mismo viaje en el que encontró a *Sombra*. No había podido llevárselo de vuelta, no tenía manos suficientes. Uno dieciocho. Eso era. No uno diecinueve. Corrió hasta el rellano y, con calambres en las piernas, entró en el pasillo que Shaw y él habían dejado atrás momentos antes.

Ahí estaban. Viviendas. Había dejado cosas en muchas de ellas. Caca, sobre todo. Por entonces no sabía que podía ir a las granjas y hacerlo sobre la tierra. Los niños se lo enseñaron más adelante, ya de mayor. Fue Elise. Al pensar que alguien le hacía algo malo a la pequeña, se acordó de las cosas que les había hecho él a otras personas cuando aún era niño. Era muy joven cuando aprendió a usar un fusil. Recordaba el ruido que hacía. Recordaba lo que les hacía a las latas de sopa vacías y a las personas, cómo bailaban antes de quedarse quietas. El tercer apartamento de la izquierda.

—Sujétame esto —dijo a Shaw mientras entraba.

Le tendió la linterna al muchacho, que la mantuvo orientada hacia el centro de la sala. Tomó un armario de metal pegado contra una pared y lo movió ligeramente. Como ayer mismo. Con la única diferencia de la gruesa capa de polvo que tenía encima. Sus antiguas pisadas habían desaparecido. Se encaramó a él, levantó uno de los paneles del techo, lo dejó a un lado y pidió la linterna. Cuando la introdujo, una rata que había allí adentro chilló y salió huyendo. El fusil de metal negro seguía allí. Jimmy lo tomó y le quitó el polvo de un soplido.

A Elise no le gustaba su ropa nueva. Le habían quitado el overol porque, según ellos, el color no era el adecuado, y luego la habían envuelto en una manta cosida por arriba, que le picaba mucho. Había pedido varias veces que la dejaran marchar, pero el señor Rash decía que tenía que quedarse. A ambos lados del pasillo había cuartos con camas. Todos ellos olían fatal, aunque la gente estaba intentando limpiar y arreglarlos. Pero Elise sólo quería volver con *Perrito*, con Hannah y con Solo. Le enseñaron un cuarto y le dijeron que ésa iba a ser su nueva casa, pero ella vivía en la Selva y nunca había querido vivir en otra parte.

La llevaron otra vez a la sala grande donde había firmado con su nombre y la obligaron de nuevo a sentarse en el banco. Cuando hacía ademán de marcharse, el señor Rash le apretaba la muñeca con fuerza. Y si gritaba, con más fuerza aún. Tuvo que permanecer allí, en un asiento de madera que ellos llamaban de otra forma, mientras un hombre leía de un libro. El de la manta blanca y la cabeza medio calva se había marchado y ahora era otro el que se encargaba de leer. Había una mujer a un lado, con otros dos hombres, y no parecía contenta. Muchos de los hombres que estaban en los bancos dedicaban más tiempo a observar a aquella mujer que a escuchar al hombre que leía.

Elise tenía sueño, pero al mismo tiempo se sentía inquieta. Lo que ella quería era marcharse y echar un sueñecito en alguna otra parte. En aquel momento, el hombre terminó su lectura y levantó el libro, y todos los que estaban alrededor de Elise repitieron la misma cosa, lo que resultó muy extraño, porque era como si todos supieran de antemano lo que tenían que decir y sus voces sonaban raras y vacías, como si conocieran las palabras pero no su significado.

Con un gesto, el hombre del libro indicó a los dos hombres y la mujer que se levantaran. Fue casi como si se la llevaran a rastras. Habían juntado dos mesas atrás, cerca de la ventana de colores por la que entraba la luz. A la mujer se le escapó un gemido cuando la colocaron sobre ella. Llevaba una manta como la de Elise, sólo que más grande, y los hombres se la levantaron hasta la cintura. La gente de los bancos estiró el cuello para ver mejor. Elise tenía cada vez menos sueño. Con un susurro, preguntó al señor Rash lo que estaban haciendo, pero él le dijo que guardara silencio, que no hablara.

El hombre del libro sacó un cuchillo de la túnica. Era muy largo y centelleaba como un pez.

«Creced y multiplicaos» —dijo. Miró al público. La mujer se retorcía sobre la mesa, pero no podía irse a ninguna parte. Elise habría querido decirles que no la agarraran con tanta fuerza de las muñecas—. «He aquí —recitó el texto del libro— que yo establezco mi pacto con vosotros, y con vuestros descendientes después de vosotros. —Elise se preguntó qué sería eso de los descendientes. Y el hombre continuó—: Y no exterminaré ya más toda carne con aguas de diluvio, ni habrá más diluvio para destruir la Tierra.»

Levantó el cuchillo un poco más y la gente de los bancos murmuró algo. Hasta había un niño más pequeño que Elise que se sabía las palabras. Sus labios se movían como los de los demás.

El hombre acercó el cuchillo a la mujer, pero no se lo dio. Un hombre la sujetaba por los pies y el otro por las muñecas y ella quería estarse muy quieta. Y entonces Elise comprendió lo que estaban haciendo. Era lo mismo que habían hecho su mamá y la mamá de Hannah. En ese momento, la mujer lanzó un aullido al sentir que el cuchillo penetraba en ella, y Elise, incapaz de apartar la mirada, vio que empezaba a resbalarle sangre por las piernas. Y tuvo la sensación de que le estaba sucediendo también a ella y trató de escapar, pero entonces fueron sus muñecas las atenazadas y comprendió que algún día le harían lo mismo a ella. La mujer seguía gritando y gritando mientras el hombre, con una película de sudor en la frente, hurgaba con el cuchillo y los dedos y les decía algo a los hombres, quienes estaban teniendo dificultades para sujetarla, y había susurros entre los bancos, y Elise sentía calor, y había más y más sangre hasta que de pronto, el hombre del cuchillo levantó las manos con un grito y, mientras se apagaban los susurros, se plantó frente a los bancos con algo entre los dedos, el brazo ensangrentado hasta el codo, la manta inclinada hacia delante y medio abierta, y una sonrisa en los labios.

—¡Vean! —exclamó.

Y la gente empezó a aplaudir. En la mesa, los dos hombres vendaron a la mujer y la ayudaron a bajar, a pesar de que apenas se tenía de pie. Elise vio que había otra mujer junto al estrado. Estaban haciendo una fila. Y los aplausos empezaron a cobrar un ritmo que le recordó al que se levantaba en las escaleras cuando los gemelos y ella subían corriendo por ellas mirándose los pies, plas-plas, dando zancadas al mismo tiempo. Los aplausos crecieron y crecieron. Hasta que de pronto sonó un gigantesco aplauso que acalló todos los demás. Un aplauso que hizo que el corazón le diera un vuelco.

Todas las cabezas se volvieron hacia atrás, hacia el final de la sala. El ruido había sido tan fuerte que a Elise le dolían los oídos. Alguien gritó y señaló, y Elise miró hacia allí y vio a Solo en el umbral. Una llovizna de polvo blanco caía desde el techo y su amigo tenía un objeto alargado y negro en las manos. A su lado se encontraba Shaw, el niño del overol café del bazar. Elise se preguntó cómo podía estar allí.

—Disculpen —dijo Solo. Recorrió los bancos con la mirada hasta encontrar a Elise y entonces su dentadura centelleó por debajo de la barba—. Me llevo a esa jovencita conmigo.

Hubo varios gritos. Los hombres se levantaron de los bancos, chillaron y le señalaron con el dedo, y el señor Rash, también a voces, dijo algo sobre su esposa, y sobre su propiedad, y sobre la osadía de aquel hombre que los había interrumpido. El hombre de la sangre y el cuchillo estaba indignado y comenzó a avanzar por el pasillo, a lo que Solo respondió levantando el objeto y pegándoselo al hombro.

Hubo otro aplauso, tan fuerte que fue como si lo hubiera hecho Dios con sus enormes manos, tan estruendoso que Elise lo sintió como un golpe en las tripas. Y lo siguió otro ruido, como si un cristal se rompiera en mil pedazos, y al volverse, la niña vio que la ventana de colores estaba aún más rota que antes.

La gente dejó de gritar y los que estaban acercándose a Solo se detuvieron, cosa que alegró mucho a Elise.

—Ven —dijo Solo a la niña—. Date prisa.

Elise se levantó del banco e intentó salir al pasillo, pero el señor Rash volvió a tomarla de la muñeca.

—¡Es mi esposa! —gritó.

Y Elise se dio cuenta de que eso no era algo bueno, porque significaba que no podía irse.

—Aquí celebran las bodas muy de prisa —dijo Solo a la multitud en silencio. Fue apuntándolos uno a uno con el objeto de color negro, lo que pareció ponerlos muy nerviosos—. ¿Y los funerales?

El objeto apuntó al señor Rash y Elise sintió que sus dedos la soltaban. Salió al pasillo y corrió, corrió por delante del hombre ensangrentado, corrió hasta Solo y Shaw, y aún siguió corriendo.

55

Silo 17

Juliette estaba ahogándose otra vez. Podía sentir el agua en la garganta, el ardor en los ojos, la quemazón en el pecho. Volvía a sentirse sumergida en la inundación mientras subía por las escaleras, pero no era eso lo que le impedía respirar. Eran las voces que subían y bajaban por el hueco de la escalera, las evidencias de que el vandalismo y los robos ya habían empezado, los largos tramos de cables y tuberías que habían desaparecido o los rastros de hojas, tallos o tierra que habían dejado quienes habían escapado con plantas robadas.

Sólo quería elevarse sobre las injusticias que la rodeaban, escapar de aquel último estertor del civismo que precedería al estallido del caos. Era inminente y ella lo sabía. Pero por mucho que subieran Raph y ella, seguía habiendo gente que echaba puertas abajo para explorar y saquear, para reclamar territorio, para correr a los rellanos a anunciar sus hallazgos a gritos o lanzar preguntas. En las profundidades de Mecánica se había lamentado de que hubieran sobrevivido tan pocos, pero ahora le parecían demasiados.

Habría sido una pérdida de tiempo tratar de detenerlos. Juliette temía por Solo y los niños. Temía por las granjas arrasadas. Pero el peso de los explosivos que llevaba en la mochila le daba un propósito y las calamidades que la rodeaban, determinación. Debía asegurarse de que aquello no se repitiera.

—Me siento como un porteador —dijo Raph, sin aliento.

—Si te rezagas, nos vemos en el treinta y cuatro. En las granjas de los pisos intermedios debería de haber comida. Y puedes encontrar agua en las bombas hidroneumáticas.

—Puedo seguirte el ritmo —le aseguró Raph—. Sólo digo que esto es indigno.

Juliette se rió del comentario del orgulloso minero. Sintió deseos de contarle la de veces que había hecho aquel mismo recorrido, siempre por delante de un Solo que se rezagaba y se despedía con el brazo prometiéndole que luego la alcanzaría. Su mente regresó por un instante a aquellos días y de repente su silo volvió a ser un lugar vivo y floreciente, un pináculo de la civilización, lejano, sí, ajeno ya a ella en su existencia cotidiana, pero vivo aún.

Ya no.

Pero había otros silos, decenas de ellos, rebosantes de vida y de vidas. En alguna parte, un padre echaba un sermón a su hijo. Un adolescente robaba un beso. Alguien servía una comida caliente. El papel se reciclaba para hacer pasta y otra vez papel. El aceite llegaba gorgoteando por las tuberías y se consumía. Los gases eran expulsados al inmenso y prohibido exterior. Cada uno de estos mundos seguía su camino, ajeno a los demás. En algún lugar, alguien que se había atrevido a soñar era expulsado para limpiar. Se enterraba un cadáver, nacía un niño.

Juliette pensó en los niños del silo Diecisiete, niños que habían nacido en medio de la violencia y jamás habían conocido otra cosa. Volvería a suceder. En el mismo sitio. Y se dio cuenta de que su indignación con el comité de planificación y la congregación del padre Wendel estaba mal dirigida. ¿Acaso no eran partícipes los mecánicos de lo que estaba pasando? ¿No lo era ella misma? ¿Qué era un grupo sino un puñado de individuos? ¿Y qué son los individuos salvo animales, tan vulnerables al miedo como las ratas que oyen el ruido de unos pasos?

—... entonces te alcanzo luego —exclamó Raph desde cierta distancia.

Juliette se dio cuenta de que se estaba alejando. Frenó y lo esperó. No era buen momento para quedarse sola, para subir sin compañía. Y en aquel silo desierto, donde se había enamorado de Lukas por estar siempre a su lado tanto en voz como en espíritu, se dio cuenta de que lo echaba terriblemente de menos. Más que nunca. La esperanza, la absurda esperanza, le había sido arrebatada. Nunca volvería con él, nunca lo vería otra vez. Pero estaba segura de que muy pronto se reuniría con él.

Una incursión en la segunda granja de los pisos intermedios les proporcionó algunas provisiones, aunque estaba más lejos de la puerta de lo que Juliette recordaba. La linterna de Raph desveló indicios de actividad reciente: pisadas en el barro que aún no se habían secado del todo, un tubo de aspersión que alguien había roto para beber y que seguía goteando, un tomate espachurrado que aún no estaba cubierto de hormigas… Juliette y Raph cogieron lo que podían llevar: pimientos verdes, pepinos, grosellas, un tesoro en forma de naranja, una docena de tomates todavía verdes… Lo bastante para varias comidas. Juliette comió todas las grosellas que pudo, porque sabía que no toleraban bien los viajes. Normalmente las rehuía, porque le pringaban los dedos. Pero lo que antes le había parecido un fastidio era ahora una bendición. Así desaparecían las últimas provisiones: con varios centenares de personas entregadas al saqueo de cosas que ni siquiera querían en el fondo.

El piso treinta y cuatro no estaba muy lejos de las granjas. En el caso de Juliette, era casi como un regreso a casa. Allí encontraría electricidad de sobra, sus herramientas y un camastro, un radio, un sitio para trabajar en medio de aquel último estertor de un pueblo agonizante y tiempo para pensar, para lamentarse, para fabricar un último traje. Volvió a notar un intenso agotamiento en las piernas y en la espalda y se dio cuenta de que estaba acelerando de nuevo, como si quisiera escapar de algo. No era venganza lo único que buscaba. Estaba huyendo para no ver a sus amigos, consciente de que les había fallado. Estaba buscando un agujero. Pero a diferencia de Solo, que había vivido en un agujero entre los servidores, ella esperaba abrir un cráter sobre la cabeza de otros.

—¿Jules?

Se detuvo en el centro del rellano del treinta y cuatro, con las puertas de Informática justo delante. Raph se había parado en el último peldaño. Se arrodilló, pasó un dedo por la superficie metálica y lo levantó para mostrarle algo rojo. Se llevó el dedo a los labios.

—Tomate —dijo.

Alguien había llegado antes. El día que Juliette había desperdiciado en las tripas de la perforadora, hecha un ovillo y llorando, volvía ahora para atormentarla.

—Todo irá bien —respondió. Volvió a acordarse del día en que había conocido a Solo. Había bajado corriendo por aquellas escaleras, se había encontrado las puertas atrancadas y había partido una escoba por la mitad para entrar. Esta vez, en cambio, cedieron con facilidad. En el interior, las luces estaban encendidas. No había ni rastro de gente—. Vamos —dijo.

Echó a andar con pasos rápidos y sigilosos. No quería que la viera ningún desconocido, prefería que no la siguieran. Se preguntó si Solo habría tenido la prudencia de cerrar la compuerta de la sala de los servidores y poner la rejilla del suelo en su sitio. Pero no, al llegar al final del pasillo vio que la compuerta estaba abierta. Se oían voces por alguna parte. Olía a humo y en el aire flotaba una especie de neblina. ¿O estaría perdiendo la cabeza e imaginándose que Lukas y el gas venían a buscarla? ¿Por eso estaba allí? ¿No por el radio, ni para buscarles un hogar a sus amigos ni para fabricar un nuevo traje, sino porque aquel lugar era el reflejo perfecto de otro que había en su mundo, y tal vez Lukas estuviera abajo, esperándola, todavía vivo en aquel mundo muerto...?

Al entrar en la sala de los servidores vio que el humo era muy real y cubría todo el techo. Echó a correr entre los servidores, viejos conocidos ya. El humo tenía un olor distinto al de la grasa de una bomba recalentada, al del fuego eléctrico, al de la goma quemada de un impulsor sin lubricante o al de los gases expulsados por un motor. Era una combustión limpia. Aquello le hizo recordar que Lukas se había quejado de los vapores. Se tapó la boca con el brazo y penetró corriendo en la nube.

La escotilla que había detrás del servidor de comunicaciones escupía una columna de humo. Algo estaba quemándose en la madriguera de Solo. Su cama, tal vez. Juliette pensó en el radio que había allí dentro, en la comida. Se desabrochó el overol, se cubrió la cabeza con la camiseta empapada de sudor y oyó que Raph le gritaba que no entrara al mismo tiempo que ella se inclinaba, se agarraba a la escalerilla y prácticamente se dejaba caer hasta chocar con las botas en el suelo de metal.

Encorvada y con la cabeza gacha, intentó ver algo a través de la neblina. Se oía el chisporroteo de las llamas, un sonido extraño y nítido. En las paredes había comida, un radio, un ordenador y varios planos de valor incalculable. El único tesoro que no le preocupaba eran los libros. Pero eran los libros los que estaban quemándose.

Un montón de ellos, un montón de latas de metal vacías, y un hombre joven de túnica blanca que arrojaba más libros a la hoguera. Olía a combustible. Estaba de espaldas a ella y su coronilla afeitada resplandecía de sudor, pero no parecía preocupado por las llamas. Estaba alimentándolas. Se volvió hacia las estanterías en busca de más combustible.

Juliette corrió por detrás de él hasta la cama de Solo y tomó una manta; una rata salió huyendo entre sus arrugas cuando la levantó. Con los ojos cubiertos de lágrimas y la garganta ardiendo, se abalanzó sobre el fuego y cubrió el montón de libros con la manta. Las llamas desaparecieron momentáneamente, pero en seguida volvieron a asomar por debajo de los bordes. La manta comenzó a humear. Juliette tosió sobre la camisa y, mientras corría hacia el colchón, pensó por un instante en el vacío depósito de agua de la habitación contigua y en todo lo que estaba siendo destruido.

El hombre de la túnica la vio cuando se disponía a tomar el colchón. Con un aullido, se abalanzó sobre ella y cayeron juntos sobre el pequeño nido que había hecho Solo con la ropa de cama. Una bota se movió como un relámpago hacia la cara de Juliette y su cabeza salió despedida hacia atrás. El joven volvió a gritar. Era como un ave blanca que se hubiera escapado en el bazar y aleteara salvajemente entre las cabezas de la gente. Juliette le gritó que se apartara. Las llamas ganaron altura. Juliette tiró del colchón y el hombre, que estaba sobre él, cayó al otro lado. Sólo tenía un instante para controlar el fuego antes de que todo estuviera perdido. Un mero instante. Tomó la otra manta de Solo y trató de apagar las llamas con ella. No podía luchar con el fuego y el hombre a la vez. No tenía tiempo. Tosió y llamó a Raph a gritos mientras el hombre de la túnica, con los ojos desorbitados, se abalanzaba de nuevo sobre ella agitando los brazos. Juliette se agachó y lo recibió con los hombros en las tripas, esquivó sus brazos y dejó que pasara sobre ella. Pero al caer al suelo le rodeó las piernas con los brazos y la arrastró abajo consigo.

Juliette trató de soltarse, pero las manos del hombre, sin soltarla un momento, estaban ascendiendo hacia su cintura. El fuego se recrudeció tras él. La manta había prendido. El hombre aullaba con rabia demente. Había perdido la cabeza. Juliette retorció las posaderas e intentó zafarse apoyándose en sus hombros. Estaba casi sin aliento y apenas veía nada. El hombre se colocó sobre ella y aulló con nuevo fervor. El fuego se había propagado a su túnica. Las llamas avanzaron reptando por su espalda y Juliette, al ver el fuego encima de ambos, volvió a encontrarse en aquella esclusa, cubierta por una manta, quemándose viva.

Una bota pasó volando por delante de su cara y golpeó al joven sacerdote. Juliette sintió que los brazos que la atenazaban perdían las fuerzas. Alguien tiró de ella desde atrás. Sacudió las piernas para liberarse. El humo era tan denso que no se veía nada. Trató de orientarse mientras tosía de manera incontrolable. No sabía dónde estaba el radio, pero sí que se había perdido. Alguien tiraba de ella tratando de arrastrarla hacia el pasillo. Entonces vio el pálido rostro de Raph, como una aparición en medio del humo, y sintió que la empujaba hacia la escalera por delante de él.

La sala de los servidores estaba llena de humo. En el habitáculo de abajo, el incendio se propagaría hasta devorar todo cuanto podía arder, sin dejar tras de sí nada más que metal ennegrecido y cables fundidos. Juliette ayudó a Raph a salir de la escalerilla y tomó la tapa. Pero al colocarla sobre el agujero de la escalera se dio cuenta de que para contener el humo no serviría de nada, porque era una rejilla.

Raph desapareció detrás de uno de los servidores.

—¡De prisa! —gritó.

Juliette lo siguió a cuatro patas y se lo encontró pegado a la parte de atrás del centro de comunicaciones, con un pie apoyado en el de enfrente, empujando.

Acudió a ayudarlo. Sus músculos, ya doloridos, respondieron con una agonía cuando los obligó a esforzarse de nuevo. Entre ambos acometieron con todas sus fuerzas el metal inmóvil. Juliette era vagamente consciente de que el servidor estaba anclado al suelo con unos tornillos, pero el peso de la torre jugaba a su favor. El metal gimió. Con un último empujón, sintieron que los tornillos cedían. La negra y alta torre se estremeció y, finalmente, cayó sobre el agujero del suelo y lo cubrió por completo.

Juliette y Raph se desplomaron tosiendo, prácticamente sin aliento. La habitación estaba llena de humo, pero al menos habían conseguido que no entrara más. Y al cabo de un rato, los gritos que llegaban desde abajo acabaron por remitir.

56

Silo 1

Fuera del elevador de los drones se oían voces. Botas. Hombres que iban de acá para allá en su busca. Donald y Charlotte se abrazaban en la oscuridad de aquel angosto espacio. Charlotte había buscado algún modo de atrancar la puerta, pero no era más que una plancha de metal macizo sin otra cosa que una diminuta palanca de apertura. Donald reprimió un ataque de tos y empezó a sentir cómo crecía un hormigueo en su garganta hasta invadir su carne por completo. Con la boca tapada por las dos manos, escuchó con atención las voces amortiguadas que, al otro lado de la compuerta, gritaban «despejado» y «todo despejado».

Charlotte renunció a sus intentos de atrancar la entrada y los dos se quedaron donde estaban, acurrucados y sin moverse, porque el suelo hacía ruido cada vez que desplazaban su peso. Se habían pasado todo el día en el pequeño elevador, esperando a que el equipo de búsqueda regresara a su piso. Darcy se había marchado para estar en su puesto cuando todos despertaran. Para Donald y su hermana había sido un largo día de intranquilo duermevela. Sabían que el equipo de búsqueda se iría ampliando a medida que cundiera el nerviosismo. Ahora no sólo buscaban a un asesino suelto, sino también a un prisionero fugado de congelación profunda. Donald podía imaginarse la consternación de Thurman. Y también la paliza que le darían cuando lo descubrieran. Rezó para que aquellas botas se alejaran. Pero no lo hicieron. Al contrario.

Hubo un impacto en la compuerta metálica, el golpe de un puño rabioso. Donald sintió que el brazo de Charlotte se tensaba sobre su espalda y le apretaba las costillas. La compuerta empezó a abrirse. Trató de apoyar su peso sobre ella para impedírselo, pero no tenía dónde hacer palanca. El acero chirrió sobre las palmas sudorosas de sus manos. Era el fin. Charlotte intentó ayudarlo, pero alguien estaba abriendo la puerta de su escondrijo. Una linterna los deslumbró a ambos.

—¡Despejado! —gritó Darcy, tan de cerca que Donald pudo oler el café que acababa de tomarse.

La compuerta volvió a cerrarse y una mano le dio dos palmadas. Charlotte se derrumbó. Donald se atrevió a aclararse la garganta.

No se atrevieron a salir hasta después de la cena, cansados y famélicos. El arsenal estaba a oscuras y en silencio. Darcy les había dicho que intentaría volver al comienzo de su turno, pero temía que la noche no fuese tan tranquila como de costumbre y no pudiera escabullirse.

Corrieron por el pasillo de los barracones hasta llegar a los cuartos de baño. Cuando Charlotte tiró de la cadena hubo un traqueteo de las tuberías que llegó hasta Donald. Éste abrió el grifo del lavabo y empezó a toser sangre. Escupió en la pila y observó los hilillos de color carmesí que descendían en espiral por sus paredes. Bebió del grifo, volvió a escupir y finalmente también hizo uso del retrete.

Cuando llegó al final del pasillo, Charlotte ya había destapado y encendido el radio. Envió un saludo a cualquiera que pudiera oírla. Donald, tras ella, la vio cambiar de canal entre el diecisiete y el dieciocho, repitiendo el mensaje. Nadie respondió. Finalmente lo dejó en el diecisiete y se quedó allí, escuchando la estática.

—¿Cómo contactaste con ellos la última vez? —preguntó Donald.

—Así. —Se quedó mirando el radio un momento y luego se volvió hacia su hermano con el ceño fruncido de preocupación.

Donald esperaba un millar de preguntas: ¿cuánto tiempo tardarían en encontrarlos? ¿Qué iban a hacer a continuación? ¿Cómo podían llegar a un lugar seguro? Mil preguntas, pero no la que le hizo ella con un susurro de tristeza:

—¿Cuándo saliste?

Donald retrocedió un paso. No sabía cómo responder.

—¿A qué te refieres? —preguntó.

Pero ya sabía a qué se refería.

—Oí lo que dijo Darcy sobre la colina. ¿Cuándo fue? ¿Aún sales? ¿Es eso lo que haces cuando me dejas sola? ¿Por eso estás enfermo?

Donald se apoyó en una de las estaciones de control de drones, de pronto sin fuerzas.

—No —dijo. Miró el radio, como si esperara que apareciera de pronto alguna voz en medio de la estática para salvarlo. Pero su hermana siguió esperando—. Sólo fue una vez. Salí… pensando que no volvería.

—Saliste para morir.

Asintió. Y ella no se enfadó. No chilló, ni gritó. Donald siempre había temido que lo hiciera, y por eso precisamente no se lo había contado nunca. Pero lo que hizo su hermana fue ponerse de pie, correr hacia él y pasarle los brazos alrededor de la cintura. Y Donald se echó a llorar.

—¿Por qué nos están haciendo esto? —preguntó Charlotte.

—No lo sé. Pero quiero que acabe.

—Pero así no. —Su hermana retrocedió un paso y se secó las lágrimas—. Tienes que prometérmelo, Donny. Así no.

No respondió. El abrazo de su hermana le había dejado las costillas doloridas.

—Quería ver a Helen —dijo al fin—. Quería ver dónde había vivido y muerto. Fue… una mala época. Con Anna. Atrapado aquí abajo.

Recordó cómo se había sentido entonces con Anna y cómo se sentía ahora. Cuántos errores… Había cometido errores a cada paso del camino. Y eso lastraba su capacidad de tomar decisiones, de actuar.

—Tiene que haber algo que podamos hacer —dijo Charlotte. Sus ojos se iluminaron de pronto—. Podríamos aligerar un dron lo bastante como para que nos transporte. Las bombas antibúnkers deben de pesar unos sesenta kilos. Si descargamos otro dron, podría llevarte.

—¿Y quién lo manejaría?

—Yo, desde aquí. —Al ver la expresión de su hermano frunció el ceño—. Al menos que escape uno de los dos —dijo—. Sabes que tengo razón. Podríamos lanzarlo antes de que amanezca y mandarte tan lejos como sea posible. Al menos podrías vivir un día lejos de aquí.

Donald trató de imaginarse volando a lomos de uno de esos pájaros, con el viento azotándole el casco. Saldría despedido después de un aterrizaje brusco y, tendido boca arriba sobre el suelo de hierba, contemplaría las estrellas. Sacó el trapo, lo llenó de sangre y sacudió la cabeza mientras volvía a guardarlo.

—Me estoy muriendo —respondió—. Según Thurman, me quedan un día o dos. Me lo dijo hace un día o dos.

Charlotte no dijo nada.

—Tal vez podríamos despertar a otro piloto —sugirió él—. Yo le apuntaría con un arma y podría sacarlos a ti y a Darcy de aquí.

—No pienso abandonarte —respondió su hermana.

—Pero ¿pretendes que yo salga solo?

Su hermana se encogió de hombros.

—Soy una hipócrita.

Donald se echó a reír.

—Por eso te reclutaron, supongo.

Siguieron escuchando el radio.

—¿Qué crees que estará pasando en los demás silos ahora mismo? —preguntó Charlotte—. Tú tuviste tratos con ellos. ¿Las cosas están tan mal allí como aquí?

Donald lo pensó un momento.

—No lo sé. Supongo que algunos de los que viven en ellos son más o menos felices. Se casan y tienen hijos. Tienen empleos. No saben nada del mundo más allá de sus paredes, así que me imagino que no sienten el mismo estrés que tú y que yo. Pero creo que hay algo en su interior que tú y yo no sufrimos, la sensación de que esa manera de vivir no es natural. Me refiero a vivir bajo tierra. Nosotros sabemos que es así y eso nos asfixia, pero creo que ellos lo viven como una especie de ansiedad crónica. No sé. —Se encogió de hombros—. Aquí vi gente relativamente feliz, lo bastante como para sobrellevarlo. Y vi a otros que se volvían locos. Yo antes… jugaba al solitario durante horas en mi ordenador, allí arriba. Y eso cuando mi mente estaba anulada y no sentía esta miseria. Pero claro, tampoco estaba vivo. En el fondo no.

Charlotte alargó el brazo y le apretó la mano.

—Creo que algunos de los silos apagados tuvieron más suerte… —dijo Donald.

—No digas eso —susurró su hermana.

Donald levantó la mirada hacia ella.

—No, no me refiero a eso. No creo que estén muertos, no todos. Creo que algunos de ellos se ocultaron y están viviendo como quieren. Sin hacer ruido, para que no vayan por ellos. Sólo quieren que los dejen en paz, que no los controlen, tener la libertad de escoger cómo viven y cómo mueren. Creo que es lo que quería Anna para ellos. Pienso que pasar aquí encerrada durante un año, tratando de construir una vida sin poder salir al exterior, cambió su forma de pensar sobre esto.

—O puede que fuese por estar fuera de la cámara —dijo Charlotte—. Puede que no le gustara pensar que iban a encerrarla allí otra vez.

—Es posible —reconoció Donald.

Una vez más, volvió a pensar en lo distintas que habrían sido las cosas si al despertarla hubiera estado dispuesto a confiar en ella, siquiera un poco, si la hubiera escuchado. Si ahora tuvieran a Anna allí para ayudarlos, todo sería mucho más fácil. Le dolía reconocerlo, pero la echaba de menos tanto como a Helen. Anna lo había salvado, a él y otros, y Donald la había malinterpretado y la había aborrecido por ambas cosas.

Charlotte le soltó la mano para manipular los controles del radio. Envió su mensaje por los dos canales y escuchó con atención, pasándose los dedos por el pelo, pero no recibió más respuesta que estática.

—Hubo un tiempo en el que pensé que esto era algo bueno —dijo Donald—. Lo que estaban haciendo, tratar de salvar el mundo. Me habían convencido de que la extinción masiva era inevitable, de que estaba a punto de estallar una guerra que acabaría con todos nosotros. Pero ¿sabes lo que creo? Creo que sabían que si estallaba una guerra entre las máquinas invisibles, sobrevivirían algunos grupos aquí y allí. Así que construyeron esto. Se aseguraron de que la destrucción fuese completa para poder controlarla.

—Querían que los únicos que sobrevivieran fueran quienes ellos decidieran —dijo Charlotte.

—Exacto. No pretendían salvar el mundo. Pretendían salvarse a sí mismos. Y aunque nos hubiéramos extinguido, el mundo habría seguido adelante sin nosotros. La naturaleza se abre camino.

—Y la gente —dijo Charlotte—. Míranos si no. Somos como malas hierbas, ¿no te das cuenta? La naturaleza se propaga sigilosamente hasta en los sitios más insospechados. Somos como esos silos irredentos… ¿Cómo pudieron pensar que podrían controlar totalmente una operación como ésta? ¿Que nunca sucedería algo como lo que sucedió?

—No lo sé —dijo Donald—. Puede que alguien que se crea capaz de moldear el mundo piense que es más inteligente que el propio caos.

Charlotte seguía cambiando periódicamente de canal por si alguien respondía en alguno. Parecía exasperada.

—Deberían dejarnos solos —dijo—. Apartarse y dejar que creciéramos como tengamos que crecer.

Donald se levantó de un salto y enderezó la espalda.

—¿Qué sucede? —preguntó Charlotte. Alargó la mano hacia el radio—. ¿Oíste algo?

—Eso es —respondió Donald—. Dejarnos solos. —Buscó el trapo y se tapó la boca para toser. Charlotte dejó el radio—.

Vamos —añadió. Señaló la mesa con un ademán—. Tráete las herramientas.

—¿Para el dron? —preguntó ella.

—No. Tenemos que confeccionar otro traje.

—¿Otro traje?

—Para salir. Dijiste que esas bombas antibúnkers pesan unos sesenta kilos. ¿Cuánto es un kilo exactamente?

57

Silo 1

—No me gusta el plan —dijo Charlotte. Apretó el respirador acoplado al casco, tomó una de las grandes botellas de oxígeno y comenzó a introducirle el tubo—. ¿Qué vamos a hacer ahí fuera?

—Morir —respondió su hermano. Vio cómo lo miraba ella—. Pero dentro de una semana o así. Y no aquí.

Examinó el equipo que tenía delante. Satisfecho, comenzó a guardarlo todo en una de las pequeñas mochilas militares: provisiones, agua, un botiquín, una linterna, una pistola con dos cargadores, más munición, un pedernal y un cuchillo.

—¿Cuánto crees que durará el aire? —preguntó Charlotte.

—Las botellas están pensadas para enviar tropas de tierra a los demás silos, así que, como mínimo, deben de tener suficiente para llegar al más lejano. Nosotros sólo tenemos que ir un poco más allá y, además, no iremos tan cargados. —Cerró la solapa de la mochila y la colocó junto a otra idéntica.

—Como si aligeráramos un dron.

—Exacto. —Tomó un rollo de cinta aislante, sacó un mapa plegado de su bolsillo y empezó a pegarlo en la manga de uno de los trajes.

—¿Ese traje no es el mío?

Donald asintió.

—Eres mejor navegante. Yo te seguiré.

Hubo un tintineo procedente de la zona de los elevadores, al otro lado de las estanterías. Donald dejó al instante lo que estaba haciendo y apremió a Charlotte con un susurro. Se dirigieron al elevador de los drones, pero entonces Darcy dio a conocer su presencia alzando la voz, para que supieran que era él. Salió de detrás de los estantes, cargado con varios overoles limpios y dos bandejas llenas de comida.

—Perdón —dijo al ver el pánico que había provocado—. Me temo que no puedo avisarles con antelación. —Les ofreció las bandejas a modo de disculpa—. Las sobras de la cena.

Después de que las dejara sobre la mesa, Charlotte le dio un abrazo. Donald pensó en lo rápido que podía forjarse una conexión en tiempos desesperados. He ahí una prisionera que abrazaba a un guardia para agradecerle que no la golpeara, que le mostrara un ápice de compasión. Se alegró de contar con un segundo traje. Era un buen plan.

Darcy bajó la mirada hacia las herramientas y el equipo que había sobre la mesa.

—¿Qué están haciendo? —preguntó.

Charlotte miró a su hermano. Donald sacudió la cabeza.

—Miren —dijo Darcy—, me solidarizo con su situación. De verdad. A mí tampoco me gusta lo que está pasando aquí. Y cuanto más recuerdo cómo eran las cosas antes, más me convenzo de que debo ayudarles. Pero eso no quiere decir que los secunde en todo. Y eso… —Señaló los trajes—. No me parece bien. No me parece inteligente.

Charlotte le pasó un plato y un tenedor a su hermano. Tomó asiento sobre uno de los contenedores de plástico y atacó lo que parecía un plato de carne en lata con remolachas y papas. Donald se sentó a su lado y comenzó a desmenuzar la grasienta carne asada con el tenedor.

—¿Recuerdas lo que hacías antes? —le preguntó a Darcy—. ¿Estás recuperando la memoria?

El agente asintió.

—En parte. Dejé de tomar las pastillas…

Donald se echó a reír.

—¿Qué pasa? ¿Qué tiene tanta gracia?

—Perdona —se disculpó Donald mientras hacía un ademán en el aire—. Lo que pasa es que… No es nada. Me alegro. ¿Estuviste en el ejército?

—Sí, pero no demasiado tiempo. Creo que estuve en el servicio secreto. —Darcy miró cómo comían durante un rato—. ¿Y ustedes?

—Fuerzas aéreas —respondió Charlotte. Señaló con su tenedor a Donald, que tenía la boca llena—. Congresista.

—¿En serio?

Donald asintió.

—Más bien arquitecto, en realidad. —Señaló con un gesto toda la sala—. Fui a la universidad para esto.

—¿Para construir cosas así? —preguntó Darcy.

—Para construir esto —respondió Donald. Tomó otro bocado.

—Lo dices en serio…

Donald asintió y tomó un trago de agua.

—¿Y quién nos lo hizo? ¿Los chinos?

Donald y Charlotte se miraron.

—¿Qué pasa? —preguntó Darcy.

—Nosotros mismos —respondió Donald—. Este lugar no se construyó para un caso de emergencia. Se diseñó para esto.

Darcy los miró alternativamente, boquiabierto.

—Creía que lo sabías. Está todo en mis notas.

«Cuando uno sabe lo que debe buscar», pensó. Si no, era una verdad tan evidente como difícil de aceptar.

—No. Pensaba que esto era algo así como ese búnker para el gobierno, el de la montaña.

—Y lo es —dijo Charlotte—. Sólo que esta vez sabían que debían esconderse con antelación.

Darcy se miró las botas mientras Donald y su hermana comían. Para ser su último almuerzo, no estaba tan mal. Donald bajó la vista hacia la manga del overol que le había tomado prestado a Charlotte y reparó por primera vez en el agujero de bala que tenía. Puede que por eso se había puesto como loca al ver que lo había tomado. Frente a él, Darcy comenzó a asentir lentamente.

—Sí —dijo—. Dios, sí. Fueron ellos. —Levantó los ojos hacia Donald—. Hace un par de turnos llevé a un tío a congelación profunda. No paraba de gritar toda clase de disparates. Un contable.

Donald dejó la bandeja a un lado. Se terminó el agua.

—No estaba loco, ¿verdad? —preguntó Darcy—. Era un buen hombre.

—Probablemente —dijo Donald—. O al menos estaba mejorando.

Darcy se pasó los dedos por el pelo, que llevaba muy corto. Volvió a dirigir su atención a los equipos.

—Los trajes… —dijo—. ¿Están pensando en salir? Porque saben que no puedo ayudarlos a hacerlo.

Donald ignoró la pregunta. Se dirigió al final del pasillo y tomó la carretilla elevadora. Charlotte y él habían cargado una bomba antibúnkers en él. Tenía un cordel en el cónico morro del que, según su hermana, había que tirar para armarla. Ya le había extraído el altímetro y los bloqueos de seguridad. Al terminar la había descrito como una «bomba tonta». Donald empujó la carretilla hacia el elevador.

—Oye —dijo Darcy.

Se levantó del contenedor en el que se había sentado y le cortó el paso. Charlotte se aclaró la garganta y Darcy, al volverse, vio que lo apuntaba con un arma.

—Lo siento —dijo Charlotte.

Darcy se llevó la mano a un abultado bolsillo del overol. Donald empujó la carretilla hacia él y el agente retrocedió un paso.

—Esto hay que hablarlo… —dijo.

—Ya lo hicimos —respondió Donald—. No te muevas.

Detuvo la carretilla junto a él y le metió la mano en el bolsillo al joven agente. Sacó la pistola y se la guardó, antes de pedirle su tarjeta de identificación. Darcy se la entregó. Donald se la metió en el bolsillo, volvió a poner las manos sobre la carretilla y continuó hacia el elevador.

Darcy lo siguió a cierta distancia.

—Espera un poco —dijo—. ¿Estás pensando en detonar eso? Oye, cálmate. Vamos a hablarlo un poco. Es una decisión muy importante.

—Que no he tomado a la ligera, te lo aseguro. El reactor que tenemos debajo es el que suministra electricidad a los servidores. Los servidores controlan las vidas de todo el mundo. Vamos a liberar a esa gente. Para que puedan vivir y morir como ellos decidan.

Darcy soltó una risilla nerviosa.

—¿Que los servidores controlan sus vidas? ¿De qué hablas?

—Escogen los números de la lotería —dijo Donald—. Deciden quién es digno de transmitir sus genes. Realizan sacrificios selectivos. Moldean su realidad. Libran guerras ficticias para escoger un ganador. Pero eso se acabó.

—Muy bien, pero somos sólo tres. Esto es demasiado importante para que lo decidamos nosotros. En serio, tío.

Donald detuvo la carretilla justo a la entrada del elevador. Se volvió hacia Darcy y vio que su hermana se había puesto de pie para permanecer cerca de él.

—¿Quieres que nombre todos los casos de la historia en los que la decisión de una persona provocó la muerte de millones? —le preguntó—. Todo esto sucedió porque un pequeño grupo de personas, cinco o diez, lo decidieron así. Si me apuras, podrías reducir ese número a tres. ¿Y quién sabe si uno de ellos influyó a los otros dos? Bueno, si un hombre puede levantar algo como esto, no hacen falta más para echarlo abajo. La gravedad es una desgraciada, salvo cuando está de tu lado. —Señaló el espacio entre las estanterías—. Y ahora ve a sentarte.

Al ver que Darcy no se movía, sacó, no el arma del agente, sino la que llevaba en el otro bolsillo, que sabía que estaba cargada y lista para disparar. La decepción y el dolor que afloraron al rostro del joven antes de volverse y hacer lo que le decía fueron como un golpe físico. Donald lo vio pasar por delante de Charlotte y alejarse. Tomó a su hermana del brazo antes de que lo siguiera y le dio un pequeño apretón y un beso en la mejilla.

—Vamos, ponte el traje —le dijo.

Su hermana asintió. Fue detrás de Darcy, volvió a sentarse y comenzó con los preparativos.

—Esto no está pasando… —dijo el agente.

Clavó los ojos en la pistola que Charlotte había dejado a un lado para meterse en el traje.

—Ni lo pienses —dijo Donald—. Es más, te aconsejo que empieces a vestirte.

Tanto el agente como su hermana se volvieron hacia él con mirada inquisitiva. Charlotte estaba metiendo las piernas en el traje en aquel momento.

—¿Qué quieres decir? —preguntó.

Donald recogió un martillo que había entre las herramientas y se lo mostró.

—No voy a correr el riesgo de que no estalle —dijo.

Su hermana intentó incorporarse, pero aún no había metido las piernas hasta el fondo y estuvo a punto de caerse.

—¡Me dijiste que había un modo de hacerla explotar desde lejos!

—Así es. Lejos de ti. —Apuntó a Darcy con el arma—. Empieza a vestirte. Tienes cinco minutos para entrar en ese elevador…

Darcy se abalanzó hacia el arma que había junto a Charlotte, pero ella fue más rápida y la tomó. Donald retrocedió un paso y entonces se dio cuenta de que era a él a quien apuntaba su hermana.

—Ponte el traje —le dijo. Tenía la voz temblorosa y los ojos empañados—. Esto no es lo que habíamos hablado. Me lo prometiste.

—Soy un mentiroso —dijo Donald. Se tapó la boca con el brazo para toser y luego sonrió—. Yo soy un mentiroso y tú una hipócrita. —Retrocedió hacia el elevador sin dejar de apuntar a Darcy—. No vas a dispararme —dijo a su hermana.

—Dame la pistola —dijo Darcy a Charlotte—. A mí me hará caso.

Donald se echó a reír.

—Tú tampoco vas a dispararme. El arma no está cargada. Y ahora vístanse. Van a salir los dos de aquí. Les daré media hora. El elevador de los drones tarda veinte minutos en llegar hasta arriba. Lo mejor para atrancar la puerta es un cajón vacío. Dejé uno por ahí.

Charlotte se había echado a llorar mientras daba tirones a las perneras del traje tratando de meter las piernas hasta el final. Donald sabía que su hermana cometería alguna estupidez, que nunca se iría con él si no la obligaba. Correría hacia él, lo abrazaría y le suplicaría que los acompañara, o insistiría en quedarse allí y morir con él. La única manera de sacarla de allí era dejarla con Darcy. Era un héroe. Los salvaría a ambos. Pulsó el botón de llamada del mal llamado expreso.

—Media hora —repitió.

Darcy ya estaba abriendo el cierre del traje. Su hermana gritó y al tratar de incorporarse, estuvo a punto de tropezar y caerse. En lugar de terminar de vestirse la emprendió a patadas con el traje. El elevador tintineó y abrió las puertas. Donald se introdujo en él con la carretilla. Los ojos se le llenaron de lágrimas al ver el dolor que le estaba causando a Charlotte. Cuando las puertas empezaron a cerrarse echó a andar hacia él y pudo recorrer la mitad del pasillo antes de que terminaran de hacerlo.

—Te quiero —le dijo.

No supo si ella lo había oído. Las puertas se cerraron y dejó de verla. Pasó la tarjeta de identificación por el escáner, pulsó un botón y el elevador se puso en marcha.

58

Silo 17

El centro de comunicaciones estaba enfriándose a pesar del incendio. Por debajo de él se filtraban algunas volutas de humo ensortijado. Juliette examinó el interior de la gran máquina negra y no encontró más que un montón de tableros de circuitos, rotos. La placa alargada donde se conectaban las clavijas de los auriculares se había partido y en la base de la máquina se veían los extremos de los cables que ésta había arrancado al caer.

—¿Va a prender? —preguntó Raph mirando el humo.

Juliette tosió. Aún sentía el humo en la garganta, el sabor de aquellas páginas consumidas.

—No lo sé —reconoció.

Examinó las luces del techo en busca de parpadeos.

—La energía que todavía queda en el silo circula por allí abajo.

—O sea, que esto podría volverse tan negro como las minas en cualquier momento, ¿no? —Raph se puso de pie—. Voy a buscar las mochilas. Hay que tener las linternas a mano. Y tienes que beber un poco de agua.

Juliette lo vio alejarse a la carrera. Sentía cómo se quemaban los libros debajo de ella y cómo se fundían los circuitos del radio. No creía que se fuese la luz —o al menos esperaba que no lo hiciera—, pero habían perdido muchas más cosas. Era muy posible que del gran plano que la había ayudado a encontrar la perforadora no quedaran ya más que cenizas. Y los planos que pensaban utilizar para decidir a qué silo podían escapar, hacia cuál debían perforar, se habían perdido.

A su alrededor, las máquinas altas y negras, aquellos gigantes inmóviles de hombros cuadrados, seguían con sus zumbidos y chirridos. Todas en su sitio, salvo una. Juliette se puso de pie y, al mirar el servidor caído, la relación entre aquellas máquinas y los silos se hizo más evidente que nunca. Uno de ellos se había desplomado. Como su hogar. Como el de Solo. Estudió la disposición de los demás y se acordó de que era idéntica a la de los silos.

Raph reapareció con las mochilas. Le ofreció a Juliette la cantimplora. Ella tomó un trago, absorta en sus pensamientos.

—Tengo tu linter...

—Espera —dijo Juliette.

Volvió a tapar la cantimplora y echó a andar entre los servidores. Se colocó detrás de uno de ellos y estudió la placa plateada que había sobre la entrada de los cables. Tenía el símbolo de los silos, con sus tres triángulos invertidos. En el centro, grabado, se veía el número «29».

—¿Qué estás buscando? —preguntó Raph.

Juliette dio unos golpecitos a la placa.

—Lukas solía decir que tenía que trabajar en el servidor seis, o en el treinta, o en el que fuese. Recuerdo que me enseñó que estos trastos están dispuestos como los silos. Tenemos un plano aquí delante.

Se dirigió a los servidores diecisiete y dieciocho. Raph fue tras ella.

—¿Debemos preocuparnos por la energía? —preguntó.

—No hay nada que podamos hacer sobre eso. Dudo mucho que el calor llegue a fundir el suelo y las paredes. Cuando se consuma el fuego, bajaremos a ver...

Algo captó su atención mientras trazaba su ruta entre los servidores. Los cables discurrían bajo las planchas del suelo hasta la base de las máquinas. La mayoría eran negros, pero entre ellos había también unos rojos, que fueron los que hicieron que se detuviera.

—¿Qué pasa ahora? —preguntó Raph. La miró con aspecto preocupado—. Oye, ¿te encuentras bien? Porque vi a mineros pasarse un día entero como atontados después de haber recibido un golpe en la coronilla...

—Estoy perfectamente —dijo Juliette. Señaló los cables, se volvió y se imaginó que iban de un silo a otro—. Un mapa —dijo.

—Sí —repitió Raph—. Un mapa. —La tomó del brazo—. ¿Por qué no vienes a sentarte un momento? Inhalaste mucho humo...

—Escucha. La chica del radio, la del silo, dijo que había un mapa con líneas rojas. Fue después de que le contara lo de la perforadora. Parecía muy alterada y dijo que por fin entendía por qué convergían en un punto todas esas líneas. Fue justo antes de que el radio dejara de funcionar.

—Bien.

—Ésos son los silos —dijo Juliette. Extendió las manos abiertas hacia los grandes servidores—. Ven, mira. —Recorrió apresuradamente el pasillo siguiente, examinando las placas de los servidores. Catorce. Dieciséis. Diecisiete—. Estamos aquí. Aquí es donde excavamos. Y éste es nuestro viejo silo. —Señaló el servidor siguiente.

—O sea, ¿dices que podemos escoger a cuál podemos llamar por radio viendo cuál está cerca? Porque tenemos un mapa como éste abajo. Lo tenía Erik.

—No, lo que digo es que las líneas rojas del mapa son como esos cables. ¿Ves? Discurren por ahí, bajo tierra. Las perforadoras no eran para ir de silo en silo. Fue Bobby el que me dijo lo difícil que era hacer girar esa cosa. Estaba orientada hacia otro sitio.

—¿Hacia dónde?

—No lo sé. Necesitaría el mapa para saberlo. Salvo que... —Se volvió hacia Raph, cuyo rostro pálido estaba manchado ahora de humo y hollín—. Tú estabas en el equipo de perforación. ¿Qué capacidad tenía el depósito de combustible?

Raph se encogió de hombros.

—No lo medimos en galones. Simplemente lo llenamos a tope. Court lo sondeó varias veces para ver cuánto estábamos consumiendo. Dijo que nunca gastaríamos todo lo que contenía.

—Eso es porque estaba diseñado para ir más lejos. Mucho más. Tendríamos que volver a sondearlo para hacernos una idea. Y en el mapa de Erik vendrá la dirección en la que apuntaba la perforadora. —Chasqueó los dedos—. Tenemos la otra.

—No te sigo. ¿Para qué necesitamos dos perforadoras? Sólo tenemos un generador que funcione.

Juliette le apretó el brazo. Se dio cuenta de que estaba sonriendo y su mente volaba.

—No necesitamos la otra para perforar. Sólo para ver hacia dónde señala. Si trazamos esa línea sobre un mapa y averiguamos en qué dirección tendría que haber ido la nuestra, las dos líneas se cruzarán en un punto. Y si la distancia coincide más o menos con el suministro de combustible, tendremos una confirmación. Sabremos dónde está el lugar del que me habló esa chica. Ese lugar de la semilla. Hablaba de él como si fuese otro silo, pero un silo en el que el aire fuese…

Al otro lado de la sala sonaron unas voces. Alguien que acababa de entrar desde el pasillo. Juliette empujó a Raph contra uno de los servidores y se llevó un dedo a los labios. Pero ya se oían unos pasos que avanzaban en línea recta hacia ellos, unos golpecitos tenues, como un tamborileo de dedos sobre el metal. Juliette sintió el impulso de echar a correr, pero entonces una forma café salió de las sombras a sus pies, levantó una pata y, con un siseo, dejó caer un chorrito de orina sobre sus botas.

—*¡Perrito!* —oyó gritar a Elise.

Juliette abrazó a los niños y a Solo. No los había visto desde la caída del Dieciocho. Le recordaron por qué estaba haciendo aquello, por qué razón luchaba y por qué merecía la pena hacerlo. En su interior había empezado a crecer una rabia, un deseo ciego de perforar la tierra por debajo y de buscar respuestas en el exterior. Y había perdido aquello de vista, las cosas que valía la pena salvar. Había estado demasiado ocupada pensando en aquellos que merecían ser condenados.

Esta rabia se disolvió al sentir los brazos de Elise aferrados a su cuello y el roce de la barba de Solo en la cara. Allí estaba lo que le quedaba, lo que aún tenía, y protegerlo era más importante que vengarse. Eso era lo que había descubierto el padre Wendel. Había estado leyendo los pasajes equivocados de su libro, pasajes de odio y no de esperanza. Juliette había estado tan ciega como él y había estado a punto de marcharse dejándolo todo atrás.

Se sentó con Solo, los niños y Raph. Acurrucados entre los servidores, hablaron sobre los actos de violencia que habían presenciado abajo. Solo llevaba un fusil y no paraba de repetir que tenían que atrancar la puerta y esconderse.

—Deberíamos ocultarnos aquí y esperar a que se maten unos a otros —dijo con ojos desorbitados.

—¿Así fue como sobreviviste aquí todos esos años? —le preguntó Raph.

Solo asintió.

—Mi padre me escondió. Y tardé mucho en salir. No era seguro.

—Tu padre sabía lo que iba a ocurrir —dijo Juliette—. Te puso a salvo, lejos de todo ello. Por esa razón estamos aquí todos, viviendo así. Alguien hizo lo mismo hace mucho. Nos encerró aquí para salvarnos.

—Entonces tenemos que volver a escondernos —dijo Rickson. Miró a los demás—. ¿No?

—¿Cuánta comida queda en el depósito? —preguntó Juliette a Solo—. Suponiendo que no la afectó el incendio.

Solo se mesó la barba.

—Tres años. Puede que cuatro. Pero eso sólo para uno.

Juliette hizo los cálculos.

—Digamos que sobrevivieron doscientas personas, aunque dudo que sean tantas. ¿Cuánto sería eso? ¿Unos cinco días? —Silbó. De repente sentía un nuevo respeto por las granjas de su antiguo hogar. Para sustentar a miles de personas durante centenares de años, el sistema debía de ser un prodigio de eficiencia—. Hay que dejar de ocultarse —dijo—. Lo que nos hace falta es… —Observó las caras de aquellas personas, consciente de que confiaban ciegamente en ella—. Nos hace falta una asamblea.

Raph se echó a reír creyendo que bromeaba.

—¿Una qué? —preguntó Solo.

—Una asamblea. Con todos. Todos los que quedan. Tenemos que decidir si vamos a seguir escondidos o vamos a salir de aquí.

—Creí que íbamos a perforar hasta otro silo —dijo Raph—. O hasta llegar a ese otro sitio.

—No creo que tengamos tiempo para excavar. Tardaríamos semanas y las granjas están arrasadas. Además, tengo una idea mejor. Un modo más rápido.

—¿Y esos cartuchos de dinamita que has estado llevando? Creí que íbamos a ir por los que nos hicieron esto.

—Esa opción sigue ahí. Miren, no hay otra opción. Hay que salir de aquí. De lo contrario pasará lo que dice Jimmy. Nos mataremos unos a otros. Así que tenemos que reunir a todo el mundo.

—Habrá que hacerlo abajo, en la sala del generador —dijo Raph—. Necesitamos un sitio grande. O si no, en las granjas.

—No. —Juliette se volvió y observó la sala. Dirigió la mirada hacia las paredes más alejadas, detrás de los altos servidores, y constató la amplitud del espacio—. Lo haremos aquí. Les enseñaremos este sitio.

—¿Aquí? —preguntó Solo—. ¿Doscientas personas? ¿Aquí? —Comenzó a tirarse de la barba con las dos manos, con aspecto visiblemente alterado.

—¿Dónde se sentarán todos? —preguntó Hannah.

—¿Y cómo van a ver? —quiso saber Elise.

Juliette estudió la amplia sala, llena de máquinas altas y negras. La mayoría de ellas seguía susurrando sus chasquidos y zumbidos. Los cables que les salían por la parte superior desaparecían en el techo. Cuando investigó los cables de las cámaras en su antiguo hogar había descubierto que estaban todos interconectados. Sabía que tenían la alimentación en la base y sabía cómo se sacaban los paneles laterales. Pasó la mano por una de ellas, donde Solo había ido marcando los días de su juventud hasta que se transformaron en años.

—Ve al laboratorio de trajes y tráeme la bolsa de herramientas —dijo a Solo.

—¿Un proyecto? —preguntó él.

Juliette asintió y Solo desapareció entre las máquinas. Raph y los niños la miraron. Sonrió.

—Van a disfrutar con esto, niños.

Después de cortar los cables de la parte superior y sacar los tornillos de la base, sólo hizo falta un buen empujón. La máquina cedió mucho más fácilmente que el centro de comunicaciones. Juliette observó con satisfacción cómo se inclinaba, temblaba un momento y por fin caía con un estruendo y una vibración que pudo sentir a través de las botas. Miles y Rickson lo celebraron con vítores y palmadas, como hacen los niños cuando destruyen cosas. Hannah y Shaw habían pasado ya al siguiente servidor. Elise, con un cortador de cables en la mano, se encaramó a la parte de arriba con la ayuda de Juliette, mientras un preocupado *Perrito* le ladraba desde abajo.

—Piensa que le estás cortando el pelo —le dijo a la niña viendo cómo lo hacía.

—Luego le cortamos a Solo la barba —sugirió Elise.

—Dudo que le gustara —respondió Raph.

Juliette se volvió hacia el minero, que acababa de regresar.

—Dejé más de un centenar de notas —le dijo éste—. No pude escribir más. Tenía calambres en las manos. Las esparcí bien, así que seguro que algunas llegan hasta el fondo.

—Bien. ¿Pusiste que aquí arriba hay comida? ¿Suficiente para todos?

Raph asintió.

—Pues entonces hay que quitar esa máquina de la entrada y asegurarnos de que es cierto. De lo contrario, vamos a tener que subir a las granjas superiores.

Raph la siguió hasta el centro de comunicaciones. Después de asegurarse de que ya no salía humo, Juliette pasó la mano por la base para ver si seguía caliente. La guarida de Solo estaba hecha de metal, así que esperaba que el fuego no se hubiera propagado a partir de los libros. Pero no había forma de saberlo. El servidor soltó un chirrido espantoso al moverlo. Una gruesa nube de humo negro salió de debajo.

Juliette sacudió la mano frente a su cara y empezó a toser. Raph corrió al otro lado del servidor, dispuesto a dejarlo donde estaba.

—Espera —dijo Juliette agachando la cabeza por debajo de la nube—. Se está despejando.

La nube de humo se extendió por la sala de los servidores, pero no entró más. No era más que lo último que había quedado atrapado allí abajo. Raph intentó bajar, pero Juliette insistió en ir por delante. Encendió la linterna y se internó en el humo, que ya había empezado a disiparse.

Al llegar abajo agachó la cabeza y se tapó la boca y la nariz con la camiseta. El haz de su linterna parecía cincelado como una cosa sólida, como si pudiera utilizarlo para golpear a cualquiera que se abalanzara sobre ella. Pero no había nadie, sólo una forma en medio del pasillo, humeante aún. El olor era espantoso. Al ver que el humo seguía dispersándose, Juliette gritó a Raph que podía bajar.

El minero descendió ruidosamente por la escalera de metal mientras Juliette pasaba sobre el cuerpo y examinaba los daños. La atmósfera era calurosa y turbia, difícil de respirar. Por un momento, se imaginó lo que habría tenido que pasar Lukas allí abajo mientras se asfixiaba. Sintió lágrimas en los ojos, y no sólo a causa del humo.

—Eso eran libros.

Raph llegó a su lado y se quedó mirando la mancha negra que ocupaba el centro de la sala. Debía de haber visto que eran libros cuando la rescató, porque ahora no quedaba ni rastro de ellos. Las páginas estaban ahora en el aire y dentro de sus pulmones. Juliette expectoró recuerdos del pasado.

Se acercó a la pared y examinó el radio. La jaula de metal seguía a un lado, colgada, tal como la había dejado al arrancarla, hacía mucho. Apretó el interruptor, pero no sucedió nada. El plástico estaba caliente y pegajoso. Probablemente el interior del aparato fuese una masa indiferenciada de goma y cobre fundidos.

—¿Dónde está la comida? —preguntó Raph.

—Por aquí —dijo Juliette—. Usa un trapo para abrir la puerta.

El minero fue a explorar el apartamento y el almacén mientras Juliette examinaba los restos de una antigua mesa, sobre la que descansaba un monitor cuyo panel había reventado a causa del calor. No quedaba ni rastro de la cama de Solo, sólo un montón de cajas de metal utilizadas en su día para guardar libros y ahora deformadas por las elevadas temperaturas. Al ver que había un rastro de pisadas negras tras ella, se dio cuenta de que la goma de sus suelas se estaba fundiendo. Oyó que Raph lanzaba gritos de emoción desde la sala de al lado. Traspasó la puerta y se lo encontró cargado de latas hasta la barbilla, con una sonrisa tonta en la cara.

—Hay estantes enteros —dijo.

Juliette se acercó a la puerta del depósito e iluminó el interior con la linterna. Era una vasta caverna con alguna que otra lata aquí y allá. Pero al fondo, algunas de las estanterías parecían más llenas.

—Como vengan todos nos durará unos días, no más —dijo.

—Quizá no deberíamos haber llamado a todo el mundo.

—No —dijo Juliette—. Estamos haciendo lo correcto.

Se volvió hacia la pared y la pequeña mesa que solían utilizar para comer, pegada a ella. El fuego no había cruzado el umbral de la puerta. Los planos, grandes como sábanas, seguían allí, completamente intactos. Buscó los que necesitaba y los arrancó. Mientras los doblaba, oyó un impacto sordo y lejano procedente de arriba, el ruido de otro servidor que caía.

59

Silo 17

Primero llegaron como un goteo, pero luego en pequeños grupos y al fin en multitudes. Contemplaban con asombro las luces continuas del pasillo y después exploraban las oficinas. Ninguno de ellos había visto Informática por dentro. Pocos habían estado en el tercio superior, salvo en algún peregrinaje, después de una limpieza. Familias enteras deambulaban de habitación en habitación; los niños tomaban el papel por resmas; muchos se acercaban a Juliette o a los demás con las notas que Raph había dejado caer por el hueco de la escalera y les preguntaban por la comida. Sólo habían pasado unos días, pero ya parecían cambiados. Tenían los overoles manchados y rotos, y estaban ojerosos, demacrados y sin afeitar. En sólo unos días, Juliette se dio cuenta de que les quedaban otros tantos antes de sucumbir a la desesperación. Todos lo veían.

Los primeros en llegar los ayudaron a preparar la comida y derribar los últimos servidores. Un olor a sopa y verduras calientes se extendió por toda la sala. Habían bajado hasta el suelo dos de los servidores más calientes, el cuarenta y el treinta y ocho, pero sin desconectarlos. Luego colocaron sobre sus costados latas abiertas, cuyos contenidos hervían ahora a fuego lento. No había cubiertos suficientes para todos, así que muchos bebían la sopa y el puré de verduras directamente de las latas calientes.

Hannah ayudó a Juliette a preparar la asamblea mientras Rickson se ocupaba del niño. Uno de los planos ya estaba clavado en la pared y la joven estaba clavando el otro. Habían resaltado cuidadosamente algunas líneas con carboncillo, Juliette primero y luego Hannah, por encima. Juliette vio entrar a otro grupo, en fila de a uno. En ese momento se dio cuenta de que era la segunda asamblea que presidía y la primera no había salido demasiado bien. Pensó que muy probablemente fuese la última.

La mayoría de los que habían aparecido hasta entonces venían de las granjas, pero en aquel momento comenzaron a llegar algunos mecánicos y mineros. Tom Higgins llegó con el comité de planificación desde el puesto de ayudantes de los pisos intermedios. Juliette vio que uno de ellos, subido a uno de los servidores caídos con un carboncillo y un papel, intentaba contar a los presentes con el dedo y maldecía a la multitud por ponérselo tan difícil. Se echó a reír, pero entonces se dio cuenta de que lo que estaba haciendo era algo importante. Necesitaban saber cuántos eran. Había un traje de limpieza a sus pies. Formaba parte de sus preparativos para la asamblea. Tenían que saber cuántos trajes había y cuánta gente iba a necesitarlos.

Courtnee, que acababa de llegar, comenzó a abrirse paso entre el gentío. Su aparición fue una sorpresa para Juliette, que sonrió y abrazó a su antigua amiga.

—Hueles a humo —dijo Courtnee.

Juliette se echó a reír.

—No esperaba que vinieses.

—La nota decía que era cuestión de vida o muerte.

—¿Ah, sí? —Juliette miró a Raph.

Éste se encogió de hombros.

—Es posible que lo pusiera en alguna que otra.

—¿Qué es esto? —dijo Courtnee—. ¿Subimos todo esto para tomar una sopa? ¿Qué sucede?

—Ahora se lo cuento a todos. —Se volvió hacia Raph y le preguntó—: ¿Puedes encargarte de traer a todos aquí? Y manda a Miles y a Shaw o a uno de los porteadores a la escalera, a ver si viene más gente.

Mientras se marchaba, Juliette se fijó en que la gente ya había tomado asiento en los servidores. Estaban de espaldas unos a otros, entretenidos en beber de las latas mientras llegaban más desde los grandes montones que había detrás de Solo. Éste se encargaba de abrirlas con un artefacto eléctrico que había conectado a un enchufe del suelo. Algunos de los que estaban sentados tenían la mirada fija en la comida que habían traído del depósito. Pero muchos más la miraban a ella. Los susurros eran como un escape de vapor.

Preocupada, empezó a pasear de un lado a otro de la sala mientras ésta se iba llenando. Shaw y Miles regresaron para informar de que en la escalera las cosas estaban bastante tranquilas. Como mucho, estarían subiendo unas pocas personas más. Parecía que hubiera pasado un día entero desde el incendio. Juliette prefirió no consultar la hora. Estaba cansada. Sobre todo ahora que veía a todo el mundo allí, con latas inclinadas sobre los labios, dándoles golpecitos en el fondo o limpiándose la cara en las mangas, observándola. Expectantes.

La comida los había silenciado y de momento estaban satisfechos. Tenían las manos y la boca ocupadas con las latas. Aquello le había conseguido un aplazamiento. Juliette sabía que era ahora o nunca.

—Sé que están preguntando qué está pasando —comenzó a decir y las conversaciones se interrumpieron entre los caídos servidores—. Y no me refiero aquí, en esta sala. Me refiero a este silo. ¿Por qué huimos? Han corrido muchos rumores, pero estoy aquí para contarles la verdad. Los traje a este sitio, el más secreto del silo, para hacerlo. Destruyeron nuestro silo. Lo envenenaron. Todos los que no llegaron hasta aquí con nosotros murieron.

Se levantó un siseo de susurros.

—¿Quién fue? —gritó alguien.

—La misma gente que nos metió bajo tierra hace cientos de años. Necesito que me escuchen. Por favor, escúchenme.

La gente guardó silencio.

—A nuestros antepasados los enterraron aquí para que pudieran sobrevivir mientras el mundo se recuperaba. Como muchos de ustedes ya saben, salí al exterior antes de que nos arrebataran nuestro hogar. Tomé muestras de aire y llegué a la conclusión de que las condiciones de la atmósfera mejoran a medida que nos alejamos. Pero no sólo eso. Me han dicho desde otro silo que el cielo es azul más allá de…

—¡Y una mierda! —gritó alguien—. Yo he oído que es todo mentira, algo que te hacen en el cerebro antes de que salgas a limpiar.

Juliette buscó a la persona que lo había dicho. Era un viejo porteador, uno de aquellos hombres cuyo oficio lo exponía a toda clase de rumores, pero también a secretos demasiado peligrosos para venderlos. Al tiempo que volvían los cuchicheos, vio que un recién llegado cruzaba la entrada al otro extremo de la sala. Era el padre Wendel y venía con los brazos cruzados sobre el pecho y las manos escondidas dentro de las mangas. Bobby bramó pidiendo silencio y, poco a poco, la gente se calló. Juliette saludó con el brazo al padre Wendel y varias cabezas se volvieron hacia él.

—Necesito que acepten parte de lo que digo por cuestión de fe —dijo—. Algunas de estas cosas las sé con toda certeza. Como ésta: podríamos quedarnos aquí y tratar de sobrevivir, pero no sé por cuánto tiempo. Y viviríamos con miedo. No sólo de los demás, sino de los desastres que pudieran caer sobre nosotros. Pueden abrir las compuertas sin pedirnos permiso, pueden envenenar nuestro aire sin que lo sepamos y pueden acabar con nuestras vidas sin previo aviso. Y no sé qué clase de vida sería ésa.

Se hizo un silencio mortal en la sala.

—La alternativa es marcharse. Pero si lo hacemos, no habrá marcha atrás…

—¿Marcharse adónde? —gritó alguien—. ¿A otro silo? ¿Y si las cosas están peor que aquí?

—No, a otro silo no —respondió Juliette. Se apartó para que pudieran ver los planos de la pared —. Aquí están. Los cincuenta silos. Éste era el nuestro. —Señaló con el dedo y, en un silencio roto sólo por el susurro de sus ropas, todo el mundo estiró el cuello hacia allí. Juliette sintió que se le constreñía la garganta por la emoción, por la dicha y la tristeza abrumadoras de revelar la verdad a los suyos. Deslizó el dedo hasta el silo adyacente—. Y ahora estamos en éste.

—Cuántos… —oyó murmurar a alguien.

—¿A qué distancia están? —preguntó otro.

—Dibujé una línea para que vean cómo llegamos hasta aquí. —Señaló—. Igual no la ven bien desde atrás. Y esta otra línea indica hacia dónde apuntaba nuestra perforadora. —La siguió con el dedo para que todos pudieran ver dónde desembocaba. Su dedo llegó al borde del plano. Llamó a Elise con un gesto y le hizo poner un dedo sobre un punto que había marcado antes—. Ese plano es del silo en el que estamos ahora. —Se acercó al segundo—. Tiene otra perforadora en la base…

—No queremos saber nada de tus perforadoras…

Juliette se volvió hacia ellos.

—Yo tampoco. Sinceramente, no creo que nos quede combustible suficiente para utilizarla, porque hemos estado consumiendo sin parar desde que llegamos. Además, tuvimos que forzar la máquina para conseguir que girara. Y con tanta gente, no creo que tengamos comida para más de una semana o dos. No vamos a perforar. Pero el tamaño y la posición de la máquina que encontramos en casa eran los mismos que se indicaban en nuestro plano. Hasta la escala y la dirección en la que apuntaba coincidían. Y aquí tengo un plano de este silo y esta otra perforadora. —Pasó la mano sobre el otro papel, antes de regresar al mapa grande—. Miren la línea, pasa entre todos los silos sin tocar uno solo de ellos. —Avanzó sin apartar el dedo de la línea hasta encontrarse con el de Elise. La niña la miró con una sonrisa radiante.

—Hicimos un cálculo bastante aproximado del combustible que utilizamos para llegar hasta este silo y lo que nos queda. Sabemos cuánto teníamos al empezar y a qué velocidad lo consumimos. Y nuestra conclusión es que al depósito de nuestra perforadora le cabe el combustible justo, con cerca de un diez por ciento de margen, para llevarnos hasta este punto—. Volvió a tocar el dedo de Elise—. Las perforadoras están orientadas ligeramente hacia arriba. Creemos que las dejaron ahí para eso… Para sacarnos de aquí. —Hizo una pausa—. No sé cuándo iban a decírnoslo, si es que pensaban hacerlo alguna vez, pero os propongo que no esperemos a que lo hagan. Les propongo que vayamos.

—¿Así, sin más?

Juliette buscó entre la multitud y vio que era uno de los hombres del comité de planificación.

—Creo que es más seguro que quedarse. Sé lo que pasará si nos quedamos. Quiero comprobar si nos espera algo mejor allí.

—Pero es sólo una especulación —dijo alguien.

Juliette no buscó al dueño de la voz. Dejó que su mirada flotara sobre la multitud. Todos pensaban lo mismo, ella incluida.

—Es cierto. Es una mera especulación. Tengo la palabra de una desconocida, las promesas susurradas de alguien a quien jamás he visto. Tengo un presentimiento en las tripas y en el corazón. Tengo estas líneas, trazadas sobre un mapa. Y si piensan que no es suficiente, ya somos dos. Me he pasado toda mi vida dando crédito sólo a aquello que podía ver. Siempre he necesitado pruebas, he necesitado ver los resultados. E incluso entonces, he querido repasarlos dos y tres veces antes de empezar a dar crédito a algo. Pero en este caso hay algo que sé con toda certeza: la vida que nos espera aquí es una vida que no merece la pena vivirse. Y existe la posibilidad de que haya algo mejor en otra parte. Estoy dispuesta a ir a comprobarlo, pero sólo si viene conmigo la gente suficiente.

—Yo estoy contigo —dijo Raph.

Juliette asintió. La sala se volvió un poco borrosa.

—Lo sé —respondió.

Solo levantó una mano mientras se mesaba la barba con la otra. Juliette sintió que Elise la tomaba de la mano. Shaw, a pesar de que estaba sujetando a *Perrito* que se retorcía como un demonio, logró levantar también la suya.

—¿Cómo vamos a llegar hasta allí si no es perforando? —gritó uno de los mineros.

Juliette se inclinó para recoger algo que había a sus pies. Mientras tenía la cabeza inclinada, aprovechó para secarse los ojos. Al incorporarse tenía un traje de limpieza en una mano y el casco en la otra.

—Por el exterior —dijo.

60

Silo 17

La comida fue menguando mientras trabajaban. La progresiva desaparición de las latas y lo que habían saqueado en las granjas era como una siniestra cuenta atrás. No todos los que quedaban en el silo participaban. Muchos no habían estado en la asamblea. Algunos se habían marchado al darse cuenta de que podían apropiarse de más parcelas si se daban prisa. Varios mecánicos pidieron permiso para regresar a Mecánica y reunir a los que no habían querido subir para convencerlos, Walker entre ellos. Juliette estaba encantada con la idea de contar con toda la gente posible. Pero también sentía acumularse la presión a medida que avanzaban los trabajos.

La sala de servidores se había convertido en un enorme taller, parecido a los que había en las profundidades de Suministros. Desplegaron casi ciento cincuenta trajes de limpieza en ella. Había que ajustarlos y modificarlos todos.

Juliette sintió tristeza al comprobar que no necesitarían tantos, pero también cierto alivio. De haber sido al revés habrían tenido un problema.

Enseñó a una docena de mecánicos a montar las válvulas que Nelson y ella habían utilizado para respirar en el laboratorio de trajes. No había válvulas suficientes en Informática, así que dieron muestras a los porteadores y los mandaron a Suministros, donde Juliette estaba segura de que encontrarían las piezas necesarias. A fin de cuentas, tampoco servían para otra cosa. También necesitarían juntas, cinta aislante y sellos, y les pidieron que subieran todos los soldadores que encontraran en Suministros y Mecánica. Les explicaron la diferencia entre las botellas de acetileno y las de oxígeno y les dijeron que las primeras no iban a necesitarlas.

Erik midió la distancia en un plano colgado de la pared. Según sus cálculos, cada botella podía servir para una docena de personas, pero Juliette pidió que lo rebajaran a diez para asegurarse. Mientras casi medio centenar de personas trabajaba en los trajes —arrodillados o sentados en el suelo, con los caídos servidores a modo de bancos de trabajo—, ella se llevó un pequeño grupo a la cafetería para cumplir con una tarea ingrata. Sólo su padre, Raph, Dawson y dos de los porteadores más viejos, que suponía acostumbrados a transportar cuerpos. De camino arriba pararon bajo las granjas para visitar la oficina del forense, situada más allá de la sala de bombas. Juliette encontró allí un depósito de bolsas negras plegadas y se llevó seis decenas. A partir de entonces el ascenso continuó en completo silencio.

El silo Diecisiete no tenía esclusa, ya no. La compuerta exterior seguía agrietada desde la caída del silo, décadas atrás. Juliette la había cruzado dos veces. Aún recordaba que el casco se le atascado en la primera puerta de ellas. Las únicas barreras que se interponían entre la atmósfera del exterior y el silo eran la compuerta interior de la esclusa y la puerta de la oficina del comisario. Finas membranas entre un mundo muerto y otro agonizante.

Juliette ayudó a los demás a limpiar la maraña de sillas y mesas que rodeaba la puerta de la oficina. Había un estrecho camino entre ellas, por el que había llegado y luego regresado, dos meses antes, pero iban a necesitar más espacio. Advirtió a los demás sobre los cuerpos que iban a encontrarse dentro, pero después de recoger las bolsas ya sabían para qué habían ido allí. Un puñado de haces de linterna convergió sobre la puerta mientras Juliette se preparaba para abrirla. A instancias de su padre, todos llevaban máscaras y guantes de goma. Juliette se preguntaba si no habría sido mejor que se hubieran puesto trajes de limpieza.

Al otro lado, los cuerpos seguían igual: como una telaraña de miembros grisáceos desprovistos de vida. Un olor fétido y metálico se introdujo en la máscara. El recuerdo de la sopa apestosa que se había echado por encima para quitarse el aire del exterior reapareció en su mente. Olía a muerte y a algo más.

Uno a uno, fueron sacando los cuerpos y metiéndolos en las bolsas. Era un trabajo macabro. Los músculos se desprendían de los huesos como la carne de un asado.

—Las articulaciones —les previno Juliette con la voz amortiguada por la máscara—. Tómenlos por las axilas y las rodillas.

Los cadáveres se mantenían enteros a duras penas, gracias sobre todo a los tendones y los huesos. Cuando cerraban un cierre, era un momento de alivio. El aire se llenó de toses y arcadas.

La mayoría de los cuerpos estaban amontonados sobre la puerta, como si hubieran intentado volver a la cafetería, aunque también había otros en un estado de reposo más sereno. En la celda de aislamiento, sobre los restos de un camastro al que sólo le quedaba la estructura oxidada de un colchón desaparecido hacía tiempo, yacía desgarbado el cuerpo de un hombre. En una esquina descansaba el de una mujer, con los brazos cruzados sobre el pecho como si estuviera dormida. Juliette trasladó los últimos cadáveres con la ayuda de su padre y mientras se llevaban el último se fijó en que la miraba con los ojos muy abiertos. Eludió su mirada mientras retrocedía pasito a pasito hasta la puerta de la oficina y prefirió clavar los ojos en la compuerta de la esclusa que los esperaba a todos, con aquella epidermis amarilla que se descascarillaba formando copos de pintura.

—Esto no está bien —dijo su padre con voz amortiguada.

La máscara se desplazaba arriba y abajo al compás de los movimientos de sus mandíbulas. Introdujeron el cuerpo en una bolsa abierta y cerraron la cremallera.

—Les daremos un entierro digno —le aseguró ella, imaginando que se refería a su manera de tratar los cuerpos, amontonados como bolsas de ropa sucia.

Su padre se quitó los guantes y la máscara, se puso en cuclillas y se limpió el sudor de la frente con el dorso de la mano.

—No. Me refiero a esta gente. Creía que me habías dicho que el lugar estaba prácticamente desierto cuando llegaste.

—Lo estaba. No había nadie más que Solo y los niños. Esta gente lleva mucho tiempo muerta.

—No puede ser —dijo su padre—. Están demasiado bien conservados. —Pasó la mirada sobre las bolsas, con la frente surcada de arrugas de preocupación o confusión—. Yo diría que murieron hace tres semanas. Cuatro o cinco, como máximo.

—Papa, estaban aquí cuando llegué. Tuve que trepar sobre ellos para pasar. Una vez le pregunté a Solo por ellos y me dijo que los había descubierto años atrás.

—Pero eso no puede ser.

—Será porque no los enterraron. O porque el gas del exterior repele a los insectos. Tampoco importa, ¿no?

—Cuando pasa algo tan extraño como esto, siempre importa. Hay algo raro en este silo. Te lo aseguro.

Asintió y se dirigió a la escalera, donde Raph estaba llenando tazas y latas con agua. Tomó una y le pasó otra a su hija. Juliette se dio cuenta de que estaba absorto.

—¿Sabías que Elise tenía una hermana gemela? —le preguntó su padre.

Juliette asintió.

—Me lo dijo Hannah. Murió en el parto. Y la madre. No hablan mucho sobre eso, especialmente con ella.

—Y los dos niños… Marcus y Miles. Otro par de gemelos. El mayor, Rickson, dice que cree que tenía un hermano, pero que su padre no hablaba sobre ello y que no conoció a su madre, así que nunca pudo preguntárselo.

Tomó un trago de agua y clavó la mirada en el interior de la lata. Juliette trató de ignorar el regusto metálico que sentía en la lengua mientras Dawson la ayudaba con una de las bolsas. Dawson tosió. Parecía a punto de vomitar.

—Muchas muertes —dijo Juliette asintiendo, preocupada por el rumbo que estaban tomando los pensamientos de su padre.

Pensó en el hermano al que nunca había conocido. Buscó alguna señal en el rostro de su padre, algún indicio de que aquello le recordara a su esposa y al hijo que habían perdido. Pero era otro el rompecabezas cuyas piezas estaba tratando de encajar.

—No, todo lo contrario. ¿No te das cuenta? ¿Tres pares de gemelos en seis nacimientos? Y esos niños tienen una salud de hierro, a pesar de que jamás han recibido atención médica. A tu amigo Jimmy no le falta un solo diente y no recuerda la última vez que estuvo enfermo. Lo mismo que todos los demás. ¿Cómo se explica eso? ¿Cómo se explica que esos cuerpos amontonados estén como si hubieran muerto hace semanas?

De repente, Juliette dio cuenta de que estaba mirándose el brazo. Apuró la lata de agua, se la pasó a su padre y comenzó a levantarse la manga.

—Papá, ¿recuerdas que te pregunté si las cicatrices desaparecían?

Su padre asintió.

—Algunas de las mías lo han hecho. —Le mostró la zona interior del codo, como si él supiera lo que había antes allí—. Cuando Lukas me lo dijo, no lo creí. Pero la verdad es que antes tenía una marca ahí. Y otra aquí. Y dijiste que fue un milagro que sobreviviera a las quemaduras, ¿no?

—Te atendieron inmediatamente…

—Y cuando le conté a Fitz que había tenido que sumergirme hasta el fondo de Mecánica para arreglar aquella bomba, no me creyó. Me dijo que había trabajado en pozos de mina anegados y que había visto marearse a hombres dos veces más grandes que yo a diez metros de profundidad. Y de veinte o treinta ni hablemos. Dice que si lo hubiera hecho tendría que haber muerto.

—No sé una sola palabra sobre minería —repuso su padre.

—Fitz sí, y cree que debería estar muerta. Y tú dijiste que esos cuerpos tendrían que estar descompuestos.

—No debería quedar de ellos más que huesos, créeme.

Juliette se volvió y contempló la pantalla sin vida de la pared. Se preguntó si estaría soñando. Eso era lo que le pasaba al alma cuando estaba muriendo; pugnaba por encontrar donde agarrarse, un asidero, algún modo de no caer. Había salido a limpiar y había muerto en la colina que había junto a su silo. Nunca había amado a Lukas. Nunca había llegado a conocerlo de verdad. Estaba en una tierra de fantasmas y ficción, de sucesos que sólo se mantenían de pie por la vacía solidaridad de los sueños, los disparates de una mente embriagada. Estaba muerta hacía mucho y sólo ahora empezaba a comprenderlo...

—Puede que haya algo en el agua... —dijo su padre.

Juliette se volvió. Alargó las manos hacia él, lo tomó por los hombros y lo abrazó. El rastro de su incipiente barba le arañó la mejilla y tuvo que hacer un gran esfuerzo para no echarse a llorar.

—Todo va bien —dijo su padre—. Todo va bien.

No estaba muerta. Pero había algo extraño allí.

—No está en el agua —dijo, a pesar de que había bebido más que de sobra en aquel silo.

Soltó a su padre y vio cómo se alejaba la primera de las bolsas en dirección a la escalera. Alguien estaba utilizando cables eléctricos a modo de cuerdas y los había pasado sobre la barandilla para bajar los cuerpos. «Condenados porteadores», pensó. Y entonces vio que hasta los dos porteadores que iban con ellos decían lo mismo.

—Puede que esté en el aire —dijo—. O puede que sea esto lo que sucede cuando no usan el gas. No lo sé. Pero creo que tienes razón, en este silo sucede algo extraño. Y creo que ya va siendo hora de que lo abandonemos.

Su padre tomó un último trago de agua.

—¿Cuánto tiempo falta para que nos vayamos? —preguntó—. ¿Estás segura de que es una buena idea?

Juliette asintió.

—Prefiero que muramos ahí fuera a que nos matemos unos a otros aquí dentro.

Y entonces se dio cuenta de que hablaba como todos esos a los que habían mandado a limpiar, los peligrosos soñadores y perturbados necios de los que se había burlado y a los que jamás había entendido. Hablaba como una persona que confiaba en que una máquina funcionara sin haber mirado en su interior, sin antes desmontarla por completo.

61

Silo 1

Charlotte dio una palmada en la puerta del elevador. Pulsó el botón de llamada en cuanto desapareció su hermano, pero ya era demasiado tarde. Saltaba sobre un pie para no perder el equilibrio, porque sólo se había puesto el traje a medias. Entre dos hileras de estanterías, detrás de ella, Darcy estaba poniéndose el suyo.

—¿Va a hacerlo? —le preguntó.

Charlotte asintió. Lo haría. El otro traje lo había preparado para Darcy. Lo tenía planeado desde el principio. Volvió a golpear la puerta y maldijo a su hermano.

—Tienes que vestirte —dijo Darcy.

Charlotte se volvió, se sentó en el suelo y se rodeó las pantorrillas con los brazos. No quería moverse. Vio que Darcy terminaba de embutirse en el traje y se ponía la pieza del cuello sobre la cabeza. El agente se incorporó e intentó alcanzar la cremallera de la espalda con las manos, pero finalmente tuvo que desistir.

—¿No tenía que ponerme primero la mochila? —Tomó una de las que había preparado Donald y la abrió. Sacó una lata y volvió a meterla. Sacó un arma y ésta la dejó fuera. Se quitó la parte superior del traje—. Charlotte, tenemos media hora. ¿Cómo vamos a salir de aquí?

Charlotte se secó las mejillas y, haciendo un esfuerzo, se puso de pie. Darcy no tenía ni la menor idea de cómo vestirse. Introdujo las piernas en el traje y, sin ponerse la parte superior ni la pieza del cuello, se acercó a él. Tras ella sonó un ding. Se detuvo y se volvió, creyendo que Donald había cambiado de idea y había decidido regresar, sin darse cuenta de que antes había pulsado el botón de llamada.

Dos hombres con overoles de color azul claro la miraron boquiabiertos desde el interior del expreso. Uno de ellos, confuso, volvió la vista hacia los botones, miró de nuevo a Charlotte… —aquella mujer con un traje plateado a medio poner— y entonces las puertas volvieron a cerrarse.

—Mierda —dijo Darcy—. Ahora sí que tenemos que irnos.

Un arrebato de pánico se apoderó de Charlotte, como si en su interior acabara de ponerse en marcha una cuenta atrás. Pensó en cómo la había mirado su hermano desde el interior del elevador, en su manera de despedirse con un beso. Se sentía como si le fuera a estallar el pecho, pero aun así corrió junto a Darcy y lo ayudó a colgarse la mochila a la espalda. Una vez que tuvo todo el traje puesto, le subió la cremallera. Él la ayudó a hacer lo propio y luego la siguió entre dos hileras de estanterías. Al final del pasillo, Charlotte señaló la compuerta del elevador mientras le daba los dos cascos. La caja que había dejado su hermano estaba justo donde les había prometido.

—Abre esa compuerta y atráncala con la caja. Voy a activar el elevador.

Abrió la puerta de los barracones y cruzó el pasillo corriendo con torpes andares de pato. Traspasó la puerta siguiente. El radio seguía encendido. Pensó en el derroche que había supuesto. Tanto tiempo dedicado a montarla, a recoger todas las piezas necesarias, para ahora abandonarla… Al llegar al puesto de control, levantó el plástico de un tirón, activó los controles principales y los puso en posición de ascenso. Estaba segura de haber dado a Darcy tiempo de sobra para atrancar el elevador. Luego, con el mismo bamboleo de antes, regresó al infierno del arsenal, donde los drones descansaban bajo sus lonas, cruzando los barracones que habían sido su hogar durante aquellas semanas agónicas. Un solitario trino sonó en alguna parte. En los elevadores. Oyó el ruido de unas botas que corrían hacia ellos y la voz de Darcy que le gritaba que se metieran en el elevador de una vez.

Donald había pulsado el botón del piso sesenta y dos. Al llegar al sesenta y uno, apretó el de emergencia. El elevador se estremeció con una sacudida, se detuvo y empezó a pitar. Se acercó a la bomba, sacó el martillo y levantó la chapa. No sabía cuánto daño causaría si la hacía detonar dentro del elevador, pero estaba dispuesto a hacerlo si venían a buscarlo. Quería darle tiempo suficiente a su hermana, pero lo arriesgaría todo para acabar con aquel lugar. Observó el reloj del panel y esperó. Esto le dio tiempo de sobra para pensar. Pasaron quince minutos sin que tuviera que toser ni aclararse la garganta una sola vez. Se echó a reír mientras se preguntaba si estaría mejorando. Entonces se acordó de que tanto su padre como su tía habían experimentado una mejora aparente el día antes de morir. Seguramente sería eso lo que le estaba pasando.

El martillo cada vez le pesaba más. Estar junto a algo tan destructivo como una bomba, apoyar una mano en un dispositivo capaz de matar a tanta gente y cambiar tantas cosas, era una sensación muy extraña. Pasaron otros cinco minutos. Tenía que ponerse en marcha. Estaba esperando demasiado. Tardaría algún tiempo en llegar hasta el reactor. Esperó otro minuto. Una parte racional de su mente, una parte enterrada que le suplicaba que lo pensara un poco, que fuera razonable, era consciente de lo que estaba a punto de hacer el resto.

Volvió a pulsar el botón de parada antes de perder el valor.

El elevador reanudó la marcha. Esperaba que su hermana y Darcy ya estuviesen alejándose.

Charlotte se arrojó al interior del elevador. Su casco golpeó el techo y la botella de oxígeno que llevaba a la espalda desplazó su cuerpo hacia un lado. Darcy tiró el casco tras ella y lo siguió a gatas. Alguien gritó en el arsenal. Charlotte empezó a empujar el cajón de plástico, que era lo único que impedía que el elevador cerrase la compuerta y subiese. Darcy la ayudó, pero la compuerta estaba atrancada. El agente buscó a tientas la pistola que había sacado antes de la mochila. Se volvió y disparó desde el interior del elevador. La detonación fue atronadora dentro de aquella lata de metal. Charlotte vio que unos hombres de overol plateado se agachaban y se cubrían detrás de los drones. Sonó otro disparo, seguido por un fuerte ruido en el interior del elevador. Los hombres devolvían el fuego. Charlotte se volvió e intentó sacar el cajón a patadas, pero la compuerta había deformado la tapa al descender y no parecía dispuesta a soltarla. Intentó tirar del cajón, pero no había donde agarrarse.

Darcy le gritó que no se moviera. Salió arrastrándose sobre los codos. Su arma disparó, bam, bam, bam. Los hombres se cubrieron. Charlotte se encogió, aterrada. Darcy se puso en pie y comenzó a tirar del cajón desde el otro lado. Charlotte le gritó que parara, que volviera a entrar. La puerta se cerraría y lo dejaría allí. Sonó otro disparo, seguido por el silbido de una bala que le pasaba muy cerca. Darcy dio un puntapié al cajón, que se movió varios centímetros.

—¡Espera! —chilló Charlotte. Se arrastró hasta la puerta. No quería marcharse sola—. ¡Espera!

Darcy dio otra patada al cajón. El elevador se estremeció. Ya casi estaba libre. Sólo faltaban unos centímetros. Sonó otro disparo desde detrás de los drones, esta vez sin silbido alguno. Sólo un gemido de Darcy, que cayó de rodillas. Se volvió y disparó sin apuntar.

Charlotte alargó las manos y tiró de su brazo.

—¡Vamos! —gritó.

Darcy empujó las manos de Charlotte al interior del elevador. Apoyó el hombro en el cajón y le sonrió.

—No pasa nada. Ya recuerdo quién soy —dijo, y empujó el cajón hacia dentro.

El elevador se detuvo al llegar al piso del reactor y abrió las puertas. Donald puso un pie sobre la carretilla y la inclinó hacia atrás. Empujó la bomba en dirección al control de seguridad. El guardia que había allí lo vio acercarse con las cejas enarcadas en gesto de cierta curiosidad. «Todo allí era un disparate», pensó Donald: el guardia que no reconocía a un asesino porque llevaba una bomba; el hombre que pasaba una tarjeta de identificación con el nombre de otro; el piloto verde; el tedio con el que le franqueaba el paso, fruto de un trabajo repetido hasta el infinito. Todos veían lo que iba a suceder y aun así le abrían las puertas al infierno y lo invitaban a pasar.

—Gracias —dijo, casi con voz desafiante, como si quisiera que el hombre lo reconociera.

—Buena suerte con eso.

Donald nunca había visto los reactores. Estaban ocultos detrás de gruesas compuertas y ocupaban tres pisos enteros. En un turno cualquiera, podía haber casi la mitad de trabajadores de rojo que de todos los demás departamentos juntos. Allí residía el corazón de una máquina sin alma, lo que lo convertía en su único órgano trascendente.

Continuó por un pasillo curvo con las paredes cubiertas de gruesas tuberías y pesados cables. Se cruzó con otros dos trabajadores de overol rojo. Ninguno de ellos se fijó en los agujeros que tenía su overol en el hombro ni en sus manchas de sangre, que ya empezaban a teñirse de café. Se limitaron a saludarlo con la cabeza y dirigir a su carga una mirada rápida, que retiraron con más rapidez aún, no fuera a pedirles ayuda. Una de las ruedas de la carretilla de Donald chirrió, como si estuviera protestando por lo que estaban haciendo, como si no quisiera transportar aquella terrible carga.

Se detuvo a la entrada de la sala principal. Era suficiente. Metió la mano en el bolsillo y sacó el martillo. Sopesó un instante lo que iba a hacer. Pensó en Helen, que había muerto como debía morir la gente. Así tenía que ser. Vivías. Hacías lo que podías. Te quitabas de en medio. Dejabas elegir a los que venían detrás de ti. Les dejabas decidir por sí mismos y vivir sus propias vidas. Así tenía que ser.

Levantó el martillo con ambas manos y entonces sonó un disparo. Donald sintió una llamarada en el pecho. El martillo cayó al suelo mientras él se volvía con lentitud y entonces sus piernas cedieron. Alargó los brazos hacia la bomba, como si quisiera llevársela, arrastrarla consigo. Sus dedos se posaron sobre el morro cónico, resbalaron, se agarraron al asa de la carretilla y tiraron de ella. Cayó al suelo boca arriba y la bomba se fue detrás, de costado, con un fuerte estruendo que Donald sintió en la espalda, antes de alejarse rodando parsimoniosamente hacia la pared, inofensiva y fuera de su alcance.

El elevador de los drones abrió automáticamente las puertas al final de su largo y oscuro ascenso. Charlotte vaciló. Buscó algún modo de hacerlo bajar, de regresar. Pero los controles estaban kilómetro y medio más abajo. El voluminoso tanque de oxígeno chocó contra el techo del elevador cuando salió a rastras. Había perdido a Darcy. Y a su hermano. Aquello no era lo que quería.

Sobre su cabeza flotaban las nubes negras, arremolinadas. Empezó a arrastrarse por una rampa de ascenso que conocía muy bien. Había estado allí antes, aunque no fuera en persona. Era la vista desde los drones, la imagen con la que la habían recompensado en sus cuatro vuelos. Con sólo empujar una palanca, estaría allí arriba, entre las nubes, ascendiendo como un cohete, volando libre.

Pero esta vez sólo contaba con sus músculos cansados para subir la rampa. Al llegar al final tuvo que descender hasta una repisa de hormigón. Un pájaro en tierra, un viajero sin alas, se colgó de la repisa y se dejó caer sobre la tierra, como un ave caída del nido.

Al principio no sabía en qué dirección seguir. Estaba sedienta, pero la comida y el agua estaban a buen recaudo, dentro del traje. Se volvió e intentó orientarse con el mapa que su hermano le había pegado al brazo. Estaba furiosa con él. Furiosa y agradecida. Lo tenía planeado desde el principio.

Estudió el mapa. Estaba acostumbrada a las pantallas digitales y a contar con más perspectiva y un plan de vuelo, pero la rampa por la que había salido la ayudó a determinar la ubicación del norte. En el mapa, unas líneas rojas indicaban la dirección. Se encaminó pesadamente a las colinas para ver mejor.

Y entonces se acordó de aquel lugar, recordó haber estado allí después de la lluvia, caminando por la hierba mojada y entre dos rastros de lodo que convertían la poco empinada ladera en una celosía café. Recordó que llegaba tarde desde el aeropuerto. Al llegar a lo alto de aquella misma colina, su hermano había acudido corriendo a su encuentro. Cuando el mundo aún estaba entero. Podías levantar la mirada y ver las estelas de vapor que dejaban los reactores en su lento avance por el cielo. Podías ir en coche a un restaurante de comida rápida. Llamar a un ser querido. En aquel lugar había un mundo civilizado.

Pasó por el mismo sitio en el que había abrazado a su hermano y sintió que sus planes de huida se marchitaban. No deseaba seguir adelante. Su hermano ya no estaba. El mundo ya no existía. Aunque viviera para ver la hierba verde, para probar otra vez las raciones militares y cortarse el labio de nuevo con una lata de agua… ¿Para qué?

Siguió subiendo, cada paso fruto tan sólo del que lo precedía, con el rostro surcado de lágrimas, preguntándose para qué.

El pecho de Donald estaba ardiendo. Un charco de cálida sangre se propagaba alrededor de su cuello. Al levantar la cabeza, vio a Thurman al otro lado del pasillo, acercándose. Lo flanqueaban dos agentes de Seguridad con armas en la mano. Se llevó una mano al bolsillo y buscó torpemente su pistola, pero era tarde. Demasiado tarde. Sintió que se le llenaban los ojos de lágrimas, lágrimas por la gente que viviría bajo aquel sistema, los centenares de miles que irían y vendrían y sufrirían. Logró sacar el arma, pero apenas consiguió levantarla unos centímetros del suelo. Aquellos hombres venían por él. Y luego saldrían a buscar a Charlotte y a Darcy en la superficie. Atraparían a su hermana con sus drones. Destruirían los silos, uno a uno, hasta que sólo quedara el último, en aquel caprichoso juicio de almas, de vidas controladas por servidores implacables y códigos sin mente.

Sus armas lo apuntaban, esperando a que hiciese el menor movimiento, listas para acabar con su vida. Donald invirtió todas las fuerzas que le quedaban en levantar la pistola. Vio acercarse a Thurman, aquel hombre al que ya había disparado y matado una vez, y luchó por levantar la pistola, pero apenas logró separarla más de quince centímetros del suelo.

Fue suficiente.

Describió un amplio giro con el brazo, apuntó hacia el morro de la enorme bomba, concebida para acabar con monstruos como aquél, y apretó el gatillo. Oyó una detonación, pero no habría podido decir de dónde venía.

La tierra tembló y Charlotte cayó de bruces. Hubo un golpe seco, como cuando arrojas una granada a un lago. La colina se estremeció de arriba abajo.

Charlotte se volvió sobre el costado y miró hacia el fondo de la depresión. Una grieta se abrió en la tierra. Y luego otra. La torre de hormigón que había en el centro se inclinó hacia un lado y entonces la tierra abrió las fauces. Se formó un cráter y luego el centro de la cuenca que enmarcaban aquellas laderas se hundió y comenzó a absorber la tierra a su alrededor, tiró de ella con manos y zarpas, y se la tragó como si fuese un gigantesco sumidero cubierto de grietas que escupían blancos chorros de cemento pulverizado.

La colina empezó a temblar. La tierra, transformada de pronto en algo móvil, comenzó a resbalar hacia abajo en una avalancha de arena y pequeñas rocas. Charlotte retrocedió arrastrándose, con el corazón acelerado y la mente sobrecogida.

Se volvió, se puso de pie y comenzó a ascender lo más de prisa posible, con una mano en la tierra, encorvada hacia delante. Poco a poco, el suelo recobró la solidez. Siguió subiendo hasta llegar a la cima. El asombro por lo que acababa de presenciar, aquella escena de poderosa destrucción, se había tragado sus sollozos. El viento la azotaba con fuerza. El traje era frío y pesado.

Se dejó caer.

—Donny —susurró.

Se volvió y contempló el agujero que había abierto su hermano en el mundo. Luego se tumbó boca arriba, mientras el polvo le acribillaba el traje y el viento aullaba contra su visor. Poco a poco, su visión del mundo se fue haciendo más y más borrosa, nublada por el polvo.

62

Condado de Fulton, Georgia

Juliette recordaba el día que habría tenido que morir. La habían enviado a limpiar, embutida en un traje parecido a aquél, y había visto, a través de un pequeño visor, cómo le arrebataban el mundo verde y azul, cómo se teñían los colores de gris al coronar la colina y contemplar la realidad.

Ahora, en su penoso avance a través del viento, entre el siseo de la arena contra el visor y el rugido de su pulso y de su pesada respiración dentro del casco, presenció el proceso contrario.

Al principio fue un cambio gradual. Algún atisbo de azul pálido aquí y allá, tan tímido que costaba asegurar que fuese real. Marchaba en el grupo de cabeza, con Raph, su padre y los otros siete trajes encadenados a la botella que compartían y cargaban entre todos. Un cambio gradual que de pronto se tornó brusco, como si hubieran pasado a través de una pared. La neblina se levantó; la luz se hizo más intensa; el viento, que azotaba a Juliette desde todas direcciones, se detuvo de repente al mismo tiempo que aparecía una erupción de destellos de color, trazos de verde, azul y blanco puro, y Juliette se encontraba en un mundo que parecía casi demasiado vívido, demasiado vibrante para ser cierto. Unas hierbas de color café, como el maíz marchito, le rozaban las botas, pero eran las únicas cosas muertas que había a la vista. Más allá, la hierba verde se bamboleaba como adormilada. Algunas nubes blancas recorrían el cielo, errantes. Y Juliette se dio cuenta de que las brillantes imágenes de los libros infantiles que había leído de niña eran un apagado remedo de la realidad, que sus páginas palidecían al lado de aquello.

Alguien le puso una mano en la espalda, y al volverse, Juliette se encontró a su padre, que contemplaba la imagen con los ojos abiertos de par en par. Raph, con el visor empañado por sus exhalaciones, se protegía los ojos del sol con una mano.

Una sonriente Hannah bajó la mirada hacia el bulto que llevaba aferrado al pecho y lo meció con los brazos mientras la brisa hacía lo propio con los de su traje, vacíos. Rickson, con la mirada prendida del cielo, le pasó una mano alrededor de los hombros. Elise y Shaw levantaban las manos, como si creyeran que podían agarrar las nubes. Bobby y Fitz dejaron la botella de oxígeno un momento y se limitaron a contemplar la escena con expresión boquiabierta.

Tras ellos salió otro grupo de la muralla de polvo. Los cuerpos atravesaron el velo… y los rostros fatigados y hastiados se iluminaron de pronto, rebosantes de asombro y energías renovadas. Uno de ellos sólo podía caminar con la ayuda de los demás, prácticamente en volandas, pero la aparición del color pareció insuflar nuevas fuerzas a sus piernas.

Juliette se volvió y vio una muralla de polvo que ascendía hacia el cielo. En su base, toda forma de vida que osaba aproximarse a aquella barrera asfixiante caía desintegrada. La hierba se transformaba en polvo y las escasas flores, en tallos cafés. En el cielo, un ave que volaba en círculos parecía observar a aquellos desconocidos en brillantes trajes plateados. Al cabo de un instante viró y se alejó atravesando el azul sin acercarse a la letal barrera.

Juliette sintió un impulso similar, que la invitaba a acercarse a la hierba y alejarse de la tierra muerta de la que habían salido arrastrándose. Con gestos, indicó a su grupo que se acercaran y ayudó a Bobby con la botella. Juntos bajaron por la ladera. Los demás los siguieron. Cada grupo se detenía un momento al salir, tal como, según le habían contado a Juliette, hacían los limpiadores. Uno de los grupos cargaba con un cuerpo, un traje inmóvil cuya triste suerte se transmitía en sus rostros. Pero todos los demás estaban eufóricos. Juliette sentía su entusiasmo como una efervescencia en la mente, una mente que había planeado morir aquel día; lo sentía en la piel, que había olvidado sus cicatrices; lo sentía en las piernas y los pies cansados, que ahora podrían haber marchado hasta el horizonte y más allá.

Llamó a los demás grupos con un ademán. Al ver que un hombre se llevaba las manos a los cierres del casco, hizo gestos a sus compañeros para que lo detuviesen y la advertencia se transmitió sin palabras de grupo en grupo. Aún podía oír el siseo de la botella de oxigeno dentro del casco, pero ahora sentía una nueva urgencia. Lo que había ante ellos era más que esperanza, esperanza ciega. Era una promesa. La mujer del radio decía la verdad. Donald había intentado salvarlos. La esperanza, la fe y la confianza le habían proporcionado a su gente un indulto, por breve que fuese. Sacó el mapa de un bolsillo numerado, pensado para las tareas de limpieza, y consultó las líneas. Instó a todos a seguir avanzando.

Había otra elevación del terreno más adelante, una colina grande y de laderas poco pronunciadas. Juliette se dirigió hacia allí. Elise marchaba en vanguardia, tan adelantada como se lo permitía el tubo de aire, espantando a los sorprendidos insectos que aparecían cerca de sus rodillas. Shaw iba tras ella, con su tubo casi enredado con el de ella. Juliette se dio cuenta de que estaba riéndose y se preguntó cuánto llevaba sin hacerlo.

A medida que ascendían lentamente por la ladera de la colina, la tierra circundante parecía hacerse cada vez más extensa. No era una colina, vio Juliette al coronarla, sino más bien un anillo de tierra amontonada. Más allá, el suelo descendía en una suave pendiente formando una cuenca. Juliette miró en todas direcciones y comprobó que aquella depresión estaba claramente separada de las otras cincuenta. Tras ellos, más allá de un valle tapizado de un verde exuberante, se alzaba una muralla de nubes oscuras. O no una muralla, constató entonces, sino más bien una cúpula. Las nubes formaban una cúpula, con los silos en el centro. Y en la otra dirección, más allá del anillo de tierra, se extendía un bosque como los de los libros del Legado, una extensión de tierra cubierta por lo que parecían tallos de brécol gigante cuyas auténticas dimensiones eran difíciles de precisar.

Se volvió hacia los demás y se tocó el casco con la palma de las manos. Señaló las aves de color negro que revoloteaban sobre ellos. Su padre levantó una mano y le pidió que esperara. Sabía lo que pretendía hacer y se llevó las manos a los cierres de su propio casco.

Juliette sintió que la invadía el mismo miedo que debía de haber experimentado él al ver que un ser querido pretendía ser el primero, pero se lo permitió. Raph lo ayudó con los cierres, que eran casi imposibles de manipular con aquellos guantes tan voluminosos. Finalmente, con un clic, el casco se abrió. Su padre abrió los ojos de par en par al inhalar aquella primera bocanada de aire. Sonrió, volvió a aspirar, esta vez con más fuerza, hinchando el pecho, y su mano se relajó y dejó caer el casco sobre la hierba.

Entonces estalló un frenesí. Todo el mundo empezó a quitarse los cascos, ayudados por los demás. Juliette dejó su pesada mochila en el suelo y ayudó a Raph, quien hizo lo propio por ella. Lo primero que llamó su atención tras abrir el sello del casco fueron los sonidos, las carcajadas de su padre y Bobby, los chillidos de deleite de los niños. Luego llegaron los olores, una fragancia como la de las granjas y los jardines hidropónicos, como la de la tierra rica removida para reclamar sus frutos. Y la luz, tan intensa y cálida como las luces de crecimiento pero más difuminada, más lejana, y presente por todas partes. Y el vacío sobre su cabeza, que parecía extenderse hasta el infinito sin otro intermedio que las nubes lejanas.

Las piezas de los cuellos repicaban al encontrarse en los abrazos que se daba la gente. Los grupos que venían por detrás habían apretado el paso. Algunos tropezaban y caían, pero sus compañeros los ayudaban a levantarse. Se veían sonrisas radiantes en el interior de los cascos, ojos empapados y rastros de lágrimas en las mejillas y botellas de oxígeno olvidadas, arrastradas por tubos tensos. También había un cuerpo, que transportaban entre varios.

La gente estaba arrancándose los trajes y los guantes y Juliette, al verlo, se dio cuenta de que nunca habían tenido la esperanza de que pasara aquello. A nadie se le había ocurrido atarse un cuchillo con cinta adhesiva al pecho para cortarse el traje. No habían hecho planes para cuando abandonaran sus plateadas tumbas. Habían dejado el silo vestidos con trajes de limpiador y lo habían hecho como todos los limpiadores, porque aquella vida sepultada se les había hecho intolerable y el deseo de coronar una colina, aunque fuera para encontrar la muerte al otro lado, se había transformado en un anhelo.

Bobby se arrancó un guante con los dientes y logró sacar una mano. Fitz hizo lo mismo. Todos se reían mientras, sudorosos, abrían el velcro y las cremalleras de las espaldas de los demás, sacudían los brazos para sacarlos, se quitaban las piezas del cuello por la cabeza y tiraban con todas sus fuerzas de las botas. Los niños, descalzos y con un variopinto catálogo de mugrienta ropa interior, correteaban libres y daban volteretas sobre la tierra, persiguiéndose unos a otros. Elise dejó en el suelo a su perro, al que había llevado aferrado al pecho como si fuese un hijo, y chilló al verlo desaparecer en medio de la crecida hierba. Volvió a levantarlo. Shaw sacó el libro de recuerdos de su propio traje, entre carcajadas.

Juliette se inclinó y pasó la mano por la hierba. Era como los cultivos de las granjas, sólo que más tupida, casi como una alfombra. Pensó en las frutas y verduras que algunos de ellos habían guardado dentro de sus trajes. Era importante que guardaran las semillas. Ya se había dado cuenta de que verían el final de aquel día. Y el de aquella semana. Y sentía remontarse su espíritu ante la idea.

Raph la abrazó una vez libre de su traje y le dio un beso en la mejilla.

—¡Qué maravilla! —rugía Bobby mientras daba vueltas con los grandes brazos abiertos y las palmas hacia el cielo—. ¡Qué maravilla!

El padre de Juliette se acercó a ella y señaló hacia el fondo de la cuenca, al final de la ladera.

—¿Ves eso? —le preguntó.

Juliette se protegió los ojos del sol y escudriñó el fondo de la depresión. Había un montículo verde allí. No, un montículo no: una torre. Una torre que, en lugar de antenas, tenía un tejado plateado medio cubierto de enredaderas. La hierba ocultaba la mayor parte del hormigón.

La cima estaba cada vez más llena de gente y risas, y la hierba no tardó en quedar cubierta de botas y pieles plateadas. Juliette observó la torre de hormigón, consciente de lo que encontraría en su interior. La semilla de un nuevo comienzo. Levantó la mochila, llena de dinamita. Sopesó su salvación.

63

CONDADO DE FULTON, GEORGIA

—No más de lo que necesitamos —los previno Juliette.

Estaba viendo que la tierra, alrededor de la torre de hormigón, estaría pronto repleta de más cosas de las que podían transportar. Había ropa, herramientas, provisiones enlatadas y bolsas de semillas etiquetadas y envasadas al vacío, muchas de ellas de plantas que no conocían. Elise había consultado el libro y en sus páginas sólo aparecían algunas de ellas. La explosión que habían utilizado para abrir la puerta, una puerta diseñada para abrirse por sí misma, había dejado bloques de hormigón y escombros esparcidos entre los suministros.

A cierta distancia de la torre, Solo y Walker intentaban discernir el funcionamiento de una especie de recinto de tela con una estructura de postes, que en teoría debía desplegarse solo. Debatían rascándose las barbas. Juliette estaba asombrada por la mejora de Walker. Al principio no había querido quitarse el traje y había seguido respirando por la botella de oxígeno hasta que se agotó. Pero entonces, al ver que se asfixiaba, se lo quitó corriendo.

Elise, cerca de ellos, corría detrás de su animal dando gritos. O puede que fuese Shaw el que corría tras ella... No era fácil de decir. Hannah, sentada con Rickson sobre un cajón de plástico de gran tamaño, mecía a su hijo contemplando las nubes.

El olor de la comida caliente flotaba alrededor de la torre, pues Fitz había logrado encender un fuego con una de las botellas de oxígeno. «Un método de cocina sumamente peligroso», pensó Juliette. Se disponía a volver a entrar para seguir revisando el equipo cuando Courtnee salió del búnker, con una linterna en la mano y una sonrisa en el rostro. Antes de que Juliette pudiera preguntarle lo que había encontrado, vio que la torre ya tenía electricidad y había luz en su interior.

—¿Cómo lo has hecho? —le preguntó.

Habían explorado el búnker de arriba abajo. Sólo tenía veinte pisos de profundidad, tan apelotonados que en altura era como si fuesen sólo siete. En la base no habían encontrado una zona de máquinas, sino una caverna grande y vacía con dos escaleras en la pared de roca. «Era un punto de desembarco para una excavadora», especuló alguien. Una puerta de entrada. Pero sin generador. Sin energía. A pesar de lo cual, tanto en la escalera como en los pisos había luces por todas partes.

—Seguí los cables —dijo Courtnee—. Suben hasta esas placas de metal que hay en el tejado. Haré que los chicos las retiren para ver cómo funcionan.

Al cabo de poco tiempo, la plataforma móvil que había en el centro de la escalera ya era operativa. Subía y bajaba utilizando un sistema de cables y contrapesos y un pequeño motor. Los mecánicos estaban maravillados con ella y los niños no querían bajarse e insistían en subir y bajar una vez más. Con ella, sacar las provisiones al exterior se convirtió en una tarea mucho menos laboriosa, aunque Juliette seguía pensando que debían dejar suficientes para los que llegaran después, si es que alguien lo hacía.

Había algunos que querían establecerse allí mismo, reacios a alejarse mas. Tenían semillas y más tierra de la que podían necesitar y los almacenes se podían convertir en aposentos. Sería un buen hogar. Juliette les oyó debatir el asunto.

Fue Elise quien zanjó la cuestión. Abrió su libro en un mapa, señaló al sur para indicarles en qué dirección estaba el sol, y les dijo que debían ir hacia el agua. Afirmó saber cómo se cazaban los peces silvestres y dijo que había gusanos en la tierra y que Solo podía ponerlos en los anzuelos. Tras señalar una página de su libro de recuerdos, proclamó que debían caminar hacia el mar.

Los adultos observaron el mapa mientras rumiaban la decisión. Hubo otra ronda de debates entre aquellos que pensaban que debían establecerse allí mismo, pero Juliette sacudió la cabeza.

—Esto no es un hogar —dijo—. Es sólo un almacén. ¿Quieren vivir a la sombra de eso? —Señaló con una cabeza la oscura sombra que se veía en el horizonte, aquella cúpula de polvo.

—¿Y qué pasará cuando aparezca más gente? —señaló alguien.

—Razón de más para no estar aquí —respondió Rickson.

El debate continuó. Eran poco más de un centenar. Podían quedarse y trabajar la tierra. Tendrían una cosecha antes de que se acabara la comida enlatada. O podían llevarse lo que necesitaran y comprobar si eran ciertas las leyendas sobre peces infinitos y una masa de agua que se extendía hacia el horizonte. Juliette estuvo a punto de decirles que podían hacer ambas cosas, que no había reglas pero sí tierra y espacio de sobra, que todas las peleas se producían cuando se agotaban las cosas y escaseaban los recursos.

—¿Qué hacemos, alcaldesa? —preguntó Raph—. ¿Nos quedamos aquí o seguimos adelante?

—¡Miren!

Alguien señaló hacia la colina y una docena de cabezas se volvieron. Allí, en lo alto, una figura de traje plateado descendía dando traspiés por la misma hierba que su paso había dejado pisoteada y resbaladiza. Alguien del silo, que al final había cambiado de idea.

Juliette corrió hacia allí, embargada por una sensación que no era de miedo, sino de curiosidad y preocupación. Alguien a quien habían dejado atrás y había decidido seguirlos. Podía ser cualquiera.

Antes de que pudiera alcanzarla, la figura se desplomó. Con las manos enguantadas, intentó accionar los cierres del cuello para abrir el casco. Juliette echó a correr. El recién llegado llevaba a la espalda una botella de oxígeno de gran tamaño. Temía que se le hubiera acabado, pues tampoco sabía cómo la habían preparado.

—¡Calma! —gritó mientras se dejaba caer sobre la frenética figura.

Apretó los cierres con los pulgares. Con un chasquido, se abrieron. Mientras sacaba el casco, oyó que alguien tosía e inhalaba a grandes bocanadas en su interior. El recién llegado se inclinó hacia delante, casi sin aliento, y apareció una cabellera empapada. Una mujer. Juliette le puso una mano en el hombro. No la reconocía. Tal vez fuese alguien de la congregación o de los pisos intermedios.

—Respira con calma —le dijo.

Levantó la mirada hacia los demás, que estaban acercándose. Se detuvieron al ver a aquella desconocida.

La mujer se limpió la boca y asintió. Hinchó el pecho en una profunda inhalación. Levantó la mirada hacia el cielo y las nubes con algo distinto al asombro. Con alivio. Sus ojos enfocaron un objeto y lo siguieron por el cielo. Juliette se volvió y vio que era uno de los pájaros, que volaba lentamente en círculos sobre ellos. Los demás guardaron las distancias. Alguien preguntó quién era esa mujer.

—No eres de nuestro silo, ¿verdad? —preguntó Juliette.

Lo primero que se le ocurrió fue que sería una limpiadora de algún silo cercano que los había visto pasar y los había seguido. Lo segundo, que eso era imposible. Y lo era.

—No —dijo la mujer—, no soy de su silo. Soy de... un sitio totalmente distinto. Me llamo Charlotte.

Le ofreció una mano enguantada. Una mano y una sonrisa. El calor de aquella sonrisa desarmó a Juliette. Para su sorpresa, se dio cuenta de que ya no albergaba rabia ni resentimiento por aquella mujer, que le había revelado la verdad de aquel lugar. Tenía ante sí, tal vez, un espíritu afín. Y lo que era más importante, un nuevo comienzo. Recobró la compostura, le devolvió la sonrisa y le estrechó la mano.

—Juliette —dijo—. Deja que te ayude a quitarte eso.

—Eres tú —dijo Charlotte con una sonrisa. Se volvió hacia la gente, la torre y las provisiones amontonadas—. ¿Qué lugar es éste?

—Una segunda oportunidad —dijo Juliette—. Pero no vamos a quedarnos. Partiremos en busca del agua. Espero que vengas con nosotros. Pero he de advertirte que será un camino largo.

Charlotte le puso una mano en el hombro.

—No pasa nada —respondió—. He hecho un largo camino para llegar hasta aquí.

Epílogo

Raph parecía inseguro. Sopesó con lentitud la rama que tenía en la mano mientras en su rostro pálido bailaban los reflejos anaranjados y dorados del fuego.

—¡Échala de una vez, hombre! —le gritó Bobby.

Algunos se rieron, pero Raph frunció el ceño en gesto de consternación.

—Es madera —dijo sopesando la rama de nuevo.

—Mira a tu alrededor —respondió Bobby. Señaló con los brazos el oscuro ramaje que había sobre ellos y los anchos troncos—. Hay más de lo que jamás necesitaremos.

—Hazlo, chico.

Erik dio una patada a uno de los troncos, que soltó un chorro de chispas, como si lo hubieran despertado en pleno sueño. Finalmente, Raph arrojó la rama al fuego y la madera comenzó a crepitar.

Juliette los observaba desde su saco de dormir. En los bosques, un animal hizo un ruido, un ruido que no se parecía a ningún otro que hubiera oído. Era como el llanto de un niño, pero más sonoro y quejumbroso.

—¿Qué fue eso? —preguntó alguien.

Intercambiaron especulaciones en la oscuridad. Invocaron a los animales que habían visto en los libros infantiles. Oyeron a Solo hablar de las muchas razas del mundo de antaño sobre las que había leído en el Legado. Se reunieron alrededor de Elise, con linternas, y observaron durante largo rato las páginas cosidas de su libro. Todo era un misterio, una maravilla.

Juliette, tumbada boca arriba, se limitaba a oír el crujido del fuego y los chasquidos que, de tanto en cuanto, soltaba algún tronco, mientras disfrutaba del calor sobre la piel, del olor de la comida caliente y del peculiar aroma de la hierba y la tierra abundante. Detrás de las copas de los árboles centelleaban las estrellas. La brisa había abierto las radiantes nubes que habían visto antes, las que ocultaban el sol cuando se puso detrás de las colinas, y ahora le mostraba un centenar de parpadeantes puntitos de luz. Un millar. Y cada vez más, mirara donde mirara. Su luz se reflejó en sus ojos llenos de lágrimas mientras pensaba en Lukas y en el amor que había despertado dentro de ella. Y algo se endureció en su pecho, algo que le hizo apretar la mandíbula con fuerza para contener las lágrimas, un renovado propósito en la vida, un deseo de llegar hasta el agua con el mapa de Elise, de plantar aquellas semillas, de construir una casa sobre la tierra y vivir en ella.

—¿Jewel? ¿Estás dormida?

Elise se plantó frente a ella, delante de las estrellas. Juliette sintió el frío hocico de *Perrito* pegado al cuello.

—Ven —respondió Juliette.

Se apartó un poco y dio unas palmaditas en el saco de dormir. Elise se tumbó y se acurrucó a su lado.

—¿Qué estás haciendo? —preguntó la niña.

Juliette señaló más allá de las copas de los árboles.

—Mirar las estrellas —respondió—. Cada una de ellas es como nuestro Sol, pero están muy, muy lejos.

—Ya conozco las estrellas —dijo Elise—. Algunas de ellas tienen nombres.

—¿Ah, sí?

—Sí—. Apoyó la cabeza en el hombro de Juliette y se sumó a su contemplación un momento. La criatura misteriosa de los bosques aulló—. ¿Ves ésas de ahí? —preguntó—. ¿A qué parecen un perrito?

Juliette entornó los ojos y buscó en el cielo las que le decía.

—Podría ser —dijo—. Sí, puede que sí.

—Podríamos llamarlas el Perrito.

—Es un buen nombre —reconoció Juliette. Se echó a reír y se secó los ojos.

—Y ésas de ahí parecen un hombre. —Señaló una amplia extensión cubierta de estrellas y empezó a enumerar sus miembros—: Ahí están los brazos y las piernas. Y ahí la cabeza.

—Ya lo veo —dijo Juliette.

—Puedes ponerle nombre —le autorizó Elise.

En lo profundo del bosque, el invisible animal volvió a aullar y el cachorro de Elise hizo un ruido parecido. Juliette sintió que le caían lágrimas por las mejillas.

—No hace falta —dijo con un susurro—. Ya lo tiene.

Las hogueras se fueron apagando en el correr de la noche. Las nubes se tragaron las estrellas y las tiendas de campaña a los niños. Juliette veía entrar y salir sombras de ellas, adultos demasiado inquietos para conciliar el sueño. En alguna parte, alguien seguía cocinando tiras de carne del animal de largas patas que había abatido Solo con su fusil. «Ciervo», se llamaba. Juliette estaba asombrada por la transformación que había experimentado su amigo en los últimos tres días. Un hombre que había crecido en soledad se había convertido de pronto en un líder de otros, más preparado para sobrevivir en aquel mundo nuevo que cualquiera de ellos. Pediría pronto que volviesen a votar. Su amigo Solo sería un alcalde excelente.

En la distancia, una figura se inclinó sobre el fuego y lo removió con un palo para extraer un poco más de calor a las agonizantes ascuas. Nubes y fuego… Las dos únicas cosas a las que había temido su pueblo. En el silo, el fuego equivalía a la muerte y las nubes consumían a aquellos que se atrevían a marcharse. Y en cambio ahora, tanto las nubes que cubrían el cielo como las llamas que alguien había azotado eran fuente de consuelo y dicha. Las nubes eran una suerte de techo y el fuego daba calor. Allí había menos cosas que temer. Y entonces asomó una radiante estrella por detrás de un hueco abierto de repente y los pensamientos de Juliette, como siempre, regresaron a Lukas.

Una vez le había contado, con la carta estelar extendida sobre la cama en la que hacían el amor, que cada una de aquellas estrellas podía albergar mundos propios, y Juliette recordaba su incapacidad para asimilar aquella idea. Era audaz. Imposible. Incluso después de haber visto otro silo, de haber contemplado una extensión de tierra cubierta por docenas de depresiones hasta el horizonte, era incapaz de imaginar la existencia de mundos distintos al suyo. Y sin embargo, al regresar de la limpieza, había esperado que los demás diesen crédito a sus afirmaciones, igualmente aventuradas…

Un palito crujió tras ella. Algo removió las hojas del suelo y Juliette pensó que sería Elise, que volvía para quejarse de que no podía dormir. O tal vez fuese Charlotte, que había estado antes con ella junto al fuego, prácticamente en silencio a pesar de que parecía tener mil cosas qué decir. Pero al volverse se encontró a Courtnee, con algo en la mano que despedía vapor.

—¿Te importa si me siento? —le preguntó.

Juliette le hizo sitio y su vieja amiga se reunió con ella en el saco de dormir. Le ofreció una taza de algo caliente que olía parecido al té… sólo que más intenso.

—¿No puedes dormir? —preguntó Courtnee.

Juliette sacudió la cabeza.

—Sólo estaba aquí, pensando en Luke.

Courtnee le pasó un brazo alrededor de la espalda.

—Lo siento —dijo.

—No pasa nada. Cuando miro las estrellas ahí arriba, eso me ayuda a ver las cosas en perspectiva.

—¿Ah, sí? Pues ayúdame a hacerlo a mí, anda.

Juliette pensó en la mejor manera de hacerlo y entonces se dio cuenta de que apenas tenía palabras para ello. Sólo contaba con una vaga noción de aquella vastedad —de la infinitud de los mundos posibles—, que, por alguna razón, la llenaba de esperanza y no de desesperación. Pero no era fácil plasmarla en palabras.

—Toda la tierra que hemos visto en los últimos días… —dijo tratando de encontrar la idea de lo que sentía—. Todo ese espacio… No tenemos ni una fracción del tiempo y la gente que necesitaríamos para llenarlos.

—Eso es bueno, ¿no? —preguntó Courtnee.

—Eso creo, sí. Y estoy empezando a pensar que aquellos a los que mandamos a limpiar eran los mejores. Creo que había mucha buena gente como ellos, sólo que nunca dijo nada, que tenía miedo de actuar. Y dudo que existiese alguna vez un alcalde que no quisiera tener más espacio para su gente, que no se preguntara lo que ocurría en el mundo exterior y que no quisiera suspender la maldita lotería. Pero ¿qué podían hacer, qué podían hacer incluso los alcaldes? No tenían el poder. El poder de verdad. Los que sí lo tenían habían sepultado nuestras ambiciones. Salvo Luke. Él no intentó detenerme. Apoyó lo que estaba haciendo, a pesar de saber que era peligroso. Y aquí estamos.

Courtnee le estrechó el hombro y tomó un ruidoso sorbo de su infusión. Juliette levantó su taza para hacer lo mismo. Y en cuanto el agua caliente rozó sus labios, sintió una explosión de sabor, una abundancia que era como la fragancia de los puestos de flores del bazar o el olor de la marga removida en una parcela productiva. Como un primer beso. Como limón y rosa. Un torrente de sensaciones que hizo saltar chispas en su campo de visión. Sintió que su mente se estremecía.

—¿Qué es esto? —preguntó, casi sin aliento—. ¿Es de las cosas que hemos sacado?

Courtnee se echó a reír y se apoyó en ella.

—Está bueno, ¿eh?

—Está buenísimo. Es… asombroso.

—Quizá deberíamos volver a por más —dijo Courtnee.

—Como hagamos eso, puede que no coja otra cosa.

Las dos mujeres se rieron en voz baja. Permanecieron un rato allí sentadas, contemplando las nubes y las estrellas que de vez en cuando asomaban tras ellas. A poca distancia, la hoguera crepitaba y escupía chispas, y un puñado de conversaciones entabladas entre susurros flotaba hacia los árboles, donde los insectos cantaban a coro y aullaba alguna bestia invisible.

—¿Crees que lo conseguiremos? —preguntó Courtnee al cabo de una larga pausa.

Juliette tomó otro trago de la milagrosa bebida. Se imaginaba el mundo que podían levantar con tiempo y recursos, sin otra norma que la de buscar el bien de todos, sin que nadie pudiera asfixiar sus sueños.

—Creo que sí —dijo al fin—. Creo que podemos hacer todo lo que queramos.

Una nota para el lector

En julio de 2011 escribí y publiqué un relato breve que me puso en contacto con millares de lectores, me llevó por todo el mundo y me cambió la vida. El día que publiqué *Wool* no podía ni imaginar que las cosas iban a salir así. Desde entonces han pasado dos años y la publicación de este libro viene a completar un viaje maravilloso. Quiero darte las gracias por haberlo hecho posible y por haberme acompañado en él.

Éste no es el final, claro. Cada historia que leemos y cada película que vemos continúan en nuestra imaginación si se lo permitimos. Los personajes siguen viviendo. Envejecen y mueren. Otros nacen. Surgen dificultades, que luego son superadas. Hay pesar, dicha, triunfo y fracaso. El final de una historia no es más que una instantánea en el tiempo, un breve destello de emoción, una pausa. Que continúe o no, y su manera de hacerlo, es decisión nuestra.

Mi único deseo es que dejemos espacio para la esperanza. Todas las cosas tienen su parte buena y su parte mala. Siempre encontramos aquello que esperamos encontrar. Vemos lo que esperamos ver. He descubierto que si inclino la cabeza lo justo y entorno la mirada, el mundo exterior se vuelve maravilloso. El futuro es brillante. Nos esperan cosas buenas.

¿Qué es lo que ves tú?

Agradecimientos

Los libros son, en gran medida, empresas solitarias, pero la vida no. Quisiera dar las gracias a mi esposa por su inspiración y su apoyo y por hacer de mí una persona mejor; a mi madre por enseñarme a amar la palabra escrita; a mi padre por su aliento y su ejemplo; a mi hermana por su amistad y por ser mi primera fan; y a mi hermano por su bondad. Sin ustedes, no habría en mi vida nada sobre lo que escribir.

Los autores suelen mencionar a sus agentes en sus agradecimientos y ahora entiendo el porqué. Son los motores que mantienen en funcionamiento la carrera de un escritor y yo tengo la suerte de contar con la mejor del sector. No se trata de ninguna exageración ni tampoco es un demérito para los demás agentes que están ligeramente por detrás de la incomparable Kristin Nelson. Eres grande. También quiero dar las gracias a Jenny Meyer, Kassie Evashevski y Gray Tan, cuyo apoyo y amistad han sido para mí de incalculable valor. Los quiero mucho.

Al equipo de Random House UK: gracias por darme una oportunidad. Fueron los primeros en creer en mí y siempre me consideraré uno de sus escritores. Gracias sobre todo a mi editor, Jack Fogg, por ayudarme a mejorar como autor... y por todo lo que sabe sobre el mundo del camping. Gracias a Jason por sus increíbles ilustraciones para las portadas, a Natalie por su trabajo de difusión, a Jennifer por su creatividad y sus correcciones y al equipo de ventas, que consigue que los libros encuentren a sus lectores.

Mi agradecimiento final va dirigido a estos lectores. El amor que han demostrado a esta trilogía significa mucho más de lo que nunca podrán imaginar. Gracias por sus análisis, por el boca oreja y por convertir esto en un fenómeno. Nunca pensé que haría gran cosa en la vida, pero gracias a ustedes he hecho esto. Estoy impaciente por saber adónde me llevarán a continuación.